到新的时代来

、文论精选

选编

丁玲作品精选集

河北出版传媒集团
河北教育出版社

图书在版编目（CIP）数据

跨到新的时代来 ：丁玲文论精选 / 鲁太光选编 .
石家庄 ：河北教育出版社，2024. 10. --（丁玲作品精选集）. -- ISBN 978-7-5545-8846-8

Ⅰ. I217.2

中国国家版本馆 CIP 数据核字第 2024LW5619 号

书　　名　跨到新的时代来——丁玲文论精选
KUADAO XINDE SHIDAI LAI——DINGLING WENLUN JINGXUAN
编　　者　鲁太光

出 版 人　董素山
策　　划　田浩军
责任编辑　刘宇阳　王　哲
装帧设计　郝　旭
出　　版　河北出版传媒集团
河北教育出版社　http://www.hbep.com
（石家庄市联盟路705号，050061）
印　　制　河北新华第一印刷有限责任公司
开　　本　787毫米×1092毫米　1/16
印　　张　19.75
字　　数　266千字
版　　次　2024年10月第1版
印　　次　2024年10月第1次印刷
书　　号　ISBN 978-7-5545-8846-8
定　　价　60.00元

编选说明

一、本套丁玲作品精选集所选作品贯穿丁玲20世纪20年代至80年代的创作历程，在系统整理丁玲小说、散文与文论的基础上，精选为三卷出版。

二、编选作品主要以文学性、思想性与历史性为标准，兼顾体现丁玲人生道路与文学史影响的篇目，供文学爱好者和研究者阅读。

三、小说卷以作品发表先后顺序排列，散文、文论卷以作品主题分类排列，在编排上参考写作与发表时间，灵活处理。文末的写作成文时间遵照作者原文，无写作时间的尽量按照发表时间排序。

四、入选作品以2001年河北人民出版社出版的12卷本《丁玲全集》为底本，为每篇作品标注最初版本信息，并参考作品初刊版本进行编校。涉及变更语义的字句或删改段落时，统一在脚注里说明。

五、由于创作时代不同，本书中的一些非错误性用字用词，在不引起歧义的前提下，尽量保留作品原貌，以保持丁玲原作的语言文字风格。

编　者

2024年8月于北京

丁玲文论的四个关键词

鲁太光

丁玲是中国现当代文学史上最富传奇色彩的作家之一。她的人生堪比一部现代经典小说，篇篇精彩，页页传奇。她的作品起于先锋，止于正大，用情专一，立意深沉，不仅作为整体蔚为大观，许多单篇本身就是一个事件性的存在，具有重要的文学史乃至思想史价值。大概由于这个原因，丁玲研究主要集中在作家作品、思想思潮等方面，相对忽略了文论。但文论在丁玲作品中不仅数量可观，而且是理解其人其文的一条重要线索，因此，有必要以“精选”的形式集中呈现。

细读丁玲作品，就会发现丁玲的创作虽然始于生活的苦闷及对这苦闷的反抗，有一定的自发性，但客观看，自早期起，丁玲就有相当的理论自觉，她“常批判自己的作品”，而且希望读者给予“一种诚恳的批判”，使自己“有精进的机会”。[①] 参加左翼文艺运动，主编《北斗》后，她的理论意识由个体创作延展到左翼文艺事业，更加自觉。逃离魍魉世界，进入圣地延安，对于丁玲而言，是人生与文学的双重再出发。她这一时期的核心任务就是学习，艰苦乃至痛苦的学习，特别是毛泽东《在延安文艺座谈会上的讲话》(以下简称《讲话》)发表后，她严肃地思考中国革命与现代文艺的深层问题，理论活动由自发渐入自觉。新中国成立后，她曾担任文艺战线领导者，承担着研究、推动

① 丁玲:《我的自白》,《丁玲全集》第 7 卷，河北人民出版社，2001 年版，第 2 页。

人民文艺发展的重任，理论研究就是她的工作内容之一。被卷入“丁陈反党集团”等生命涡旋后，虽然烦恼缠身，但也逼使她对自己对新中国文艺进行抉心自食般的反思。新时期，她从“风雪”中归来，带着对改革的热望解放思想，纵论文艺，但很快文艺界共识破裂，以《讲话》为中心的革命文艺、人民文艺遭到挑战，作为亲历者、建构者，丁玲成为《讲话》和革命文艺、人民文艺的坚定拥护者、阐释者。这个时期，她的思考冷静而热烈，温和却决绝，具有一定创造性。

丁玲文论主要存在于其创作谈、序跋，讲话、讲课稿，以及访谈中。笔者以为，丁玲文论有四个关键词：思想、生活、艺术、热情。

一、从“孙悟空”到“螺丝钉”

对于中国来说，20 世纪是革命的世纪、思想的世纪，是以思想革命推动社会革命的世纪，思想可谓这个世纪最鲜明的徽章。这在文艺中表现得尤其突出，思想为文艺提供动力，文艺为思想提供美学。

1950 年，在寻找其时文学不振的原因时，丁玲谈到“五四”文学的思想性，认为“五四”时代的作家“是以战斗的革命的姿态出现的，而且担任了前锋”，他们“写小说，写诗，不是因为他们要当小说家或诗人，也不是觉得这是一个很艺术的玩意，也不以为艺术有什么高妙，他们就是为的要反对一些东西，反对封建，反对帝国主义去写的。他们除了要冲破腐朽的文言文以外，在新的形式上也并不十分讲究，只为要把自己的思想说出来，就用了这些形式”[①]。这一概括相当到位，点出了“五四”文学的思想底色。文学整体如是，作家个体亦然——“五四”文学和革命文学作家大都有较强的思想能力，丁玲就是其中的佼佼者。总体看，丁玲思想历程中最核心的事件，应是如何

① 丁玲：《五四杂谈》，《丁玲全集》第 7 卷，河北人民出版社，2001 年版，第 157 页。

超克“五四”文学思想，接受以《讲话》为中心的革命文艺思想。

对作家来说，文学思想升级犹如羽化成蝶，十分艰难。丁玲就经历了这样的化蝶过程。丁玲是“五四”文学之子，对“五四”文学情有独钟。她早期的作品就是“战斗”之作、“思想”之作。她发表于1928年的《莎菲女士的日记》可谓中国现代小说精品，即使在今天看，仍先锋异常。随着形势发展，丁玲与时偕行，加入左翼阵营，她发表于1931年的短篇小说《水》，一扫“革命加恋爱”的陈词旧套，开启了新的写作方法、作风，被誉为“新的小说的诞生”[①]。丁玲出手不凡，起点很高，她投身革命，执笔为文，岂非如鱼得水？丁玲的经历恰恰相反，她在《〈陕北风光〉校后感》中回忆说：“在陕北我曾经经历过很多的自我战斗的痛苦，我在这里开始认识自己，正视自己，纠正自己，改造自己。”她坦言，自己不是“飞跃的革命家”，而是“用两条腿一步一步地走过来”，这一步一步地跋涉，“不是容易的”。[②]

所以如此，个性使然。丁玲是个较真的人，不会轻易认同什么，可一旦认同就会全身心投入。她参加“五四”文学，带着时代的愤火和自身的积郁，加入左翼阵营，更是经历了血火洗礼，都用情很深，不是轻易能够舍弃的。投身革命文艺，尽管理智上认识到思想改造的必要性，但一不小心就为旧情积习所影响，因而需要“脱胎换骨”[③]。

丁玲虽然自1932年起就给自己下了命令，不再当“大闹天宫的孙悟空”，“再也不做自由人了”，“再也不是同路人的作家了”，而是“放

① 冯雪峰:《关于新的小说的诞生——评丁玲的〈水〉》,《冯雪峰全集》第5卷，人民文学出版社，2016年版，第61页。

② 丁玲:《〈陕北风光〉校后感》,《丁玲全集》第9卷，河北人民出版社，2001年版，第50页。

③ 1985年，在与华中师范学院师生交流时，丁玲提及瞿秋白在30年代说过的话：知识分子参加无产阶级革命要脱胎换骨，直言自己那时候还不懂，直到有了后来的复杂经历才真正懂了，说:“就是要脱胎换骨，如果不脱胎换骨，这条路就不好走下去。”丁玲:《读生活这本大书——在华中师范学院的讲话》,《丁玲全集》第8卷，河北人民出版社，2001年版，第464页。

弃幻想”，“让党的铁的纪律”来“约束自己”，“做共产主义机器中的一个螺丝钉，放到哪里，都是有用处的”①，到延安后更是严格要求自己，但由于小资产阶级知识分子的出身，再加上知识和文学教养里包含的“复杂的思想和情趣”的限定，使她“不能有孙悟空陡然一变的本领”②，实现思想的突变，因此，写于延安的《在医院中》《我在霞村的时候》等，仍有着比较浓的“五四”风。更值得重视的是，尽管口头上承认工农兵重要，承认深入生活重要，但在日常生活中，却总愿意跟“自己人”待在一起，在上面找“韩荆州”。

延安文艺座谈会后，丁玲“就像唐三藏站在到达天界的河边看自己的躯壳顺水流去”③，有一种翻然而悟、憬然而惭、回头是岸的感觉。这一次，她说到做到，踏踏实实地走进工农兵的世界，在那里砥砺自己，教育自己，也在那里找到了自己的“韩荆州”，写出了《田保霖》等作品。思想、立场变了，自然而然的，情感、作风也变了。久而久之，连外貌也发生了变化。以前，在外国朋友眼中，她像高贵“没落的白俄”，可经历延安、晋察冀的工作后，她像“农村妇女”了。她为此而高兴，觉得自己“从前那个样子一定是很讨厌的”。④

经历了这样的磨炼，她真正从大闹天宫的“孙悟空”变成了共产主义机器上的一颗“螺丝钉”，无论顺境逆境，无论挫折多大，委屈多深，她再也没有幻灭，没有改变自己的共产主义信仰，没有改变自己的人民文艺理想。“文革”结束后“归来”的她，面对美籍华裔女作家於梨华对她在北大荒养鸡的错愕、感伤，坦然说自己首先是一个党员，

① 丁玲：《扎根在人民的土地上——在中国作协陕西分会座谈会上的讲话》，《丁玲全集》第8卷，河北人民出版社，2001年版，第473页。

② 丁玲：《关于立场问题我见》，《丁玲全集》第7卷，河北人民出版社，2001年版，第67页。

③ 丁玲：《文艺界对王实味应有的态度及反省》，《丁玲全集》第7卷，河北人民出版社，2001年版，第75页。

④ 丁玲：《扎根在人民的土地上——在中国作协陕西分会座谈会上的讲话》，《丁玲全集》第8卷，河北人民出版社，2001年版，第474、475页。

其次才是一个作家。访美期间，一些人以为她会大谈特谈“伤痕”，结果她却畅谈共产主义的好和中国的希望，让这些人大失所望，讥讽她是“从莎菲到杜晚香”。面对一些作家在新思潮冲击下心态虚无的现状，她以自己“文革”时狱中苦读的经历和心得，劝勉他们读马恩全集，说这是最好的书，书中有“最可爱的人”，读了就不会迷失自我。这是她那时最动情的话题，念念不忘，苦口婆心。[①] 联系到当时思想界以康德代马克思、以青年马克思代晚年马克思、以人道主义的马克思代共产主义的马克思的风潮，联系到当时共产主义遭遇挫折的大背景，她的坚持不仅勇敢，而且悲壮——在时人眼中，这无异于“白头宫女在，闲坐说玄宗”，既落寞，又怪异。但现在看，她的作为却很像玄奘讲经——宣讲以生命为代价求来的共产主义经典。

这是立场与态度问题，与之密切相关的，是文艺与政治的关系问题，是政治标准第一还是艺术标准第一及其相互关系的问题。丁玲自然清楚正确的政治意识对于革命文艺的重要性，到延安后为新政治催生的新生活和新人格所激动，她为之尽情抒写歌呼，但客观看，这时，在她内心，二者间的关系并不稳定，或者艺术标准与政治标准并驾齐驱，或者某个时候政治标准第一艺术标准第二，而另一个时候则相反。比如，在发表于 1941 年 2 月 25 日的《什么样的问题在文艺小组中》，她就放言文艺“没有教条，没有定律，没有神秘，没有清规戒律”[②]。她这是反对“八股”文风，但无意中也流露出对“主义”的抵触。

这种不稳定性在《讲话》后得到克服。《关于立场问题我见》，可

---

① 1982 年在和北京语言学院留学生谈话时（《和北京语言学院留学生的一次谈话》，《丁玲全集》第 8 卷，第 290 页），1983 年 10 月在湖南临澧创作座谈会上发言时（《从创作要有情谈起》，《丁玲全集》第 8 卷，第 300 页），1984 年 3 月在文讲所同青年作家谈话时（《迷到新的社会生活里去——在文讲所同青年作家谈创作》，《丁玲全集》第 8 卷，第 391 页），同年 9 月谈创作时（《谈创作》，《丁玲全集》第 8 卷，第 450–451 页），她都谈到这个问题。

② 丁玲：《什么样的问题在文艺小组中》，《丁玲全集》第 7 卷，河北人民出版社，2001 年版，第 48 页。

视为她初步的学习心得，她不仅“明确而肯定地承认”文艺的党性原则，而且认识到“有了大的整个的朦胧的世界观的前提”只是开始，关键是“如何养成在每个具体问题上随时随地都不脱离这轴心，都不稍微偏左或偏右”，否则，“我们即使有很高的艺术技巧，也很容易在取材上，在人物表现上动辄得咎”。[①] 经过艰难“修炼”，丁玲把自己从“孙悟空”炼成“螺丝钉”，文艺与政治之关系也渐趋稳定。这在她文章中有明显的表现，特别是在新中国成立后的文章中。政治标准成为她品评作家作品的首要标准，她“不同意艺术性和政治性分开来谈”，因为“脱离了思想和政治作用的所谓艺术不过是一种技术”。[②]

进入20世纪80年代，“去政治化”流行。在“纯文学”语境中，丁玲的认识有所调整，甚至有所后撤，但却从未放弃政治标准。比如，1981年8月上旬在延边文联举行的欢迎会上的讲话中，她反对“根本把政治抛开”的论调，解释说:“毛主席的‘政治第一，艺术第二’，是指作品要有最高的艺术，但艺术总是与政治有关的。一个作品艺术性很高，完全与政治无关，与人民生活无关，能吸引人看，虽也无害，但对人类也没有益处，用艺术性掩盖了政治上的贫乏，这种作品比那种艺术性低，政治性也低的作品，作用可能更加不好。”[③]

看得出来，虽然提高了艺术标准的地位，但政治标准仍是第一位的。到1982年，她的态度有了微妙的变化。为纪念《讲话》发表四十周年答中国青年报《向日葵》编者问时，她就从“有经有权”的角度出发阐释《讲话》，认为毛泽东是从中国革命需要出发考虑文艺问题，所以有些观点可能是权宜之计，但她进一步解释说，“毛主席当时提出衡量作品的标准是政治第一，艺术第二。经过几十年来的实践检验，

---

① 丁玲:《关于立场问题我见》,《丁玲全集》第7卷，河北人民出版社，2001年版，第65、66、67页。

② 丁玲:《在前进的道路上——关于读文学书的问题》,《丁玲全集》第7卷，河北人民出版社，2001年版，第124页。

③ 丁玲:《延边之行谈创作》,《丁玲全集》第8卷，河北人民出版社，2001年版，第218–219页。

这个提法看来不够确切。因为称得上好作品的就得是艺术品，而好的艺术品（作为观念形态的艺术品）就必然得是有思想性的东西。不能截然把两个标准分开。”[①] 同年 6 月，在天津文艺界座谈会上的讲话中，她再谈这个问题，认为以前对政治与艺术关系的理解太僵化，“就文学讲当然是艺术第一啦！怎么能说政治第一呢？政治第一，是社论；文学创作是艺术第一。事实上假如一个作品没艺术性，光政治性，第一是做到了，第二就没有了，那还算什么文学作品呢？”但她紧跟着又追问道：“哪个作品不是有高度的政治性它才更富有艺术生命？”[②] 从这种迂回，既可看出理论的纠结，更可看出坚守的不易。

二、从群众中来，到群众中去

丁玲文论的第二个关键词是生活——深入生活。与多数理论家只是从思想的“顶层”泛谈，多数作家只是从创作的“细部”琐谈不同，丁玲既是知名作家，又有极强的理论意识，《讲话》后更是理论学习与深入生活兼修，在创作与认识上都有了很大的提高。可以说，这是丁玲文论中最系统也最富有启发性的部分，具有很高的理论完成度。

丁玲的深入生活论是一个多维的理论整体，但其首要问题是生活的深度问题。这几乎是伴随丁玲一生的问题，她自“左联”时期就开始思考这个问题，但集中讨论，却是在新中国成立后她担任文艺战线领导职务时——她多次就此发声，仅从题目变化上就能看出她思考的深化。1949 年 7 月，在第一次文代会上，她作了《从群众中来，到群众中去》的书面发言，号召文艺工作者深入生活，提高创作。1953

① 丁玲：《回忆与期望——为纪念〈在延安文艺座谈会上的讲话〉发表四十周年答中国青年报〈向日葵〉编者问》，《丁玲全集》第 8 卷，河北人民出版社，2001 年版，第 252 页。

② 丁玲：《谈写作》，《丁玲全集》第 8 卷，河北人民出版社，2001 年版，第 268 页。

年，在第二次文代会上，她作了《到群众中去落户》的讲话，对深入的要求从“来”“去”提高到“落户”，而且对“体验生活”“下去生活”“我们有生活”等流行观念作了透辟的批评，提出真要创作，“就必须要长期在一定的地方生活，要落户，把户口落在群众当中”[①]。

就像这篇文章题目所显示的，在丁玲这里，深入生活不只是一种导向，而且有具体操作方法。在《从群众中来，到群众中去》中，她对如何深入生活作了详尽的解说。深入生活，首先要解决好“做客人还是和群众一同做主人”的问题。毫无疑问，“做客人”的态度要不得，因为劳而无功，而“和群众一同做主人”就必须“觉得群众的事情就是你的事情”，想群众之所想，急群众之所急，为群众之所为，这样，“群众就自然来找你，请教你，把情形不厌其详地告诉你，那么你要得到的东西就都在这里了。”[②]其次是“当先生还是当学生”的问题。“和群众一起做主人”并不是下车伊始就指手画脚，指挥群众，而是要“抱着当学生的态度，先向群众学习，真的学习好了，了解他们，帮他们出主意，使你的主意为他们所愿意接受，这种当学生又当先生的态度，是群众最喜欢的”[③]。最后是“为写作还是为把工作做好”的问题。作家深入生活当然是为了写作，但“必须先有把工作做好的精神”，因为只有这样，才能真正深入下去，“详细地去研究问题，研究各种人物的思想，和政策执行中的正确与偏差，而且你就一定会要在作品中去解决你在工作中解决过的和没有解决过的问题”，这样“了解的人物才会更有血肉、有感情”。[④]这三组关系处理好了，“一个人的生活习惯，

---

① 丁玲:《到群众中去落户》,《丁玲全集》第7卷，河北人民出版社，2001年版，第363页。

② 丁玲:《从群众中来，到群众中去》,《丁玲全集》第7卷，河北人民出版社，2001年版，第109页。

③ 丁玲:《从群众中来，到群众中去》,《丁玲全集》第7卷，河北人民出版社，2001年版，第109页。

④ 丁玲:《从群众中来，到群众中去》,《丁玲全集》第7卷，河北人民出版社，2001年版，第109、110页。

喜恶爱憎，自自然然就起了变化”，“这时你才感到你真真地爱上了他们，他们的一呼一息都会震动你，你会不断地想他们，你会感到你必须多给他们一些东西，你会感到他们是你精神上的支持者，鼓励者”。[①]这是个循环提高的过程，当这一段生活告一个段落的时候，“而他又是一个文学工作者的时候，他就必须来反刍一下，消化一下这生活。在消化这一段生活时，他就感到涌起了更新鲜的感觉，更深刻的认识，他就感到的确体验出一点什么东西来了。”[②]

深入生活不仅有操作方法，而且有检验标准，那就是是否真正在群众中落了户。丁玲提出这个检验标准，是因为当时一些作家处于这样一种情形：“世界虽然广阔，可是我们活动的范围却非常狭窄；生活虽然是蓬蓬勃勃，丰富而绚烂，可是我们日常的生活却非常贫乏。我们既然生活不多，就主观地在屋子里谈天说地，纸上谈兵，以弥补我们的空虚。”这样，“谈典型的时候，脑子里是连一个人物也没有的，至少人物不多，影子很模糊”，谈主要矛盾，谈事物本质的时候，“连很少的群众斗争生活都不知道”。[③]这样，像瞎子摸象，容易曲解生活。丁玲借用托尔斯泰、契诃夫、曹雪芹等人的例子来论证自己的观点，他们写得好，“固然由于他们有伟大的天才，有学问，有修养”，还由于他们有一个方便，“他们所写的人，都是有模特儿的，他们的模特儿不是堂兄，就是堂弟，不是表姐，就是姨妹，自幼就和他们生活在一起，他把这些人都摸透了，自然写来顺手，写得那样亲切。”[④]当时的作家固然有自己的亲戚、朋友，可大都是知识分子、机关干部这样的老

---

① 丁玲:《从群众中来，到群众中去》,《丁玲全集》第7卷，河北人民出版社，2001年版，第110页。

② 丁玲:《到群众中去落户》,《丁玲全集》第7卷，河北人民出版社，2001年版，第361–362页。

③ 丁玲:《到群众中去落户》,《丁玲全集》第7卷，河北人民出版社，2001年版，第359页。

④ 丁玲:《到群众中去落户》,《丁玲全集》第7卷，河北人民出版社，2001年版，第359页。

亲戚、老朋友，跟当时写工农兵的时代任务有距离，因此，需要到群众中去落户，在那里找新亲戚，交新朋友。这个问题，不仅在当时有必要，而且有一定的普适性：一位作家如果不能交往到新的亲戚、朋友，而只是表现身边的老亲戚、老朋友，他的创作很可能会遭遇困境。丁玲所举的托尔斯泰、契诃夫、曹雪芹等人，大都出身于大家庭，亲戚、朋友本来就多，而且他们也没有画地为牢，而是以各种方式深入生活，特别是民间生活，拓展自己的世界，交往新的亲戚、朋友。

这个问题是如此重要，以至于新时期之后，“纯文学”流行，深入生活为人所抵制、诟病，丁玲仍屡屡谈论。1981 年 4 月 7 日，她与厦门大学师生交流时认为“到群众中去落户”还不够，还应该“使自己和劳动人民融为一体”，使自己和劳动人民“心有灵犀一点通”。[①] 1982 年，她在《红旗》杂志第 9 期发表《到群众中去！》的文章，强调“要把许多问题都拿到群众中去”[②] 认识、分析、解决。1984 年 3 月在文讲所的一次讲话中，她提出要“迷到新的社会生活里去”[③]。看得出来，认识更深，感情也更浓了，不但要“落户”，还要“迷”。笔者对当下的文学创作有所了解，面对当前创作中生活寡淡、人物单一、情感稀薄、语言乏味的现状，时时觉得这是一份被背叛的遗嘱。

丁玲的深入生活论的第二个问题是生活的广度问题。一般人谈深入生活，往往顾名思义，只想到纵向的深度，却忽略了横向的深度，即生活的广度。对此，丁玲却有周到的思考。丁玲思考这个问题，首先是为了解决生活的八股化、公式化问题。原则上讲，当然没有八股化、公式化的生活，但有些基层干部却会从“上边”或“外边”——包括深入生活的作家——学来一些关于生产、生活的条条框框，把生

① 丁玲:《文学创作的准备》,《丁玲全集》第 8 卷，河北人民出版社，2001 年版，第 359 页。

② 丁玲:《到群众中去》,《丁玲全集》第 8 卷，河北人民出版社，2001 年版，第 244 页。

③ 丁玲:《迷到新的社会生活里去——在文讲所同青年作家谈创作》,《丁玲全集》第 8 卷，河北人民出版社，2001 年版，第 391 页。

活八股化、公式化了。假如作家只在这样的地方深入生活，理论水平又有限，那么即使再深入，看到的生活不但狭窄，而且可能虚假。如果他再把这种生活加以表现，反作用于生活，就会恶性循环。因此，丁玲建议，“要钻到我们所写的生活里去，钻得深些，沉得长久些，同时要跟着那个圈子逐步扩大”，既要有圈子，“又要不把圈子弄得很小。生活越多，了解人越深，看东西越敏锐，这里面极有乐趣”。[①]

丁玲思考深入生活的广度问题，更是基于文学本体论的考虑，即作家深入生活是为了交往新的亲戚、朋友，但不是在一个地方停下来找，而是要在既深且广的生活中找。归根结底，“一个作家不可能只写一种人，一篇作品里，也不只一种人”[②]。更进一步看，丁玲讨论的其实是典型人物塑造的问题。在丁玲看来，“创作，根本的问题是要写出人来，要写行动里面的人，要从很多行动里去塑造人物。要这样，我们就必得有一批我们非常了解、非常熟悉的人物。如果我们深入生活在一个地方，对张三、李四这样几个朋友很熟悉了，那我们将来到另一个地方，见到另一个人，马上会觉得，啊！这个人像张三，再见到另一个人，啊！这个人像李四。因为张三、李四原来和你就很熟，对你理解新认识的人有帮助，而这新认识的人也同时丰富了你所熟悉的张三或李四。这时你若是写东西，写别的人写不出来，要写张三、李四这样的人，你就一定可以写出来；并且比原来的张三李四更集中更典型。”[③] 简言之，典型来自作家、艺术家的头脑，而作家、艺术家头脑中的模特必须是他们熟悉的人物。对作家来说，这样的人物当然是韩信将兵，多多益善。丁玲特别反感作家像小生意人一样有两个钱做四个钱的买卖，强调要“储蓄”生活、“储蓄”人物。她多次以文学作品中

① 丁玲：《到群众中去落户》，《丁玲全集》第 7 卷，河北人民出版社，2001 年版，第 365、366 页。

② 丁玲：《到群众中去落户》，《丁玲全集》第 7 卷，河北人民出版社，2001 年版，第 365 页。

③ 丁玲：《生活、思想与人物》，《丁玲全集》第 7 卷，河北人民出版社，2001 年版，第 421 页。

的吝啬鬼为例谈这个问题，比如在旅大小平岛苏军疗养院的一次讲话中，她就以巴尔扎克笔下的葛朗台自况，说自己一个人的时候，“常常要打开自己脑子中的那口秘密的箱子，同我的人物——不是金钱，只是人物——对坐半天。我常常要加一些新的东西进去，要变更一些人，充实一些人。”[①] 这个说法很有意味，值得三思：作家是另类的吝啬鬼，只不过他们珍惜的不是钱财，而是生活、人物。

丁玲的深入生活论的第三个问题是深入生活与研究生活的关系问题。如何使生活与思想有机融合，激发出强劲的美学，是革命文艺、人民文艺的核心问题。对此，丁玲左右开弓，既反对有思想无生活，也反对有生活无思想，她认为优秀的作家必须思想与生活两手抓两手硬。在《从群众中来，到群众中去》中，在反复强调深入生活的重要性时，她也不忘提醒，“作家应该较一般工作者政治水平高，对当时当地的工作有进一步的比较深刻的看法”，要能够“指出那生活的本质是什么”。[②] 在《到群众中去落户》中，针对当时将深入生活与研究生活割裂的倾向，她作了更细致的阐发，认为研究生活的能力“只有在生活中才能提高”，“分析生活，批判生活实际与生活是同时进行的”。[③] 有人在将深入生活与研究生活割裂时，以丁玲的《粮秣主任》为例，说她到官厅水库建设现场深入生活没几天就写出了这部作品，有的人深入生活好几年也写不出像样的东西，可见深入生活不如研究生活重要。对此，丁玲坦言：“我并不是不要生活就可以写文章”，“下去两天就写出文章来”，“那是因为官厅水库有我的熟人，有老朋友，有点桑干河的生活，有粮秣主任那样一个人物。”把自己“移花接木”的秘密和盘托出后，她再次强调说：“理解生活当然很重要；但没有生活，没有深

---

① 丁玲：《在旅大小平岛苏军疗养院的一次讲话》，《丁玲全集》第7卷，河北人民出版社，2001年版，第355页。

② 丁玲：《从群众中来，到群众中去》，《丁玲全集》第7卷，河北人民出版社，2001年版，第113、114页。

③ 丁玲：《到群众中去落户》，《丁玲全集》第7卷，河北人民出版社，2001年版，第364页。

入的生活，怎么理解呢？”① 在《到群众中去！》中，她强调二者的促进关系：“一个有经验的人同没有经验的人同时学习理论，收获是有很大悬殊的。前者可以一点就懂，后者总是格格不入。反之，有正确理论的人，和没有理论的人同时到生活中去，收获也是大不一样。前者可以在生活中发现无数宝藏，五彩缤纷，美不胜收，可以采撷其中的这点、那点写出好作品。后者则淹没在生活的海洋里，却一无所见，无所感兴，谈不上创作；即使看见了生活中的一鳞半爪，也抓不住主要问题，只能罗列事件，对生活没有浓郁的热情，糟蹋了素材。”② 结合上下文看，丁玲已将论题其推进到思想、生活、技巧合一的层面，认为这三方面的修养“必须联系在一起，相辅相成，同时进行，逐渐提高，逐渐深化，逐渐纯净，汇于一体，才能达到真正的思想上的解放和创作上的自由，写出来的作品才能达到深湛有致”③。

丁玲的深入生活论的第四个问题是批评“我有生活”论。所谓“我有生活”论，是新中国成立后丁玲发现的在基层青年工作者中存在的一种比较普遍的现象，他们常说：“我有生活，就是不会写。”④ 对此，丁玲指出，一是他们的生活比较狭窄，甚至是公式化、概念化的生活，二是他们的思想理论水平不够，不能很好地研究生活、分析生活。要解决好这个问题，一是必须在深入生活的基础上扩大生活面，二是提高自己的思想理论水平。只有这样，才能既有生活，又会写生活。

新时期之后，文艺思潮转型，深入生活被视为过时的思想和做法。这时，“我有生活”论产生了一些变体。一是写自己熟悉的生活，这种

---

① 丁玲:《生活、思想与人物》,《丁玲全集》第 7 卷，河北人民出版社，2001 年版，第 434、435 页。

② 丁玲:《到群众中去！》,《丁玲全集》第 8 卷，河北人民出版社，2001 年版，第 246 页。

③ 丁玲:《到群众中去！》,《丁玲全集》第 8 卷，河北人民出版社，2001 年版，第 245 页。

④ 丁玲:《到群众中去落户》,《丁玲全集》第 7 卷，河北人民出版社，2001 年版，第 363 页。

论点进一步发展，就变成了写自我，写内心。这种观点当然不再认为自己有生活，只是写不好，而是反其道而行，认为自己熟悉的生活乃至自己的生活才是最值得写的，这其实是把“写熟悉的生活”“写自己”与深入生活对立起来，尤其反对深入生活的广度。对此，丁玲表示反对。1980年在中国作家协会文学讲习所对青年作家的讲话时，她直言相告：“正因为作家只能写自己最熟悉的生活，作家便应该继续深入生活，始终深入生活，努力熟悉日新月异的人民群众的新的生活。如果把写自己熟悉的和深入生活对立起来，因而远离人民的生活，结果只能使作家的耳目失聪，堵塞创作的源泉，使作品枯竭苍白。”①

当时，丁玲的观点乏人认同，她却更坚韧。她反对将“写自己所熟悉的”“写自我”与“写广大劳动人民的生活”对立的观点，认为这三者不但不矛盾，反而是同一个问题的不同层面，毕竟，对自我、自己熟悉的生活的认识，只有在广阔的现实中才能深化。因此，无论写自我，写他人，还是写大众，深入生活都是必修课。只有这样，“作家生活的底子才可能更加厚实，他的创作也才可能有思想艺术上的深度和广度，才能有新的突破，写起来也才能得心应手，左右逢源。”②

紧接着，丁玲提出了一个更具本体论色彩的问题——生活的意义问题。她说：“社会生活是多方面的，有沸腾的、绚丽多彩的、有意义的生活，也有凝滞的、平淡无奇的、无甚意义的生活，只有深入到人民大众沸腾的、发展变化的生活中去，使自己的思想感情与广大人民的思想感情一致起来，这样，作家从事创作，他的感受、他的想象才不是空泛的、虚无的，才有现实意义，才能感人至深。”③丁玲的话看似家常，实则精警：固然到处都有生活，但却并不是所有的生活都有意

① 丁玲：《生活·创作·时代灵魂》，《丁玲全集》第8卷，河北人民出版社，2001年版，第101–102页。

② 丁玲：《答〈当代文学〉问》，《丁玲全集》第8卷，河北人民出版社，2001年版，第161页。

③ 丁玲：《答〈当代文学〉问》，《丁玲全集》第8卷，河北人民出版社，2001年版，第162页。

义，或者更准确地说，不同的生活意义是不一样的。而且，同样的生活，在某个时刻是有意义的，在另一个时刻，意义或许会打折扣。比如，新时期“写自我”之所以有意义，是因为之前的文学艺术太过于关注宏大话题，忽略了“自我”的存在与价值，这种忽略积累到一定程度就产生新的宏大话题，引发“轰动效应”。而当“自我”成为流行话题，甚至不断走向极端时，其意义就会打折扣，乃至消失。

丁玲的话很有启发。固然到处都有生活，可有的生活意义有限。作家是意义生产者——美也是意义之一种，捕捉有意义的生活是基本功。这种有意义的生活既在自身，也在周边，更在广阔的现实生活中。

三、我们宁愿只要一本好的书

如果说阅读丁玲文论中关于思想与立场的文字令人感动，阅读她深入生活的论述发人深思的话，那么，阅读她谈艺术、技巧的文字则如漫步春日田园，时时可见烂漫山花、怡人风物，令人赏心悦目。之所以如此，一则因为丁玲是著名作家，对艺术独具慧眼，往往别出机杼，妙语如珠。二则因为丁玲明白艺术就是艺术，离开了技巧，即使再有生活，再有思想，也不一定能成功，因此极端重视作品的艺术性，重视艺术技巧，就像她引用革拉特珂夫的话所强调的，“作家绝不能降到当代文化水准之下去，他不应做一个小巧的工匠，而应做一个技术的支配者”[①]，又或者如她引用爱伦堡的话所强调的，“我们宁愿只要一本好的书，不要一百本不好的书。”[②] 这使她有许多精彩的见解。

小说是语言的艺术，丁玲很注意小说语言。她是“五四”文学之子，她早期的小说受欧化语言影响很深，也极富个性，但随着写作环

① 丁玲:《作家与大众》,《丁玲全集》第 7 卷，河北人民出版社，2001 年版，第 44–45 页。

② 丁玲:《生活·创作·时代灵魂》,《丁玲全集》第 8 卷，河北人民出版社，2001 年版，第 102 页。

境的变化与写作理念的深化，她在接受欧化语言的优点时，也越来越意识到其弊端，“说一句话总不直截了当，总要转弯抹角，好像故意不要人懂一样，或者就形容词一大堆，以越多越漂亮，深奥的确显得深奥，好像很有文学气氛，就是不叫人懂得，不叫人读下去。”[①] 因此，她建议到群众中去落户时，不仅要体会他们的生活，体会他们的情感，而且要学习他们的语言。但学习群众语言，她也反对生搬硬套，反对“去掉一些装腔作势的欧化文字，而又换上一些开杂货铺似的歇后语、口头语，一些不必要的冷僻的方言”[②]，反对“把群众的语言都拿来不加选择地用到我们作品的行文里”[③]。说到底，她是要重新发明语言，既要用群众语言丰富文学创作，又要用文学创作丰富群众语言，实现文学语言与生活语言的双赢。还是她自己说得更达意：“作家笔底下的话，应该是人人心中所有，而不是人人笔下所有的。”[④]

小说是写人的艺术。[⑤] 丁玲十分关注小说人物塑造问题，认为“文学创作，主要是要写人。思想是依靠写出活生生的人来表达的。人物写不活，读者也不会感动”[⑥]，认为“最重要的就是要写出人来，就是要钻到人的心里面去，你要不写出那个人的心理状态，不写出那个人灵

---

① 丁玲:《从群众中来，到群众中去》,《丁玲全集》第7卷，河北人民出版社，2001年版，第112页。

② 丁玲:《从群众中来，到群众中去》,《丁玲全集》第7卷，河北人民出版社，2001年版，第112页。

③ 丁玲:《谈写作》,《丁玲全集》第8卷，河北人民出版社，2001年版，第268页。

④ 丁玲:《作家与大众》,《丁玲全集》第7卷，河北人民出版社，2001年版，第45页。

⑤ 现在，艺术理念多元，现代主义、后现代主义艺术不再把人物作为小说的中心任务，但现实主义文学离不开人物，现实主义文学也仍然为人所喜爱，所以有必要谈谈丁玲的观点，以供参考。

⑥ 丁玲:《谈与创作有关诸问题》,《丁玲全集》第7卷，河北人民出版社，2001年版，第337页。

魂里的东西，光有点故事，我总觉得这个东西没有兴趣”。[①] 为此，丁玲才强调作家要深入生活，既能在一个地方落户，又能不断突破自己，扩大生活圈子。上文已简要提到，丁玲谈的是典型人物的塑造问题。在丁玲看来，“所谓典型，决不是东取一个人，西取一个人，把张三、李四、王五‘加’起来，或者‘乘’起来。也不是我们先从理论上来一个典型，再用生活中的这个那个去拼凑”，而是要从自己“储蓄”的人物“得到启发，得到理论的认识，又联系到很多具体事件、具体人物来”[②] 来补充、创造，“因为我们看到的、认识的，原来都还不是全面的人，不是典型的人，把他拿到车床上，对他加工、熔铸，费了一番功夫，这些人就有所改变了，张三就成了一个比较典型的人，比较有味道的人。如果张三和李四差不多，那就把他们融在一起，变成了王五，这个王五就包括了张三、李四，王五就更全面些，就更丰富些，就成了一种典型。”[③] 这种源于创作经验的理论，很值得学习。

对作品的深层意识和导向，丁玲有十分敏感，往往能去蔽见真。比如，萧也牧的《我们夫妇之间》1950 年在《人民文学》发表后，引发一片叫好声，丁玲却敏锐地发现了其中的趣味问题——小市民低级趣味问题，“喜欢把一切严肃的问题，都给它趣味化，一切严肃的、政治的、思想的问题，都被他们在轻轻松松嬉皮笑脸中取消了”[④]，因而写了一封公开信，批评这种趣味。尽管由于当时的环境问题，这种批评给萧也牧带来巨大压力和一定伤害，但客观看，丁玲的观点是实事求是的，有见地的，即使对今天的文学创作也有一定借鉴意义——我们

---

① 丁玲:《答〈开卷〉记者问》,《丁玲全集》第 8 卷，河北人民出版社，2001 年版，第 9 页。

② 丁玲:《生活、思想与人物》,《丁玲全集》第 7 卷，河北人民出版社，2001 年版，第 423 页。

③ 丁玲:《文学创作的准备》,《丁玲全集》第 8 卷，河北人民出版社，2001 年版，第 173 页。

④ 丁玲:《作为一种倾向来看——给萧也牧同志的一封信》,《丁玲全集》第 7 卷，河北人民出版社，2001 年版，第 259 页。

今天的文学作品，不正在被这种“趣味”所包围吗？再如，新时期后，“伤痕”文学流行，对推动思想解放发挥了一定作用，但丁玲却很早就发现了其中的消极因素，一方面肯定它，因为现实中有伤痕，“不写伤痕是不行的”，但她同时又强调“作家是有自觉的人，不能光是叹气、受苦，还要引导”，要写得“乐观”“有力量”。[①]在当时，这种意见不为人所理解，但现在看却高人一筹，属于远见卓识。

在艺术性方面，丁玲思考最周密也最有启发的，是民族形式问题。丁玲思考民族形式问题，至少有两个动因。一是写作自觉。丁玲在写作中意识到欧化形式的不足，这促使她思考民族形式。她年轻时就曾想用《红楼梦》的手法创作《母亲》，但由于被国民党羁押，未能如愿；到延安后，她又曾想用《三国演义》的手法写反映边区革命的长篇小说，但由于储备不足，也未能如愿。二是理论追求。新中国成立后，民族化、大众化是人民文艺的目标，丁玲必须研究。新时期后，一味追求洋化，排斥民族形式，这反向逼迫丁玲思考、研究这一问题。

虽然兹事体大，但丁玲谈论时，却举重若轻，深入浅出。她先是从自己身边的人事写起，写自己碰到一个在延安长大的小孩不愿意看现代的戏，却愿意看《红楼梦》，因为《红楼梦》里的人物他“看得见，戏里的人物是模糊的”[②]，写自己的小外孙特别喜欢看《三国演义》，却不喜欢看现代军事题材作品。这些身边“小事”让她思考一个大问题：为什么人们不喜欢现在的作品，却喜欢优秀的传统作品？这使丁玲意识到，“我们现在的作品太欧化了”，忽视了继承“中国形式、中国传统中的优秀的东西”[③]。为此，她主动总结中国优秀传统文艺的特点，认为其最大的优点就是“迷人”：“它不要你了解故事的前前后后、

① 丁玲：《答〈开卷〉记者问》，《丁玲全集》第8卷，河北人民出版社，2001年版，第11页。

② 丁玲：《苏联的文学与艺术——在天津文艺青年集会上的讲演》，《丁玲全集》第7卷，河北人民出版社，2001年版，第136页。

③ 丁玲：《谈写作》，《丁玲全集》第8卷，河北人民出版社，2001年版，第271页。

琐琐碎碎，它用感情引动你的感情”[①]，让人一再回味。

上面讨论的是“写得怎么样”的问题。由此倒推，丁玲又深究“写什么”的问题。她认为既然“文学是人学”，文学就要写人，但不是靠作者絮絮叨叨地说出来，而是“用具体的事”来写。她以《三国演义》为例，指出赤壁之战是那个时候最大的战争题材，通过这个题材把《三国演义》中的主要人物都写出来了，可以说“没有赤壁大战就没有《三国演义》”。[②]丁玲讲的，其实就是抓题材、抓主题的问题。

解决了“写什么”的问题后，丁玲接着讨论“怎么写”的问题，认为中国传统小说擅长通过事来写人，“中国的传统形式里最吸引人的东西就是它每讲一件事、一个故事，它里面有很多小的故事，或者叫小事，拿那个小事把你要写的大事衬托出来了。入情入理，非常充分”。[③]但写事写人“一定要讲情、讲理，也就是寓情于理”，而且一定“从社会来想问题，从人来想问题，从人与人的关系来想问题”。[④]丁玲讨论问题时，不但析理，而且说事——分析作品，很有说服力。

四、我们的情感太渺小

思想、生活、艺术是丁玲文论的三个核心概念，但这三个概念并非各自为战，而是共同扎根于同一地基——热情——之上。正是这一共同的地基，使这三个概念不仅在不同的维度上持续深化、发展，而且交融共生，构成一个有机整体。可见，热情才是丁玲文论最核心的

① 丁玲:《谈写作》,《丁玲全集》第8卷，河北人民出版社，2001年版，第273页。

② 丁玲:《和湖南青年作者谈创作》,《丁玲全集》第8卷，河北人民出版社，2001年版，第318页。

③ 丁玲:《谈写作》,《丁玲全集》第8卷，河北人民出版社，2001年版，第271–272页。

④ 丁玲:《和湖南青年作者谈创作》,《丁玲全集》第8卷，河北人民出版社，2001年版，第319页。

概念。但由于已有专论[①]，笔者不再展开，只约略谈谈，以为提示。

正如瞿秋白对丁玲的评价——“飞蛾扑火，非死不止”——所显示的，热情是丁玲最鲜明的精神特质。正是这种精神的激发，使她年轻时就对腐朽没落的封建之“家”心生愤火，出门远行。正是这种精神的爆发，使她在夜气如磐的旧中国感受到无法忍受的苦闷，成为“叛逆的绝叫者”。正是这种精神的支持，使她忍辱含羞，寄身魍魉世界。正是这种精神的感召，使她摆脱羁网，奔赴高原。正是这种精神的振作，使“昨天文小姐”化身“今日武将军”，纵横驰骋，纵情高呼。正是这种精神的烛照，使她沉潜人间，成为与人民同甘共苦的作家。正是这种精神的砥砺，使她成为风雪人间的苦思苦行者，成为人民文艺九死不悔的倡扬、躬行者。就在这颠沛波折、苦难辉煌的追求中，她由追光的飞蛾变成了发光的凤凰，照亮自己，照亮文学，照亮世界。

这种精神特质不仅贯注于丁玲的生命中，而且贯注于其文学中。诚如有研究者指出的，丁玲的文学是“有情”的文学，她的绝大多数作品都因真情而显豁、动人、敞亮，绝少造作，绝无虚假，绝不虚无。而且，随着阅历增加，认识深化，生活丰富，她的情感不仅投射于作品主要人物之身，而且流注于小说次要人物身上，流布于字里行间，产生溢出之美。比如，《太阳照在桑干河上》讲的是土改的故事，小说主要人物是暖水屯支部书记张裕民、农会主任程仁等土改积极分子，以及地主钱文贵、富裕中农顾涌等土改对象。小说中，这些人物固然可圈可点，但一些次要人物乃至边缘人物也立体可感，有的甚至比“主角”还动人，比如黑妮、侯忠全，特别是那个泪水横流的无名老太婆——开群众大会批斗钱文贵前，张裕民带着积极分子到侧屋商

① 参见李杨:《“革命”与“有情”——丁玲再解读》(《文学评论》2017年第1期);何吉贤:《“热情”与20世纪中国文学的基本情感动力》(《汉语言文学研究》2022年第1期),《“从延安走来的人”——丁玲与〈在延安文艺座谈会上的讲话〉的发生及其当代阐释》(《文艺理论与批评》2022年第3期)。

量，发现“房子里还剩下一个老太婆，她的牙缺了，耳聋了，脚不方便，却把一个脸贴在玻璃窗上，望着外面的群众憨憨地笑，眼泪镶在眼角上”，她看见张裕民等人进来，“呆了一会儿，好像忽然明白了什么，从炕那头爬了过来。头老是不断地摇着，她举着手，嘴张开，却什么也没有说出来。只是笑，笑着笑着，眼泪忽然像泉涌一样地流出来。”[①] 阅读这部小说时，最打动笔者的就是这个情节。这个仅出现了一次的人物什么也没有说，可又什么都说了。她那无声的泪水是最生动的语言，把中国共产党带领中国农民通过土地革命化寒冰为暖流的历史讲得动人心弦——中国共产党是冉冉升起的太阳，而老太婆和侯忠全等人眼中奔流的泪水，就是被太阳融化的农民心底的千年寒冰。

丁玲能做到这一点，是因为热情，是因为她拥有丰富、饱满、伟大的情感。这种情感使她能够看到更多的人，关心更多的人，爱更多的人。而这，也是丁玲文论的枢纽所在。丁玲强调作家要扩大、提升自己的情感。1949 年，丁玲在青年团举办的青年讲座上谈读文学书问题，谈到冰心的作品，在肯定其意义和贡献后，也指出其作品中存在一种倾向，“把感情束缚在很渺小、很琐碎、与世界上人类关系很少的事情上，把人的感情缩小了，只能成为一个小姑娘，没有勇气飞出去，它使我们关在小圈子里”[②]。笔者以为，丁玲的这个论断是有道理的，而且这不是冰心一个人的倾向，而是“五四”时期一些作家共有的。究其极，丁玲谈的既是情感对象问题，也是情感扩容问题，更是情感质量问题。对作家来说，这是无法回避的根本性问题——对什么人有情感，情感是否真挚，情感浓度如何，是决定作品质量的关键。对于人民文艺而言，关键就在于作家对人民的情感。为此，丁玲才反复强调作家要培养对群众的感情。1953 年，她在一次会议发言中指出，虽然

① 丁玲:《太阳照在桑干河上》,《丁玲全集》第 2 卷，河北人民出版社，2001 年版，第 256 页。

② 丁玲:《在前进的道路上——关于读文学书的问题》,《丁玲全集》第 7 卷，河北人民出版社，2001 年版，第 120 页。

《讲话》后，作家改造了思想，转变了立场，“和人民的感情一致了”，可是仍然写不好，主要原因是“我们的感情太渺小，只是萤火虫的光，光小就燃烧不起来”，进而指出“只关心自己，没有对人民群众的感情，这是不行的”，最后强调“到群众中去，改造、丰富、培养、扩大对他们的感情”。[①] 这是讨论这个问题最好的文字。在“萤火虫的光”常见而精神灯火不彰的当下，简直可作座右铭。

除强调情感容量、质量、浓度外，丁玲还强调情感导向问题。1952 年 8 月 19 日，在天津学生暑期文艺讲座上的讲话中，在谈到如何才能发现新事物时，丁玲提出了一个极有价值的观点：“应当把我们的感情放在新生的方面，不要放在死亡的方面。我们的感情同新生的东西的感情要是一致的，一道的；而不同情、不可怜将死亡的东西。”[②] 这当然不是说不可以写旧世界、旧生活、旧人物——古今中外许多大作家、艺术家都有这方面的传世佳作，问题的关键在于感情在哪边，在于情感导向。那些反映旧世界、旧生活、旧人物的作品之所以传世，主要就是因为它们不仅表达了对“旧”的憎，也表达了对“新”的爱，更发现、礼赞了从“旧”世界的废墟中萌生的“新”人“新”事。说到底，人类社会就是一个新旧更替、辩证发展的过程，文学艺术的一个核心作用就是发现、传达新价值、新道德、新人物、新生活。丁玲还以自己作品中的人物为例来说明这个问题，她坦言，自己作品中的人物“是渐渐在改变的。像莎菲这样的人物，看得出慢慢在被淘汰。因为社会在改变，我的思想有改变。我渐渐看到比较更可爱的人了，因此我笔下的人物也就慢慢改变了性格”。即使这些人物不能一下子被淘汰，但在他们身上旧的因素不断减少，新的因素逐渐增多，就像“《我在霞村的时候》里的女主角”，虽然她“精神里的东西，还是有和

---

① 丁玲:《作家需要培养对群众的感情》,《丁玲全集》第 7 卷，河北人民出版社，2001 年版，第 372 页。

② 丁玲:《谈新事物》,《丁玲全集》第 7 卷，河北人民出版社，2001 年版，第 316–317 页。

莎菲相同的地方”，但“她的成分变了，她比莎菲乐观，开朗”。[①] 这告诉我们，作家和其作品中的人物都是在跟世界的博弈中成长的。

在丁玲那里，这个“新生的方面”不是抽象的，而是有具体所指，那就是社会主义，社会主义新中国，社会主义新中国的人民群众。她多次谈到这个问题。新时期之后，解构之风盛行，社会主义遭遇挑战，她谈得更频繁，更动情，更坚定，更直白。她直言，“文学家、作家都有爱、有恨。他们爱什么，恨什么是明朗的。”紧接着，她深情表白：“我们要爱我们的社会主义，爱我们社会主义现实主义的文学事业，不让一些脏东西来污染我们；我们要把爱这些东西成为我们的一种本性。我们要围绕着我们的国家、人民、社会主义、社会主义文艺事业去爱、去拥抱，或者去恨、去攻击扫荡，要有这样一股热情。”[②]

这就是丁玲的文学之根。就因为这个“根”，丁玲才飞蛾扑火般地追求共产主义，九死不悔；才深入生活，脱胎换骨，以群众为亲友；才极端重视艺术技巧，宁愿只要一本好的书，不要一百本不好的书。

---

① 丁玲:《生活、思想与人物》,《丁玲全集》第 7 卷，河北人民出版社，2001 年版，第 432 页。

② 丁玲:《根》,《丁玲全集》第 8 卷，河北人民出版社，2001 年版，第 343 页。

目 录

丁玲文论精选

第三辑　迷到新的社会生活里去

第一辑

谈自己的创作

我的自白*

我今天来到光华，没有预备来讲什么，我们就随便谈谈吧。谈什么东西呢？哦！谈谈我自己吧。

我现在成为社会一般人所注目的人，之所以能引起别人对于我的特别兴趣，是因为我背叛了一切亲人，而特别对“一个人”亲近；最近则因为我是一个写小说的人了。

不久以前，因为一个不幸的事件，跟着就有人在报章上登着关于丁玲女士的凄楚的故事：说什么丁玲终日以泪洗面，扶孤返湘等消息。其实这是错误的，是一种模糊的印象。社会上，有人特别注意到我，关怀着我，这有许多是真正同情的赐予，而有许多人却甚无味。

我写小说已经三年了。我不敢说，写得有什么成绩；不过在我自己讲起来，确是以认真的态度，做了至善的努力，然而得到了什么？对于自己的作品，对于自身分析的批判，都曾下了功夫。我知道有许多人常谈到我，不过多为无聊的驱使，茶余酒后的消遣而已。

假如有人以为作者仍要继续努力，就应给作者一个很好的写的环境；不然，就可以禁止她，或就怎样指摘她，教导她。可是没有一个人拿出真正的态度来加以批评的。如今的文坛，都是一些卑劣的人充斥着。所有的读者都应肩起改正的责任啊。

昨天听见有人买《韦护》看——买作者的创作，作者觉得是一件

---

* 本文是1931年5月在光华大学的讲演，初刊于1931年8月10日《读书》月刊第二卷四、五期合刊，署名丁玲。收入《丁玲全集》第7卷。

十二分荣幸的事。今天到光华来，能同诸位在一起谈话，我亦觉得是十二分荣幸的。

现在因为找不着什么事情来讲，就来介绍《韦护》吧。我要再三声明，这不是演讲，只是闲谈。

我常批判自己的作品，感觉错误的地方非常之多，可是总无人给我一种诚恳的批判。希望诸位看了我的著作以后加以批判，使作者有精进的机会。

韦护是一个革命的人物。应该做的事，他都勇敢地去做。他遇见一个虚无思想甚深的女人，他对她无形中发生了热情的爱恋，后来进一步同她住在一起。不过另一面却感到非常痛苦，感觉无时间工作的痛苦。然而，竟为她的美丽，一种无可比拟的热爱所迷惑；后来总算给他摆开[①]了。

我现在觉得我的创作，都采取革命与恋爱交错的故事，是一个缺点，现在不适宜了。不过那是去年写成的，与现在的环境大大不同了。

有许多人以为作品的内容，都与作者有关。如茅盾的“三部曲”，有许多人觉得书中的女士们，都能一一指出，这个是谁，那个是谁，而且有十分肯定的意味。读到我的创作的人，大多以为我化身在作品里了。其实不然。本来我不反对作品中无作者的化身，不过我对于由幻想写出来的东西，是加以反对的。比如说，我们要写一个农人，一个工人，对于他们的生活不明白，乱写起来，有什么意义呢？

我在一个最亲爱的作家朋友身上，觉察他与社会的矛盾非常厉害。他曾同一个女人发生过那样的事情，他并未跑开，却被那女人感化了。他的爱情表现得十分好，写的情诗，非常之多，每一句都十分惹人爱；后来他的生活很苦。有一个时期他曾说这样一句话：

“一切爱情，一切生命都成为无用的东西了。”

他曾向我说过他们的事情。他说，“我们的事情，正是一个很好的

① 初刊本作“逃开”。

小说，不过我不能把它写出来，也没有人能代我写出啊。”我没有他的爱人那样有钱，我没有那种形态。而且，我又不是善写的人。他曾说，那女人十分地爱他。他写诗，特意写得那样缠绵。他心中充满了矛盾，他看重他的工作甚于爱她。他每日与朋友热烈地谈论一切问题，回家时，很希望他的爱人①能关心他的工作，言论，知道一点，注意一点，但她对此毫无兴趣。他老老实实对我这样说过。我很希望我能把它完全笔之于书。本来，我以为老老实实地写出就算了，然而当时又不愿照着老套写出，加之以病，便耽搁下来，后来更因别种工作，就把它放弃了。不过后来也频向我说，如不愿照本来的计划写它，权当它是一件历史叙述一下吧。

后来我把它写成了。我以为写得还好，写得很深入。每天写七八页，每页七八百字。写的时候，是感觉得很快活的。那时，我每天沉思默想：假使我是书中的女人时，应怎样对付？我想用更好的方法写它，用辩证法写它，但不知怎样写，写好后，我拿给也频看，他说不好。我但愿他说不好，但不愿他说太坏。他说：太不行了，必须重写！我们为此大吵特吵起来。结果，我又重写一遍。

有人说：这东西早些日子写就好了，现在未免太迟了。有的朋友很不满意，说我把《韦护》赤裸裸地印上纸面了，但我以为与本来面目大不相同；但一点影子都没有，这也难说。

我这篇题材——《韦护》——很不好，依然取之于恋爱的事情。我觉得我写小说有一个缺点，我不能像他人写小说那样一下笔就写得很长。在我的作品里，我不愿写对话，写动作，我以为那样不好，那样会拘束在一点上。《韦护》中的人物，差不多都是我的朋友的化身，大家都有一看的必要。看了之后，请大家批评一下，给我一种进取的力量。

现在批评我的创作。哦！自己不好批评自己的东西。我很愿把自

① 初刊本作“Lover”。

己觉得不好的地方说出来，然后再请大家给以批判。哦，还是不谈它吧。

我不相信，我除了写文章之外，就不能做别的事情。正因为丁玲是一个写文字的人，而又没有更多的人去写，所以我觉得写下去，或者有一点小小用处吧。我著作并不是为了几个稿费。我著作并不全靠灵感。实际上，事实是极关重要的。我希望大家给以忠实的批评，我亦更加特别注意着。

写的材料多得很，有人说，把作者自身有关的材料写完就算了。然而绝不能这样说。我以后绝不再写恋爱的事情了，现在已写了几篇不关此类事情的作品。我也不愿写工人农人，因为我非工农，我能写出什么！我觉得我的读者大多是学生，以后我的作品的内容，仍想写关于学生的一切。因为我觉得，写工农就不一定好，我以为在社会内，什么材料都可写。现在我正打算写一个长篇，取材于我的家庭——啊啊！我讲得太多了。假使诸君不疲乏的话，我还可以继续讲下去。

现在讲我的家庭：我的家庭，现在还有三千人——远近亲戚都在内，彼此都十二分亲近。家中还算有钱，我的祖父，做过很大的官。我在家里看到父亲留下许多荣耀的衣服饰物。可是我的父亲在玩乐有趣之下，把家产都败光了。自父亲死后，那时我还很年幼，就从大家庭里脱离出来，我没有姊姊们受到大家庭熏染那样的深。我跟随母亲在学校里长大起来。连父亲的面目，我都记不清楚。可是，从他遗留的东西，我能窥出他的性情，他的举动。家中吃饭，非常热闹，每次开饭，都是好几桌。家中时常向外挑战，或任性购物。我听说父亲有一天叫工人整日做马鞍子的绣工，而他自己不会骑马；等做好后，他请旁人骑，自己在后面跟着跑。现在我的家庭里还少不了有这种人。我不会再享受这种生活了。我曾回家一次，为了我的创作，我很希望把家中的情形，详详细细弄个明白。

我的母亲在家里曾享过大家庭的福，而我得到什么？忧郁地，住在有二百多间屋子的门院里，床铺非常大，每张床都带着窗格子的。

我这样讲，大家都会推想到一切吧。每天晚上，家人都怕进那无人住的空屋子。我曾做了土匪叔叔的侄女。那时的社会是一个非常混乱的局面。我的家中，差不多无一人读书，全在酒色之中完蛋了。家中没有一个人像我这样有精神。说打架，没有一个可以称对手的。家中藏着许多杆枪，白天都躺在屋子里，不敢出来。

现在时候已经很晚，我不再噜苏下去。最后希望大家读了我的著作之后，给我以忠实的批评。

一九三一年五月

对于创作上的几条具体意见*

这次的征文，可以算是很满意的，虽说还有一些先生，很吝惜很客气地不肯写一点意见给我们。然而已经有了这么多的好意见了，我为《北斗》杂志向应征的诸先生致谢，同时也为好多读者向他们致谢。

前面的好些文章，都是说得很正确而且应该接受的。大概的结论，我想读者都很容易把它做好。近来创作不振的原因有两点：一、因为有一部分作家为了本身阶级（小资产）的苟安，不惜替统治者说话，只描写一切美妙的谐趣的东西，或者是杀人喝血的东西，行使其对大众麻醉的作用。所以就有所谓艺术至上，所谓唯美主义，所谓民族主义，他们虽然借了金钱的势力，借了枪杆的势力，大吹大捧，然而因为他们主人的自身，就走在崩溃的末路，所以他们便只呈现着一点死前的挣扎。另有一部分，大半属于享名很久的作家，已经感到自己写的那些东西，不为大众所需要，而自量又写不出更好的，于是说文学在这时代没有什么了不起的作用，而躲懒，而沉默下去了。第二点，便是那很大的一批青年，已经有阶级的觉悟，为大众的革命在文化上作斗争的，虽说比较有了正确的认识，可是不够得很，理论理解的缺乏，实际生活更缺乏，所以写出来的东西，不正确，空洞①，残余的旧意识的气氛，随处显露着。努力的虽不乏人，而结果不能使人满

* 本文是1932年1月《北斗》二卷一期《创作不振之原因及其出路》征文的总结，收入1933年天马书店版《丁玲选集》时，定篇名为《对于创作上的几条具体意见》。收入《丁玲全集》第7卷。

① 初刊本作“空虚”。

意。不过，这是有出路的，因为他们是在黎明之前的摸索和努力。我们期待着他们的萌芽和新生。那么他们的出路呢，主要的是改变生活。所有的理论，只有从实际的斗争工作中，才能理解得最深刻而最正确。所有的旧感情和旧意识，只有在新的、属于大众的集团里才能得到解脱，也才能产生新感情和新意识。所以，要产生新的作品，除了等待将来的大众而外，最好请这些人决心放弃眼前的，苟安的，猥琐的优越环境，穿起粗布衣，到广大的工人、农人、士兵的队伍里去，为他们，同时就是为自己，大的自己的利益而作艰苦的斗争。这样子，再来写东西，我想大致的困难，是可以解决的了。再其次，说到现在从事写作，而又不能立即就将生活改变的一群，虽然这不是很前进的，却也是应该加以培养的一群。当然，他们最主要的，还是离不开理论和生活，因为这是文学的原素，同时还必须非常刻苦地和自己的意识作斗争，才能走到新的创作的路上。这个，在前进的许多文章上，都写得很多。我不必在这里重复了。

另外，我想借这个机会贡献我自己一点怎样来动手写的意见，虽说想说得具体一点，可是很零碎，也有不透彻的地方，不过给大家作一个参考而已。

不要太欢喜写一个动摇中的小资产阶级的知识分子。这些又追求又幻灭的无用的人，我们可以跨过前去，而不必关心他们，因为这是值不得在他们身上卖力的。

——不要凭空想写一个英雄似的工人，或农人，因为不合社会的事实。

——用大众做主人。

——不要使自己脱离大众，不要把自己当一个作家。记着自己就是大众中的一个，是在替大众说话，替自己说话。

——不要发议论，把你的思想，你要说的话，从行动上具体地表现出来。

——不要用已经用滥了的一些形容词，不要摹仿上海流行的新小说。

——不要好名，虚荣是有损前进的。

——不要自满，应该接受正确的批评。

——写景致要把它活动起来，同全篇的情绪一致。

——对话要合身份。

时间仓促得很，遗漏得太多，以后或者我可以详细地写出一篇小文来。

一九三二年初

我的创作经验*

在开始，我想我们大家都一样，对于社会上的一切，或某一件事，有一个意见，就想写出来发表给大众，我过去也是这样。不过在那时候，我所观察和经历着的环境，是很有限的，我只生活在知识阶级中，所以对于大众的生活，没有经验。同时我当初并不是以批判的观点写，只是内心有一个冲动，一种欲望，想写出怎样一篇东西而已。

我开始写文章时，差不多总是一写两三年；总是先写一个头，搁下，后来再受了感触，觉得非写不可，于是再写下去。当初我很不会采取事件的中心要点，给以描写，我欢喜从头再写，几次再写。在我过去的小说中，主人公常常是女人，这自然因为我自己是女人，对于女人的弱点，比较明了一点。但因此，就引起人们的误解。其实对于女人的弱点，我是非常憎恶的。这和法捷耶夫在《毁灭》中写美谛克一样，虽尽量暴露美谛克的弱点，但法捷耶夫对于美谛克还是有袒护的地方。我对于自己文章中的女人，并不同情，可是每一次都不能依照自己的意见写，开头还离得不远，后来就越写越差了，有时候竟和我的目的相反。这时候我就变成为写文章而写文章了，当然我知道无论如何，文字和社会是总有关系的。

去年，我觉得很苦闷，我有几个月不提笔，我当时非常讨厌自己的旧技巧。我觉得新的内容，是不适合旧的技巧的，所以后来虽写了

---

* 本文初刊于《中华日报》1932 年 12 月 24 日副刊版“文化批判”第二期，署名丁玲。收入《丁玲全集》第 7 卷。

一点，但是很勉强的。

后来，我的生活有一个新的转变，到现在，我觉得材料太多，不过我还没有力量，把它集中和描写出来。[①]

我有一个习惯，每写一篇小说之前，一定要把小说中出现的人物考虑得详细[②]：我自己代替着小说中的人物，试想在那时应该具哪一种态度，说哪一种话，我爬进小说中每一个人物的心里，替他们想，应该有哪一种心情，这样我才提起笔来。

至于写作的方法，第一就是作者的态度。对于罢工，资本家和工人，就能够生出不同的见解（态度）。这时候的作者，站在哪一个见解上写，可以在他作品中非常清楚地看出，他是无法隐瞒，无法投机的。因为阶级的意识，并不是可以制造出来的。举一个例吧，《现代杂志》上穆时英的《偷面包的面包师》，他虽也写劳资纠纷，但他只能把偷来代替抵抗；又像杜衡的《人和女人》[③]，他并不去写一个时代女工的最高典型，而只写一个不常有的女工的虚荣，堕落。这对于进步的女工，简直是侮辱，因为实际上，很多很多女工，是非常艰苦地到实际工作中去了。第二是材料。和态度有着密切关系的就是材料，在上海，我们最容易采取同时也最应该采取的，特别多。[④]第三是文字。文字

---

① 初刊本作“不过没有很好的力量，把它集中，和描写出来”。

② 初刊本作“很详细”。

③ 初刊本作“《他和女人》”。

④ 全集本与初刊本差异较大，初刊本作“在上海，我们最容易采取同时也最应该采取的，是反帝的题料，就其在九一八到一·二八中间，特别多，好像各方面工厂为了沪战而罢工时，工人们都非常好，非常坚定，不受各种欺骗，无论如何，不去上工，不过后来大家都没有饭吃了，由〇〇那边寄来了一万块钱，那时工贼们就主张拿钱分开，（注意，分开钱就把工人团结的力量分开了，）但是工人们不肯，一定要拿来煮大锅饭给大家吃，终于煮了，直到后来捕房之流，派了大批走狗来打锅的时候，所有的工人都一致起来做‘护锅运动’，这个题材是非常好的，就是现在创作号的张天翼的《仇恨》，和矛盾的《春蚕》，也都因为题材好而获得成功”。这段话中的“矛盾”，原文如此。应为“茅盾”。

是有很多帮助的，因为很好的题材，有时候因为文字的不会运用而失败，所以多读书是必要的。第四是经验。这是更重要了，每一个作者，对于一切现象，都应该去观察、去经历、去体验，因为只有在经验中，才能得到认识。

以下我要说一点青年作者的弊病了，最大的就是材料不充实，多用口号而成为空架的作品。其次就是站在旁观的地位，在作品中说出作者自己的话。其次就是英雄主义，像某某的作品，时常虚构一个非现实的英雄，这也是不对的。至于作者本身，那么，最大的弱点，就是容易骄傲，一写文章，就以大作家自居，完全不明了作品是属于大众的。譬如左翼文学在许多地方像街头一篇墙头小说，或工厂一张壁报，只要真的能够组织起广大的群众，那么，价值就大，并不一定像胡秋原之流，在文学的社会价值以外，还要求着所谓文学的本身价值。

一九三二年冬

文艺在苏区*

在过去的十年中，中国有过两个世界，一个是荒淫糜烂，一天天朝堕落灭亡的路上走去；另一个新世界却在炮火的围墙里，慢慢地生长，慢慢地强壮了。新的制度，新的经济建设，新的军队，一天天地稳固，一天天地坚强。而新的人格，伟大的个性的典型也产生出来了，这就是炫耀于同时代地球上所有人类的苏维埃红军的建立。这十年新的世界的出现，虽说震撼了世人的耳目，却不断受着诬蔑、造谣中伤和极端的压迫，所以一直到现在在很多人心中还保持着神秘。固然慢慢地会更被了解，被赞助，因为在共产党正确领导之下，他的真面目，顽强地为着争取民族解放的拼死精神，一天一天显露出来而影响到广大的社会群中去了。

在紧张忙迫的战斗环境中，在苏维埃运动中，文艺的确是比较落后的部门，虽说无处不在创造着伟大的文学素材，然而优秀的杰作却不多见。这一事实常常使外来的新客感到惊诧，《字林西报》便发出过美中不足的惊叹。然而说苏区没有文艺，那是非常错误的！[①] 看来似乎是荒芜冷淡的陕北山川，四野却怒放着许多奇葩。作者个人只来这里很短的时间，又以未睹江西老苏区的瑞金兴国为憾，但愿根据在此看到的一二，说明这没有被发现的一角。可能会有很多疏忽和不明之处，好在我只企图做一次最先的传声，谅该得到在苏区从事文艺活动

---

* 本文初刊于《解放》(周刊)第一卷第三期，1937年5月11日出刊，署名丁玲。收入《丁玲全集》第7卷。

① 初刊本作“然而说苏区没有文艺，或不要文艺，都是非常错误的”。

的朋友们的谅解吧。

苏区的文艺，到现在还没有产生如《阿Q正传》那样成熟的作品，就是像《子夜》《八月的乡村》……有着丰富新鲜、伟大场面的描写也还找不出来。然而却自有它的特点，那就是大众化，普遍化，深入群众，虽不高超，却为大众所喜爱。[①]这表现在红军部队里各种报纸和墙报上，如《红星》《战士》《火线》《抗战》……这里都挤满着很多有趣味的短篇和诗歌，使用文学上描写的手法，画出了红军部队活生生的生活。这些小报有的是油印，有的是铅印。不管在红军首长的桌子上，电话机旁，或是战斗员的口袋中，都看得出它们是正被爱着，而没有人不去读它。这些文章是那些从事连队政治工作和一些在火线上的各级指战员写来的，很少没有错字，很少写得清清楚楚，但因为是真实地表现了自己，所以他们爱读这些文章，爱读那些写得更幼稚的连队上的墙报。连队上的战斗员，甚至勤务员，虽不善拿笔，却不缺乏口齿，他们不倦地讲着，请会写的人来帮忙。而第二天全连的人便热心地站在那里读着他们的作品了。在红军部队如此，在所有机关，所有群众团体，如妇女会、工会、农会、工厂、学校等的小报及列宁室的墙报上，也一样排列着各种不同生活的写照。所以虽在印刷业很不发达的苏区，而文艺的花朵，纵是一些很小的野花也好，却是遍地盛开，如同海上的白鸥，显得亲切而可爱。[②]

创造了苏维埃的人们，和那些从土地革命成长起来的人们，具有新生的明朗的气质，在各种工作上显示了独特的明快的作风。在文艺上也呈现出活泼、轻快、雄壮的特点。最能作证明的，便是在苏区流行着好似比全中国都更丰富的歌曲，采用了江西、福建、四川、陕西……八九省的民间歌谣，放进了适合的新的内容，如《送郎当红军》《渡黄河》等，历史将证明这都是不朽的佳作。而且还创作了新的雄

① 初刊本作“如同苏区的戏剧运动一样，那就是大众化，普遍化，深入群众，虽不高深，却为大众所喜爱”。

② 初刊本作“却是遍地的浮映着，如同海上的白鸥，显得亲切而可爱”。

伟的《第二次全苏大会》(堪比《马赛曲》《国际歌》)及《武装上前线》……这些歌曲跟着红军的足迹，四方散播，永远留在民间。

新的奇迹又发生了，这便是二万五千里长征的征文。开始的时候，征稿通知发出后，还不能有一点把握。但在那悄悄忧心之中，却从东南西北，几百里，一千里路以外，甚至远到沙漠的三边，一些用蜡光油纸写的，用粗纸写的，红红绿绿的稿子，坐在驴背上，游览塞北风光，饱尝尘土，翻过无数大沟，皱了的纸，模糊了的字，都伸开四肢，躺到了编辑者的桌上。在这上面，一个两个嘻开着嘴的脸凑拢了，颤动的指头一页一页地翻阅着，稿子堆到一尺高，两尺高。这全是几百双手在一些没有桌子的地方，在小油灯下写满了送来的。于是编辑们，失去了睡眠，日夜整理着，誊清这些出乎意外，写得美好的文章。从长征出发前编起，一直到胜利抵达陕北，铁的洪流冲破了几十万敌人的围追堵截。钢铁的长城，同几乎无法克服的残酷的自然斗争，在不断的转战中还同自己内部的错误思想作斗争，一段一段，多么惊心动魄的场面。在一百几十人中，产生了优秀的，洋溢着天才的作家有艾平、彭雪枫、莫休、一氓、定一……诸人。夜渡乌江，大渡河抢渡，娄山关前后，再占遵义，有声有色地被描绘成三十万字的巨著。经过编辑同志们[①]的努力，已经完工了，想来不久就可同千万个焦急等待着的读者见面。

于是对文艺的兴趣提高了，文艺的书籍有人抢着阅读，而且成立了文艺协会。毛泽东同志和中央其他领导同志出席了成立大会，在延安的会员就有几百。[②]油印的刊物（纯文艺的）总是供不应求，每日都可以接到索阅的函件。作为撰稿者的前方指战员，或者村落上剧团团员寄来的稿件，塞破了编辑者的皮包，琳琅满目，想不到的一些材料都被使用着了。而较大的完整的材料也在有计划地搜罗整理中。这难

① 初刊本作“徐梦秋同志”。

② 初刊本作“而且有了文艺协会的组织，在延安的会员就有几百”。

道不是令人满意的情况吗?

这初初蔓生的野花，自然还非常幼稚，不能餍足高等博士之流的幻想，然而却实实在在生长在大众之中，并且有着辉煌的前景是无疑义的，一切景仰着苏区的读者们，等着吧！而从事于文艺的红军青年，努力吧!

一九三七年四月十五日

作家与大众*

每一个作家，当他提笔写文章以前，很明显，他不是无缘无故地要做一个作家才走向写作生涯的；也绝不是做了一个梦，醒来后便要立志做一个作家的。他一定已经在社会上生活了一段时间，不是离群的生活，不是饱食终日无所用心的生活，而是深入的、沉潜到生活中过来的人。他对环绕在周围的一切，有过思索、观察，有爱，有憎，下过判断，存过理想。这感情在他身上滋生、酝酿、发酵、爆发，他需要把自己的意见传达出去[①]，他要争取大多数人与他一致：感情的一致，意志的一致，努力的方向一致。于是他找着，摸索着，结果他找到了他认为最适合的手段，他写起文章来了。而且用了这文章，赢得了许多同情，也遭受到反对。鲁迅先生之从医学走到文学，是一个最好的证明。《创作的经验》以及《我与文学》等书大体说明了当代一般作家与文学结缘并非偶然的现象。

作家既然是在这样一种有所为的情况下来执笔的，那就不管其本人所叫喊的、标榜的是为谁而写作，而生活，或是为了甜美的词句，高洁的灵魂，温柔的梦想；或是为了别人的幸福，人类的光明；总之，他是忠实于他自己，忠实于他自己的意志。而他的思想意志并不是突然产生，也不是希望有一个什么思想意志便有了的。他的思想意志是生活对他的影响，是被决定于围绕着他的社会存在的一切东西。因此

* 本文初刊于《大众文艺》第一卷第二期，1940 年 5 月 15 日出刊，署名丁玲。收入《丁玲全集》第 7 卷。

① 初刊本作“他精神上，肉体上都须要把自己的意见传达出去”。

文艺是除了作家反映其本身所处所见之生活而外，并且在那个生活现象上加上了他自己的批判。这也就批评了艺术本身并非目的，或说艺术只是为了艺术这一个荒谬的骗人的说法。

作品既然是如此不能脱离现实生活，它就必定与当代的社会斗争不可分。也就必然与当代社会中某一势力相结合，替他们说话。这就是说，如果它不是替大多数受压迫者说话，反抗一切黑暗的、丑恶的、不合理的东西，与历史上进步的势力相结合；便是替少数压迫者说话，屈服奴役于现生活而与反动的势力相结合。因此艺术不可能守中立。它不是左的便是右的是很明显的事了。但今天还有某些作家（我承认已经是很少的几个了）他们愿意留在中间，退出斗争。不过这并非他们愿意不愿意的问题，而是事实上可能不可能的问题。当然这里可能还藏得有假装中立，假装退却的，以艺术保持纯洁、艺术只是为艺术的高雅口号来掩护他们的进攻，他们对前进的革命的队伍起着消极的瓦解作用，他们所以说艺术不应该有政治作用，乃是反对进步势力对于旧有的、腐烂的制度的抗议。所以实际上他不特也起了政治的作用，并且常常是反动势力的维护者。因此，文艺的价值不是看它是否说明了生活，更不是存在于那些堆砌的、没有生气的、距谈话用语很远的、难懂的修辞里，而是应该以其为谁说话而决定，以其是否将人类的生活向光明推进而决定。

因此，文艺便必须是大众的。不是为大众服务的作品，便不是有价值的文艺，没有价值的东西，还能说是艺术吗？当然不是。

要使文艺能成为服务大众的武器，就非熟悉大众的生活不可。如果这个作家真愿以他的笔为大众服务，写出一些有价值的作品，那他就不能不到大众生活里去。依靠天才和艺术的修养，借助于较敏锐的观察力去写，在某些作家有时是可以写出一些属于大众的作品的，但这不可能是最正确的、最伟大的、最能感动人的。因为如果作家不成为现实的大众生活热烈的参加者，悲大众之悲，喜大众之喜，与大众一起奔赴民族解放斗争的战场，他便不能看清生活中新的步伐带来了怎样的变化。他不能了解昨日的、落后的、愚昧的个人怎样在抗日战争中被教育着，成为坚强的、干练的、前进队伍中的一员，以及那些顽固势力如何向进步势力进攻，而必然走向灭亡的道路。所以作家一定要参加大众生活，不要落在生活的后边。如果赶不上生活，对生活没有正确的态度，作家是不能正确地描写生活，是写不出好的有价值的作品来的。

参加群众生活[①]，抱着深深的热情的态度，能与大众打成一片是很好的；但如果忘记了自己的文艺的任务，那虽变成了大众的一员，却也只能成为大众的一员，而不是一个带有特殊性的艺术任务的战斗员了。所以作家必须时时记住自己的任务，艰苦地、持久地、埋头地、有计划地做着收集材料的工作，咀嚼它，揣摩它，揉和它，消化这些材料。如同那做泥人的，他必得先将那些生硬的泥土，不调和的泥土，不断地在手指下揉、捻，使其化软，使其发黏，使其成熟，才能用来捏出各种人物。作家在消化这些从生活中得来的材料中，培养出现实的同时也是自己的人物；这些人物都像在自己的口袋中，随时就可以拿出来的，活的人物的典型。

作家还得时时注意提高自己的技巧。文学不只是在今天教育着大众，对将来也含有重大意义，它并非与草木同朽，而是应该有其永存的品质的。所以作家虽能理解生活，仍是不够的，他必须具有较高[②]的、圆熟的文学技巧。革拉特珂夫说："作家绝不能降到当代文化水准之下去，他不应做一个小巧的工匠，而应做一个技术的支配者，这必得一直钻到老才成。从来没有，也不当有不学无识的作家，不修边幅的作品。蹩脚的著作，贫弱的技巧与工厂中蹩脚的工作是同样的要不得的。"所以作家一定要经常练习，锤炼每一个句子[③]，每一句话，每一节，到每一篇。不要随便拿一些文字，拿一些语句，去填充故事。福

① 初刊本作"参加了生活"。
② 初刊本作"至高"。
③ 初刊本作"锤炼每一个字"。

楼拜常常为了一两个最恰当的字思索几天。作家要在创造新的典型中，寻求新的表现方法。

作家要使作品成为伟大的艺术，属于大众的，能结合、提高大众的感情、思想、意志的作品，那么他必须使作品取得大众的理解和爱好。因此他不特要具备大众的情操，同时也得运用大众的语言。大众的语言是最丰富的，最美的，最恰当的；但却不一定是一个普通农民，普通士兵能说出的，这些人常常能说出最简单的几句话。不过如果在大众里去搜求，集千万人的语言为一人之语言，则美丽的、贴切的、有味的语言全在这里了。作家笔底下的话，应该是人人心中所有，而不是人人笔下所有的。陈词滥调是最讨厌的东西。

因此每一个作家，若要成为一个真正的，好的，正义的战士，那么到大众中去，绝不是一件可以疏忽或是轻而易举的事了。今天很多有优秀才能的作家，青年的写作者，到军队中去工作，到农村中去工作，这是非常好的事。我们自然在他们身上寄托了无限的希望，但我们应该向他们叫喊："更深入生活些，深入生活更长久些，忘记自己是特殊的人（作家），与大家生活打成一片。记住自己特殊的任务（创作），更努力地写作，不怕困难，不要着急。胜利终归是你们的！"

一九四〇年五月

什么样的问题在文艺小组中*

在延安参加了七次巡回座谈会，了解有一些什么样的问题在小组的组员中。归根说起来，只有一个问题：他们中的一半以上要写，他们急于求得一个捷径，来完成他们想象中的伟大作品。他们努力在理论中探索，他们大半是受过马克思主义的洗礼的，有一个正确的人生观、世界观；他们创作的态度是严肃的，都希望他们的作品有教育意义，有政治价值；他们要求你告诉他什么叫通讯，如何写通讯，通讯与报告文学的不同处，相同处，如何写典型，小说中的典型与报告文学中的典型不同何在，什么是民族形式的作品；他们要求自己每篇文章都合乎新民主主义。他们的困难是材料缺乏，平凡，和写作上的不懂诀窍。然而，他们却缺乏耐心去欣赏一部名著，咀嚼一部名著。他们想抓得一些惊心动魄的材料，却把周围的日常生活忽略了，不去体验它，不去反刍它。他们在写，是准备发表的，又懒得修改。他们之中大半喜欢写诗，说诗比较容易些。这些问题，我们答复了，可是这空气却不是一下转变得过来。创作者并没有理智[①]地去思考他最熟悉的事，最被感动的事，研究它，抓住它，表现它，而只斤斤追求其合乎理论的范围，这种舍本求末的方法如何不会老是些"差不多""八股""公式"呢。

我又到安塞去了。安塞保小有一个文艺小组，这里包括两部分人，

* 本文初刊于《中国文艺》第一卷第一期，1944年2月25日出刊，署名丁玲。收入《丁玲全集》第7卷。

① 初刊本作"沉潜理智"。

一部分是学生，一部分是教职员。这个小组的情形我不大知道，因为时间的限制，想参加他们一次座谈会也没有可能。我回延安后在我孩子的作文卷子和日记中却看出问题来了。他似乎是一个使教员不大有办法的孩子，他们都说他聪明，却又常常要他留级。

他的作文卷子中一共有八篇，题目是《太阳》《冬天快来了》《秋收》《听过故事的感想》《早晨》《夜》《我最喜欢看的书》《雪花》。在这些文章中，六篇都说到无产阶级、八路军、苏联、毛主席、共产党。一篇《听过故事的感想》没有说，但教员在批语中替他补上了，只有一篇《我最喜欢看的书》中没有。实际这篇也够政治化了，因为那里面所说的是“文件”，主要意思是希望那送文件者要英勇和坚决。从这几篇短短的作文中，孩子是应该使人满意的。阶级立场的坚定，使他无论在太阳下也好，月夜里也好，纷纷飞舞的雪花中也好，不管是冬天，秋天，早上，晚上，他都不忘记在前方杀敌的八路军和共产党。这些都是被教员在卷子中称赞了的，说是“意思好”。然而我看见另一面——他的思想的贫乏[①]。孩子如果朝着这样好的方向往前走，我是看不出有什么前途的。但孩子还被许为有天才。他高兴的时候，曾写信告诉过我，而卷子中也确有这样的评语，他的作文不特意思好，而句子也是好的。那么，我就抄一段所谓“好”的句子吧：“太阳，太阳，鲜红光亮，你有那样伟大的光芒，已经射到每个无产阶级的身上，请你指导着他们向着光明的道路，共产主义的道路，前进，永远的前进(这句是教员加的)。”

这样的句子也许是好的，但我想这绝不是孩子自己写出来的，不知道他从哪里抄来的，这样的话不是放在什么地方都不会显得不通，而且很漂亮吗？但可惜却是滥调！我曾经问过孩子：太阳是否无论什么时候都鲜红光亮呢？是否只照到无产阶级的身上，而且照在每个无产阶级的身上呢？孩子也哑口无言地笑了。

① 初刊本作“然而我只看见他的思想的贫乏”。

我承认孩子是不蠢的，我把他四年前（六岁）写给我的信抄两段在下边：“妹妹长得又胖了，脸胖得像个扁巴巴（粑粑），她已经会说很多话，一口常德话……”，“昨天我和婆婆妹妹到边城去看划龙船，人很多，太阳不大，婆婆打了一把伞，有六七只船，真好看呵！”这句子看来也许太平凡了吧，但是形象化呵，而且是一个孩子自己的话。如果我只看见他四年后的作文，我却实在不敢附议他是聪明的，更何况是“天才”。

因此我觉得这一个小组是更值得注意的，因为他们不特要自己写东西，而且还教着一代“将来的世界主人公”啊！

文艺不是赶时髦的东西，这里没有教条，没有定律，没有神秘，没有清规戒律，放胆地去想，放胆地去写，让那些什么“教育意义”，“合乎什么主义”的绳索飞开去，更不要把这些东西往孩子身上套，否则文艺没有办法生长，会窒息死的！

关于立场问题我见*

五月二号的文艺界座谈会上，毛主席提出了八个问题。这八个问题在今天提出决不是偶然的；不管有人认为这都是早已解决了的，或者只是些属于启蒙的问题，只适合于在文艺小组会去谈，然而事实是大众在要求作家们理解这些问题，要求得到正确的回答，今天我们的作品没有使大众满足，而且感觉得需要把这些问题同作家们商讨商讨了。

文艺应该服从于政治，文艺是政治的一个环节，我们的文艺事业是整个无产阶级事业中的一个组成部分。这问题必定首先为我们的作家明确而肯定地承认。可以断言我们这里绝没有一个是艺术至上论者，也绝没有一个作家否认文艺的党性①。但在我们的某些文章中，或座谈会上发言中，还可以看出、听到文艺和政治是两个东西，是殊途同归，是在某一个时期，文艺服从于政治，而在某一个时期政治也可以服从于文艺的一些模糊的，不彻底的论调，我以为这一个正确的对文艺的观念是在所有问题之前必须说明白的。

第二个重要的问题便要提到立场与方法了。共产党员作家，马克思主义者作家，只有无产阶级的立场，党的立场，中央的立场。今天站在抗日的民族统一战线上以反对法西斯日本强盗，对敌人揭露它的一切暴行，在全国赞扬一切进步的，批评一切落后的，从而达到团结，

---

* 本文初刊于《谷雨》第一卷第五期，1942 年 6 月 15 日出刊，署名丁玲。收入《丁玲全集》第 7 卷。

① 初刊本作“党派性”。

有利抗战，而且指示前途。我们的方法是现实主义的方法，联系地发展地看问题。在变化之中看矛盾，看新与旧的斗争，肯定地指出真理属于谁。这是文艺上的一个基本问题，很多问题都由此产生。譬如“写光明呢，还是写黑暗”便是一个例子。

有人说边区只有光明没有黑暗，所以只应写光明；有人说边区是光明的，但太阳中有黑点，太阳应该歌颂，黑点也不必讳言；有人说这问题提法就不适合，不应把黑暗与光明并列，只能说批评缺点。我以为这个表面上属于取材的问题，但实际是立场与方法的问题。所谓缺点或黑暗也不过是辞句之争。假如我们有坚定而明确的立场和马列主义的方法，即使我们说是写黑暗也不会成问题的，因为这黑暗一定有其来因去果，不特无损于光明，且光明因此而更彰。假如这一个问题只限于取材上去争论，那将陷于什么真实不真实，看不看见等的琐碎中而得不到正确的结论。

立场与方法的问题，也许有人觉得是一个陈旧的问题①。或者还会使人不服，我们这里也有比较有斗争历史的作家，这些作家们和其他斗争历史较短的作家们都会质问道：“难道我们的立场还不够坚定而明确么？”是的，我们要承认在延安的作家们，和一切进步的作家都是拥护无产阶级事业，而且愿意做无产阶级优秀的代言人，都多多少少有为无产阶级事业贡献出一切的想法。但这只还是理论的认识，方向的决定，路途的开端。有了大的整个的朦胧的世界观的前提，但如何养成在每个具体问题上随时随地都不脱离这轴心，都不稍微偏左或偏右，都敢担保完全正确，我想是不容易的。反映在作品中的思想，应是由于我们的意识，由于我们的理论与情感的一致。假如我们能这样看问题，那么我们便可以虚心些来讨论了。

我们从什么地方来？不可否认我们一般都是小资产阶级出身，当我们还没有决定自己要为无产阶级服务，要脱离本阶级，投身到无产

① 初刊本作“但立场与方法的问题，也实在是一个陈旧的问题”。

阶级中来以前，我们是为小资产阶级说话的，带有本阶级的一种情绪。但进步理论的接受，社会生活上的黑暗，使我们认识了真理，我们转变了。然而要真真地脱去小资产阶级知识分子的衣裳，要完全脱去旧有的欣赏、趣味、情致是很难的。我们的出身限定了我们不能有孙悟空陡然一变的本领。加上我们的知识、文学教养里面也包含了很多复杂的思想和情趣。我们读过封建的文学、资产阶级的文学，古典的、浪漫的、象征的、现实主义的，当我们读这些书籍的时候，不一定已经具备了批判的眼光，懂得批判地接受遗产；或者还曾经被其中一些在今天看来也许是可笑的地方而深深地感动过；这里也许养成了我们一些崇高的感情，然而或许却是唯心的。我们虽然接受了马列主义，然而我们以前也还接受过一些非马克思主义，这一些沉淀在我们的情感之中的杂质，是必须有一个长期而刻苦的学习才能完全清除干净的。

因此我们非常可能在某一件事，某一篇文章中，即使有十分好的主观愿望，也难免流露一些我们旧有的情绪。但这些东西就会为无产阶级所不许可，就会受到立场与方法不合的指摘。假如我们不在这里下功夫，我们即使有很高的艺术技巧，也很容易在取材上，在人物表现上动辄得咎。即使是感人的东西，只要有不合于当时无产阶级政治要求之处，就应该受批评，就不是好作品。

如何才能获得比较正确的立场与方法？我以为除了生活，到大众里面去，同群众的斗争生活结合在一起以外，便是马列主义的学习。

这两点意见似乎也不新鲜[①]，然而在今天还是问题，如何去实践的确是不很简单的。学习马列主义，学习科学的文艺理论，我们喊了许多年，但很多文艺小组，还在问学习马列主义是否妨碍创作。的确也有一些人只愿意粗枝大叶地去浏览一些马列的著作。赞成学习马列主义却不认真学习，这是过去我们的毛病，我们懂得学习是好的，懂得在这里才能把握衡量世界一切事物的规律，但我们以为稍稍读过一些

① 初刊本作“这两个口号似乎也很陈旧了”。

便都了解了，不肯下苦功，因为怕妨碍创作，这是不对的。应该认真地，实事求是地按部就班地把唯物辩证法等书籍好好地读，把中国革命的问题好好弄清楚，力戒不求甚解，自以为是，一定要掌握这一武器，研究它就要真真地获得它。

与学习同等重要，不可分离的是生活。要了解群众感情思想，要写无产阶级，就非同他们一起生活不可。要改变自己，要根本去掉旧有的一切感情意识，就非长期地在群众斗争生活中受锻炼不可。要能把自己的感情融合于大众的喜怒哀乐之中，才能领略、反映大众的喜怒哀乐，这不只是变更我们的观点，而是改变我们的情感，整个地改变这个人。只有在群众斗争生活中才能丰富自己的情感，提高自己的情感，才能捐弃那些个人的感伤、幻想，看来是细致，其实是猥琐的情感，才能养成更高度的热爱人类，热爱无产阶级事业，热爱劳动者的伟大的热情。对这些如不能寄予生命的最高度的情感，是不能写出感动人的伟大作品来的。

但下去，投身在无产阶级、工农大众生活中去，是非常难的事。空说如何快乐是不行的，空说欢迎是不行的，这没有解决根本问题[①]。根本问题应该是作家本身有一颗愿意去受苦的决心。这种苦，不是看得见，说得清的，是把这一种人格改造成那一种人格的种种磨炼。这种改造在他个人说来是件伟大的事，也不是一件容易的事，但只要有决心是不难的。当然这需要一段途程，需要毅力，需要对他所理解的认识的真理，有坚定不移的立场。

改造，首先是缴纳一切武装的问题。既然是一个投降者，从那一个阶级投降到这一个阶级来，就必须信任、看重新的阶级，而把自己的甲胄缴纳，即使有等身的著作，也要视为无物，要抹去这些自尊心自傲心，要谦虚地学习新阶级的语言，生活习惯，学习他们的长处，

---

① 全集本作了较多修改，初刊本作："空说着是如何快乐是不行的，空说着欢迎是不行的，说得如何看重你们，如何养猪，修房子是不行的，这可以给作家们一些安慰，放心，但不能解决根本问题"。

帮助他们工作，不要要求别人看重你，了解你，自己在工作中去建立新的信仰，取得新的尊敬和友情。

这里一定会有个别落后的人，和不合理的事情。宽容些看待他们，同情他们，因为这都是几千年来统治者所给予的压迫而得来的。而且要帮助他们解决问题。

这里一定也会有对你的误解，损伤你的情感的地方，错误也不会完全在你，但耐心些，相信他们，相信事业，慢慢会弄明白的。

在克服一切不愉快的情感中，在群众的斗争中，人会不觉地转变的。转变到情感与理论一致，转变到愉快、单纯，转变到平凡，然而却是多么亲切地理解一切。即使是苦痛过的，复杂过的，可是都过去了，那些个人的伟大，实在不值得提起了。与其欣赏那些，赞美那些个人的伟大，还不如歌颂那些群众的平凡的事业。这才是真真的伟大。

也许有人责备我们连文艺常识都没有，文章句子都不通，却不多研究些属于表现、典型等等的创作方法，而侈谈立场；仅仅有了正确的立场就会有好的文艺么？是的，我承认我们今天的艺术修养还不够好，我们还要好好加强这方面的学习；可是，今天应该强调立场。我们的作家还谁都不能说已经很好地在每一篇文章中都站稳了立场，都没有、或多或少地无意地流露出小资产阶级意识。立场不能解决艺术以内一切问题，但它解决主要问题。自然我不敢要求每个作家非精通马列主义不可，也并不以为所有作家都要下乡，上前方，但我至少是希望一个共产党员作家最好是改正过去的读书方法和能接近群众生活。

一九四二年六月

《陕北风光》校后感*

“陕北”这个名称在我生活中已经成为过去了。我想也许还有去的机会，也许就只能在记忆中生许多留恋和感慨。但陕北在我的一生却占有很大的意义。

在陕北我曾经经历过很多的自我战斗的痛苦，我在这里开始认识自己，正视自己，纠正自己，改造自己。这种经历不是用简单的几句话就可以说清楚的。我在这里又曾获得最大的愉快。我觉得我完全是从无知到有些明白，从一些感想性到稍稍有了些理论[①]，从不稳到安定，从脆弱到刚强，从沉重到轻松……走过来的这一条路，不是容易的，我以为凡走过同样道路的人是懂得这条路的崎岖的，但每个人却还是有他自己的心得。

有些人是天生的革命家，有些人是飞跃的革命家，一下就从落后到前进了，有些人从不犯错误，这些幸运儿常常是被人羡慕着的。但我总还是愿意用两条腿一步一步地走过来，走到真真能有点用处，真真是没有自己，也真真有些获得，获得些知识与真理[②]。我能够到陕北，自然也是一步一步走过来的。当然也绝不是盲目的。但现在来看，过去走的那一条路可能达到两个目标，一个是革命，是社会主义，还

---

* 本文初刊于《人民文学》第二卷第二期，1950年6月1日出刊，题为《〈陕北风光〉校后记所感》，署名丁玲。收入《丁玲文集》时改为现题。收入《丁玲全集》第9卷。

① 初刊本作“从一些感情冲动到沉静”。

② 初刊本作“也真正获得些知识与真理”。

有另一个，是个人主义。这个人主义穿的是革命衣裳，装饰着颇不庸俗的英雄思想，时隐时现。但到陕北以后，就不能走两条路了。只能走一条路，而且只有一个目标。即使是英雄主义，也只是集体的英雄主义，是打倒了个人英雄主义以后的英雄主义。

一步一步地走是对的，不过这里仍有快慢之分。有许多人的确进步得快，他们使我感动，也激励我努力，但我却走得很慢。我感到十分抱歉，我虽说有所改变，我肯定这一点是对的，我应该老老实实说，但我却工作得很少，没有搞出什么名堂来！直到今天，当我每次想起陕北来时，就总生出这样一种不可挽回的歉仄，我甚至以为是错误，而这又早已成为过去了。

《陕北风光》这本书很单薄，但却是我走向新的开端。当我重新校阅的时候，本想把另外几篇有关陕北的散文放进去，但仔细一想，觉得仍以原来的为好，因为在思想上这是比较一致的，这是我读了毛主席《在延安文艺座谈会上的讲话》以后有意识去实践的开端。不管这里面文章写得好坏，这个开端对于我个人是有意义的！

《十八个》是在一九四二年七月，为着纪念抗战五周年[①]而写的。材料是从许多电报中来的，是朱总司令的号召[②]，我没有办法写得好，因为我一点也不熟悉材料中的生活，但这故事却十分感动了我。我在桃林（总司令部办公处）看了两整天电报，我懂得朱总司令的话，他说："这里不知有多少材料，这都是千真万确的事，你看好了。"是的，坐在这里读了两天，想法就不同了。并不是看一点电报上的素材就可以写出好文章来，而是读了这样多的英雄事迹以后，在感情上有所变化。我本来不赞成从电报中攫取一段材料就动手写小说，但我却忍不住歌颂他们，那么多的牺牲了的英雄，和还在艰苦战斗中的勇士。我不考虑文章的成功与否，便提笔来写描写这些使我感动的人物了。

---

① 编者注：现应为"全面抗战五周年"。

② 初刊本作"材料是从许多电报中来的，而且是在朱总司令的号召下写的"。

以后就没有机会写文章了，我们大家都卷入了整风的热潮。到一九四四年新年时，党校发动大家写秧歌剧本，我趁这个机会听了许多冀中的故事，王凤斋同志讲了一个又一个。我根据这些听来的故事写了一个剧本，曾经在春节时上南泥湾演出了两场。经过大家提了些意见，准备回来时再修改，因为没有时间一直没改，后来连底稿也没有了。但我写了《二十把板斧》，本拟多写几篇的，因为觉得写出来的还没有王凤斋讲得动人，就觉得没意思了。

乔木同志鼓励我去写报道，我从党校到了文协，参加了陕甘宁边区的合作社会议，写了《田保霖》。这篇文章我一点也不觉得好，一点也不满足，可是却得到了最大的鼓励。当天晚上毛主席写了一封信给欧阳山同志和我（因为欧阳山也参加会议，也写了一篇文章），毛主席说我写《田保霖》是我写工农兵的开始，他为我新的文学道路而庆祝，并且约我们去吃饭。我觉得非常惶恐。我记得欧阳山同志那天喝了不少酒。而且毛主席在干部会议上，在合作社会议上都提到这篇文章。我懂得这个意思。毛主席对我这样的鼓励永远成为我的鞭策。我不会因为有毛主席的鼓励就以为《田保霖》写得好，就以为我的文章真真好，这还只是一点点萌芽呢。

我随着就到了安塞难民纺织厂。我在这里住了两个多月，受了不少益处，收集了全部厂的发展材料，但始终没有完成厂史写作。只留下了《记砖窑湾骡马大会》，文章虽短，正因为难民纺织厂厂史没有写出来，这篇短文在我个人就觉得有意义了。

写了这几篇之后，我对于写短文，由不十分有兴趣到十分感兴趣了，我已经不单是为完成任务而写作了，而是带着对人物对生活都有了浓厚的感情，同时我已经有意识地在写这种短文时，练习我的文字和风格了。于是在文艺工作者代表大会上写了《民间艺人李卜》，在劳动英雄大会上写《袁广发》，我又把头一年未写完的《三日杂记》拿来修改，续完。可惜后来为了“红鞋女妖精”案件而去聚财山，又为纺织厂的材料而放弃了短篇，结果两个长篇都未完工即整装北上张家口，否则我想在我预计中的《卜掌村》和《张清益》是都可以写成的。

陕北的风光是无尽的，而且是无限好。我实在写得太少了！正因为少，所以不得不重校它，而且重给新华书店出版。我还想预约一下，如果可能，我打算再写一本《陕北回忆录》，以表达我对于延安的怀念。

一九五〇年五月

《太阳照在桑干河上》重印前言*

人民文学出版社决定重印《太阳照在桑干河上》，我是高兴的。这本书在市场已经绝迹二十多年，只剩有极少几本收藏在黑暗尘封的书库里，或秘藏在个别读者的手中。现在的年轻人不知道有这本书，没有读过，较老的读者也会忘记这本书。因此，它的重新问世，重新在读者中接受考验，我以为是一件好事。

作品是属于人民的，社会的，它应该在广大的读者中经受风雨。《桑干河上》出版以后的十年中，是比较平稳的十年，我听到的反响不算多。在老解放区生活过的人，大都经历过土地改革的风暴，对《桑干河上》的生活容易产生共鸣，容易接受。新解放区更广大的读者，对土地改革、农村阶级斗争又是极为向往、急于了解的，因此尽管我也听到过对这本书有这种那种的善意建议、不理解，甚至不满或冷淡，但大都还是顺耳的反映。现在经过二十多年的动荡，社会情况不一样了，读者的变化也很大，《桑干河上》必定还要经受新的、更大的考验。我欢迎这种考验，这对一个作家是有益的，对一代文风也是有益的。所以我对《桑干河上》的重版是高兴的。

文艺为工农兵服务是毛主席在一九四二年提出的。经过三十多年的实践，许多文艺工作者刻苦努力，到工农兵群众中去，给人民留下了不少优秀作品，塑造了许多生动的人物形象，成长了一大批为人民

---

* 本文初刊于《人民日报》1979年7月18日，署名丁玲。收入《丁玲全集》第9卷。

熟悉热爱的作家。实践证明毛主席一九四二年《在延安文艺座谈会上的讲话》有着极其重大的意义。我们现在还要高举毛泽东思想的旗帜，沿着毛主席指示的正确方向，排除错误路线的干扰，继续深入生活，热爱人民，创作无愧于我们这一时代的文艺作品，繁荣社会主义祖国的百花园地。

《太阳照在桑干河上》不过是我在毛主席的教导、在党和人民的指引下，在革命根据地生活的熏陶下，个人努力追求实践的一小点成果。那时我对农民革命、对农村阶级斗争、对农村生活、对农民心灵的体会都是很不够的。这本书只是我的起点，没有什么值得骄傲的。我也从来没有以此自傲过。

一九四五年日本投降后不久，我从延安到了张家口。本来是要去东北的。因国民党发动内战，一时交通中断，只得停下来。我在新解放的张家口，进入阔别多年的城市生活，还将去东北更大的城市；在我的情感上，忽然对我曾经有些熟悉，却又并不深深熟悉的老解放区的农村眷恋起来。我很想再返回去同相处过八九年的农村人民再生活在一起，同一些“土包子”的干部再共同工作。正在这时，一九四六年夏天，党的关于土改的指示传达下来了。我是多么欢喜呵！我立刻请求参加晋察冀中央局组织的土改工作队，去怀来、涿鹿一带进行土改。这对我是一个新课题。我走马看花地住过几个村子，最后在温泉屯停留得稍久一点。说实在的，我那时对工作很外行，在内战逼人的形势下，要很快地了解分析全村阶级情况，发动广大贫雇农，团结起来，向地主阶级进行斗争，以及平分土地、支前参军等等一系列工作，我都有点束手无策。工作主要是陈明、赵可做的，我跟着参加会议，个别谈话，一个多月，工作全部结束时，张家口也吃紧了。中秋节刚过，我们回到涿鹿县政府，遇见到这一带观察部队转移路线的朱良才同志。他一见到我便说：“怎么你们还在这里！快回张家口去！”这时我想到温泉屯的刚刚获得土地的男女老少，很快就要遭到国民党反动军队的蹂躏，就要遭到翻把地主的报复迫害，我怎样也挪不开脚，离不开这块土地，我曾想留下，同这里的人民一道上山打游击，但这也必须回到晋察冀中央局再说。自然我不可能被准许这样做，我到晋察冀老根据地去了。在一路向南的途中，我走在山间的碎石路上，脑子里却全是怀来、涿鹿两县，特别是温泉屯土改中活动着的人们。到了阜平的红土山时，我对一路的同志们说，《太阳照在桑干河上》已经构成了，现在需要的只是一张桌子、一叠纸、一支笔了。这年十一月初，我就全力投入了创作。

我以农民、农村斗争为主体而从事长篇小说的创作这是第一次。我的农村生活基础不厚，小说中的人物同我的关系也不算深。只是由于我同他们一起生活过，共同战斗过，我爱这群人，爱这段生活，我要把他们真实地留在纸上，留给读我的书的人。我不愿把张裕民写成一无缺点的英雄，也不愿把程仁写成了不起的农会主席。他们可以逐渐成为了不起的人，他们不可能一眨眼就成为英雄。但他们的确是在土改初期走在最前边的人，在那个时候实在是不可多得的人。后来我又参加过两次土改。近二十年来我绝大部分时间也是在农村，接触过各种各样的人，其中大多数是农民或农民出身的人；我遇见过比张裕民、程仁更进步的人，更了不得的人；但从丰富的现实生活来看，在斗争初期，走在最前边的常常也不全是崇高、完美无缺的人；但他们可以从这里前进，成为崇高、完美无缺的人。

我写《太阳照在桑干河上》就得进入书中人物的内心，为写他们而走进各种各样的生活。这些人物却又扎根在我的心中，成为我心中的常常不能与我分开的人物。因此我的书虽然写成了，这些人物却没有完结，仍要与我一同生活，他们要成长、成熟，他们要同我以后在生活中相遇的人混合，成为另一些人。他们要成为我创作事业中不可少的这里那里、新的旧的、各种各样的朋友。这也是我写这本书的另一点体会。

那年冬天，我腰痛很厉害。原来一天能走六七十里，这时去区党委二里来地走来都有困难。夜晚没有热水袋敷在腰间就不能入睡。白天我把火炉砌得高一些，能把腰贴在炉壁上烫着。我从来没有以此为苦。因为那时我总是想着毛主席，想着这本书是为他写的，我不愿辜负他对我的希望和鼓励。那时我总想着有一天我要把这本书呈献给毛主席看的。当他老人家在世的时候，我不愿把这种思想、感情和这些藏在心里的话说出来。现在是不会有人认为我说这些是想表现自己，抬高自己了，我倒觉得要说出那时我的这种真实的感情。我那时每每腰痛得支持不住，而还伏在桌上一个字一个字地写下去，像火线上的战士，喊着他的名字冲锋前进那样，就是为着报答他老人家，为着书中所写的那些人而坚持下去的。

借这次重印的机会，我要感谢胡乔木、艾思奇、萧三等同志。一九四八年的夏天，他们为了使《桑干河上》得以出版，赶在我出国以前发行，挥汗审阅这本稿子。当我已经启程，途经大连时，胡乔木同志还从建平打电报给我，提出修改意见。这本书得到斯大林文艺奖后，胡乔木同志还特约我去谈《桑干河上》文字上存在的缺点和问题。这些至今我仍是记忆犹新。

《太阳照在桑干河上》绝版以来，我心里还常怀着一种对许多友人的歉意，好像我做了什么错事，对他们不起。其中我常常想到的是，板本德三先生、金学铁先生等。他们热心中外文化交流，把《桑干河上》译成外文。他们自然也曾为这本书的绝版而感到遗憾吧。现在，好了，好了。我虽没有什么新的好消息告慰他们，但这本书复活了。他们可能有的某些不愉快的心情也可以解冻了。我遥祝他们健康。

这本书得以重见天日，首先我应该完全感谢我们的党。我以我们正确、英明、伟大的党而自豪。世界上有过这样敢于承担责任，敢于纠正错误的党吗？现在我们的祖国不管存在多少巨大的困难，但我们是有希望的，前途是光明的。让我们团结起来，在党中央领导下，为着九亿人民的幸福，为着人类的美好未来，努力工作，努力创作吧！

一九七九年五一节于北京

谈自己的创作*

我生在农村，长在城市，是小城市，不是大城市，但终究还是城市。我幼年因为逃避兵患战祸，去过农村，但时间较短，所以我对于农民虽然有一些印象，但并不懂得他们。我很早就写过农村，一九三一年我的短篇小说《田家冲》，不知你们看过没有，就是写的农村。再有我的《母亲》里面也写了一点农村。那时的农村，表面上比较平静，但实际封建压迫沉重，农民挣扎在死亡线上。我写了地主老爷随便打死佃户，写了农民自发起来参加大革命，但对于生活在农村里面的人物，真正农民的思想、感情、要求，我还只是一些抽象的表面的了解。我的《水》也是写农村，写农民，写农民的悲惨命运和斗争，同自然斗争，同统治者斗争。发表的当时，较有影响。并不是说它写得很好，主要是题材不同于过去了。过去，一般作家都喜欢写个人的苦闷，对封建社会的不满，大都以小资产阶级知识分子为主。而《水》在当时冲破了这个格格。写了农村，写了农民，而且写了农民的斗争。我小时居住的常德县，在沅江下游，人们经常说："常德虽好，久后成湖。"那里离洞庭湖很近，洞庭湖附近好几个县，如华容等，都是沅江冲积下来的泥沙淤积而成的。原来沅江上游，地势很高，水流很急，每到春夏，就要涨水。一涨水，常德县城就像一个饭碗放在水中，城外一片汪洋，有时都和城墙一样高了，城内街巷都要用舟船往

* 本文是接受北京语言学院教师及外国留学生访问时的谈话，初刊于《新苑》1980年第4期，原题《丁玲谈自己的创作》，署"孙瑞珍、尚侠、王中忱整理"。收入《丁玲全集》第8卷。

来。老百姓倾家荡产，灾黎遍地，乞丐成群，瘟疫疾病，接踵而来。因此，我对水灾后的惨象，从小印象很深。所以，我写农民与自然灾害作斗争还比较顺手，但写到农民与封建统治者作斗争，就比较抽象，只能是自己想象的东西了。

后来我到了延安，到了陕北。环境变了，那个地方周围全是农民，延安就是农村环境嘛。延安城小，留在那里的党、政、军人数也不算多，一走出机关，不论你干什么，总要和农民打交道。农民，特别是贫苦农民，是拥护共产党、八路军的，但是你自己若和农民不打好交道，仅仅依靠八路军的声誉，你想吃顿饭也不容易。所以，你必定得同农民搞好关系。陕北是山地，比较闭塞，农民过去文化低，思想比较保守，他如果不了解你，可以半天不和你讲话，你想吃顿饭，想找个地方住，非和他交朋友不可。弄得好了，农民就把你当成他自己家里人了。因为他们的子弟也参军了，也是八路军，八路军到他们家里来，他们非常欢迎，欢迎子弟兵，就像他们自己的孩子们回来了一样。那么，一到这样的地方，你也好像到了自己的家，那种关系，就使得工作很顺利，使得八路军和老百姓之间的关系更加融洽。在解放区，在抗日战争时期和解放战争时期，到农民那里去是比较容易的，现在知识分子要下乡就不大容易，农民生活比过去改善了，但吃得还是不好，比城市差得很远。那时候正相反，老百姓吃的尽管不如现在，但比我们要好一点。那时我们每顿吃的小米饭，常是陈米，土豆也不削皮，或者只是咸菜，又没多少油。可是到老百姓那里，同样吃小米，他们的小米弄得好；同样是土豆，很少油，他们家里用小锅做得好。他们欢迎公家人去，怎么样也要想办法，弄点好东西给我们吃，吃点面条，吃点杂面。那时到农民那里去吃一顿饭，我们还叫做“改善生活”。陕北有一首流行歌，唱：“陕北好地方，小米熬米汤。”小米确实很好吃，初吃吃不来，慢慢就习惯了。这样，我们要去接近农民，就比较容易了。

从延安出来，我到晋察冀乡下的时候，站在一家农民的房门口，因为是从前没有去过的地方，便在门外站一会儿，看一看，欢迎不欢迎我？欢迎我，我好进屋去呀，这时，屋里边的老大娘就嚷开了：你瞧什么？屋里有老虎呀？意思是说：你怎么还不进来呀，屋子里没有老虎，不会吃你。在战争环境中的一个普通的农村老大娘，她就是这样说话，把你当成家里人一样，这是非常亲热的表示，说明人民对我们是亲密无间的。至于我写《太阳照在桑干河上》，那是一九四六年，党中央发下“五四”指示，要在农村中进行土地改革，我参加了晋察冀中央局组织的土改工作队，去河北怀来县、涿鹿县工作。有些情形，在这本书一九四八年的序言和一九七九年的重印前言里已经讲到了。我在涿鹿温泉屯村里参加了一个月的工作，经常和老乡们在一块儿。今天和这个聊，明天又找那个聊，我在工作上虽然本领不大，却有一点能耐，无论什么人，我都能和他聊天，好像都能说到一块儿。我和那些老大娘躺在炕上，两个人睡一头，聊他们的家常，她就和我讲了：什么儿子、媳妇啊，什么闹架不闹架啊，有什么生气的地方啊，有什么为难的事情啊；村子里谁家是好人啊，哪一家穷啊，哪一家不好啊。我可以和老头子一起聊，也可以和小伙子一起聊……不论对什么人，我都不嫌弃他们，不讨厌他们。变革中的农村总是不那么卫生的。记得我在陕北下乡时，一回机关，首先就得洗头发，因为长虱子了。那时不比现在，现在农村的老百姓干净得多了，过去农村老百姓长虱子并不稀奇。陕北水很少，住在山上，要到山下挑水，一上一下好几里，怎么能嫌老百姓脏呢？有些知识分子替农村搞卫生计划：规定一个月洗一次被子。心是好心，可是完全不符合实际，没那么多水，更没那么多时间，而且也不觉得有那么脏。就是我，在黑龙江农场也不能做到一个月洗一次被子，我们不过是一年洗个二次三次的。对农民，不要嫌他们脏，不要嫌他们没有文化、落后，农民的落后是几千年封建社会给造成的嘛。要同情他们保守落后，同情他们的脏（自然不是赞成这些）。这样关系就搞好了。

我刚才讲，我是个土包子，现在也是。我好像一谈到农民，心里就笑，就十分高兴，我是比较喜欢他们的。在桑干河畔，我虽只住了一个月，但由于是同农民一道战斗，同命运共生死，所以关系较深。因此，一结束工作，脑子里一下就想好这篇小说的轮廓了。当我离开张家口，到了阜平时，就像我说过的：需要的就是一张桌子，一个凳子，一本稿纸，一支笔了。这本书写得很顺利，一年多就完成了。这中间还参加了另外两次土改，真正写作时间不到一年。

有人问我，书里面那些人物是不是真人呢？说老实话，都不是真人。自然，也各有各的模特儿。我后来曾到桑干河上去了几次，去年又去了。我以前去时，那儿有些人找我，说我写了他们，那个妇女主任对我说："哎哟，你写我写得挺好的，可怎么把我的名字给改了呀？"当时的支部书记也认为我写了他。前个月，他还来北京，要到医院去看我。小说中的那些人，好像有些是真人，但并不完全是具体的真实的人，而是我把在别的地方看到的人，也加到这些人的身上了。脑子里有很多人物的印象，凡是可以放在一块儿的，都放到一块儿，捏成一团，融成一体。现在我在写《在严寒的日子里》，有些人问我，是不是还是《太阳照在桑干河上》那些人？我说：大体都不是了，但也还有那些人的影子。因为我后来到别的地方工作，很多人都是另一个地方另一个环境的，我把他们搬家，搬到老地方来。这些人在我脑子里生活的时间长了，很多很多的，有时候我自己也搞不清了，到底是真人，是"假人"，比如那个支书到底叫张裕民，还是叫曹裕民，还是别的什么名字？但我脑子里总是有这么一群人的，这些人经常生、经常长，是原来的样子，又不是原来的样子，他们已经变了。变了的人，在另外一个人身上出现了，但是，事实上根子还在这个人身上。这好像有些玄乎，实际上就是这个情况。

一九五七年的时候，有人批判我，说我是资产阶级生活作风，家里三日一小宴，五日一大宴；说我家里的客人很多，连什么工人、农民都有。我想，人家讲这话，大约是表扬我，不是骂我罢？我这个人，有个脾气，宴会倒是没有的，只是与朋友来来往往，但不是冠盖云集，普通朋友，遇事随便，见茶喝茶，遇饭吃饭。因此，有几个乡下朋友。他们想来北京参观，那时我在北京有个小四合院，房子多两间，他们来了，就到我家来住。我没有多的时间，就让公务员带他们逛天安门呀，参观故宫呀，看电影呀，看戏呀，回家来很简便，吃顿饺子就是农村过年吃的东西了。来我家的这些人是不少的。前几天有人来看我，我说：如果不写你们，我舍不得。我舍不得丢掉你们这些朋友，因为我们是在下面一起战斗过的。尽管他们还有这样那样的缺点，一个人谁没有缺点呢？可是他们是那样朴实，那样真心实意，我们又彼此那样关心。我和这些人的关系是不会断的。

我在北大荒的时候，照惯例是不容易找到朋友了，因为我那时是个大右派，谁要和我在一块儿，将来会挨整的。但是有这样顾虑的人哩，大部分是知识分子。但是农民是不怕的，工人是不怕的。他们觉得，我不管你们什么派不派，我看实际，我看着谁对心思，谁好，我就和谁来往嘛。他们肩上没有包袱，既不是官，也不保乌纱帽，他们没有什么要保的东西，没有很多个人的东西。这样的人，他们对我很好，我当然对他们也好，我们之间建立起了解、信任和感情。现在我们有好长时间不在一块儿了，可我们还是有感情啊！自然我要写他们的时候，就觉得很容易了。我脑子里有许多这样的人，这些人使我喜欢他们，爱他们。比如杜晚香，就是这样的例子。

我有个体会，就是在接触人时，绝不可以有架子，你得先把自己的心，自己全部的东西，给人家看，帮助人家了解你。只有人家了解了你，才会对你不设防了，这样，他才会把全部的东西讲给你听，那么，你就可以了解他了，你就可以写他了。如果不是平等坦率地和人相处，那么，人家也就不会对你讲什么真话了，所以，我总是这样，如果人家开始不说话，那我就再说，想办法把自己的心，自己的一切，交给别人，让你们来说我，批评我。你们对我好，对我坏，冷，热，那没关系，我都不在乎。一个人写文章，搞创作，就必得要体会社会上复杂的、各种各样的人的内心活动，你不了解他，你就没有办法去反映他。

你们问《太阳照在桑干河上》里面的文采有没有模特，过去也有人问过我：文采是不是写的某某人？我说：你说有模特，就有模特。谁要自己对号入座，我也不反对。像文采这样的人物在知识分子中现在还有不少，随便去找，眼前就有。教条主义，主观主义，自以为是，脱离群众，高高在上，喜欢训人，指挥人。这样的人啊，多得很，实际上对农民一点儿都不了解，也没有兴趣，更谈不上热情。他们看了书先问是不是写谁呀？真有意思。《太阳照在桑干河上》的文采没有大错误，没有大问题，还算比较好的。他无非是装腔作势，借以吓人。他在农村里是那样，在另外的环境里，他还会那样！而且能把人唬住，会有人相信他哩。这种人可以改好，但也可以变得很坏，变成一根打人的棍子。

关于作者与《莎菲女士的日记》中的主人公的关系问题，是个有趣的问题，过去已经有许多人发表了不少高明的见解。直到现在还有人说，说得稍微好听些，莎菲是鼓吹性爱。我不明白这帮人口中的性爱是指的什么！当年莎菲也曾被围攻、批斗。有的图书馆现在还保存着这类材料。我真希望这些塞在莎菲档案里的材料可别毁了，因为它可以供以后年轻的研究莎菲的人翻阅、引用、借鉴。现在也确有不少爱读书、肯用脑子的人，为莎菲鸣不平，想为莎菲平反，但自然还是阻碍重重。这些事我个人不想插手，我相信："千秋功罪，自有人民评说。"也有人说那个玩弄男性或者讲性爱的莎菲就是作者自己，要我去受莎菲的牵连，这很可笑。有些人读文学作品，都习惯从书中找一个影子，把自己或者把别人贴上去，喜欢对号入座。一部作品同作者本人的思想是否有因缘呢？一定有。作品就是作家抒发自己对人生、对世界、对各种事物的认识、感觉和评论，通过描述具体的人、事的发展来表达。主人公不过成了作家创作中的一个工具，作者借"他"（或"她"）让读者体会出作者所要讲的话，怎么能简单地去猜测这是写的谁，而且就肯定是谁呢？一个作品里的人物是各种各样的，一个作家一生的作品里所描写的人物就更多了，即使是主要人物，也存在着千差万别的，怎么能恣意挑选，信口胡说，把作品中的人物贴在作家脸上去呢？我相信世界上有不少人会懂得创作，懂得作品与作家本人的正确关系，懂得通过创作去理解作家的心灵深处和作品的成败得失。至于个别心怀叵测的小丑，就让他们披着皇帝的新衣去跳舞吧。

还有人说黑妮是莎菲；也有人问我黑妮这个人物是从哪里得来的，我不得不替黑妮说几句话。

我在怀来搞土改的时候，看见过一个小姑娘，在地主家的院子里晃了一下，我问人家，这个女孩子是谁呀？人家给我讲，她是这地主家的侄女，说她很可怜，他们欺负她，压迫她，实际是家里的丫环。这个人在我面前一闪而过，我当时并没有把这个女孩子仔细地观察。就这么一点影子，却在作家的脑子里晃动了：她生活在那个阶级里，但她并不属于那个阶级，土改中不应该把她划到那个阶级，因为她在那个阶级里没有地位，没有参与剥削，她也是受压迫的。所以，写黑妮的时候，并没有什么具体的模特，而是凭借一刹那时间的印象和联想，那一点火花，创造出来的一个人物。就是这样简单，值不得理论家去探索，去联系；莎菲是作家本人，黑妮也一定是作家本人。哈……

我是一个搞创作的人，很少从理论上，而更多是从现实生活里去认识社会。三十年代的时候，年纪轻，参加群众斗争少，从自己个人感受的东西多些。等到参加斗争多了，社会经历多了，考虑的问题多了，在反映到作品中时，就会常常想到一个更广泛的社会问题。我写《我在霞村的时候》就是那样。我并没有那样的生活，没有到过霞村，没有见到这一个女孩子。这也是人家对我说的。有一个从前方回来的朋友，我们两个一道走路，边走边说，他说："我要走了。"我问他到哪里去，干什么？他说："我到医院去看两个女同志，其中有一个从日本人那儿回来，带来一身的病，她在前方表现很好，现在回到我们延安医院来治病。"他这么一说，我心里就很同情她。一场战争啊，里面很多人牺牲了，她也受了许多她不应该受的磨难，在命运中是牺牲者，但是人们不知道她，不了解她，甚至还看不起她，因为她是被敌人糟蹋过的人，名声不好听啊。于是，我想了好久，觉得非写出来不可，就写了《我在霞村的时候》。这个时候，哪里有什么作者个人的苦闷呢？无非想到一场战争，一个时代，想到其中的不少的人，同志、朋友和乡亲，所以就写出来了。到现在，这还是一篇没有定论的东西，有人批评它，说它同情汉奸。也有人说女主人公是莎菲的化身，自然也有人说是写得非常深刻，非常好。我照例不为这些所左右，我仍是按着我自己的思想，继续走着我自己的创作的道路。

因为斗争经历得多了，于是就从整个社会、整个运动、整个结果去看一些人，去想一些人。至于这是不是现实主义，是不是已经超脱了自然主义，我没有考虑。作品要达到一个什么样的政治目的，这不是主观愿望所决定的。作品写出来了，就一定会产生政治效果，究竟是鼓舞人心，还是涣散人心，在我看来，这种效果并不是作家在动笔前或在写的时候依靠主观愿望而能得到的，它是由作家自身的思想、感情来决定的，是根据作家生平的社会实践、个人的修养和写作能力来决定的。

至于讲到我们同现实生活的关系，我认为：不可否认，有些现象是令人很痛心的，我们不能说我们现在是很好了，我们看到了许多坏的东西，特别是我们一代人、两代人的思想里的封建余毒，“四人帮”的流毒还很深广，资产阶级的腐朽思想还在影响我们。我们的国家问题多得很，怎么办？要不要有人挑担子，是不是大家都不挑，只顾自己？像我们这样的人，说来似乎完全可以不去管那些事了，“你这么大年纪，操那么多心干什么？你的生活也可以，养养老，过个幸福的晚年算了。”可是不行啊，国家的问题太多，总是要有人来挑担子，作家也应该分担自己的一份。一个作家，如果不关心这个困难，不理解挑担子的人的难处，你老是写问题，那么，你的作品对我们的国家民族有什么好处呢？对老百姓有什么好处呢？对年轻人有什么好处呢？在这个问题上，有人说我是保守派，说我不够解放。难道一定要写得我们国家那么毫无希望，才算思想解放吗？我不懂了，那解放有什么好处？有什么用处？这能给人民带来一点福利吗？人民的生活能提高，没有房子的能有房子住了吗？你不帮忙，你在那里老是挑剔，那有什么好处？人家又说，你这个人嘛，过去挨了批评，你是怕再挨批评，心有余悸啊。并不是这样的。正因为我挨过批评，我跟党走过很长的艰难曲折的路，吃过很多苦，所以，我才懂得这艰难。我们国家的四个现代化难得很，你不调动千千万万人的思想，再好的办法也搞不成。你有这么好那么好的计划，可是人们不积极干，那你就落空了。我们文学家应该理解这个困难，努力帮助克服困难。

我写的《"三八"节有感》提出的问题很小，现在实际上要比《"三八"节有感》的问题多了。《"三八"节有感》不过是指责了随便离婚而已，把那个土包子老婆休了，另外找一个知识分子。现在看来，这实在没有什么了不起。离婚自由，双方没有共同语言，没有爱情，当然可以离婚。《"三八"节有感》就是表现这么一点，里面有一点批评，也不多，不过是替少数女同志发了点牢骚而已。那时在延安也没有掀起批判的浪潮，当时毛主席讲话，对我还是保护的。只是到了五七年才改变调门，把它打成反党作品。最近我编选杂文集，把这篇杂文也选进去了，这不是一篇了不起的好文章，留在那里，也为了保存材料，让后人再批吧。

问到我最喜欢的作家，这很难说，过去有人说我最喜欢莫泊桑，受莫泊桑的影响很大，可能有一点，不过说老实话，那时候，虽然法国小说我看得很多，喜欢的不只是莫泊桑、福楼拜，也喜欢雨果，也喜欢巴尔扎克。但很难说我具体受哪个作家的影响。英国小说家我喜欢狄更斯，真正使我受到影响的，还是十九世纪的俄国文学和苏联文学，还是托尔斯泰、屠格涅夫、高尔基这些人。直到现在，这些人的东西在我印象中还是比较深。我看书的时候，都觉得很好，但你说我专门学习哪一个人，学哪个外国作家，没有。我是什么书都看，都欣赏。而他们也是各有特色的嘛。

我比较更喜欢我国的《红楼梦》《三国演义》。看这些书，看他们写人和人的关系，写社会关系，可以使人百读不厌，你可以老读它老读它，读完了再读。《三国演义》写那么多大政治家，历史上有名人物，写他们的关系写得那么复杂，那么有味道，我觉得很少有的。但是，现在是不是就能够照他们的那个样子写呢？继承它的好的地方是必要的，我们现在也还没有很好继承。可是，我们的社会变化太快，生活变化太快，表现那个时代的手法，和今天的社会相差太远，两方面结合起来不是很容易的。

我想，我最喜欢的还是曹雪芹。贾宝玉、林黛玉、王熙凤……都写得太好了。但现在像这样的人物都不多了，自然像贾雨村这样的人物还是够多的。现实更复杂了，需要用一些更为宏伟的章法来写了。但过去的有些手法还是值得我们今天借鉴的。

文学创作的准备*

中国有句古话:“人逢喜事精神爽”。这两天是厦大六十周年的校庆，大家都非常高兴，我也觉得高兴。今天来这里，祝校领导，同学们，来宾们身体健康。

承蒙校长曾鸣同志、文学系主任郑朝宗同志再三约我来同大家见见面，我很惶恐，推辞过，我没什么东西好讲，条条框框我没有，长篇大论也不行，文艺问题很多，我又脱离实际工作，信口开河也不行。但是校长给了我一纸聘书，没奈何，只好在这里献丑了。请大家批评指导。

在讲正话之前，借这个地方和时间，我同一个同学谈点问题。前两天我收到厦大一个同学的来信，我没有时间复信，他提的问题可能也还有人与他有同感，所以我就借此简单讲几句。他信中说:“当你还在探索文学道路的时候，我还没出生，现在当我们这些同学也来探索文学道路时，其间有我们的痛苦，有我们欢喜的时候，而你现在却已经是古稀之年了。我们是两代人，没办法互相了解，互相帮助了。”大概就是这个意思。这使我想到一个问题。我以前也说过，的的确确，我和同学们相差半个世纪，或者还要多一些。我以前走过的路和同学们现在走的路很不一样，的确可能存在着过去我与我的父辈之间那样的矛盾，而这个矛盾现在可能在我们与年轻人之间表现出来。但我转

* 本文是丁玲1981年4月7日在厦门大学的讲话，初刊于《当代》1981年第四期，署名丁玲。收入《丁玲全集》第8卷。

念一想，我们同我们的父辈之间和年轻人与我们之间还是有根本的区别。我们的父辈，他们的的确确是属于顽固派，封建意识浸透了他们，而我们向来就是革命的。同学们，革命派是不会老的。革命派尽管老，年龄老了，但他永远是革命的。他必然还要同青年一代一同探索下去，一同前进，否则他就是真的老了，落伍了，落后了，甚至还会走到对立面去。同学们！请相信我，这样的人是有的，但不是多数。是少数，是极少数。这封信还涉及另一个问题。信上说："我们年轻人现在都在探索着文学上出现的新的东西。而这些东西，有人支持，有人不支持，甚至批评，有风言风语。"大意是这样。我不大理解他所说的新东西具体指什么，很难说对或是不对，我只能就一般道理来说。凡一个新事物出现，总会有赞成的，有不赞成的。不能说支持就对，不支持就不对；也不能说支持不对，不支持就对。这要看具体内容。大凡一个新事物出来时，我以为不要打击，要看他成长，要鼓励。是好的就扶持，如果不好，则以爱护的态度提建议，好好引导。反过来，探索者们要有勇气，要经受得起批评。批评得对的，我接受修正，批评得不对，我也不在乎。不要一听好话，就沾沾自喜，骄傲；一听不顺耳之言，就垂头丧气，或怨气腾腾，这对于自己都不利。叫好固然对自己是鼓励，但有点阻力也是对自己的鞭策与考验。不是百家争鸣吗？我们要百花齐放，也要让人家百家争鸣。对批评不同意，还可以反批评嘛。

关于这封信的答复，就此结束，现在话归正题吧。

今天的讲题是"文学创作的准备"，这个题目是前三天郑朝宗同志把我逼出来的。他一定要我交一个题目给他，我就说了这个题目，其实我不一定能说得清楚。因为经常有人要问我类似的问题，我只好就我自己的经验说几句。如有不妥，希望同学们指出，各位领导同志指正。

文学创作的准备工作，内容很多。同学们在这里学习，就是一种准备。但一般学习，只是基础知识的准备，和培养分析作品、事物的能力。这都很重要。你们的老师比我有经验，我只讲一点同创作有关的。说到写作，看起来很容易。一个中学生也能写诗。我在中学时就写过诗，有两首还由老师拿去发表在什么报屁股上了。现在有人问我找不找得到底稿。我说哪里找得着，那也不是诗，无非是几句似通非通的顺口溜。中学生也能写剧本。我的儿子在十一岁那年，在延安保小念书时，就写过“皖南事变”的剧本，连叶挺将军也写上去了咧。但那都是小孩学习写的作业，文化程度不高的工人、农民也能写。但要成长为一个作家，就不特要有一定的文字修养，也要有自己创作的套套，文学修养，思想修养，政治修养等等。即使你能写出第一篇，看来还好，但何以为继，也是一个很大的问题。

创作就如同一个工厂生产产品，作家的脑子就是工厂，文章就是产品。但这个产品，是比较复杂的，是一种特殊产品，是精神食粮。这种产品的品种要多样，不能重复，不能只是一个模子。它生产的每一件产品都不是一个模式的。只有这样，这个工厂才能开门，才能开下去。这个工厂必须跟着时代跑，要反映时代的精神。这种食粮要好吃，还要有营养。要有留得下来的产品，要经得起筛选。别的工厂生产一件产品，比如纱布，它有等次，有规格，工厂和社会对它有个起码的要求。而作家这个工厂的产品，规格就很不好说，这个赞成，那个反对，很不一样。但是我们还是应该有个规格，要有一定的水平。这个工厂生产还有另一个困难，它很难保证自己产品的质量始终很好，有时可能会下降，有时可能生产不出来。这个问题，我想讲具体点。讲讲我自己的这个厂子吧。

这个工厂一定要有自己的仓库，或者说要有自己的图书馆。这个图书馆是供作者自己参考的，并不像普通图书馆那样有一本本书藏在那里。这个图书馆必须贮藏有各种各样的人物，好的、坏的，大大小小的事件，有美得发人幽思的情怀或使人愤怒的火种[①]。这些都分类编号，像组织部门做干部工作、人事工作那样，有各种档案，这个人干

① 初刊本作“劣根性”。

什么的，有什么贡献，有什么缺点，有什么问题，都记载得清清楚楚，装在档案袋里，乱不得。这个图书馆就是作家的头脑，它平常贮藏着丰富的材料。文学作品不管你写什么题材，写什么事，什么时间，主要的是要写人，写各种有思想的人，各种状况的人。所以要有很多很多人贮藏在这图书馆里。当我们需要描写各种各样的人物时，就到图书馆去找，到档案袋里去取。如果脑子里平日没有积存，那你写什么呢？贮存在图书馆的这些人不是死的，是活的，这些人活着记在我们脑子里，张三是张三，李四是李四。这些人还需要我们加工，要装到“车床”上，磨一磨，旋一旋。因为我们看到的、认识的，原来都还不是全面的人，不是典型的人，[①]把他拿到车床上，对他加工、熔铸，费了一番功夫，这些人就有所改变了，张三就成了一个比较典型的人，比较有味道的人。如果张三和李四差不多，那就把他们融在一起，变成了王五，这个王五就包括了张三、李四，王五就更全面些，就更丰富些，就成了一种典型。我讲一个例子。前两天，中文系一位老师问我:“你的《粮秣主任》有没有模特儿？”我说“没有。”他显得有点迷惑了。这篇文章，可能你们读过。那年我打算给报刊写一篇宣传社会主义建设成绩的文章，就近到官厅水库去。我在那里住了三天，都参观遍了，工地上五花八门，复杂耀眼，三天工夫，想不出能写什么，没有办法写。后来我又去了一趟，住一天就回来了。一位同志和我一同去，回来的路上，他也替我担心，你去一天就能写出来么？结果，回来后就写了《粮秣主任》。在一次座谈会上，有人说作家不一定要深入生活，你看丁玲去了一天就写出来了，何必一定要深入生活呢！其实说这话的同志不了解。这个粮秣主任从哪里出来的呢？那个小水文站并没有什么粮秣主任。我听说那里有个水文站，便跑到那里去看，我站在小房子的窗户前，放眼望去，对面就是高山。呵，多么熟悉的山呵！我曾经在这样的山路上走过多少次呵！生活在这山里的人我又

① 初刊本此处有“他们只是特定时期、特定问题的人”，全集本删除。

是多么熟悉呵！那些村长、治安员、粮秣主任……不都是我的老邻居老朋友吗？这不都是积存在我的仓库里的人物吗？这些人都涌出来了，都站在我的面前，于是我从他们中间选取了一个在生活里面比较经历过艰苦的人，就是搞粮秣工作的人。在座的一些老同志可能记得，在战争年代，农村里管粮食的人最艰苦。今天村里来了三个人，粮秣主任得照顾他们吃饭；明天来了五十人，后天过大队伍，管粮秣的得负责筹办粮食草料。不容易呀！那时没有大粮库，没有汽车，大车很少，老百姓顶多有几条小毛驴，平日把粮食坚壁在小山沟里。那是战争环境，敌人进村也要抓粮秣，敌人也要吃饭，还要抢掠粮食，饿死我们。因此，当一个粮秣主任，责任重，工作不好做呀！所以，我就写了《粮秣主任》。如果我头脑里平日没有这样的人物，我是不能写的。如果专去描写水库的工程，那工程师比我写得还好。但我们要写的是人，我便从我的仓库里，找出恰当的人物来。

时代在不断的变革中前进，贮存在我们仓库里的人物也需要不断地代谢新生。作家便要不断地深入生活，接触人民，随时随地撷取，丰富自己的人物宝库。巴尔扎克写的《欧也妮·葛朗台》里面的老葛朗台是一个爱钱的人，是一个爱钱如命、悭吝到极点的典型。他看见一张纸头、一个旧线圈，只要有一点点用处，他都要捡起来，搜罗到他的小储藏室去；还经常把这些宝贝翻倒出来，悄悄欣赏，这是一个令人发笑的守财奴。我们不是守财奴，但我们要学他，孜孜不倦，全神贯注，搜集材料，随时随地丰富自己的人物储藏。有一天拿起笔来，这些人物就会纷纷拥来，你不必去找，你想要什么，他会自己来叩门。

这些人物，这些材料从哪里来呢？只能从生活中来。去年有个杂志上登过一篇文章，说作家不用到生活中去，也可以写出伟大的作品来。我看了心里想，如果没有生活，那写什么呢？不到生活里去，咱们的仓库慢慢地就会缺货了，咱们就穷了，就枯竭了，能拿什么给读者呢？自然，可以编造。但脱离了生活的编造是没有生命力的，是不能感动人的，是不会为读者所欢迎，为人民所喜爱的。这样不成功的例证，大家都可以举出一些来。也有人说，到处都是生活呀，我坐在椅子上是生活，你坐在田埂上是生活，他坐在楼房里也是生活。不对，我指的不是这样的生活。这样的生活对于作家写作那是太狭小了，这只是过日子。三朋四友，聚在一起，过去谈的是知识分子的苦闷，现在就谈国家贫穷、工资低、住房困难，还有什么对现状的不满，谈的范围狭窄。如果某个作家是这个样子，他就永远写不出好作品来。所以，作家一定要到群众里面去，到广阔天地里去。前年文代会时，听人说，毛主席讲的要到工农兵里去这句话可能已经过时了，工、农、兵、知识分子都是劳动者，作家是脑力劳动者。既然如此，还有什么必要下去呢。我说不然。知识分子是劳动者，但只是劳动者中的一部分。作家写文章，总不能只写知识分子；我们写知识分子也要写到知识分子和社会的关系，他和社会上其他人的关系，和家庭里、工作单位里其他成员的关系，他和不同的思想相处或斗争的关系。每个人的问题都是很复杂的，你不能只单纯着眼于他的一面，而要注意他的很多方面。这样，你想写好他，你就要到他生活的地方去。如果不去，那作品就会干巴、苍白、空洞，既不丰满，也不感人。一九四九年第一次文代会上我有个发言，题目是《从群众中来，到群众中去》；一九五三年第二次文代会上我又讲过一次，题目是《到群众中去落户》。那时我认为光提“到群众中去”还不够，还要把家搬到群众中去，把思想也搬去，在那里落户。现在我觉得这样还不够，还应当使自己和劳动人民融为一体。因为尽管我们成了劳动人民的一部分，我们与劳动人民生活在一起，但是，如果同床异梦，还是不行的，所以我说要融为一体。我们的心，我们的感情，我们的喜怒哀乐不是同哪一个人，而是要同人民融为一体，就像人们常说的：心有灵犀一点通。也就是说，群众心里想什么，他还没有表示出来的时候，我们就要感受到，而且感受得比他们自己深刻。如果做不到这点，不能体会他们所感受到的，那你怎么能写出他们呢？自然，要做到这一点，真正到群众里面去，真正和群众融成一体，也不是很容易的。每一个人都能去，但并不是每个人都能很有收获。群众里面还有许多落后的东西，不卫生、迷信等等，问题很多。你一看，“啊，这就是工人呀！这就是农民呀！我还要向他们学习？”有时群众自己也不相信自己还有什么值得学习的。你在那里看看，到处平平常常，引不起兴趣，很快就想回来了。我的确也看到，有的同志下工厂，跑农村，到部队，工农兵那里都去过，也据此写过文章，但好的文章却不多。问题在哪里呢？这里且不谈艺术修养、写作技巧等方面的问题，我认为是到生活里去的方法问题，或是态度问题。他们有点像往返上海厦门跑单帮的商人，香蕉值钱，就把香蕉带到上海，现买现卖，市场上什么货新鲜就倒卖什么。这是不行的。我劝他们别这样。还有一种人，在下面生活多年，亲自参加工作和斗争，又喜欢文学，曾对我说：“作家写我们这里的事，不如我自己写。我的生活丰富，了解的事情多，作家写不赢我。”前几年在山西就还有人这样说。我回答说：“好，我希望你能写出来！你写出来了我高兴啊，没有人跟你抢买卖。”后来他写了，拿给我看，我真难过，把那么好的材料糟蹋了。我想这与一个人的生活态度、思想水平、文化水平，趣味修养等等问题以及与群众的感情（即作者对生活、对人民喜爱不喜爱）、对生活是非的鉴别能力都很有关系。一个有才能的作家，可以凭想象写出几篇漂亮的文章，也可以写诗，写小说，但只是写、写、写，他的想象连同他的文章都会同这块桌布的颜色差不多，是苍白的，没有血肉。只有下去，深入到生活中去，和群众融成一体，他才能有丰富的想象，才能有写出好作品的条件。

在延安时，我第一次到工厂去，我先请教邓发同志，他在党中央管职工工作。我问他：“我要到工厂去，你看该怎么样？”他说：“很好。你去工厂是去工作的，工厂是你自己的，你也就是工厂的一分子。”这话对我很有启发，我下工厂，就要抱着是去工作的态度。我去工厂前，在《解放日报》编文艺副刊，发表过一位同志的文章，题目叫《厂长追猪去了》。文章讽刺一个厂长不务正业，不抓产品生产，却去追猪，批评厂长的事务主义。文章写得漂亮，虽然似有所指，但这是小说嘛！我把稿子请社长博古同志审查。博古同志一看笑了，说这是左琴柯的笔法。左琴柯是当时苏联的一个写讽刺小说的作家。我问能不能登。博古说："登吧！"这样就登出来了。不久，那位厂长给我写来一封信，问文章的作者是谁，问我为什么要发表。我不认识这位厂长，给他回了一封信，说这是小说，人物是可以虚构的，请他不要多心。这次我要下工厂了，我先到边区政府民政厅找高自立同志："我要到工厂去体验生活，你看去哪个厂合适呀？"高自立同志笑笑说："边区政府下属的十几个工厂，最好的一个厂长让你得罪了。你看，要去你就到他那个厂去。"这时我才知道，《厂长追猪去了》原来讽刺的就是这位厂长；我也才知道，这位厂长领导的工厂，不只很好地解决了本厂职工的生活，提高了职工的生产情绪，而且还用本厂的农牧副业产品，支援了同一个山沟里邻近的两个厂的职工，这是一个多么好，多么称职，又多么有创造性的厂长呵！但是，我却得罪了他。我心里想：怎么办？不管，我一定去，就到这个厂去。到了这个工厂后，见到了厂长，我就说："我来了，我是来这里参观学习的，在我编的报上，发表了批评你的小说，我不知道是写你的，高自立同志告诉我，我才知道。"他对我表示欢迎，与我谈了一会儿就走了，要去延安开会，过几天才回来。我便留在厂里到处谈谈问问看看，我发现工厂各方面都好，但有一个最大问题，就是厂长不在家时，没人管事，没人敢做主。过两天厂长回来了，问我这几天的印象，我说："我先给你讲个故事。我曾问过贺龙同志：'你手下的团长要具备什么样的条件才算是最好的？'贺龙同志说：'我认为最好的团长，就是我要他今天离开这个团，他今天就可以离开，明天换一个团长来，一样能领导这个团，一样可以打胜仗。'"厂长听后当时没有讲什么，晚上便召开干部会，叫我也参加。会上他将我讲的故事说给大家听，然后检讨说："我们厂最大的问题就是我离开不得，我离开了，谁也不敢做主，我尽管热心负责，但还不是贺龙同志说的好干部。"像这样的厂长，这样的干部还不值得写吗？于是他就贮存在我脑子的仓库里，不晓得哪一天就会跑出来活跃在我的稿纸上。我想：如果我同他讲客气，不说心里话，不把这个工厂当成我自己的工厂，我的脑子里也不可能贮存有这样的人物。所以说，我们到群众里面去，就得把那个地方当作自己的，要爱它，和那里的人们开诚相见，这样才能获得素材。如果你在那里客客气气，做几个月客就走了，人家以为你是个作家，还不知道给你留下什么印象，担心你说他们的坏话，因此真话都不对你讲，你就会一无所获了。毛主席讲知识分子到农村去，农村是广阔天地，大有作为。这话我认为说得非常对，我是相信这些话的。我到农村去，觉得在那里确实可以大有作为，可以发挥自己，我不是去那里搞买卖，我是去工作的。土改时，我在农村，工作不大会做。我在《太阳照在桑干河上》再版前言中说过，当时我对工作不大胆。后来我再到农村，我就胆大些了。我心想，在这里当一个村干部区干部不是很好吗？农村有个好条件，就是工作很多，特别是文化教育方面的工作需要人做，我就主动去做，村上欢迎我做，不欢迎我也照样做。只要我做的事不反人民，而是对人民有好处，那为什么不能做？即使做错了也可以讨论嘛！在底下工作，工人农民都没有什么包袱，好交朋友，他们是比较朴素直爽高尚的。我在农村时，曾想当个支部书记，不是想做官，做一个“七品芝麻官”，而是认为可以更好地发挥自己的能力，把工作做得更好。我在东北养鸡，看到别人没把事情做好，我心急也提过意见，心里打算，将来我的右派帽子摘掉后，我就当一个养鸡队长。我脑子里常常订出规划，自己画设计图：什么地方做队部，什么地方做鸡的运动场，什么地方做什么，全都规划上了。还有要建立哪些个队，怎样用人，我心里都有一本账，我把全身心扑到工作上去，就觉得要从头学习的东西太多了。于是知识丰富了，人物也多了，这些人存在脑子里是不易忘掉的，因为你亲自动手，就对工作有了爱，也有了恨，有了感情。当然，事物都有两面性。知识青年上山下乡本来是件好事，可以学到许多书本上学不到的东西，五十年代多少青年啥都不顾就下农村，去支边，特别是在北大荒，好多五十年代打着红旗去的青年，就在那里安家落户，有的成了农业生产的内行和专家。后来“四人帮”乱来，中学毕业就统统赶下去，不管你思想通不通，有没有什么实际困难。这样的青年下去多了，底下的人也很为难。论劳动嘛，这些人的劳力不强；论工分，还得给你一样多；生活要照顾，还得找专人管理。干部把你当包袱，老百姓则无所谓：反正你干你的活，二年之后就走了。这样下去的人就不会安心，就托关系走后门，争取早一点进工厂，吃商品粮。说起农村，就像那是火坑似的，跳下去就出不来了。近来，有许多我在北大荒认识的青年都回城来了，其中有的人在基层表现很好，生活也不错。回来后，我问他们：“你为什么回来呢？”他说：“知青下农村，反对的意见太多，所以就回来了，都回来了。”回来做什么呢？没事干、待业。这人本来在下面生活得好好的，也还安心，现在也让他们倒流回来，找不到工作也还是回来。我有个亲戚本来在江西劳动大学教书，不也很好吗，他偏要回来，宁愿当个代课教师。我说，这是什么意思？无非是离开农村，在城里工作，守着家庭，城市生活好，什么都好，可惜就是没有志气，没有大志气。

现在有部分搞创作的人，思想还是比较混乱的。听说去年开过座谈会，一部分人赞成要到广大群众中去，要写工农兵；一部分人赞成写我最熟悉的生活；另一部分人则认为：“文学就是写我自己。”我没参加会，后来他们有人告诉我有这三种意见。我说：这三种意见说的是一个问题，不是三个问题。我们写文学作品，当然要反映整个时代，整个社会。既然如此，就不能是写你个人，一定要写广大群众。广大群众里什么人占多数？工农兵嘛！你为什么不写他们呢？你有什么理由不写他们呢？你很可能也会写到老干部，写厂长，写英雄，可厂长不能离开工人嘛！至于说写你熟悉的，也是对的，是同一个问题。你不熟悉群众，不熟悉工农兵，不熟悉老干部，你能写得出来吗？不能写的！另外，作家写作品其实也是写自己，刚才讲到的《粮秣主任》，是写一个当过粮秣主任，现在又当水文站长的老农民，但也是写我自己，那个粮秣主任就是我。你也许要说：你没当过粮秣主任呀！但是我的思想是通过粮秣主任的口里说出来的。这个粮秣主任就算真有此人，他跟我讲的那一些话是他应该讲的，但他不一定讲得出来，那些话是我替他讲的，是他的，也是我的，是我感受到的。所以说还是写我自己，是他和我融合成一个人，是因为熟悉他，我才能写他。《杜晚香》也是这样。她是黑龙江的一个女标兵，我写了她的一段生活，写她爱北大荒。她有爱北大荒的朴素感情，但没我写得这么深刻。因为我是个作家，我们下去后理解的东西，体会的东西比她深。她有，不会讲；而我有，我会写。杜晚香是黑龙江的标兵，做了那么多好事，了不起！我是无法像她去做那么多好事的。但我了解她，我们是好朋友。她曾因为和我的关系受牵连，打下去劳动好多年。她的感情我理解，虽然她不能把那些东西告诉我。她在台子上的那篇讲演，自然也不是她说的，她不会那样讲，这不能怪她，这是因为她的生活、她的文化水平限制了她，她说不出那么多道道来。那是我替她讲的，既然我替她讲，那就有我的思想。如果我没有和她相同的感情，我能替她讲出那些话来吗？要是我不爱北大荒，我能写出一个爱北大荒的人来吗？如果你不爱我们的国家，不爱我们的人民，你能写出一个爱祖国爱人民的人来吗？不能的！你写不出来的！所以说杜晚香的生活，也是我到工农兵中去体会、了解的生活。杜晚香就是我自己，虽然我不是标兵。我没有、也不能有她那样的成就。但那种体会、那种感情是我的，就是写的我自己，是写杜晚香也是写我自己。所以说争论的这三个问题还是一个问题。人们对这个问题争论不已，这个说只能写我自己，那个说只能写工农兵。实际是把这些问题割裂开了，没有结合起来加以认识。这跟过去有人争他是写光明的，你是写黑暗的一个样。什么才算黑暗？什么才算光明？在我们这个国家里是充满光明的，但也有不太光明的东西，有落后的一面。要写光明，没有黑暗衬托是不行的，有比较才有鉴别。张志新就是我们的光明，她那样坚强，反对“四人帮”那一套，刀搁在脖子上也不怕。割喉管、压迫张志新就是我们的黑暗，光明是靠黑暗显示出来的。我这样说，也许有人会说我是一个歌德派。是的，我是赞成歌人民之德的！歌社会主义之德的。“歌德派”如果不是“歌”人民之“德”，而是骗人，讲假话，嘴里说“歌德”，骂别人“缺德”，而自己反而写些乱七八糟的东西，挂羊头卖狗肉，那我是坚决反对的！要揭发这些假“歌德派”。我们一定要“歌”社会主义的“德”，“歌”我们共产党的“德”！为什么不歌呢？没有共产党就没有新中国嘛！有一天，福建省歌舞团到休养所慰问时唱了这首歌，我听了激动得很，走出会场时，还浑身发抖，已经好久没听到这首歌了。听到它，我就想起共产党几十年的历史，没有共产党的浴血奋斗，就没有新中国！可是《厦门日报》的记者后来告诉我说，这个节目在厦门上演时，一报节目下面就有人哄堂大笑。我们与这种人是没有共同语言的，我们之间的感情相差太远了。我也喜欢听李谷一唱，她是我们湖南人，是从我们花鼓戏里出来的歌唱家。她唱得不错，是百花园里的一朵花，也还是有其色彩的。但我不能因为喜欢李谷一的唱腔，就连《没有共产党就没有新中国》也不要了，这哪能行呢？各有所需嘛！但主要的东西必须是革命的，是鼓舞人民前进的。

要深入生活才能拿到好材料，要怎样深入生活才能拿到好材料，才能抓到这些好素材呢？有的人也到生活中去，但却一无所获，或收获不大，我看这还是没有生活[①]，虽然他会觉得自己已经深入生活中去了。你与他谈他也谈得蛮有兴趣，头头是道。可是他把许多好的素材庸俗化了，把神圣的写得平凡了。问题出在什么地方？我看还是出在他自己身上，他得有“爱”，才能抓到本质的东西。爱，现在是最时髦的题目，但是最时髦的题目各人的理解也有差异。我有一篇文章发表在《萌芽》杂志上，讲恋爱与文艺创作。一个人活在世上总是有爱的，没有爱是不可能的。你小时在家庭的小圈子里，爱的是父母、兄弟，或者是邻居，这是原始的爱，天性的爱，“有奶便是娘”的爱就是原始的爱。一个小孩给狼叼走了，在狼群中长大，成了“狼孩”，它爱狼怕

① 初刊本作“深入生活”。

人，这是动物的爱。可是人不是野兽，古人说，食色性也，谈恋爱也是天性，这个天性是原始的。古人也有春宫画，画在墙上，刻在石头上，他们并非把它当做黄色的欣赏品，这是他们的生活信仰；这些画，表现得很健康，我们把它作为古代的艺术品。几千年以后的我们，是处在科学的时代，是各种文化兴起发展的时代，是精神文明昌盛的时代，如果现在我们还只去追求那种“食色性也”，那不是很可笑的吗？恋爱是不可免的，是每个人应该享受的。有许多恋爱是可歌可泣的。我们喜欢读优美的诗，多情的诗，感情健康的诗；但我们不喜欢空洞的、颓废享乐的靡靡之音，不喜欢那些逢场作戏、纵情欢乐、精神空虚的追逐。我们要从爱情的诗篇中使人们的情操得到提高。我们要从人民群众中去获得文学的源泉，对人生持严肃的态度，对群众要爱得深，只有爱得深才能发现他们可爱的地方，才能领会人民的至高无上的美德，才能发现新事物，新东西。比如一个母亲，一个爱孩子的母亲，她就最能发现孩子的这些，今天说孩子会笑了，明天又会说他会做梦了、会喊妈妈了……总之她最容易、最早，甚至每天都要发现孩子的新生、他的成长。要是你不爱他，他的美好，你是会忽略的，因为你毫不关心。所以我们要能够爱我们的国家，爱我们的社会主义、爱我们的人民、爱我们的同志，要具有这种强烈的爱、切身的爱，只有这样，我们才能每天发现她的好处或毛病，一经发现，高兴或痛苦都是亲身的比较深刻的感受。

现在拿我自己作例子，我确实得过许多爱。如果人家不爱我，我当然也不会单相思地去爱别人。我总是感觉到好人多得很哪！我到鼓浪屿，就发觉休养所的人待我好得很。我到厦大就发觉厦门大学的同志们对我好得很。我想要到北大荒去，我准备再回去看看，北大荒人会对我更好。我舍不得离开鼓浪屿，但是我要到北大荒去，我同样会舍不得离开北大荒。我走到哪个地方，哪个地方就是我的故乡。今年春节我回朋友一封信，他是约我回老家去看看的。我说：现在是春节，这里许多休养员都回家去了，可是我的家在哪儿呢？我的故乡在哪里呢？好像随处都是我的家，许多地方都是我的故乡。是否我说假话，是否因为我是个作家，大家都来捧我了？不是这样的，我最倒霉的时候也得到许多人的爱嘛！那时我是个“右派”，帽子很高，名声臭得很。我到北大荒去时，北京也有同情我的人，临走时劝我说：“你改个名字下去吧，不要再用丁玲这个名字了。这个名字现在很臭，下去一定不方便。”我说，“我行不改名，坐不改姓，我假如错了，也不怕老百姓知道我错；真名真姓，便于群众监督，我不担心。”刚下去时很多人看我，[①]我心想：有什么看头哇，我是个共产党员！现在戴了帽子，但骨子里我还是个共产党员！我看不到党的文件了，我没有党证了，但共产党的政策不在报纸上写着吗？共产党有什么秘密？组织机密，国防机密我又不想知道，我想知道的是党的政策，那是报纸上有的，我照着报纸上讲的去做，就行了嘛！会不会有人待我不好呢？有，有也不在乎。你待我不好，那是因为报纸上登载了许多关于我的坏话，可是最重要的是你会用你的眼睛亲眼看看我是什么样的人。我下去时很多人隔得远远地看我说，大右派下来了。后来就跑到我家里来，跟我谈话，了解我。我十分欢迎。我那个生产队长是个部队复员的营长，他第一个站出来说话。有个工人对他说：“我看她不像个右派，你看她言论也好，行动也好，不像个右派。”（我不知道他脑子里想象的右派是一个什么模样），那营长回答说：“哪个庙里没有屈死鬼呀！”我说他胆子真大，敢这么说。我虽不是屈死鬼，但我心里有没有屈，我是知道的。他比我敢说，虽然他不是在大会上说，可他敢对别人说。我心里确实有感触。他是个共产党员，有眼力。我为什么要去基层，就是因为我认为群众中有好人，他们敢于有自己的认识，敢说自己的话，不跟风，不打人。我下去前，北京有人对我说：“你知道以后没人叫你同志了吗？”我心里想，不要你说我也知道，不要你来提醒我，刺激

① 初刊本此处还有如下内容：“比你们现在在这里看的可厉害多了。”全集本删除。

我，我心里多么难受我自己懂得。我也很喜欢另外的一个称呼，就是“老丁”。一般人这样叫我，并没有外看我。有些青年人，不知道从哪里学来的，还叫我“丁老”呢，他们尊敬我，就这样称呼我。后来我给他们上文化课、扫盲，他们叫我“丁老师”“丁教员”。这些人都待我很好。最近汤原县在编县志，编辑同志想带一笔说：丁玲在汤原农场劳动改造过。县里的政协主席，带了几个人到汤原农场去，了解我的情况，几年来我干了些啥工作，怎样劳动。他们找了二十几个职工座谈，写了一篇一万多字的材料，要寄给我看。他说，他们不知道我在底下干了那么多事，我回信说，甭写我，你写那些把青春献给北大荒的人好了。现在还有许多人留在北大荒，他们去北大荒时还是个单身汉，后来结婚有了孩子，现在他们的孩子还在北大荒，当拖拉机手、保管员、统计员，要写就写这些人。他们流汗受累，把青春献给了北大荒，后来又把儿子献上，成为北大荒的父子兵。这些人是我心目中最可爱的人。不久以前，他们来信告诉我，叙说他们又开辟了一个新的农场，而且还给他们自己留了一块地，什么地呀？准备将来安葬在那里的地，他们要把自己的尸骨也埋在北大荒。你说是他们的思想情操感动人还是我感动人？！是他们感动人。他们在我心里比我自己在我心里要重得多。我要写的是他们，你最好也写他们。这些人中有许多是我的好朋友。后来在“文化大革命”那样无法无天打砸抢的时候，也还有各式各样的人来保护我，不让造反派伤害我，不让他们叫我下跪，不叫那伙人来抄我的家，他们为此想了各种办法。人民是聪明的，他们很有办法。有一次造反派斗争原来的老场长，因为他曾叫别人捎信说：“你叫丁玲到我这里来，她不应该再劳动了，她已经劳动好多年。现在应该写文章，叫她写我们农场不是很好吗？干嘛还要叫她劳动呢？”后来我换到他这个农场，他把招待所最好的两间客房给我们住，叫我们不要自己做饭，给我条件写文章。我没写。因为这里对我来说是新环境，我还得做工作，让群众了解我。这样的党员干部好哇。“文化大革命”中造反派整他、斗他，叫我陪斗，他的一条罪状，就是包庇大右派丁玲。让他弯腰他受不了，我是天天弯腰，虽然老弯着腰疼，可还习惯些。他却说：“我腰弯不了，让我跪下吧！”他以为跪着腰可以直着。结果人家说：“好吧，你要跪就跪！”跪下来还得弯着腰，再踏上一只脚。他一跪，我这个陪斗的也得跪下来，也被踏上一只脚，这个更不好受，看守我的人也是造反派，却对我很好[①]，她们不能公开保护我，她们对那伙叫我下跪的人（那伙人是专区、省里来的）说：“哎呀，你们休息去吧，我们来换班。”那些人一走开，她们俩就站在我旁边，气势汹汹地骂我：“你这个反革命，抬起头来，站起来，给大家看看你这个鬼样子！”[②]你说，这种人我能够忘记他们吗？忘不了呀！我挨斗时，他们暗中保护的例子很多。我隔壁有一个人，是戴红袖章的——“毛泽东思想红卫兵”。当时我被赶到一个很坏的房子里，他住在我隔壁，二十多岁。我平时有点怕他，不晓得哪一天会找我的岔子。有一天晚上，来了几个红卫兵，是同他一派的，到我房子里来抄家，打我。正闹得厉害时，那几个红卫兵突然跑掉了。我奇怪，怎么跑了？到门口一看，这人坐在那里。他说：“我诳了他们几个人，说另一个造反派的人要来打他们，叫他们赶快躲起来。”他的目的是保护我。本来我以为他是个可怕的人，其实还是个“菩萨”。这类的事太多了。因为我得到人民的爱，所以我就更热爱人民。群众中好人占大多数，坏人是极少数，而且不必怕，坏人斗不过好人。就是“文化大革命”中，也是好人多嘛！那种时候他们保护我能得到什么报答？我又不能给他钱，我当时的生活费一个月才十五元，他们这样对我，别人知道了还得受连累，人家会说他们包庇右派，也会给他戴帽子。在这样困难的情况下，他们敢这样做。这样的人为什么不值得我们爱？！有些人的脑子里老想着自己个人的一点小问题。我今天受了委屈，人家对我不好啦；总觉得这里有点伤，那里有点伤，左也痛，右也痛，

① 全集本作“有时却对我还好”。此据初刊本。

② 初刊本此处还有：“这就实际解了我的围。”全集本删除。

就好像所有的人都对不起他。对不起你的人只有那么几个嘛！是不是都对不起你呀？你就那么多委屈，那么多伤心，那么多眼泪，甚至对人民、对党都失去了信心。大概我总是从好的方面想得多，我想那些事情已经过去了，有什么了不起！当时不就是皮肉有点疼，发点烧吗？有什么了不得呢！我希望搞文学工作的人要和人民融合一体，要同人民群众像同一家人一样彼此了解。我到山西时，把一个邻居老太婆当做我的老师。有人笑我，她怎么能是你的老师呢？我说她就是我的老师嘛！她是个文盲，小脚，还信菩萨。这是旧社会加在她身上落后的东西。然而她的心是最好的。她从不自私，不向人家伸手要东西。她没有一套理论，但有一条：对人好。她对她家里的人，媳妇、女儿都是这样。她在娘家做女儿，抚养弟弟，她做妻子，伺候丈夫，她生儿育女，有了孙子又培育下一代。对邻居、对其他人都好。她从不要求报酬，长年累月手不停，脚也不停，迈着小脚，走路快得连我都赶不上。她比我小三岁，每天吃晚饭时，她就端着一碗开水泡锅巴夹点咸菜，坐在我家门槛上炕头上同我聊天，这就是她一天享受的时间。我问她为什么老吃锅巴？她说："锅巴好吃。"我问她为什么不吃猪肉等好一点的东西。她说："我不爱吃。"我心里明白她不是不爱吃，而是把好的留给别人吃。有一回她病了，我煮了一碗鸡蛋面条，她吃得可香哩。她的生活圈子狭小，就是一个家庭，一个村子，一个邻居。如果她的社会扩大了，她就会爱更多的人。我们住在一块儿，彼此互相了解。她认为我还可以，就对我很好。她简直像我的联络员，每天吃饭的时候，她就告诉我村子上的新闻，她对新闻以及对群众、干部的评价都是正确的。她就是我的老师，我向她学的是她的品质，不是学她的迷信。我的老师是很多的，比如杜晚香，就是我追求着向她学习的。许多许多的人物都积蓄在我脑子里，我是要写他们的。我要想办法把我脑子里这些人物写出来，给大家看看，让他们来说服我们很多读者，团结更多的人，把我们的社会主义搞好。

最后我再讲一点，就是说要能产生这样的感情，对人民一往情深，必须到生活里面去，得经过这样一个阶段，你才会如鱼得水，舒服起来。你刚下去时，可能格格不入，会有矛盾，一定要经过一个阶段才行。那么，应该怎样才能达到这个目的呢？能坚持下去，就得要有信仰。这是关系到我们青年人的一个很重要的问题。现在有许多人声称他没有信仰也没有爱。他说没有爱，我还不相信呢！如果你没有爱，你能用那么多时间收拾打扮吗？今天穿红的，明天穿绿的，仪表发式都非要学个“洋派”不可，有的人并不懂得音乐艺术，也不是真正喜欢音乐艺术，弄一个三用机提着四处逛，夹着一把“吉他”，又不会弹，无非就喜欢那种调调。这说明你还是有所爱，就是爱这种没什么意思的空调调。哪个音乐家是这样的？学音乐要成天苦练。一个人应该有信仰，有信仰的人就不会觉得空虚，就不会有“今朝有酒今朝醉”“管他妈的”等想法。关于信仰，据说有人搞过测验，让一些青年学生填信仰，有的说信仰共产主义，也有的说信仰自由民主。民主当然是好事，但他也讲不清楚要什么样的民主。有的还信仰无政府主义，信仰宗教的……我有个想法，从团结角度讲，我们对任何人都欢迎，只要他做好事，不一定是共产党员，我们都欢迎。前天有个朋友给我说，他和台湾报纸没有关系。我说我放心，台湾的人不都是坏人嘛！也有不少好人，台湾就有很多人想祖国统一，同胞团聚，我们当然欢迎。你信仰什么都可以，只要你是爱国的，宗教界也有好人嘛！信菩萨的也有好人，我刚才讲的那个农村老太婆不也是信菩萨的吗？我对陈嘉庚先生是很感兴趣的，陈先生一生做了很多好事，研究他一下也很有趣。我是从搞文学的角度去讲的，他是一个伟大的爱国主义者。他爱国，我们就要欢迎。他说他到过延安后就很喜欢延安，说共产党艰苦朴素，为国为民，国民党贪污腐化，他同我们就有共同语言了。但我们自然也还有差别。我是一个共产党员，我认为只有共产主义才是一条大道，这就是我的信仰。我希望大家要相信我们这个国家，我们这个社会是有前途的，是光明的。虽然我们的社会主义社会还有缺点，我们还不够富有，科学技术也比较落后，我们穷一点。但我们有硬骨头，可以想办法搞起来嘛！我们要奋斗，要向人家学习。中国人是有志气的，我们的民族是勤劳勇敢的。我们的前途是光明的。拿我们的过去与你们现在相比较，就说明我们的社会主义还不错吧。我就没福气上大学，连中学都没毕业。我们那时生活困难，怎么上得起大学。我在上海大学旁听了差不多一年，还是走后门进去的。这所大学里有我的朋友，他们帮我的忙。那些年代里有许多连想都不敢想的事物，现在不都有了。鲁迅先生当年来厦门大学与我今天到厦门大学来，差别就很大嘛！那时群众是欢迎他的，但上边则不一定。而我现在就好像到家里来一样，这就是很大的变化。旧社会我们想找每月十几块钱的工作都不容易，到工厂当个女工他都不要，因为你识字，资本家要的是文盲，他怕你是革命党。那时在上海我想去工厂深入生活也不行，我一去，旁边有人指点我，说这不是工人，可能是个革命党，因为我们剪了头发。社会主义是好的，生活嘛，还是提高了的。我们不要一味追求生活高水平，特别是对我们的后代，要教育，要他们能刻苦点，否则几十年后，这群娇生惯养的人如何来接班啊！要有坚定的信仰，一方面是从现实生活中来认识，一方面也要读几本书。不读书不行。我以前只是从生活中理解东西，从党的文件、会议中去理解。马列主义的书读了几本，实际是很不够的。可是当我关在牢房里时，我却多读了几本书，很受益。出牢以后，我把自己的读书经验介绍给许多人，有的不感兴趣[①]。现在有些年轻人都有点急于求成，求名，求利，求出国，求做官，读书的确有点不时兴了。我实在希望有些有志之士，还是多读几本书吧。

① 初刊本作“自然生意不好”。

浅谈“土”与“洋”
——《延安文艺丛书》总序*

最近有一位年轻作家同我谈到他在创作上的苦闷。他有生活基础，他的农村生活可以说很丰富。但是他感到自己创作的路子打不开，形式上不能创新，而且嫌自己的作品有些土气。另一位中年作家，四十年代就开始写作，他熟悉部队生活，也有长期农村生活的经历，写过不少好的作品，现在他谈到他在创作上的问题，也认为自己不易创新。对于应该遵循哪条道路、怎样继续往前走，他感到有些迷茫；他对自己原有的一套方法不满意，也嫌自己的土气。这些感触，是很值得大家思考的。这样的问题，目前可能不少人有同感，他们也正在踌躇、徘徊，有的人正在努力想在形式上突破自己惯用的手法，执意探索、追求和创新。我想这是好的，对的。一个创作工作者、一个作家应该经常努力尝试，使自己的作品能够达到更高的艺术水平，能更确切、完美地表达自己的思想，特别是要把自己的思想感情用极精致、极纯净的形式表现出来，给读者或观众留下清新、激情和永远向上的美好的遐想。这是我们每一个从事写作的人应该终身不倦地为之奋斗的。

我以为一件艺术品，固然需要美的形式，但更应有美的设想。文学作品表达的方面比较多，内容比较丰富复杂，更需要有较高的思想情趣和完整的艺术形式，以及形式与内容的统一。形式可以影响内容，

* 本文初刊于《人民日报》1983年4月5日第5版，署名丁玲。收入《丁玲全集》第9卷。

内容更能影响形式，新的内容很自然地会冲破一般的旧的形式。

现在一些同志要求创新，大多数看来都有点偏重于形式方面。他们对自己惯用的表现手法，也可以说是对我们大家在文学创作上惯用的手法感到不够用，感到需要有所创新。他们把原来的表现手法笼统地说是“土”。那么“土”的对立面自然是“洋”了。对此我们不能不先研究一下，弄清楚究竟什么叫“土”，什么叫“洋”？我们应该摒弃什么样的“土”，而追求什么样的“洋”。

我以为自“五四”以来，我们的新文学，大体上都是洋的，都是走的西洋的路子，都是受欧洲文艺复兴和十九世纪的欧洲文艺的影响。几十年来我们的美学理论、创作方法、什么自然主义、写实主义、象征主义、现实主义、浪漫主义、社会主义现实主义……以及什么现代派、抽象派、唯美派……无一不是从洋搬来的。这并没有什么不好，但对于我们祖国，我们民族文学史上的一些宝贵遗产却注意得不够。我们中只有过很少一部分人提倡民族形式，要求继承我国的民族传统；也有很少的一部分人，提倡民间文学；这就是一般人所谓“土”的。但现在一些人所嫌弃的“土”，并非只限于民族民间文学，而是泛指一般的表现手法，即所谓现实主义文学。他们心目中的“洋”，则是指近代流行欧美各国的所谓现代派、意识流（实际也在慢慢过时），不很讲究社会效果，超现实的纯粹艺术的文学形式等等。或者这样说都不够确切，这些同志是不喜欢曾拘束或损害过我们文学事业的教条主义，党八股；或者是“四人帮”时代的“假”“大”“空”；这些自然都是要不得的。但要反对教条主义、党八股，要反对“假”“大”“空”，用什么来反对呢？是否就是追求形式上一些新奇或者把过去曾被革命人民和进步青年抛弃了的一些腐朽颓废的、脱离生活的靡靡之音，或者只讲究趣味、供有闲者茶余酒后、寻欢作乐的消遣品，还有那些描写无望的爱情、空虚的心灵、灰色的人生的诗歌，把这些当作高不可及的艺术精品加以模仿呢？创新是完全应该的。文学艺术一定不能墨守成规，一定要推陈出新，一定要有新意。我认为作家只要不脱离生活，时时和群众一起斗争前进，建设新生活，写出来的作品饱含新意，自然就会有所提高。不管你的创作是用中国固有的民族形式，或是从外国拿来的形式，你的作品都会有所变化，都会更加丰富，都会有所创新。更简截地说，作家只有深入生活、深入群众、深入矛盾斗争，作家的思想感情、作家的人生观、世界观，作家对生活的剖析与感受，才能更敏锐、更正确、更深刻，才能够取得敢于和善于抒发这种职业的、近于天生的、充满诗意的本能。最重要的是到生活中去，到各种各样复杂的矛盾的斗争的生活中去，长期与人民在一道，从人民日常的生活中、德行中去体会去学习。这样再创作，“新”就会油然而生。作家如果永远停滞在一个水平上，无论思想或艺术，即使曾经达到过高水平的，也会由于时代的不断发展、前进，而作家却脱离了生活，高水平也会变为低水平，变为老一套，变为不受欢迎的了。

收集在延安文艺丛书里的这些作品，不是天上掉下来的，也不是少数英雄的天才创造出来的。这是在中国共产党的正确领导下，在毛泽东思想的哺育下，文艺工作者与广大人民密切联系，从苏区文艺、红军文艺，以及“五四”以后新文艺与左联提倡的大众文艺等优良传统发展起来的。这一辉煌成就，当年从延安出发，曾经影响全解放区、大后方蒋管区，为革命战争的胜利做出了伟大贡献，而且奠定了新中国建立以后文艺发展的基石。这些作品排斥了资产阶级、封建阶级的思想影响，反对崇洋、崇大，反对“关门提高”，沿着社会主义现实主义的正确道路，继承民族传统，运用戏曲、秧歌、小调等群众喜闻乐见的形式，推陈出新，创造了许多成功的新戏曲、新秧歌、新音乐、新绘画木刻，以及饱含中国情趣的新诗、报告文学、短篇小说、长篇小说等，这是延安全体文学艺术工作者们不断学习、努力，从旧变新，土洋结合，从低到高才获得的伟大成就。

记得一九三六年冬天，我初到苏区陕北定边的时候，第一次见到了红军宣传队的表演，他们在乡村的土台上表演“红军舞”“网球舞”“生产舞”。战士和当地农民群众，都看得很有趣，觉得很新鲜。

我想这应是属于"洋"的。因为其中很多是模仿苏联红军的，很多乐曲也是从苏联内战时期红军歌曲移植来的，但歌词是中国的，是歌唱中国革命的。此外还有许多山歌小调，经过文艺工作者的整理改编，歌词满含激情，曲调朴实优美，根据地的人民群众人人爱听爱唱，一种战斗的、乐观的、浪漫的热烈情趣，真使人心醉。这些歌曲，几乎人人都唱，根本没有谁去划分哪是"土"的，哪是"洋"的。那时延安部队、机关、团体都设有列宁室，后来改称救亡室、俱乐部，俱乐部里都办有墙报，上面载满了各种诗歌、散文、小小说等。中共中央宣传部和红军总政治部组织的史料征集委员会编辑的十余万字的《红军长征记》，其中有战士的作品，也有著名的红军指挥员、政治工作人员，如张爱萍、陆定一、李一氓、傅钟、彭家伦、洪水、魏传统等的作品。这些作品有声有色，记录了长征中的战斗、行军、英雄人物和战友之间的生死情谊，以及对长征途中民情风物的描绘，都是充满激情的美丽的散文。其中有许多篇章，后来发表在一些刊物上，仍旧吸引着年轻的一代，帮助他们了解、学习和缅怀先辈们对革命事业的忠贞。这一史册的原稿现在收藏在上海鲁迅纪念馆里，这是值得庆幸的。

"七七事变"后，中央军委和中宣部组织西北战地服务团随军到山西前线工作。在筹备期间，西战团学习人民剧社等红军宣传团队的优良传统和作风，遵照毛主席的指示，利用各种民间形式，旧瓶新酒，新瓶新酒，宣传党的团结抗战政策和争取抗战胜利的十大纲领。除了排练话剧、歌曲外，西战团设有杂耍组，组织团员学习采用大鼓、小调、相声、秧歌等群众喜闻乐见的形式，创造了许多新颖节目，如京韵大鼓《大战平型关》在前方部队演唱时，每次都轰动全场，前方政治部还把它作为教材，印发给连队的每个战士。他们根据东北秧歌改编的《打倒日本升平舞》，虽然情节简单，故事性不强，但因为有了全民抗战的新内容，有根据人物身份而选择的舞姿，一九三八年春天在西安搬上舞台时，广大市民观众也为之耳目一新。这些形式都是旧的，也可以说是土的，但一旦经过改造、加工，得到了提高，便成了新的，使某些洋的也相形见绌。因为“洋”并不新，“洋”也有很旧的东西，不为群众所接受；“土”并不意味全是旧，只要能推陈出新，与人民生活相结合，与时代合拍，就成了新，就能为群众所喜爱。

后来，延安又涌来了更多的进步的文学艺术工作者，他们带来了大后方、大城市的一些中外闻名的文学艺术作品，对推动和提高延安文学艺术工作的水平，起了很好的作用。但与此同时，有些人就觉得延安原有的文艺太“土”了；有的人认为原来的都是宣传品，没有艺术性；有的人认为过去的那些节目只是豆芽菜；更多的人被从未见过的堂皇的布景、美丽的服装、变化的灯光、曲折的情节、宏伟的场面所吸引。很多人对此欣赏欢迎，一些文艺工作者争相仿效，于是搞闭门造车，关门提高，厚古薄今，言必称希腊。有些文艺工作者感到迷茫，无所适从。有些人比较清醒，感到这些大、洋、古，虽也起了积极作用，但是脱离了人民群众中的大多数，没有反映人民当前的现实生活和要求，脱离了当前的政治形势，忽略了当前最重要的政治——争取抗日战争的胜利。党中央发现了这个问题，及时召开了延安文艺座谈会，毛主席在会上发表了重要的讲话，提出文学艺术工作者的立场问题、方法问题、普及与提高的问题，宗派主义问题、学习马列主义等问题。讲话指出：人民的生活是文学艺术的源泉。毛主席代表党中央，号召文学艺术工作者到生活中去为广大的工农兵服务。文艺座谈会后，广大文艺工作者热烈愉快地参加整风学习，端正自己的立场，改进自己的工作，人人精神振奋，轻装上阵，深入工农兵，为争取抗战胜利，建立新中国而学习，创作。一段时间以后，新的木刻、密切结合群众、反映群众斗争的木刻在古元、彦涵等同志的刻刀下出现了。艾青写了对劳动模范的赞歌，李季写了《王贵与李香香》的新民歌，欧阳山等写了歌颂英雄、歌颂光明以及反映陕北新生活的报告文学。接着是短篇、中篇、长篇小说以及民间说书等都以抗日战争和曲折的阶级斗争为题材而陆续展现在读者面前。这时的秧歌经过专业的和业余的文艺工作者的团结合作，改造、提高，也从初级发展成为生动、活泼、新鲜的小歌剧。每当《兄妹开荒》《牛永贵负伤》《一朵红花》《赵福贵自新》《刘顺清开荒》等演出时，锣鼓一响，人们都从窑洞里涌出，冲下山坡，围满广场。陕北的冬天虽然很冷，但演出场上的热烈气氛，把人们的心都融化了。那种场面永远留在演员和观众的记忆里。那种亲切美好的享受将使人终生不忘。至于《血泪仇》《白毛女》，更是当时广大农村不可缺少的精神食粮，每次演出都是满村空巷，扶老携幼，屋顶上是人，墙头上是人，树杈上是人，草垛上是人。凄凉的情节，悲壮的音乐激动着全场的观众，有的泪流满面，有的掩面呜咽，一团一团的怒火压在胸间。这些从土到洋，既土又洋，从旧到新，真正是新的作品，代表了那一个伟大的时代，深受群众的欢迎拥护。把当时一些洋里洋气的作品自然比下去了。原来一些看不起“土”、倾心于“洋”的人，这时也开始认识到只有深入群众的斗争生活，才能在艺术上有所成就，有所创新；他们羡慕那些有深厚生活基础的作者和他们创作的反映了人民要求的作品。

现在是八十年代了，经历了十年动乱之后，在新形势下，一些年轻的文学艺术工作者在这个“土”与“洋”，“新”与“旧”的问题上又产生了迷茫。曾在土的基础上创新过的一些同志，也被某些“洋”吓住了，自己羞于与“洋”媲美。在这些同志的心目中，延安时代的文艺是早已过时、陈旧、落后，沦为“土”了；就是沿着延安道路发展壮大的五十年代的文艺，即社会主义现实主义文艺也都成了过时的土产，不足以为范的了。但究竟从哪里去学“洋”、去创“新”呢？是否就是找一些在国外曾时兴过一阵，后来又被丢弃了的什么现代派、印象派、意识流，或者把三十年代被人们批评过的那些鸳鸯蝴蝶派、那些鄙视政治思想、只求趣味，实际也是从洋人那里运来的唯美派等等作为我们仿效的榜样呢？其实这些才都是旧的，在国外早就成了旧的。这自然不可能给我们的创作以新的血液，沿着这条路，才是一条真正的老路；走这样的老路，决不可能创新。这种“新”不合乎我们的国情，也不合乎我们人民的需要。但是，如果我们只保持着延安文艺的水平，创作方法、内容、形式都没有新的突破，那也是不行的。时代前进了，社会上的各种矛盾和从前的都不一样了，人们的思想感情、文化水平都不一样了。我们文学的内涵、形式如果不能随着时代的发展而前进，那就是停滞、保守、落后。客观变了，人们的认识不变，自然就不适应，所以我们应该大力创新。立意创新时，我们可以借鉴古人，做到“古为今用”；也可以借鉴西洋，做到“洋为中用”，像鲁迅先生曾说的，对外国好的，于我有用的东西，采取拿来主义。对外国的洋东西，我们不应一概排斥，也不能盲目轻信，要有分析，有选择，我们要拿来的只是在外国人民中也是经过考验，并且于我有益的东西。就像果木嫁接，植物杂交，都要经过反复筛选，而且必定要以适合本乡本土的气候、土壤等条件的母本为主，本固才能枝荣，嫁接、杂交才能成功，才能结出新果。在这个问题上，我认为文学艺术工作者首先要自己解放自己。

近年来有的人提倡解放思想，博得了一些人的拥护。但我仔细观察，我怀疑其中有些人是不是又落进很不解放的网里了。他们画地为牢，把思想解放用绳子圈起来了。有的人虽以“新”为旗帜，但自己的一些言论又确是老生常谈，不合乎现代人的思想要求。有的人怕“土”求“新”，实际也成了一条枷锁。我希望作家能够解放自己，创作时不去计较是“土”是“洋”，是“新”是“旧”，只写自己所要写的。我以为没有固定的“土”，也没有固定的“新”。好的、美的、有时代感的，能引人向上的就是新；无聊的、虚幻的、生编硬造的，不管是从哪一个外国学来的都是陈旧的，都是“土”的。作家怎样才能解放自己？就是要完全、彻底去掉私心，运用马克思主义的世界观、人生观，把自己看到的、体会到的一切社会现象摘其感人的，能使人爱、使人恨，使人思索的种种，尽情再现出来。作者的思想越深刻，描绘越细致，就越有诗情画意，越能动人心弦。作家创作时只是追求精益求精，毫无个人打算，才能无所顾虑，舒展自由，无往不通，取得成就，真正创新，哪里还分什么“土”，什么“洋”呢！

我们党的第十二次全国代表大会制定了开创社会主义建设新局面的战斗纲领，五届全国人大第五次会议颁布了新宪法和批准了第六个五年计划，非常鼓舞人心。去年，当年在延安从事文艺工作的同志们，集会纪念毛泽东同志在延安文艺座谈会上的讲话发表四十周年，决定成立《延安文艺丛书》编委会，组织全国各地的文学艺术工作者，分卷编选在延安和写延安的各种文艺代表作。负责编选的许多同志，不顾年老体弱，克服因长期战乱带来的材料散失的困难，和年轻人合作，短期内编选成册。湖南人民出版社为保存这一宝贵的文学史料，慨然承担印刷出版的重任。编委会索序于我，我谨撰此文表示我对这一工作的支持，同时也再一次表示，和许多同志一样，我对延安文艺路线的拥护。我相信，在延安文艺获得的伟大成就的基础上，我们全体文学艺术工作者在四项基本原则的指导下，毫不动摇地继续坚持社会主义现实主义的道路，坚持革命现实主义与浪漫主义相结合，坚持双百方针，不断地探索追求，我们必定能够创作出更多、更好、更为广大群众所喜爱的新的作品，为建设社会主义精神文明作出新贡献。

一九八三年一月八日于云南西双版纳州

漫谈散文*

有的人把散文看得比小说低一些，这是不正确的，也不符合历史的实际。我国散文有悠久的传统和多种样式。古代许多感情强烈、语言优美的序、跋、记、传都是散文。司马迁的《史记》是散文，范仲淹的《岳阳楼记》和欧阳修的《醉翁亭记》也是散文。它们写得多么好呵！这些散文之所以能流传后世，不只是因为文字美，主要是有思想、有感情、有心胸、有气魄。后来有一种倾向，认为散文容量太小，不能把一个时代、一个历史过程写进去，读者读起来意思不大，要看气势磅礴的小说才过瘾。其实，历史本身就是一部宏伟的巨著，反映历史需要小说、戏剧、史诗这样的长篇大作，也需要短小精悍、情深意切的散文。一篇好的散文也能就历史的一页、一束感情，留下一片艳红、几缕馨香。不管是散文还是小说，只要写出人物来了，写出时代来了，写得动人，写得能启发人、能感动人、能教育人，就是好作品，就会受到读者的欢迎。

现在，思想深刻、文字优美的散文多起来了，但也有少数散文作者的写作态度不够严肃。他们写散文好像是为了发发感慨，写写风景，只在辞藻上使劲，没有在思想内容上下功夫，写得轻飘飘的，没有分量，引不起读者的兴趣。事实上好的散文，读起来是很愉快的，读者是欢迎的。现在大家工作都比较忙，没有充分的时间读太长的文章，

---

* 本文初刊于1984年5月24日《光明日报》，署名丁玲。收入《丁玲全集》第8卷。

散文这种形式就比较合适。散文可以偏重于写风景，但必须有思想。风景是人欣赏的，你写风景、写山水，如果不寄寓自己的感情，那有什么意思呢？画家的山水画画得好，是因为他心中有山水，画的是自己心中的山水。如果心中没有山水，没有自己的感情，是不可能画好的。写散文也是一样。

现在有的读者读文学作品只是看故事，消磨时间。有的报刊为了销路，就迎合这种要求，刊登些编造故事情节的小说。少数出版发行部门朝“钱”看，愿意出版这类惊险离奇小说，而把散文、报告文学书籍的阵地挤得很小；即使出版了，印数也少得可怜。这也影响散文创作的发展繁荣。

我赞成写小说的人也写散文。一篇散文只有两三千字，甚至几百字，要写出东西来，给读者以深刻的印象，就得讲究文学语言，写得精炼一些，深刻一些，有分量一些，给人的东西多一些。写诗的人也应该写散文。前几年一位诗人对我说：一个期刊编辑部办过一个诗歌作者学习班，发现个别的年轻诗人要用一两千字把一件事记叙清楚都很吃力。这样怎能写得出好诗呢？诗人的感情特别强烈，想象特别丰富；文笔要求凝炼和谐、生动准确。如果能写出行文如行云流水般的散文，那就证明他的语文基础很好，具备了写出优美诗篇的重要条件。

我曾经和两位藏族青年作家谈过，搞文学的人要具备正确的人生观和世界观，还要打好两个基础：一是生活基础，一是语文基础。打好语文基础，就要经常练习写散文，像画家经常练习速写那样，想写什么，就抓住它，几笔就能把神儿写出来。开始可以先写些小东西，不要把它当作什么大作品，让别人看看，能用就用，不能用就拉倒，算是习作。每写一篇都要注重文字，不只把事情写出来，还要把文字写好，写得准确、鲜明、生动；特别注意不要虚假，要有真实感情，否则即使用了许多高级形容词，什么伟大呀、激动呀、红太阳呀……读者看了依然不亲切，不舒服。

写散文，看起来容易，实际上并不是那么容易。我写的时候就有这样的感觉。有时半天可以写一篇，有的一篇要磨好多时间才能写出来。例如《诗人应该歌颂您》，一个上午就写好了。可是写《曼哈顿街头夜景》就磨了一年多。在纽约时开了个头，回来后写写停停、停停写写，过了一年多时间才写出来。看起来好像是一气呵成，其实不是那么回事。不是想写就可以写的，有时就是写不出来，实在写不出来就暂时放一放。

有些朋友对我说，我的散文有的可以当小说来读，如《回忆宣侠父烈士》就是这样。而《杜晚香》我是把它当小说写的，但里面有很多散文的东西，开头部分就像散文。实际上《杜晚香》中的主要人物虽有原型，但其他人物大都是虚拟的。《粮秣主任》应该是散文。但写时我没有考虑是写散文或是写小说。我不是从形式出发，而是从内容出发，怎么得心应手就怎么写。所谓小说、散文，是评论家后来总结区别出来的。前些年有家文学出版社编我的《短篇小说选》，有的同志认为，从文体上看，《粮秣主任》和《杜晚香》都可以说是小说，建议把这两篇放进去。他们说，从“莎菲”到“杜晚香”可以看出几十年来我走过的创作道路。我不反对这个建议，就把这两篇收入《短篇小说选》了。

我把写散文当作一项严肃有趣的工作，是到了延安以后，那时，我经常下厂下乡，接触很多人，了解很多人。我想像《聊斋》那样，一个人物写一篇，要写得精炼，有味道。我写这些人物，也是有意为以后写小说练笔打基础。我在安塞难民纺织厂认识了边区特等劳动模范、老红军袁广发，我就写了《袁广发》。后来在延安参加边区文教大会，见到李卜，听了他的发言，又和他谈了半天，就连夜写了《民间艺人李卜》。当时，我准备陆续写十个这样的人物，后来抗战胜利，我很快离开了延安，这个计划没有实现。

我觉得写散文比较自由，可以写人、叙事、描景、抒情。因此早年在延安，后来到华北、东北、江南，多年来不觉地就写了些散文。特别是五十年代初，我的工作较多，不允许我集中精力写长篇小说，只得提起笔来，顺着自己的思绪和感情写散文，近几年，应报刊编辑的索要，先后又写了一些，就更和散文结下了不解之缘。我希望有更多的同志重视散文，精心写作散文，让散文繁荣起来。

（宋清根据谈话整理）

第二辑

在前进的道路上

从群众中来，到群众中去*

毛主席《在延安文艺座谈会上的讲话》，提出[①]了新中国的文艺方向。要实现这个方向，必须由解放区所有的文艺工作者下决心去执行，刻苦努力，坚持不懈，在现实生活中，在广大群众生活中，在与群众一起战斗中，改造自己，洗刷一切过去属于个人的情绪，而丰富群众的生活知识、斗争知识，和集体精神、群众感情[②]，并且试图来表现那些已经体验到的东西。这条路的确不是很难走的，因为群众实在太好，太欢迎我们；但也不是那么简单，毫无问题的。今天解放区的文艺，虽然已经有了很多成绩，但还只是开始[③]。文艺工作者还必须将已经丢弃过的或准备丢弃、必须[④]丢弃的小资产阶级的，一切属于个人主义的肮脏东西，丢得更干净更彻底；而将已经获得初步改造的成果，以群众为主体、以群众利益去衡量是非、冷静地从执行政策中去处理问题，以及为群众服务的品质，巩固起来，扩大开去，务必使自己称得起是毛主席的战士，千真不假地作人民的文艺工作者[⑤]。

---

* 本文是丁玲在中华全国文学艺术工作者代表大会上的书面发言，初刊于《新华周报》第二卷第八期，1949 年 8 月 13 日出刊，署名丁玲。收入《丁玲全集》第 7 卷。

① 初刊本作“规定”。

② 初刊本作“和集体精神的群众感情”。

③ 初刊本作“虽然已经有了很多成绩，如周扬同志所说的，但的确也还只是开始”。

④ 初刊本作“需要”。

⑤ 初刊本作“务必使自己称得起毛主席的信徒，千真不假的一个人民的文艺工作者”。

那么有些什么问题存在于我们开始和群众结合的阶段上呢？我临时想到，有这样几个问题：

一、做客人还是和群众一同做主人。这是说我们抱着一种什么态度下去，做客人就是抱着一种客客气气的态度观察一番，听听看看；自然开始的时候，群众也会欢迎的，虽然他觉得你在那里对他没有什么帮助，没有什么实际意义，但他也会帮助你一些，不过你得到的东西，一定会是表面的，而且会因为你主观的看法，你会把事情看差了。和群众一起做主人，就是你觉得群众的事情就是你的事情，你不特要调查，而且要仔细研究，替群众想出解决的方法；你先给群众以帮助[①]，那么群众就自然来找你，请教你，把情形不厌其详地告诉你，那么你要得到的东西就都在这里了。

二、当先生还是当学生。和群众一起做主人，只是你的态度，你的思想，但并非自己去指手画脚，指挥群众。凡是喜欢自以为是，乱出主意，指手画脚，指指点点的人，都是由于他不虚心，他不懂得实际情况而来的；这样的人是不会为群众所喜欢的。我们首先要抱着当学生的态度，先向群众学习，真的学习好了，了解他们，帮他们出主意，使你的主意为他们所愿意接受，这种当学生又当先生的态度[②]，是群众最喜欢的。

三、为写作还是为把工作做好。我们下去，是为写作，但必须先有把工作做好的精神，不是单纯为写作；要以工作为重，结果也是为了写作。单纯为了写作，临时去搜集一些材料也不可免，但这是一个不得已的办法，是一个已经有了生活经验和创作修养的人的办法。因为单纯为写作，常常只能搜集到一些有趣的故事，或见到一些人物的表面活动，也能够写出一些较好的报道或一般的文学作品，但不容易掌握政策，理解人物。参加工作，就必定使你详细地去研究问题，研

---

① 初刊本作“东西”。

② 初刊本作“这种从学生中而又当了先生”。

究各种人物的思想，和政策执行中的正确与偏差，而且你就一定会要在作品中去解决你在工作中解决过的和没有解决过的问题。这就叫作作品的思想性和政治性。只有在斗争中去了解的人物才会更有血肉、有感情。

这些问题如果解决得适当，解决得好，一个人的生活习惯，喜恶爱憎，自自然然就起了变化。和群众的关系也就很自然地从有距离到一体，从表面的客气到知心朋友，你就会感到你从前所爱的群众，是很抽象的，你从前所说爱他们是假话，至少是不够真实的话，因为你都不认识他们，不了解他们，如何能说真真地爱呢？这时你才感到你真真地爱上了他们，他们的一呼一息都会震动你，你会不断地想他们，你会感到你必须多给他们一些东西，你会感到他们是你精神上的支持者，鼓励者；而这些人又不只是一个人，是这个大娘，或者是哪一个大伯，而是一群人，是一个整体。

自己的生命作风[①]、思想作风有了改变，是说可以写作了，如果去写，错误会少了，至少是情绪对头了，不会写出与群众需要相反的作品；但不等于就能写出很好的作品。尤其因为解放区的作者们都是很年轻的，老作家也是年轻的，因为真真写工农兵也才是开始，生活经验固然少，而文学修养很差，战争的频繁、激烈，交通的不便，出版物缺少，工作的需要，使我们不能安定下来好好地学习一阵、研究一阵，写点东西也是很匆忙的，因此写作不能有很精密的计划，和必须有的较从容的时间；但我们要在一方面完成任务，一方面在学习实践锻炼的里面来逐步提高我们作品的质量。因为各种条件的关系，至今创作中存在着许多问题，有的是已经解决了的，有的还待解决，甚至这还是一个需要讨论而又一时不容易解决的问题。

一、选择主题。是根据解决当前的工作任务与群众运动的实际问题。因为广大群众在政治上解放了，他们不只要有文艺生活，也迫切

---

① 初刊本作“生活作风”。

要求教育指导，要求告诉他们怎么办，所以我们必须及时给他们东西以解决他们的需要。群众等不及我们在生活中去慢慢消化，去作什么永久打算，我们要做到：现在群众需要什么就写什么，而且力求写得好。这样写行不行？我说行。假如问题写得深刻，解决得正确，有很大教育意义；假如问题是一般的问题，又是严重的问题，那么就有普遍的教育意义。如果一个作品能起很大的很普遍的教育作用，为什么不是好作品呢？

二、真人真事与典型人物。我们不特不反对写真人真事，而且还提倡过的。为什么要这样提，是不是不要写典型人物呢？不是的。我们所说的写真人真事不是什么人都写，什么事都写，是写典型人物的典型事例。这种人大都是群众中的英雄人物，他本人和他的英雄事迹就带着很大的典型性。写了这些人，对现实、对群众有很大的教育意义。而且去了解这些人去写这些人，对于作者也是一种很好的学习。但我们并非满足于真人真事，我们要求更典型、更完整的人物与事迹，我们也向着这方面努力，也有不少作品达到了这种要求。

三、集体主义精神。解放区作者，不管是老作家或新作家或工农作家，写工农兵都是新作家，都缺乏完备的条件。因此我们不反对个人创作，但必须发扬集体主义精神，就是在写作以前，要有提纲，要说明你想写什么，要开座谈会，研究你的企图是否正确，你的观点是否正确。写好之后，又广为搜集意见，重复讨论，再三修改。有些戏是排好了又重写，经过几次三番，如果不合群众意思，如果不是很好，也就仍然不拿出来；凡是较好的作品，一般都经过了这条道路。因为作品不是属于个人的，而是属于人民的，应该采取这种慎重的态度，作家也应该有这种听取批评和修改作品的态度。

四、语言问题。老百姓的语言是生动活泼的，他们不咬文嚼字，他们不装腔作势，他们的丰富的语言是由他们丰富的生活产生的。一切话在他们说来都有趣味，一重复在我们知识分子口中，就干瘪无味，有时甚至连意思都不能够表达。我们的文字也是定型化了的那么老一套，有的特别欧化，说一句话总不直截了当，总要转弯抹角，好像故意不要人懂一样，或者就形容词一大堆，以越多越漂亮，深奥的确显得深奥，好像很有文学气氛，就是不叫人懂得，不叫人读下去。因此我们不特要体会群众的生活，体会他们的感情，而且要学习他们如何使用语言，用一些什么话来表现他们的情感，这个人不同，那一个人又不同。我们要很好地去学，要学得自然，不是生硬地搬用，不是去掉一些装腔作势的欧化文字，而又换上一些开杂货铺似的歇后语、口头语，一些不必要的冷僻的方言。我们要用群众语言来丰富自己的文章，又再去丰富群众的语言。

五、形式问题。我们提倡向民族的民间的形式学习，因为这是为群众所熟悉、所习惯的形式，为群众所喜闻乐见；而且也只有用这种形式，从这种形式中发展、提高了的形式，更容易深入群众，更容易打倒封建的文艺。我们也吸收一切外[①]来的优良的有用的传统；在创作上一切科学化了的创作方法，需要学习，尤其是苏联文学的经验和特点，值得好好学习。

六、经过专家审查也经过群众审查。专家的审查是需要的。因为他看问题的确是内行，他容易看出问题的所在，他会给作者以很多业务上的帮助；但也必须把作品拿到群众中去，听取群众的意见，因为既然是写他们给他们看，是为他们服务，那么他们究竟需要不需要，满意不满意，自然是很重要的，他们的意见自然应该放在我们考虑问题的第一项。

我们所走过来的路，这是万里长征的第一步。因为我们大批人是从旧的小资产阶级过来的，虽然以后的条件会更好了，有共产党毛主席的领导，有人民军队人民政府的帮助，有广大群众给我们的帮助，[②]但还有很多旧社会的影响要时时来侵袭我们，我们自己的残余的，或

① 初刊本作“外国”。

② 初刊本此处作“有新民主主义政治、经济、文化各方面条件的配合”，全集本删除。

者刚死去的旧意识旧情感都会有发展，有死灰复燃的可能，我们要时时警惕着，兢兢业业，坚持为人民服务的方向，为工农兵的方向，坚持一种朴素的、埋头的、谦虚的、谨慎的作风，为发展生产、建设工业而服务，努力下去，贯彻到底，使我们的文艺花朵开遍全中国，那么我们就还要向着以下的方向努力。

一、深入生活，较长期的生活，集中在一点。以前由于环境不同，我们流动太多，以后就有可能了。我们不只要熟悉他们的生活，而且还要熟悉他们的灵魂，要带着充分的爱爱他们，关心他们，脑子中经常是他们在那里活动，有不可分的联系，这样我们就可以运用自如了。当我们说到他们的时候，就像谈家里人那样清楚，就可以达到如同在我们口袋里掏出我们的日用品那样的自然和轻松。

二、学习马列主义和党的政策。我们的作品有一些常常赶不上群众的要求，有的刚写好就觉得没有什么用处了；有的作品在当时有作用，过一阵，很短的一阵，几个月，一年，两年，这个曾经教育过群众的作品的寿命也完了，问题过时了。这个道理在哪里？就因为我们的文艺工作者缺少马列主义，不够了解政策，了解的是些表面的问题，他所了解的问题，常常也只是随着当时一般人的见解，是缺少[①]预见的，因此只敢实录一些现象，不敢深入问题，不敢对当时当事有所批评。因此故事虽很好，生活也有，语言也不坏，可是思想性不够，政治性不尖锐，战斗性不强烈。这样的作品，即使在当时显得有作用，也不会有很大的，更不可能有更长更大的价值了。作家应该较一般工作者政治水平高，对当时当地的工作有进一步的比较深刻的看法，他不仅能反映当时生活的战斗的情况，而且要指出那生活的本质是什么，加以分析和批评，对正确面，对光明面有无限的热情，这样才能达到教育人，感化人，把人们的理想和情感更提高一步。要达到这样，就只有学习马列主义，只有它能够告诉我们如何分析社会上各个阶级的

---

① 初刊本作“毫无”。

相互关系，和在变动中的情况、矛盾、发展，它帮助我们分析社会，帮助我们掌握社会发展的方向，预见社会发展中的问题，和应该怎样去解决它。如果我们没有这把标准尺，我们是无法衡量客观的现实生活的。

三、有计划有组织有领导有批判地学习西洋文学，尤其是学习苏联文学，以及中国文学的优良传统，更要学习研究民间形式。以前我们读书很少，又总是各人摸索各人的路，分工不科学，也不交换意见，没有机会各人把自己的心得贡献给人家；我们现在应该有组织有计划地进行研究和学习，要告诉文艺工作者和读者，什么是好，什么是坏，怎样去学，学些什么，把经验整理出来，贡献给大家。

四、有组织有领导地发动创作。过去对创作的领导是不够的，我们有很多有才能的写作者，但大半都很年轻，从各方面来讲，修养是不够的，他们埋头在下面，在生活上、写作上都尽了很大的力，他们有一些较好的作品，但他们还要求提高，他们需要有人帮助。帮助他们如何整理材料，如何组织得更好，要求帮助他们加强作品中的政策性，给作品灌入正确而坚定的思想，指导他们如何总结他的生活经验和创作经验，这样才会使大家有信心来坚持这一艰巨工作，才会逐渐使作品不只在量上而且在质上满足群众对文艺的要求。我以为必须有这种组织机构，和专门的负责人。

五、培养青年作家和工农兵作家。今天是一个大创作的时代，现代的中国随处都充满可歌可泣、动人心魄的伟大的生活。人民是智慧无比，他们本身就是人民的英雄，他们的情感充实，感觉锐敏，他们对创作是热情而大胆，他们常常能创作出新鲜、活泼、生气勃勃，抓紧了人民跳动的脉搏，喊出了人民的心声的。我们常常可以看到这样的作品，的确这是一群赋有天才的人民大众的作家的首创，但这种人才如果不去注意他，培养他，他就会如同一朵花因为自然的气候，或者旁的原因被埋没下去。他写东西本来是偶然的，或者不写了，或者写了不及以前的东西，慢慢他的情绪又低了，他是非常需要有人注意他、鼓励他、帮助他的。这些人，我们应该不只是说说，而是要有专人肯于埋头踏踏实实地做这种工作。

六、改造旧艺人。这些人对旧社会生活相当熟悉，对民间形式掌握得很好，有技术，有创作才能。他们缺乏的是新的观点，对新生活新人物不熟悉，他们却拥有听众、读者。时代变了，人民虽然不需要那旧内容，但他们却喜欢这种形式，习惯这种形式，所以我们要从积极方面，从思想上改造这些人，帮助他们创作，使他们能很好地为人民服务。

七、建立批评。我们的批评工作做得很少，许多文艺工作者需要指导，许多读者也需要文艺批评来帮助他们学习。他们需要对文艺工作、对作品指出方向，明辨是非，评定高低，他们举起双手来欢迎，可是我们没有，我们没有建立起有领导的自由论争和正确的批评。这也可以说对创作关心不够，使作者读者长期苦闷地处于被冷淡被忽视的情形中。假如缺少正确的批评作为指导，创作是要走许多弯路的。以后我们要展开和建立批评，开座谈会，搜集意见，应该有商量辩论，有较正确的结论。要认识这是寻求真理，领导文艺工作，向群众负责的态度，而非牵涉个人荣辱，宗派意气。一个真真为人民服务的作家，应该养成一种真真的、一切为工农兵的、冷静的、客观的、忘我的大气概。

一九四九年夏

在前进的道路上

——关于读文学书的问题*

我们今天的学习是在前进的道路上（过去不能这样说），但我们是向什么方向前进呢？在今天首先就是要建立一个正确的、为人民服务的人生观。这句话很容易说，但要真真做到，必须经过长时期的努力[①]。在这一条道路上，我们要学习许多东西，要学政治，学理论，要接受从许多方面来的教育和影响。我今天只想讲关于读文学书的问题。虽然有些人喜欢文学，有些人不喜欢文学，但是都会和文学或多或少发生关系。

我们过去在文艺中得到些什么[②]？

先让我们想一想，当我们还没有确定今天的方向时，曾经喜欢过哪些文学作品？受过哪些作品的影响？那么让我们去向中学校去调查，他们会告诉我们，冰心的小说是曾经为大多数的读者所喜欢的。冰心的小说大家都看过么？都曾经喜欢过么？这话是真的吗？是真的。是的，她的小说的确写得很好，很美丽，那里有许多温柔的，狭小的，

---

* 本文是丁玲在青年团举办的青年讲座上的讲话，初刊于《中国青年》第23期（1949年10月22日出刊）和第24期（1949年10月29日出刊），署名丁玲。收入《丁玲全集》第7卷。

① 初刊本作“也必须一个时期的努力”。

② 初刊本作“旧社会的文艺给了我们些什么”。

有趣味，有感情的家庭琐事，写得是那样的温暖、幽雅，小说里面有可爱的小猫、小兔，园里有树有花，有鸟叫，有凉风吹，使你在那里联想回忆到母亲、姐姐、哥哥、侄儿……幻想到海、湖、溪水、小船……这样的人和物和感情，在我们小资产阶级的童年生活里是很容易找到和容易理解的。即使自己家里的生活稍微差一点，没有那样漂亮，院子没有那样大，也许吵闹一点，但那些油盐柴米的事，有父母去管，自己可以很安适地幻想一下，把自己的家想得和小说里一样。北京没有海，也可以到北海去，幻想那里有波涛，有海鸟，我们还可以幻想到许许多多个人生活里所需要的美满的东西。这许多东西，在冰心的小说里都可以找到的，因此我们也就喜欢这样的小说。当一个人没有其他事业，没有什么生活的目标，没有一定的正确的人生观，还处于天真无邪幼稚的时代，喜欢冰心的作品是不稀罕的。

东安市场旧书摊很多，那么让我们再到那里去找一找，书店老板会告诉你，巴金的小说销路是很好的。十四五岁时，喜欢看冰心的小说，到了十六七岁就喜欢看巴金的小说了。人大了一点，已经不大喜欢小猫、小狗了，对家庭也感觉得太腻，尤其是男孩子们。他们在学校里有同学，有朋友，在这个圈子中活动，他们喜欢学校，却又发现学校不是那样完满，也感觉到社会也不是完满的，于是就幻想革命，巴金的小说正好告诉你要革命。在他的小说中，常常有一个青年，很纯洁、很伟大、很革命，但一个人革命孤独一点，于是在小说中又有一个像朋友、又像爱人的人常常和他在一起；或者是几个朋友。巴金在这一方面是做了一些工作的，他告诉青年幻想革命，不是幻想天堂和仙境[①]。所以有许多人喜欢他的作品，这也不是偶然的。

让我们再来看一看其他流行的小说。

读冰心、巴金小说的人长大了，社会知识更多了，这些人就慢慢地分为两种。

---

① 初刊本作“地狱”。

第一种人，看冰心作品的时代过去了，巴金的幻想革命也已经不能使他们满足，那种革命，上无领导，下无群众，中间只有几个又像朋友、又像爱人的人在一起革命，也革不出一个名堂来。他们要找领导，不满足于乌托邦、无政府的道路，于是就去找实际的道路，走到革命的队伍里，前进了。

另一种人革命的幻想毁灭了，无路可走，又不愿意和文学绝缘，就去找旁的书看。其中有一些就从文字的技巧方面去钻研，脱离现实，不讲究内容，单在形式上去追求所谓美，文字越来越飘忽，越游离，越空洞，越没有内容了。另外有一些作品专门描写一些小职员，或是一些无路可走的大学生等等社会人物，这些被描写的人最初往往是幻想，有热情，后来被社会遗弃，无前途，最后走上了幻灭、颓废的道路。看这些书的人，自己也有满腹的牢骚，同病相怜，因此也就喜欢这些颓废的、无生气的、幻灭的、呻吟的、没有前途的东西。

到敌伪时代，日本帝国主义也看到了文学是很好的武器，想用它来麻痹青年，在北平许多报纸上都流行着鸳鸯蝴蝶派的长篇小说连载。这种小说充满市场，销路很好，讲的都是一些下流的三角、四角，甚至五角恋爱，还有什么姨太太和汽车夫，老爷和丫头，哥哥和妹妹等怪诞的恋爱故事，或者是武侠小说，其中也有一两个主人公伪装成不满现状的样子，想骗取读者。他们的行为和思想，是非常腐化堕落的，麻醉了许多好青年。

除了上面这许多，还有一种文学作品和我们发生密切关系，就是旧小说，如《水浒》《三国演义》《红楼梦》《七侠五义》《说唐》……，还有《二度梅》《再生缘》等唱本，大家看了都是津津有味，看完了还要找几个人谈论谈论。看完了《红楼梦》，有人喜欢林黛玉，也有人喜欢薛宝钗，常常还要争论一番。看《水浒》，喜欢武松打虎，喜欢鲁智深，看《七侠五义》，喜欢白玉堂……为什么会喜欢这许多人呢？家里并没有宁荣二府的气概，生活习惯也不相同，但为什么会喜欢《红楼梦》呢？这是因为这本书写作艺术的成功，它吸引了人，它里面每个人物的个性，都细致入微。今天的世界已经有飞机、大炮，为什么还喜欢点石成金，对点闷香有兴趣呢？这是因为很多人对眼前的生活没有办法，希望来个英雄打抱不平，崇拜这些英雄，想在精神上找到安慰。

上面这许多都说明一个问题，因为自己的生活圈子、思想范围不同，便在某一时期，喜欢这一本或者那一本作品。那么让我们研究研究这许多作品究竟给了我们些什么。

冰心的作品给我们的是愉快、安慰，在思想和情感上使我们与家庭建立许多琐细的、"剪不断、理还乱"的感情，当我们要去革命时就想到家庭，想到妈妈怎么样，姐姐怎么样，把感情束缚在很渺小、很琐碎、与世界上人类关系很少的事情上，把人的感情缩小了，只能成为一个小姑娘，没有勇气飞出去，它使我们关在小圈子里，那里面的溪水、帆船、草地、小猫、小狗，解决不了贫穷，解脱不了中国受帝国主义的侵略。今天这个时代需要我们去建设，需要坚强、有勇气，我们不是屋里的小盆花，遇到风雨就会凋谢，我们不需要从一滴眼泪中去求安慰和在温柔里陶醉，在前进的道路上，我们要去掉这些东西。

巴金的作品，叫我们革命，起过好的影响，但他的革命既不要领导，又不要群众，是空想的，跟他过去的作品去走是永远不会使人更向前走。今天的巴金，他自己也正在要纠正他的不实际的思想作风。

敌伪时代的小说，给我们的是无病呻吟。这些小说中的主人公没有病，也愁眉苦脸，没有爱人，也成天在叫"爱人啊……"看见月亮圆了，就不知道哪里来的一股酸劲，眼圈就红了。这许多作品，使一个人的感情低级，无聊，空洞，庸俗。巴金的小说和这种小说不同，巴金的小说可以使人有作为，也可以使人走向革命。看敌伪时代的小说，就使人一天到晚哼哼唧唧，这一类小说的作者是没有出路的。现在北京这样的"文人"还不少，他们如果不好好从思想上改造，他们如果还以为可以麻醉些读者，可以混饭吃，那简直是幻想。因为小市民也在进步，在新的国家里，凡是起腐蚀作用的东西，是不能生存下去的。

我们看旧小说，因为没有批判能力，只好随风倒，看到山西雁徐良，锦毛鼠白玉堂等人被描写得生龙活虎，就爱他们，但是就没有考虑一下他们都是些什么人，做的什么事。就拿白玉堂来说吧，家庭成分是一个大地主，自己是一个小白脸，有点把式，为皇帝服务。御猫展昭等人，做的是大官手下的狗腿，依附一个“相爷”或“开封府尹”，保护皇帝。过去我们崇拜这些人，幻想靠这些人来治天下，今天是应该明白了的时候了。

《红楼梦》写得很好，因为它反抗封建旧传统。林黛玉的好处，因为她是一个真实的人，是一个深刻的人，是一个反抗传统的人。但是很多人喜欢林黛玉却是因为她弱不禁风，喜欢她的肺病，同情她的小心眼，这反映我们很多人审美观点是很不健康的，感情也是不健康的，看到一个人很开朗，就嫌他不细腻；看到一个人很健康，就嫌他很粗鲁。更低级的是看了《红楼梦》就自命多情，想找一个林妹妹，简直酸得可笑了！没有批判的能力，不能接受好的遗产，反而拣来了一些渣滓①。

除读文学书外，听戏也是一样，有很多人听戏只是听它对不对腔，咬字对不对。听来听去，无非就是那些声色狗马，就没有去想一想这许多戏对我们究竟有些什么好处。老实说，旧戏中有好的思想的作品是很少的，很多戏的内容是经不住推敲的，尽是讲皇帝好，老百姓坏，给我们的是封建影响②。

再讲一点电影，中国影片大部分是“礼拜六”派，少数有革命倾向，因为这种片子是在恶劣统治下产生的，受各种限制，其中许多地方虽然不够，但应原谅。不过其中也有迎合小市民趣味的地方。有时放一点小资产阶级的浅薄的慷慨激昂，有时放些似是而非的贫苦人生

---

① 初刊本作“没有批判的能力，读旧书，是不容易学到好的东西的，反而拣来了一些渣滓”。

② 初刊本作“给我们的只是很多封建影响”。

活。为什么要这样说呢，因为穿的是破烂衣服，而所说的所做的事，其感情，其互相间之关系都是一群无经验的而且肤浅的学生腔。有时更放些色情，有些导演似乎在培养女明星们如何显露色情，做尽了下等的勾人的媚态去让千千万万观众来欣赏。这些作品，其主题好像是歌颂革命，暴露黑暗，但它给人的印象却常是使人陶醉在纸醉金迷的生活中。我们很多读者也还有一些“眼睛吃冰激淋”的趣味，何况还有许多人本来就是受美国电影和过去的国产电影培养出来的低级的文化趣味呢？

上面讲的这许多文艺作品的特点是：无一定思想，脱离现实，即使有一些好的地方也是很少的，如巴金的小说，虽然也在所谓“暴风雨前夕的时代”起了作用，现在对某一部分的读者也还有作用，但对于较前进的读者就不能给人指出更前进的道路了。所有这些作品给予我们的影响，我们应该好好地整理它，把应该去的去掉它！

如何接受新文学和什么叫艺术性？

书店老板告诉我们，现在沈从文等“老”作家的书不好销了，是“新”作家的书好销。由于广大读者需要的改变，喜爱的倾向也就不同了，逐渐严肃起来了。但是仔细调查一下，在新解放区一般爱好文学的青年朋友，对于新作品还是很生疏的，总觉得还不能很合胃口。新作品中很多是描写农民生活的，讲他们过去如何苦，交不起租，受地主的剥削，受高利贷剥削，把女儿老婆卖了交租子，以后又如何由村干部领导翻身。描写工厂的作品则写工人在过去如何受压迫，做活时磨洋工，现在又如何保护工厂，搞生产竞赛，创造了劳动模范的例子。描写战争的，则写我们的士兵如何诉苦，搞通思想，如何英勇，不怕牺牲的伟大的事迹。

这些书，给予新区读者的印象很好，觉得严肃，有思想，有意义，替读者打开了生活的眼界；但是也有这种论调，说政治性太强，艺术性不够，我想就这种论调来讲几句。首先我们读这种书，应该有一个观点，就是群众观点。这些书是为广大人民而写的，它不是为少数小资产阶级知识分子的趣味欣赏而写。假如它为小资产阶级服务，也是引他向劳动人民靠拢，而不是将就其落后兴趣。所以说，你不欢喜就不一定是不好，因为你的个人标准就不正确。其次是因为读者对工农兵的生活和知识太差，连谷子和糜子，麦子和韭菜都不能分别，对他们的感情，尤其是阶级感情没有和不了解，那么你怎么能判定它的政治性和艺术性呢？比如一本书描写翻身后的农民的喜悦，他们对于得到一个罐子也表示无限的喜欢，你就一定不易体会，你心里想，那有什么了不起呢？甚至你会想，农民真小气！一个优越的风雅的人是不会懂得一个罐子之对于农民的意义，一个罐子是表示了他的翻身，表示了一个农村整个政治的变迁的！对工人也是这样。你总觉得那些小组会、诉苦会很讨厌，很不艺术，你怎么能领悟这种会是如何地教育、启发、鼓舞、坚定他们的觉悟和战斗意志呢！什么叫艺术，你总以为是那些美丽的辞藻，优雅的情致。是的，这些是没有的，这里是没有《毛毛雨》《妹妹我爱你》的调子，也没有什么蜜蜂在叫，花儿微笑，凉风吹来……但这些书表现了一个时代，这些书为人民所需要。它是从人民那里来的东西，它又到人民中去受考验。它教育人民，鼓舞人民，提高人民的理想。这些要素是我们肯定艺术性的最重要的东西，而不是其他。我们也不同意艺术性和政治性分开来谈。脱离了思想和政治作用的所谓艺术不过是一种技术。①解放区的新文学艺术水平够不够？不够，从人民的观点来说，它对于人民的生活体验还不够深刻，不够丰富，还不能很好表现出来，达到思想的高度。反映一个时代是不够的，不能提高人类的理想和情操（这种所谓理想和情操也绝不是

① 初刊本此处尚有如下内容："比如齐白石画虾子螃蟹，画得神极了，简直透明、活的、在爬的，有很高的技术，但它表现了什么呢？这一个虾子一千年以来是这样，以后也是这样，它告诉了我们什么呢？它要告诉后代以什么呢？它是供欣赏的很好的作品，但不是很高的艺术作品。"全集本删除。

那些空中楼阁的幻想）。这所谓艺术性不够，绝不是以个人的癖好来挑剔的。笼统地说新作品艺术性不高，是从旧的观点出发，是资产阶级文艺的看法，很不正确的。

新的文艺在生活中起些什么作用？

有些人看一本新文艺的书，要比看一本马列主义的书有兴趣，很多人看《共产党宣言》看不下去，因为里面讲的道理他一时不能明了，同时自己感觉有趣味的事范围也很狭小，但读一本文艺书不同，比较喜欢，因为其中有故事，有人物，和自己的生活联系比较多，容易被接受。看一本讲土地改革的小说，中间描写干部如何下乡，如何划分阶级、分土地，看了以后增加了很多知识，扩大了眼界，对农村有了初步的了解，比看一本讲土地改革政策的书容易看得进去。

为什么人民解放军到处打胜仗？蒋介石为什么不中用？这个道理，要是我们看一看描写人民解放军的故事，就可以了解一些。有一个人从上海来，他谈起对解放军有很好的印象。他看到解放军进了市区，饿了三天三夜，街上有很多现成的烧饼、开水，那时就是吃一点，上海人也不以为怪的，但是他们却不吃。看了这生动具体的事实，他才了解到中国的前途该到哪个方向去！我告诉他，这些军队中，有些人就是过去国民党时代在上海抢东西，横行霸道不讲理的军人。为什么这些旧人今天变成新人呢？为什么他们会这样遵守纪律呢？这个道理用几句话可以说清楚，但是要将这变化很深刻、很生动地描写出来，只有文艺作品才能做到。

我们初看新作品，对里面讲的事情不熟悉，看多了就慢慢熟悉了，也能开个小组会讨论一下。这样就会对它发生更多的兴趣，也就会爱上这些书中新的人物。这些人物比在狭小圈子的人物要可爱得多，他们忘记小我，把个人生死看得很平常。看了这许多伟大的、肯牺牲自己的感情，再去回想一下过去爱一只小猫小狗真是太可笑了，很快就会把过去许多东西丢掉，也不会无病呻吟，慢慢地可以养成一种随时可以牺牲自己、为人民完成革命任务的伟大气魄；把感情放在人民事业的胜利上，我们的趣味也就会扩大，拿到报不会只找电影广告，看社会新闻，对于前方的战事，美国问题，国际问题等等也就会慢慢地关心起来。一些狭小的趣味和感情转变了，新的人生观，新的理想，新的感情和意志会很自然地代替了那些旧的东西，这就是新文艺在我们生活中能起的作用。

最后再讲一点另外的问题，生活中的文学

除了从书本上去了解生活外，要具体了解人民的感情和呼吸，最好到实际生活中去。在实际生活中比从书本中了解得更多，更形象，更具体；对群众中的英雄就会发生不可分离的感情。但到实际生活中去会不会有困难呢？

有人考虑到参加工作，也许要分配到南方去，那里要吃大米，吃不惯，讲话也不懂。再加上北京又是这样好，四四方方的城，路也好找，想到这些，就有些不大愿意去了。到农村去吧，又怕吃小米贴饼，到工厂去又怕机器声音吵，又怕和工人农民谈不上话。总之问题愈想愈多，还怕家里母亲不高兴，出去又怕水土不服。这些顾虑怎么会有的呢？主要的还是一丝一毫不肯牺牲自己。

有一个农村的老太太，家里很穷，没有土地，苦了一辈子，从来也没尝过一些甜头。共产党来了，分给她土地，四口人八亩地，生活有着落了。如果她要求自己的儿子在家好好种地，养活一家子，过两天好日子，那是很自然的。但是这位老大娘却愿意把自己的儿子送去当兵。有人劝她把儿子留在家里生产，让那些兄弟多的人去当兵。但是她却在大会上对大家说："我现在翻了身，要是大家不愿意送儿子去参军，谁来当人民解放军呢？我吃苦吃了这多年，现在又有人民政府和村干部照顾，我还怕什么！"

像这样的人物我们到哪里去找呢？在我们的学校里、家里是找不到的，这许多伟大的人物，也许不出名，没有很多人知道，是要我们到群众中去发现的。这许多故事和人物，会给我们最好的教育，使我们自己能够得到改造。

但是要到群众中去，会不会有问题呢？

问题是有的，不过大家可以放心，这些问题是容易解决的。首先群众是欢迎你们去的，因为农村、工厂和部队中缺少知识分子。他们要你去念报给他们听，给他们描写他们的生活和战斗。你去了很有作用，因此也就很容易过下去。

其次在生活上也许一时不容易改变，农村中没有大米白面，要和他们一起吃糠吃玉米面有些咽不下去，但是吃两天也就吃得下去了。还有人怕乡下不卫生，苍蝇多，这也不必怕，我们很多老同志不都是在农村里住过很久吗？

又有人考虑到下去以后，怎样去接近群众，开始去，不知道和他们说些什么好。其实这也不用怕，我们到乡下是去当长工的，像一个老妈子新到一家人家一样，要先问一问什么时候倒茶，什么时候扫地，你要先去请教农民告诉你他要你做什么，他下地你也下地，多问他们农村里的一些事情。何况那里还有组织，还有领导，可以随时问。只要你耐心耐烦，不怕坐冷板凳，先捡一两件小事做起。要有这样的精神，就可以在农村住下去了。你住下了，那里将变成你最好的家，你对他们好，他们会对你更好。到工厂中去一样，到军队中去也一样。

这许多道理，在很多文学书里都写过，我们也看过，但一定要下去，从实际生活中，才能更多地理解到书里讲的事情，更能坚定地确立自己的革命人生观。

我讲了很多，但不一定很充分，如果能给大家作为参考，那也就很满意了。

一九四九年十月

谈文学修养*

诸位要求我讲的正和《文艺报》的读者来信中常提出的问题一样:“怎样写典型人物?”“怎样描写工人?”“怎样把作品写得深刻动人?”等一类问题。这种要求表现了爱好文艺的人企求别人赶快告诉他一种方法，使他得到这个方法之后能够运用自如地从事创作。事实上恐怕不会这么简单，我怎能告诉你们怎样写典型人物呢?我倒很想得到[①]这个便宜，可是没有人能告诉我。

我想还是不讲这些。现在典型人物多得很，我们有很多劳动英雄，不管是工厂里、农村里、各个部门都涌现着各色各样的典型人物;这些人物存在着，我们却没有能很好地表现他们。而且这个人说这个典型，那个人说那个典型，到底什么是典型呢?我看还是写出来再看。我们只谈“谁是典型”,“写典型人物”呀，是不能解决根本问题的。我觉得，要从事文学工作总应该有点长期打算，要时时刻刻考虑着给自己的箱子装进一点货色与财富。像一个卖东西的小贩一样，如果他的箱子是空的，那他去叫卖什么呢?若是零星地从这个集市买一点又立刻到那个集市去卖掉，虽然也能赚些钱，但养不活家里人，这样终年很劳苦，没有物质根基[②]，到最后箱子仍然是空的。我们在思想上是反对私有财产的，但知识一定要用箱子来装。我们随时随地都要去

---

* 本文是在《大众文艺》星期讲演会上的讲话，初刊于《文艺报》第一卷第十期，1950 年 2 月 10 日出刊，署名丁玲。收入《丁玲全集》第 7 卷。

① 初刊本作“贪图”。

② 初刊本作“生产根基”。

发现一些东西，而且对这些东西，一颗钉子，一张小洋铁皮，一块木头，都要爱它、喜欢它，像贪财者[①]珍视他们的金元宝一样。时常翻动翻动，再随时添进一些，而且要溶化它，使这笔财富生长壮大成熟，直到想用什么就能拿到什么。所谓文学修养就是要作这样的长期打算。

这些天平安电影院在放一部影片，这部电影片并不好，但其中有一点可以拿出来谈谈，它说明学跳舞，一辈子要一蹬一垫地跳下去，不能停止，一停止就完了。文学也是如此，要不断地生活—学习—写作—生活—学习—写作，继续下去，你若说“我累了，不写了”，那也就完了。你看电影里面学习跳舞时，是没有休息地只跳一些最简单的动作，好像很无味，但味道就在这里，那是劳动，劳动就能创造，就会有成果[②]，就会感到愉快。从事文学就是生活、学习、写作这几件事的循环，从创作中又有心得，又学习到新的东西，你说这苦吗？但文学工作者偏偏就喜欢这些，他怎么也不容易转到别处去。

我们遇到的一些问题不一定要求马上解决，这是不可能马上解决的。每个人都有他一定的经验和方法，你自己进展到什么程度才能接受相当程度的东西。我们十多岁时看《水浒》和《红楼梦》，同现在看《水浒》和《红楼梦》就完全不同，这就是你这么多年来的经验已把你提高了一步的缘故。这些经验是怎样得来的呢？

我们先谈学习。这里所谈的学习是指念文学书（读马列主义，提高政治理论，确定正确的人生观，今天为时间所限不谈它）。别人的作品里留下很多经验给我们，作者如何体验生活、感受生活，都在作品中表现出来。要学习如何写“典型”也在这里，写“典型”有没有方法，有，但不是一下可以传授的。不是说一说就行，而是在长久劳动之中，才能体验出成功者的经验，成功者的经验是不能收藏的，他的作品就是一种具体表现。同时也不是就可以沿用别人的经验，这只是

① 初刊本作“爱财者”。

② 初刊本作“报酬”。

给自己一种创作的启示。别人的经验要靠我们细心研究，慢慢地积累。可是我们平常很少注意这些。有一个大学教授在一个会上谈到现在他们文学系的学生喜欢看理论，钻研什么是浪漫主义，什么是现实主义这些问题，但不喜欢读作品。他们要讨论一部作品时都要挑选短一点的。像这样不注意从别人作品中吸取他们总结下来的经验，怎么能学好文学呢？我曾经与一个写诗的谈天，他说他写诗只是靠感受的，所以他不喜欢读书。认为诗要靠感受一些东西，那当然是对的，但不读书，不向别人学习，只靠天生感受确是很玄妙的，我简直不能理解。我问他：请问你开始写诗时为什么也分成一行一行的呢？这还不是从你读别人的诗学来的吗？无论如何，你要是不[①]读书而想成为一个诗人或文学家是不可能的。

我们没有在俄国的贵族中生活过，但我们也能对这些贵族生活有些了解；如果一个戏里演俄国贵族的演员演得不像，我们也能指出来。这是为什么呢？这是从托尔斯泰和其他伟大的俄罗斯作家的文学作品中得来的知识。我们没有和流氓在一起生活过，但由于读过“上海黑幕”一类的书，他们讲的话、长相、行动在我们脑子里的印象很生动具体，聊天中谈起这些人，我们似乎也有门槛。像妓女，我们是不可能有这种感性生活的，但对她们的情况也知道一些，也是从书上看来的。一个人哪能经历所有的生活呢？写工人吧，工人中也有个别落后分子，他的落后是有历史与社会根源的，你要教育他，写他的转变，不懂那个旧社会怎能写出来呢？可是那种旧社会又一去不复返了，那又怎么办呢？这就靠我们学习，从书本中去学习生活。像连阔如，他并没有参加过二万五千里长征，可他能写出长征的故事，怎么写出来的呢？他是听来的，是在学习中努力得来的，但也因为他在很多鼓词中学到一些描写英雄掌握气氛的本领。所以“多读书”对我们说是很重要的。这样的学习可以开阔我们的眼界，使我们对生活的理解的圈

① 初刊本作“从不”。

子更宽广、更深入。

从中国旧文学里我们也可以学到很多东西。有人说从中国旧文学里学不到什么东西是不对的。古代的章回小说如《红楼梦》《水浒传》《三国演义》这些作品里表现人物的方法确是生动得很，他们的语言和现在的语言并不一样，像《三国演义》是半文不白的语言，《西游记》有很多四六对仗的句子，但这并不妨碍我们去喜欢这些书。这些小说写人物的方法和我们现在写人物的方法很不同。现在作品的创作手法大多着重叙述，像是作家在那里讲解道理和情况，教人读了以后，道理似乎是弄清了，却不留什么印象。而这些旧小说是用无数的有趣的故事烘托出人物的心情与个性。如《红楼梦》里贾宝玉、林黛玉、薛宝钗饮酒一段，宝玉说他只爱冷酒，不愿烫暖了喝，宝钗这时劝他："……若冷吃下去，便凝结在内，拿五脏去暖他岂不受害？……快不要吃那冷的了。"宝玉听得这话有情理，便放下冷酒，令人去烫了。这时黛玉在旁，她是好多心的，作者是用一种什么手法表现这种性格呢？作者描写道："黛玉嗑着瓜子儿，只管抿着嘴笑。可巧黛玉的丫环雪雁走来，给黛玉送小手炉，黛玉因含笑问她说：'谁叫你送来的？难为他费心。哪里就冷死了我？'雪雁道：'紫鹃姐姐怕姑娘冷，叫我送来的。'黛玉一面接了抱在怀中，笑道：'也亏你倒听她的话。我平日和你说的，全当耳旁风，怎么她说了，你就依的比圣旨还快些？'……"这么简短的几行，就生动精细地刻画出林黛玉的性格，这还不值得我们学习？又如《三国演义》最后快结束时写阿斗这个人物的一段：阿斗已投降司马昭，有一天司马昭令蜀人扮蜀乐，蜀官尽皆落泪，唯有阿斗却嬉笑自若。司马昭问他："颇思蜀否？"他答道："此间乐，不思蜀也。"这时阿斗出来更衣，蜀官郤正跟了出来对他说："如何答应不思蜀也，倘彼再问，可泣而答曰：'先人坟墓，远在蜀地，乃心西悲，无日不思……'"阿斗牢牢地记住了这句话，入席时司马昭又问他："颇思蜀否？"他就很"聪明"地用郤正的话回答他，想哭又哭不出眼泪，只好把眼睛闭起来。司马昭一听就知道这话不是阿斗的话，就说：

"何似郤正语耶？"阿斗慌忙睁开了眼睛，告诉司马昭说：一点不错，就是郤正教我这么说的。就这么简单的描写，阿斗这个人物成了典型，读过一遍《三国演义》的人，这个印象都很深刻。

从这些简单的例子就已看出，我们的文学遗产里有多少值得我们学习的东西。他们描写的人物跟活的一样；他们描写的故事情节和画一样；短短的几行就写出一个生动的人物，你说是典型人物也可以，使我们读书时好像不仅见其人而且也闻其声。我们读这些书，当然不是学那里面人物的观点，像贾宝玉那样的人是过去了的，他的出路只有做和尚。我们要学的是他们的表现方法。像《红楼梦》这种在极其平淡无奇的日常生活中刻画人物的性格，我们在写人物时是应当好好学习的。要叫我们写这类人物，常常是一番大道理在前面，他的思想如何如何呀，他的出身如何如何呀，……一大堆累赘的叙述。作者这么说，读者什么也见不到。

除了从古书里学习以外，我们更要多读现代同时代人的书。别人的作品即使全部不好，只要有一段好，一个人物写得好，都是可以学习的。每一点一滴你都要吸收来，装进你自己的箱子，把它溶化，成为你自己所有。一般人都有点好高骛远的癖性，总是唉声叹气说我们的好作品太少，看一本书只是挑剔人家的缺点，而别人的长处却不注意。实际上，别人的作品中，不管怎样，多少都有一点优点是自己所没有的。这些就很值得学习。外国的作品，尤其是苏联的作品，也该好好学习。从别人的作品里学习，不要死学，不要抄袭。西洋有一句俗话：第一个形容女人像花的是天才，第二个人仍然这样比喻便是蠢才。

其次，我们谈谈生活。要到生活中去，当然是天经地义，但现在我们经常听到有人说："我还没有材料，不能写。"似乎生活只是为了材料，而且是为了找材料才去工厂或农村。下工厂去的人硬拉着工人对他谈"材料"，找各种机会探听"材料"，等他们写成作品时，也仍然是一段材料，甚至因为他的写作能力，而只成为一篇不动人的材料，枯燥无味，使人读了只好摇摇头叹息一声："没啥意思。"假如只是要这些材料，那报纸上经常登载有工人、农民、兵士的诉苦，何劳你亲自跑一趟？这不是劳民伤财吗？去生活是应该的，但"生活"不是"搜集材料"。

你要想了解每一个你所要描写的人物是不容易的，首先要和他们感情相通。譬如一个知识分子在改造过程中受到批评时，他的难过的心情对我们知识分子出身的人是容易了解的；但一个年轻人[①]遇到这种情形也许会瞪着眼睛急躁地说："你有缺点你承认不就得了？那还难过啥？"这就是由于这个年轻人对知识分子的爱面子和自尊心的性格不了解，如果叫他描写这个知识分子就不行。我们要想写工人也是这样，必须和他们在一块儿，有血肉相连的感情；这并不是说你非去做工人不可，参加工会工作也一样。了解农民也不是一件容易的事，他们平常父子之间也很少讲话，你只靠同他们谈话来了解他们实在很难。要写出他们，你必须参加群众的斗争生活，理解他们新鲜的、战斗的、热情的感觉才能启发自己的感情有所变化；在这种生活中，你的脑子才可能灵敏、新鲜、开朗，处处想到别人而不想自己。你看，一班战士听到冲锋命令以后立刻就毫不犹疑地冲上去，他们难道不知道冲上去有生命的危险吗？但他们这时候想不到这些，他们在这一刻之间，思想表现得尖锐明白得很，他们在这一刻只想到集体，想到这一次战斗，去消灭敌人呢还是让敌人消灭自己。你要了解他们，只有和他们共同战斗，这样才能锻炼、丰富你的情感，你的情感才可能与他们的情感互通声息，互相交织在一起。一个农村妇女在分浮财时，她可能为少得一只箱子而叨叨咕咕好些天；但当她觉悟提高时，她会自动地送她的儿子去参军。你不参加他们的战斗生活，你能理解这层情感吗？只从理论上认识"为人民服务"很简单，要真正做到是要慢慢锻炼的。要我们参加他们的队伍，在一起战斗，拿他们的生活感情教育

① 初刊本作"小孩子"，下同，不再注释。

提高自己，我们才可能对他们有广泛的了解与深入的体会。这样写出的作品才会是栩栩如生的；相反，你如果不体会群众的思想感情，而只凭搜集来的“材料”装进你的作品，那你的作品是没有血肉的。

最后，我们谈谈练习。只是念书、生活，不练习写也是徒然。一次写不好可以再写；再写不好，又写；多练习就一定可以一次比一次写得更好。不要因为进展得慢就松懈下来。像练习赛跑一样，普通人跑百米大约要十四秒钟，你想用十二秒跑到，虽然只早到两秒，那确不容易，必须要每天不断地练习，不是“想”跑快就“能够”跑快的。另外，也不要因为有了一点小小成绩而自满，假如你看一篇一个月以前写的自己认为满意的作品，仍然自言自语地夸奖：“这真好呀！”那就表示你一个月来没有进步。不要认为能写几篇文章就是一个作家了，一个初中学生也会作文的呀！

写什么呢？写你喜欢写的，什么使你最感动，最熟悉什么，你就写什么。但怎么能使你所爱的、被感动的也恰恰是人民所爱的、所需的呢？首先的问题是如何使自己的感情符合于大众的感情，又符合于理论。这不是一天两天可以做到，这是要有一种伟大的人格，完全为人民而并非为自己，一点不市侩，不投机取巧，要下决心去掉架子，敢于正视自己的缺点。世界上有那么一种人永远都不犯错误的，也不碰钉子，好像他是胜利的，在庸俗的个人利益上，也可以说是胜利的，但他却毫无所得。他不能感受群众的情感，不能感受伟大的情感，不能感受悲苦和愉快。这样自然不会写出伟大的作品来的。所以必须在实际工作中去锻炼，而且也读马列主义书籍，但这不只是属于文学工作者自己应有的条件，文学工作者的任务也就是要使人人具备这种伟大人格、伟大理想和崇高的品质（现在不能多谈这些，这是每一个人的各方面的修养问题）。

假如你因为感到现在是工业建设时期，一定要写工人，而自己又一点工人的生活都没有，那即使勉强写成，也一定不好。整个文学不是靠一个人撑台的，这是一个队伍，这个队伍有打大旗走前面的，有

打小旗走后面的，这个队伍是有目标的，向着这个目标，我们能做什么就做什么，不要勉强地做自己所不能做的。你如懂得农民就写农民，你可以写农村工业化的远景，如果你写农民是赞扬留恋手工业方式，那就不是向着我们的目标了。你懂得小市民，就可以写出小市民在新社会中如何起变化。只要你写的时候能有正确的观点，有一定的批判，方法上不犯错误，有剪裁，有思想，没有低级趣味，那又有何不可呢？当然，我们不能局限在我们所熟悉的生活圈子里，我们一定要努力使我们的生活面更广更深，而且要朝着工农兵方向推进。

练习时不要写大作品，大作品需要有丰富的生活经验和相当的组织能力，这些条件不足时，我们可以写些短小的作品，这样一面可便于练习写作，一面也可以适应工作需要。写的时候不但要谨慎，而且也要有勇气，有魄力，要大刀阔斧地用各种新方法，生动、深切地表达出思想内容。不要只是缠绵于一套旧手法。

我想在结束前谈谈学习、生活和写作应有的几种态度：

第一，要虚怀若谷。不要把自己看得了不起。我自己现在所能做到的离所想的还差得很远。你们问我“该怎样写？”我是答复不出的，我也不能回答你们“如何写工人？”这一问题。今天时代这样伟大，我能掌握的只是很少的一点，而且所能表现的一点点还很不满足。古语说“谦受益”，谦虚是可以从各处得到东西的。不能看到一本书后就说：“没有什么可学的。”一部工人的作品也许不很好，但如果我们谦虚地学习，就一定能学到不少东西。

第二，要老老实实。谦虚并不是叫你到处都说“要当小学生”，你懂得一点就说一点，懂就是懂，不懂就是不懂。你只有三分感情，你就写出三分感情，不要装着有十分感情，那么做是不能瞒住别人的，只会使别人看了更觉得你作品中感情的贫乏。

第三，自己要有见解。谦虚并不等于自己一点见解没有。要有见解，不要人云亦云。街上常见到商品的“货真价实”的广告，也许我们却最上当地买了不好的东西。人家都说《红楼梦》好，到底好在什么地方呢？要自己去钻研，自己有一定的见解。经久地用自己的进步来修改自己的错误见解。

第四，要坚持。人家说，学文学要有天才。天才是什么呢？天才就是经验的积累。所以我们一定要经得起刺激、挫折和失败，坚持下去。有的人抓住一点钻研了一会儿，过些日子看到别的，他又从头来，这样始终达不到目的地。你也要经得起夸奖，别人对你称赞两句，你就高兴得上了天也不行。我们现在多少还保留些旧风气，对你的缺点不当面说，当你的面只说些好听的话。演戏时有那么多观众，总会有几个人鼓鼓掌的。你不要被这些甜言蜜语冲昏了头脑。

我的讲演完了，希望大家多储蓄一点本钱，把自己的箱子装得更满一点!

一九五〇年初春

“五四”杂谈*

现在我们谁也感到创作中有一个很恼火的问题，就是思想性，也就是说我们作品中的思想性不够，作品的政治意义不大。这个问题使作者们很着急，为着要加强这一点，常常就在作品中加一段讲话。这段讲话或者通过作品中的主人公，一个指导员，一个厂长，或一个支部书记说出来，或者就是作者自己在里面讲一段，政策是被生硬地搬运，常常是这个人说一段后，那个人还要说一段，直到把政策全说完，可是结果对于那个缺点仍不能有什么大的补救。我们也听到过这样的话，就是说，时代跑得太快了，我们老是赶政策赶任务，赶出来后往往又是过时了，所以还是让我们慢慢地写吧，也许要好一点。但又有人说了，我们必得经常经常地在生活里，如果离开稍久，我们又摸不到什么东西了，现实是变得太快了啊！我们的确是很辛苦的，我们总也不能满足读者的要求，这症结究竟在哪里呢？怎样能使我们提高呢？我们几乎都这样互相问着，我们的座谈会，讲演会也好像解决了一些问题，可是问题还是梗在前边，使我们很着急。

我个人想这是着急不来的，我们年轻的作家们有他们的优点，也有他们的缺点。我们强调过到工农兵生活当中去，学他们的语言，写他们的生活，因此在老解放区稍久的人，都或多或少的有些生活，尤其是农村生活。我们在作品中可以看见很形象的农民典型，和农民的

* 本文初刊于《文艺报》第二卷第四期，1950 年 5 月 10 日出刊，原题《五四杂谈》，署名丁玲。收入《丁玲全集》第 7 卷。

语言。农村生活的味道，兵士生活中的味道，也能表现出来一些。这是我们的优点。我们回想“五四”时代的文学作品，除了少数的作品外，其表现生活是较表面的，也没有现在这样多的群众语言。可是“五四”时代的文学作品，大半都是在说明一个问题，并且要解决这个问题的。这个问题在今天看来也许会觉得简单些，但却充满了强烈的政治情绪，有不解决不罢休之势。我们很强调作品的政治的社会价值，而今天我们作品里的那种政治的勇敢、热情，总觉得还没有“五四”时代的磅礴，可是我们又处于军事、政治、经济大进攻大变革的时代，所以就更觉得文艺工作不相适应，文艺反映现实未免落后。

革命的大时代给我们显示了生活的海洋，毛主席的文艺思想武装了我们的头脑，在艰苦的抗战中和解放战争中，也更加强了我们与群众的联系，这是好处的由来。但我们是先天不足，我们在旧社会中个人刚刚碰到点不愉快的事，我们就到解放区了，或者我们还在不懂什么的时候，我们就被解放了。我们的知识是很有限的，我们的思想不成熟，我们受党培养，受马列主义的教育，我们懂得一些群众的情绪，可是很多理论，就是世界观吧，也还没有消化好的，常常为着要支出才去收入的。我们在实际工作中脑子里有一件东西，是当时当地一般干部也都可以有的感觉、认识和经验，我们还没有养成我们自己的较深刻的，较锐敏，较远大正确的见解，所以我们不能表现出比当时一般干部更高的政治思想来。我们既然先天不足，就得后天调护，因此我们要好好地读书，学习马列主义，学习历史，学习社会，学习群众斗争，学习文学，将这些都溶化在一块儿，使自己有很广博的知识，精湛的见解，和熟练的文学技巧。

我们回想“五四”时代的作家，他们对旧社会是了解得深切些，他们深感痛苦，他们是以战斗的革命的姿态出现的，而且担任了前锋。他们要求文学革命，反对文言文，他们去实践，写白话文小说，写新小说去反对文言文；而且他们写小说，写诗，不是因为他们要当小说家或诗人，也不是觉得这是一个很艺术的玩意，也不以为艺术有什么

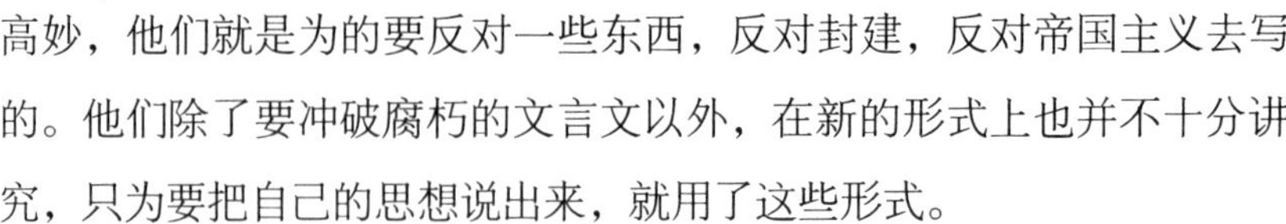

高妙，他们就是为的要反对一些东西，反对封建，反对帝国主义去写的。他们除了要冲破腐朽的文言文以外，在新的形式上也并不十分讲究，只为要把自己的思想说出来，就用了这些形式。

从这些事实看来，三十年前的新文学——年轻的时代是为政治服务得非常好的。那时好像没有人怀疑文学与政治的关系。翻开那时的《新青年》杂志来看，可以看见作家们不只是写小说，写诗，而是对什么问题都要发表意见，有时用文学的形式，有时就用论文、散文随感。现在作家深入生活，搜集材料，编出很好的故事，在反映生活上的确要生动得多，可是对目前社会上所发生的许多有重大意义的事，很少为文表示，或加以分析（比较说来诗还多一点）。因此我以为应该强调作家们要打开眼界，多接触政治，时刻关心政治问题，参加政治活动（不仅是下到一个工厂或一个农村）。多写散文，抒发思想，养成随时发表意见的习惯，强调写作品主要是写思想（也就是对政策有了消化），一切人物和事件都为透出一个思想，而不是写一段材料，一个故事。这样对我们的创作是有益的。

“五四”时代的白话文，是一个革命的运动，尽管其中有部分人是软弱妥协，但它却是要革文言文的命。这个运动基本上是胜利了的。我读“五四”时候的文章，我觉得都很清楚明白，虽然不一定都能上口，但是朗诵起来，还不是那样难懂。他们所提倡的白话文，也是指不用死人的语言，要用日常生活中的语言，因为他们生活的限制，他们只能用知识分子日常口头上的语言，不能采取丰富的民间语言，所以显得单调，缺少风采，这是指一般的人说，其实许多人的文字，结构谨严，行文朴素，到现在来读它也还有值得学习的地方。仅以不合劳苦大众的口吻来衡量是不恰当的。“五四”以后，对于文字的革命并没有继续下去，却走到修饰和装点的方面去了，搬来了很多欧化的文字，重复的，复杂的主语、宾语等等拐弯抹角的话，使人不懂的加括弧的美丽的辞句，连篇累牍，有些又夹杂些古文来表示自己渊博和儒雅。这些是资产阶级作家来做文字消遣和游戏的，他们根本不愿文学与群众有什么联系。他们本爱用洋货，同时也爱买些古董来点缀点缀。可是进步的年轻的知识分子也受了影响，后来便成了风气，好像不这样写就不算文学似的。上海左翼作家联盟以鲁迅与瞿秋白为首曾大声疾呼地要大众化，可是由于当时反动派的迫害，大众化的工作受到阻碍，不能做出很好的成绩。但文学工作者还没有那样的认识，恨自己的洋化文字，如同“五四”时候的痛恨文言文；也没有那种精神，再也不写洋化的文字，如同他们那时坚决不写文言文。我们又感觉这种文字不好，又不能一下舍弃它。直到毛主席的延安文艺座谈会讲话才明确地解决了“写给什么人看”的问题。并且也才更明确地认识向民间学习的重要，用生动的老百姓的口语。我们已经开始这步工作了，而且是有成绩的，我们应该继续“五四”的那种精神坚决稳定地走下去，继续文字语言的革命，而少讥笑前人。后来的人都是接受了过去的经验而开展的，有许多具体的问题因时代的发展而将成为过去，但过去的那种革命精神却值得永远学习。

“五四”的新文学，也就是中国新文学，是强壮有力的，它和整个五四运动分不开，它的反封建反帝的色彩是浓厚的。这里面首先要推鲁迅，收集在《坟》和《呐喊》里面的杂文和小说，很多都是那时写的。这些作品三十年后读来，还是非常使人感动。在他的小说里面，我们十分感觉封建的可怕。他最初的作品《狂人日记》《药》等，在他的笔底下我们体验了旧中国。在那样的社会中，人是没有路可以走的。既然不要走辛苦辗转的生活之路，又不要走辛苦麻木的生活之路，更不要走辛苦恣睢的生活之路，那么只能走大家尚未经过的新的生活之路。可是这新生活的路在哪里呢？鲁迅告诉我们：“其实地上本没有路，走的人多了，也便成了路。”这就是说路是要人去开辟的！

《祝福》也是这样。我读这篇作品觉得这是真真的悲剧。祥林嫂是非死不行的，同情她的人、冷酷的人、自私的人，都一样在把她往死路上赶，是一样使她精神上增加痛苦，并不是这一个人，或那一个人才造成她的悲哀的命运的。假如是这样，那就只是人的问题，换了一个人，祥林嫂也许会幸福起来的，但鲁迅就不是写这些，不是写一个悲欢离合故事，他是写封建吃人，写旧社会吃人，只要是封建统治着的地方，祥林嫂就没有出路。你看柳妈同祥林嫂说："两个丈夫在阴间等你，还会争你，你死了，阎王爷定把你分成两半的。你还是捐条门槛当替身，让千人踩万人踏来赎回你的罪吧。"（原意如此）这真使人浑身发抖，简直连死也不行呵！这样的作品，一句教训人的话没有，可是你读了后能够不深深地觉得封建可怕吗？不觉得要把这个旧社会打倒吗？三十年了，这篇文章不只是从历史上看它是有价值的，就是从今天的问题上看也仍是需要的，它虽然不是写生产，或……仿佛对目前的工作没有大的相关，可是对于人的头脑却是有用的，因为旧社会虽然推翻了，旧社会留给我们的旧思想却仍然还残留着呵！

除了鲁迅以外，那时写小说的很多，写得比较多而且好的还有叶绍钧。叶先生的文笔是非常修整朴素的，我们读他的小说，从来没有碰见做作的地方，也没有太洋化的句子，也不用古文，也没半文不白的陈词滥调。而且他的文章也是对旧社会下着批判的。他的《一个朋友》，是三十年前的作品了，虽然只是一个很短的短篇，一个朋友为其儿子娶妻的一点小事，但是对于那种安于现状，毫无理想的人有很深的讽刺。最后是这样的结尾："假如我那位朋友死了，我替他撰家传，应当怎样的叙述？有了！简简单单只有一句话：'他无意中生了个儿子还把儿子撳在自己的模型里！'"……

叶绍钧的小说很多题材是写旧中国的腐化教育。如最初作品中的"义儿"等。长篇小说《倪焕之》是他的代表作，也是写这方面的题材的。他早年的《稻草人》是非常感动人的。稻草人每天每夜看守着田里的稻子，挥着他手中的破蒲扇，他同情他的主人，一个穷苦的老农妇，可是蛾子来吃稻子了，留下了蛾种，稻草人的能力小，不能驱逐它，也无法使老妇人知道，他愁苦得不行。可是渔妇来了，他眼看着她网不上鱼，而她的孩子却病得快死。最后更来了一个被虐待的女人投河自杀。稻草人用力拍打他的蒲扇也无法使天快亮，使农人们起来；结果他倒在田旁了。在那个时候，一个知识分子是会有这感觉的，但同时也是说一个稻草人是不够的，人民只有自己起来，团结起来，依靠自己。这种作品的确使人看过要去思索一些问题，而不仅当着故事看得热闹，或兴奋而已。

在“五四”时候出现，也曾很被人喜欢过的有名的作家还有冰心。冰心在“五四”时代，是一个在狭小而较优越的生活圈子里的女学生，但她因为文笔的流丽，情致的幽婉，所以很突出。她的散文和诗都写得很好。她虽然是那样一种出身，不能对社会有所批判，但是她在“五四”时代，也感受了影响，她提笔为文时，也仍然是因为受了新思想的感召。她自己在她的小说序文里告诉我们，她那时在学生会里当文书，又在女学界联合会的宣传股里工作，她开始用白话文试作、发表的，是职务内应作的宣传文字。这些文字可惜我们没有读到，想必其内容都还是符合那时的学生运动的。她自己说在那时写了些问题小说，如《斯人独憔悴》《去国》等。《斯人独憔悴》是写两兄弟都参加爱国运动，受到顽固父亲的阻挠。这的确是那时很典型的材料，这个问题实际在中国存在了很久。可惜冰心由于她的出身，她的环境，她的爱的哲学，这两兄弟都投降了。她正代表了那时的资产阶级的妥协性。《去国》是写一个青年在美国学成归国，以为大有可为，结果因为中国政治的腐化，结果仍只有到美国去。好像她是暴露中国官僚军阀统治的黑暗，但什么是出路呢，仍只有寄托在资本主义的美国，这也充分代表了中国资产阶级对英美资本主义的崇拜。冰心本是受了五四运动的影响而开始了她的文学生涯的。但她只感染了一点点气氛，正如她自己所说是早春的淡弱的花朵，不能真真有“五四”的精神，所以她只得也如她自己所说“歇担在中途”。她的爱的哲学，是不能作多少文章的。但冰心的文章的确是流丽的，而她的生活趣味也很符合小资产阶级所谓优雅的幻想。她实在拥有过一些绅士式的读者，和不少小资产阶级出身的少男少女。

杂谈的确是杂谈，我自己也感觉太拉杂了，但为时间所限，了解有限，篇幅有限，也只能如此了，不敢说是纪念，聊作为自己的笔记吧。

一九五〇年

跨到新的时代来

——谈知识分子的旧兴趣与工农兵文艺*

最近我们收到许多读者来信，谈到喜欢些什么书，不喜欢什么书和需要些什么书的问题。这些读者，大都是新解放区的知识青年，文艺爱好者。我觉得他们都很直爽，很热情，这是好的，而且他们的意思也正代表着不少的一批知识分子和市民；甚至有一些对新文艺的责备，也有其片面的理由，值得原谅的。我们除个别给以复信外，再借刊物来谈谈这些问题，以供讨论和参考。

概括来信意见，不外这几条：

一、不喜欢读描写工农兵的书，说这些书单调、粗糙、缺乏艺术性。说这些书既看不懂也不乐意看。又说这里主题太狭窄，太重复，天天都是工农兵，使人头痛。还有人举了一个工人的例子，说工人也不喜欢，那个工人认为这些书太紧张了，他们乐意看点轻松的东西，如神话戏，或山水画。他们工作生活都紧张，娱乐还要紧张，怕要“崩了箍”，他们说这些书只是前进分子的享乐品。

二、他们喜欢冯玉奇的书，喜欢张恨水的书，喜欢“刀光剑影”的连环画。还有一批人则喜欢翻译的古典文学，或者巴金、冰心等人的作品。①

---

* 本文初刊于《文艺报》第二卷第十一期，1950 年 8 月 25 日出刊，署名丁玲。收入《丁玲全集》第 7 卷。

① 初刊本作：“他们喜欢巴金的书，喜欢冯玉奇的书，喜欢张恨水的书，喜欢‘刀光剑影’的连环画，还有一批人则喜欢翻译的古典文学。”

三、要求写小资产阶级知识分子的苦闷，要求写知识分子典型的英雄，写出他们在解放战争中可歌可泣的故事。要求写知识分子改造的实例，或者写以资产阶级为故事的中心人物，或者写城市的小市民生活的作品。并且要求这些书不要写得千篇一律，老是开会，自我批评，谈话，反省……

总之，这些人都说在原则上并不反对工农兵的文艺方向，但对于这些战斗的、政治气氛浓的，与自己生活兴趣有距离的，而在市场上一天一天有了势力的书，却深深抱着反感！他们希望能按照他们的兴趣来要求作者们有所注意和转变，他们希望能按照冯玉奇、张恨水的办法，来写些革命的浪漫故事[①]，他们企图从这些书中受到益处，改造自己。

既然大家对工农兵的文艺方向是赞成的，不管是口头上也好，那么我们也就不必多说它，只说一说大家所认为实践了这个方向的作品，以及这些作品与知识分子之间的关系。

这些被指摘的作品，究竟是些什么作品呢？从来信所得的概念，笼统的就是指多数是新华书店出版，少数是其他书店出版的，以工农兵、劳动人民为主人公、为正面人物的各种文艺作品。这些作品为适应广大读者需要，印行的数量，以今天的出版条件、购买条件来说，都是不少的，种类究竟有多少，没有统计，很难说。以我个人的读书情况来说，有大半都没有读过，不是不想读，是抽不出那么多的时间；只能择要地来读。比较通俗的作品，一般的可以销十万册以上，突出些的就不止这么多，各地翻印，其总数有些应该是超过十五万本的。一般的文学作品，销二三万本也很平常，好些的，都在五万本以上，有些书是由于发行关系，只销到一万多本，或几千本。这些书的读者也不一样，喜欢这本书的，不一定喜欢那本书，能读这一本的不一定

---

① 初刊本作“他们希望能按照过去巴金、冯玉奇、张恨水的办法，来写些革命的浪漫故事”。

能读那一本。有些是给工人读的或兵士读的，有些被学生所喜欢，也有些是被干部们所喜欢，干部之中还有工农出身的干部与知识分子干部的区别。读者的文化程度，社会经历，政治水平都不一样，但的确是属于进步的和要求进步的；向我们提出问题的读者也至少是要求进步的。但这些书按今天革命斗争的深入和复杂、雄壮和胜利来说，其表现的角度、气派、生动、与深刻，都是很不够的，其与政治经济文化各种建设要求的配合也是很不够的。努力于实践毛泽东文艺方向的文艺工作者，应该时时都不要有丝毫的自满。如果说书的销路比抗战以前好的多，那是由于道路的正确，还不能说个人有什么成就，贡献是有的，但很小很小。不过平心而论，这些书是否主题狭窄、单调，使人不耐呢？以我来看，我是不能同意这种说法的。

说这些书主题狭窄，初初看到这样的句子时，是使我吃惊的。中国的文艺，不正是抛弃了那个徘徊惆怅于个人情感的小圈子么？抛弃了一些知识分子的孤独绝望，一些少爷小姐，莫名其妙的，因恋爱不自由而引起的对家庭的不满与烦闷么？不是已经跨过了以恋爱与革命的矛盾为主题，和缺乏生活实际与斗争实际的，想象出来的工人罢工或农民起义的作品的时代么？难道文艺工作者以曾经亲身体验过的群众的火热的斗争生活，而反映出来的各种斗争中的事件和人物，还会单调和枯燥么？恰恰相反，这里展开了广阔的生活的原野，揭示了阶级斗争的本质，和它的激烈尖锐和复杂。由于时代的不同，战斗的时代，新生的时代，由于文艺工作者思想的进步，与广大群众有了联系，因此新的人物，新的生活，新的矛盾，新的胜利，也就是新的主题不断地涌现于新的作品中，这正是使我们觉得不单调，不枯燥，这正是新的作品的特点，这正是高过于过去作品的地方。举例来说，在过去作品中，我们可以发现一个不甘于平凡的女性，不满于她周围的平凡的生活，也可以读到一个逃出家庭的女英雄，或者一个要求进步而感到无路可走曾使我们同情的女性，但这些女性却被历史条件、社会条件、也被作者的创作条件写得那么柔弱，那么无意义，那么绝望。而今天是什么样的女性呢，是刘胡兰，是赵一曼，是八女投江的中华女儿们。这些女性面对着民族的敌人，阶级的敌人，在极端残酷的激烈的斗争中，咬紧牙关，受尽一切苦难，坚持了民族的、人民英雄的气节，她们的不屈不挠的精神不是供少数人的玩赏，不是博得浅薄的同情，而是教育广大人民和万世子孙的！这种前后恍如隔世的作品中的主人公，其区别是很大的。虽说前者，在过去的时代里也起过一定的作用，但今天实在不值得再留恋了。我们应该赶上新的时代，接受新的事物，如果我们没有新时代的新的理性认识与新的感性生活，或者也没有鞭策自己的决心，严肃地对待人生与社会以及认真的学习态度，的确是不容易了解新的事物，和欢喜新的文艺的！

主题既然是新鲜的，人物也是新的，一切的战斗场面都是新的，那么文艺的形式也就为着适应内容的需要，和作者对文艺形式与语言的不断探求与努力，与过去的革命文艺，欧化的文艺形式，或庸俗的陈腐的鸳鸯蝴蝶派的形式都要显得更有中国气派，新鲜而丰富。早年所提倡的“大众化”，由于国民党反动派不准许作家与劳动群众结合，以及文艺工作者也还存有思想认识上和文艺修养上的缺点，不能做到的，现在已经开始做到一些了。如同一些新歌剧、小型歌剧，的确是比旧剧，或者话剧更能适合一般群众的喜爱。文学作品如《吕梁英雄传》《李有才板话》《新儿女英雄传》《李勇大摆地雷阵》《王贵与李香香》，这些形式都是从中国旧有形式里蜕化出来，而加以提高了的形式。当我第一次读《李有才板话》的时候，它的形式的新颖，是非常使我喜悦过的。就是从几个执笔较久的作家来看，以欧阳山的那么欧化难懂的《战果》而进到他的那么生动、引人入胜的《高乾大》，不谈它的内容已经切实得多，其所经过的途程是不短而且是不易的，它的政治性及其思想性已经不是那么简单平常，而其形式与语言，也不知道精美多少；所有熟悉他的读者都会看出这种很大的进展来的。其次可以举刘白羽为例，当刘白羽投身到东北战场三年之后，由于他生活的深入和写作上的努力，他的作品不特与他抗战前的作品，就是较之他在抗日战争中的那些作品，都大为改观，过去的那些冗长的、意义含混的语句，几乎全部肃清，而那些兵士、政治委员都不是徒有一些概念的形容，而是栩栩如生。这些作品正在以多样的形式，描绘多样的生活，努力寻找人民的、生动的、有思想的语言，去掉流水账的、不文不白的、别扭的、陈腐的语言，我以为即使成绩还不够大，仅仅这一点，也应令人来学习这一进步的经验。我每读一篇作品，都觉得可以得到一点东西，我觉得这一点基础，是值得去爱惜而欣喜的，但却有人说这会使人头痛，说这是一日三顿的炸酱面，一点也不新鲜。

不了解人民群众的生活，对人民群众的斗争又不感兴趣，比较习惯于个人悠闲地欣赏“艺术”的心情，或者找点曲折故事以消磨时间的读者，对于政治气氛比较浓厚的书籍，是会嫌它不够轻松，不够细腻的，同时也的确不大理解和不容易与作品中的人物有同感，不容易与作者的情绪调和。譬如杜烽写的《李国瑞》那样的人物，在不懂得人民解放军的本质，以及晋察冀人民的和语言的特点，就不会感到很大兴趣。《李国瑞》剧本在戏剧性的组织上，也许读惯了易卜生、莎士比亚，或曹禺、陈白尘作品的人，是会觉得它的艺术性不够，但里面的人物与语言，我实在觉得在中国是少有的艺术上的成就（我不再说当时这个剧本如何教育了部队，因为这种政治的作用，一般人是无法反对，也不反对的）。

说工人不喜欢这些作品，说工人怕紧张，我看是不可靠的。我不想找一个或几个工人来替我答复，我们只看工人同志如何欢迎《红旗歌》《不是蝉》就可以明白了。《红旗歌》在上海演二百多场，观众绝大多数是工人。《不是蝉》在石家庄演出后又到太原、北京，现在又到上海了，到处受工人欢迎。我想这些戏都该被认为是属于紧张的吧。也许有人说这是描写工人的，所以工人爱看，那么《白毛女》是描写什么的呢？现在有些人爱强调城市与农村的矛盾。有人说过去老解放区的文艺大半是描写农村，形式也采取适合农民的，叫农村文艺，这些农村文艺是不受城市欢迎的。其实这说法是想取消这一点已有的人民文艺的幼芽。真真地属于人民的，在人民中就通行无阻，一个农民出身的干部，都能读《日日夜夜》《恐惧与无畏》，难道一个工人，不能理解，不愿理解农村中的阶级斗争么？工人不是只限于要知道工人的事；只有小市民趣味的人，才老是喜欢看一切符合小市民趣味的消遣品。

过去知识分子所爱的，也不一定专是描写知识分子的，鸳鸯蝴蝶派也写一个黄包车夫的苦闷，美国帝国主义的野兽片、蛮荒片在中国也获得很多读者。描写嫖妓女，描写拆白党，哪里只是妓女嫖客和拆白党看呢？知识分子有喜欢读高尔基，读鲁迅，读一切进步作品的人，也有只喜欢读《霍桑侦探案》，或者《金粉世家》的。有的革命了，有的却堕落了。不管唯艺术的艺术家们怎样捧着几本古典文学，拉着几个贵族王子，或公爵夫人，怎样地骂左翼文学单调粗糙，缺乏艺术性，可是到了人民的时代，这些艺术家们又到哪里去了呢？这些唯艺术的作品又到哪里去了呢？

其实所指摘的工农兵的人民文艺书籍，其中所描写的人物并不只是工人、农民、兵士，那里有开明士绅与恶霸地主，有小商人、狗腿子，也有在改造过程中的知识分子与旧知识分子。还有资本家、汉奸、军阀，也有破鞋、二流子，因为仅仅工人或农民是不能构成这个时代的斗争的现实的。不过这里面的大地主、官僚、资产阶级老爷们，以及他们的儿女们都是穿着血淋淋的绸衣，外貌既不好看，心灵更为可鄙，这种不合旧传统的写法，总不会全如人意。这与看旧戏的观众，忽然看见正德皇帝不是一个潇洒漂亮的五绺长须的美男子，而成了一个鼻子上画白的吊膀子的小丑时，心里总不愉快一样，甚至倒恨起那位朴朴素素端端正正干干净净地开小饭馆的李小二来。皇帝本来不一定比开饭馆的人长得漂亮，皇帝的品德当然比一个穷老百姓差很多，皇帝的倚势凌人，调笑妇女就是流氓行为，怎么能把一个流氓写得好看，要观众去同情他呢？本来这就是统治阶级的艺术，用来欺骗人民的。那趣味原来就很低的。在旧社会里，每当这戏演到他调戏李凤姐时说道："大爷就爱的这个调调儿"，台下的那些与他有同样恶劣趣味的观众就大笑起来，这实在是使人恶心的。如果给他来一个白鼻子，还他流氓的本色，他再说时，在观众的笑声里就会有另一种感觉，观众就会说看你这个流氓装腔作势！所以今天的文艺也是要给历史、给现实一个本来面貌，尽管有极少数的人不习惯，或者反感，不要紧，那是少数。慢慢地也会有改变的。

知识分子的改造，要求进步，哪里只能靠以知识分子为主人公的书籍呢？中国进步的文艺青年在文学上所受的影响，是屠格涅夫的《罗亭》《父与子》多呢，还是高尔基的《母亲》或者《铁流》与《毁灭》多呢？鲁迅对于中国的文艺青年的教育是大的，但在他的作品中只有很少数是描写知识分子的。知识分子要求得到改造，需要很多马列主义的理论知识与生活的实践，每个人都必须走自己的一条路。工农兵的文艺，向知识分子展开了一个广阔的世界，对知识分子正是很需要的。其中所描写的英雄人物，对自己的缺点正是一个很好的教育。为什么要嫌这些书太多，说为工农兵太多，为知识分子太少，说忽略了知识分子呢？其实不只为工农兵，就是为知识分子，这样的书也只有太少的！

喜欢看《金粉世家》这一类书的，现在的确难得找到书读了。但是喜欢看巴金的书的读者，只要稍稍跳跃一下，不要管二少爷、三少爷，以及他们的表妹从家中出走以后怎么样，就假定这些人已经完全找到了正确的道路，已经参加了革命，到了部队，到了农村，到了工厂，当了干部吧，看看这些人在实际生活中如何受锻炼吧。其实到了上海怎么样，也还是可以在过去的一些书中找到另外的答案的，不过我们何必一定要经过一些曲折的道路，而不直截了当地跨到现在的时代呢！

我也承认在现在的各种文艺书中，描写知识分子转变是少的，以知识分子为主人公来写可歌可泣的故事的书是少的，但这也的确因为一个知识分子在动荡时代中的一些摇摆，一些斗争，比起工农兵的战斗来，的确是显得单薄无力得多。知识分子在这样庞大的作为人民主体的工农兵队伍里面就不觉得自己有什么值得表扬了。假如有一个真真改造好了的知识分子，作家们又把他当一个干部，一个无产阶级的战士来出现了，因此像过去的那些又漂亮，又多情，又有表哥表妹，又有朋友又需要找出路，又无路可走，那么充满了所谓知识分子的倜傥风流的情调实在太少了！

我也承认，今天以劳动人民为主体的，写新人物的这些作品，还不是很成熟的，作者对于他所喜欢的新人物，还没有古典文学对于贵族生活描写得细致入微，这里找不到巴尔扎克，也没有托尔斯泰。甚至对于这些新的人物虽然显出了崇高的爱，却还不能把这些人物很好地形象起来，给读者以很深的印象；也还不能把一些伟大的事变写得更有组织、有气氛，甚至不如过去一个时期知识分子写知识分子的苦闷那么深刻。这是今天在文学作品方面的不够，应该承认，也许这是遭受指摘的最大的理由，这个缺点应尽可能快地克服。但我以为这是必然的，因为一切是新的，当文艺工作者更能熟悉与掌握这些新的内容与形式时，慢慢就会使人满意起来。我希望读者们不要强调这个缺点，因为强调了只有增加你的成见，加深你对于新事物与新文艺的距离。让我们不要留恋过去。一件绣花的龙袍是好看的，是艺术品，我们却只能在展览会展览，但一件结实的粗布衣却对于广大的没有衣穿的人有用。我们会慢慢提高我们布的质量，并使它裁剪适宜，缝工精致，我们要使我们将来的衣服美丽，但那件龙袍，不管怎样绣得好，却只能挂在墙上作为展品了。让我们为爱护新文艺的成长而努力，我们应该在爱护之下来批评，却不是排斥，不是装着同情的外貌而存心排斥。我们对这些热心的读者也是非常放心的，因为他们是要求进步的，他们又已经置身于新社会里，新社会的各种生活，会从各方面帮助他放弃一些旧观点的，他们会一天天更接近人民群众，会一天天更理解人民文艺，甚至他们不久就会参加到这里面来，与大家完成这一新的创作时代。

一九五〇年

创作与生活*

最近我读到一篇文章，是马加写的《〈开不败的花朵〉小记》，属于创作经验一类的文章。这是一篇好文章。因为他对生活与创作的关系有所说明，从他的经验中可以给我们一些东西，可以从他的经验中得到一些问题的解释[①]。现在不妨借重它一下，来作为我与一些搞创作的朋友们的学习资料。

创作要有生活，没有生活就不能创作，这是谁也知道的。生活本身，尤其是人民的斗争的生活，它本身常常就是一首最美的诗，这也是事实。但如何把生活变为文艺作品，把生活中的诗变为文艺的诗，这里就有很多讲究了。我们常常听到有人说，我有了很多生活，就是不会写；或者说我的生活已经写完了；很多人又说，我要生活一下去，或这是我的生活经验等等。这些话都说得没有什么不对，可是这都只说了生活的一面，仅仅生活是不够的。就是能说“我已经同群众能打成一片了”，也不过说你生活的态度很好，但还不能解决创作的问题。作家如何在生活中得到思想，如何以丰富的生活来说明思想，如何使这思想形象化，去感动人，教育人，在人的脑子中放进些新的健康的东西，这是我们现在要学习的。

我们看马加的这一篇文章吧。他开始就说他在一九四六年从张家

---

* 本文是在中央戏剧学院讲话中的一段，初刊于《文艺报》第三卷第一期，1950 年 10 月 25 日出刊，署名丁玲。收入《丁玲全集》第 7 卷。

① 初刊本作“因为从他的经验中可以给我们一些东西，可以从他的经验中得到一些问题的解释，他对生活与创作的关系有所说明”。

口回到东北去，要走过蒙古草原，要通过封锁线，这段行军当然是一种生活。他在投入这种生活之前，并不是专门有心要经历这一趟生活；不是为了去“生活一下”，而只是组织上有了这个决定，他为了完成任务，需要走过一段路，他就这样投入了生活[①]。

投入这种生活以后，他自己对这段生活有浓厚的感情。他说：“……到哈尔滨东北局去，只有通过东科尔沁大草原，这大草原一望无边，我乍回到东北来，真觉得海阔天空，对于祖国（故乡）的土地、人民、天空、一棵草、一朵花，都有着无限的新鲜感情……”展开在作者面前的生活，作者与它是融合无间的。他心里有所感触，他对它不是采取参观的态度，不是什么生活一下，准备写作。也不像我们平常上街逛马路，走了一趟，毫无所获，看到过房屋、树木、电线杆，以为老早就有了的，所以视而不见，不曾发现什么新东西，也不曾发现什么好东西，只是无动于衷。

在生活中，即使是在极平凡的生活中，作家一定要看见旁人能见到的东西，还要看见旁人看不见的东西。常常听到有人告诉我：“这个材料很好，你可以写一篇文章。”每当这种时候，我只能沉默。这个材料既然人人都说好，那一定是真的；可是这个材料还不能成为我的，要成为我的，那只有当我熟悉它，而且从其中发现了真理，这个真理是普遍的真理，却又是我把它和生活有了联系的。

马加不只是对草原有感情，而且他发现了人物，他对于他的同伴们“差不多全是从华北来的八路军老同志”发生了感情，尤其是：“里面有一个年纪最大的人……作风朴素，态度严肃，在他的性格上有一种真诚的东西，使人感到可亲可敬。他的名字叫王耀东……”作者是非常愉快的，在他生活中充满了乐观，仅仅只有这种情况，作者有了一些生活的印象，因为这点印象，而有了较深的感受，再加以想象，也许能够写出一些诗来，但这点印象总是单薄的，还不能说明什么。

① 初刊本作“他就是这样掉入了生活里去”。

可是马加他们这一行，却发生了变化，遇到了战斗，他最爱的人物在战斗中牺牲了。他是为了整个干部队安全到达东北，完成党给他的任务，把自己牺牲了的。这就在马加的生命中，留下了一个不可磨灭的印象，成为永恒的记忆了。

这一段生活，在作者说来，是一个动人的经历，从创作来说是段素材。这一段经历在作家的生活的仓库中储藏下来了，他随时可以记录它，写成记录文章，它可以成为长篇小说中的一段；它也可以被写成短篇小说，写成诗；或者与以前的某一素材融合，或者以后来生活加以补充而写成另一作品。总之这个经历是有用的，但不要把它当一段死的材料来看，材料必须经过许多变化，才能成为成品。从棉花到火药是走过很长的一段路的。

假使作家对他经历过的生活，只单纯地感到有趣，感到可以写篇小说，那是可以动笔的。作者还不妨写上些“伟大”，或是怎样的“感动”“激动”等形容词，这会使人知道有这件事，这件事很不差，但不会使读者的感情与你有什么联系，与你所写的动人的情节有什么联系。把生活记录下来要记得好，固不容易，但要使读者觉得你这不是记录，觉得这是诗却更不容易。所以作者一定要对生活经过酝酿、研究、分析、总结，才能将自然形态的艺术加工、提高，进入到创作过程。现在有些人对生活常采取猎奇的态度，听到什么新鲜事情，就赶忙去抢，以为这就可以写一本不朽的书了。是的，故事有趣，会吸引读者，突出的故事也会比较容易写得突出，但主要要研究故事的本质的精神方面，而不是把一些生活细节描写得奇奇怪怪。比如郭俊卿是一个了不起的英雄，她的了不起的地方，是她的意志特别坚强。她开始要为她父亲报仇，后来又将这仇恨扩大为阶级的仇恨，所以她在部队能与男子同样吃苦、打仗，她在战斗中，在最艰难的条件下完成了党给的任务。我以为她所以能战胜环境，主要是由于她比旁人更能吃苦，和她政治上的飞跃的进步。但有些人却喜欢研究她日常生活的细节，描写她如何女扮男装，如何逃避别人的耳目。她能教育人的地方，是她的英雄思想、精神、意志，却不是那些生活的技术。我们以后并不需要女扮男装，并不需要那些技术，而是需要学习她的勇敢、无畏、坚强[①]！

作家对于一段生活，对于他全部接触到的生活，要经常拿来推敲，不仅是留恋，而是念念不忘地能从其中发现问题，得到一种真理，一种思想，一种见解。在这方面，马加的经验也告诉了我们。他说："我到东北局后，分配在北满乡下作群众工作，一有空闲，我常常问我自己：我为什么能够在这里工作？我们干部队为什么能够通过蒙古草原，胜利地到达东北局，这不是一件容易的事。"他思索它，他得到了。他接着说："首先，我觉得我们干部队是有组织性的。发挥了组织作用，组织就是一种力量，一种胜利的源泉。其次是领导的才能，像曹团长这样的同志，战斗经验丰富，指挥机动灵活，又联系群众，有气魄，有决心，才能粉碎敌人的进攻，突围出去。全体同志呢？在党和人民事业的面前，都有着充分的信心。尤其是王耀东同志，他的英雄气概和他自我牺牲的精神，取得了胜利[②]。"马加是由于感到这个队伍有组织，同志们好，领导好，他体会并理解了这种强烈的政治感情，才企图把它表现出来，写成小说的。这和一些作者从概念出发不同；马加是由于一种生活感动了他，他爱这种生活，拥护、赞成、了解、总结，懂得了这种生活，这时候才写作的。这种创作动机是好的。

接着，马加又谈到：他写这篇东西，感觉有容易的地方，也有困难的地方。容易的是对这一段生活熟悉，自己亲身经历过，子弹落在身边，迷路时有老乡指引，这些回忆起来都犹在目前。他能抓住那情景，人物的形象，他被生活中的一切和他所想象的一切激发起写作的热情。但他也感到难写。因为作品不只是写一段经历，而是要经过自己思考，要写自己的思想与见解，这是一种人生见解、政治见解，是

① 初刊本作"坚强和她的气派"。

② 初刊本作"给了我极大的教育"。

不简单的。要通过这段生活来描写新的英雄人物，新的道德品质，新的爱国主义情绪。他说，“我苦心琢磨着，我怎样给蒙古草原一种新鲜喜悦的感觉，我怎样给英雄人物一种觉醒的灵魂。”这时，他感到自己的政治本钱少，艺术本钱也少，这就是还没有成熟。直到四年之后，东北开文代大会，由于一种思想的启示，才下决心写。

可惜，马加没有告诉我们是种什么思想启示，也许是可以说得清的，他忘记说了，也许是不易说清，他就省略了。但我们可以懂得的。我们也曾经有过这种经验，我们脑子里有些问题，成天去想，也没得到解决，甚至有时我们想不通了，麻木了，搁在那里了。不知什么时候，因为旁的问题，忽然把这些问题都一起兜了上来，甚至把没有联系的问题也联系了起来，而且什么都活了，好像陡地聪明了，一切办法都来了。好像许多条细流原来都堵塞在一道，只要有了一个恰好的缺口，水就畅流了起来。也好像得了一把钥匙，它把我们的房门都打开了。这多么喜悦呵！有了这样透明的思想，不就是有了所谓创作的灵感么？灵感不是神秘的东西，如果没有思想与生活，如果没有平素就有的创作的准备，这灵感是不会有的。有些人把一个冲动，就叫着灵感，我想那是靠不住的。

懂得了上边的道理，就懂得了从一个主题框框，到生活中去寻取合乎框框的材料的创作方法，是不容易提高，不容易达到理想的。比如为着要写一个二流子，才去找二流子典型，为着要写英雄才去找英雄，那么二流子和英雄都是干瘪的，不动人的。再比如要写一个工人，就去找工人谈，谈了很多过去受压迫的生活，又谈解放了怎样好。因为你过去对工人生活，对工人在中国社会政治关系经济关系和斗争情况的知识不丰富，便很满足那听来的一点点经历，便赶忙填入预先拟好的框框，实际那些生活，你不去找也可以从新闻报纸中，从一些记录中得到的，这几乎是人人都知道的事，人人都能看见的事。这种书有一本是好的，但不需要太多。这同批评家不从作品出发，只从自己的理论框框出发去批评，按照自己的要求去找作品中的优点和缺点写出来的批评文章一样，有一篇，就够了。[①]

用框框去找材料还有一个毛病，就是容易有片面性。比如为着要写一个官僚主义典型，于是就去找许多官僚主义，把它加起来，这样这典型就会过分。这个地方有这样的官僚主义，那个地方有那样的官僚主义，各有其产生的原因、条件，是不能相加的。如果我们不懂得各种官僚主义产生的主客观原因，不懂得最普遍的官僚主义，从何来，怎样去，只知道材料越多越好，这就会把环境条件，群众和领导都放在不适当的位子的。

用框框去找材料只有一种情形是可以写作的，那是指先有了一个主题思想，然后整理作家原有的生活，并且重去生活一下，以便提起他旧有的情感的回忆，和加深他的感受，并且追求对于这生活的新的完美的认识。

今天我们的生活与创作的经验，尤其是自己思想的修养不够的时候，常常为着完成任务不得不临时去找材料写点东西，那怎么样呢？我说，那还是去找去写。去找有一个好处，就是接触些新的东西，让自己接触面广些，可以给自己增长知识；去写也有一个好处，这是练习（当然也完成了一部分当前的任务）。但这只能当积累下来的经验（这于你的修养会有一些好处），如果把它当作一个创作方法，老是这样，以为这是一条很容易的路，那么，同志，错了！

生活情形，实际有许多地方是一样的。比如我们下乡搞土改工作[②]，步骤、办法、问题有很多都是一样。因为许多事都是我们开过会，照会上决定去进行的。我读过一篇小说叫《韩营半月记》（连载在二至四月份的《光明日报》上），我读到时想笑，因为那个村土改的一般情况同我那时搞土改的村子一个样。我们也开过那几种会，也有那些问

① 初刊本此处还有如下内容："就是说让他写一篇要些什么的文章，这样作家就好照着他的意见去写，而且他也只要有一篇正合他意思的作品就够了。"全集本删除。

② 初刊本作"比如我们在华大下乡搞土改工作"。

题，同我所知道的我们那个区的其他二十七个村子一个样。作者把什么都记录了，但除了与我们一样的表面情形以外，我找不到作家自己所发现的东西，是我没发现，是我发现不深的东西；或者因为他的发现启发了我，使我看见了我过去不曾看见的东西，没有。我觉得这本书是一个生活记录，如果给对土改毫无经验的人看，会给他们一些起码的生活知识，对他们是有好处的，但就我说这样的书有一本就够了。这里面是找不到所谓诗的东西，文学的东西，找不到创作。

马加对于这一段生活，是很喜爱地积攒下来了，放在那里随时可用，随时有用。但把它放在那里是要它活起来，他不想记流水账。他说："故事和人物，大半是现成的。我不愿意受真人真事的限制，做了一番剪裁，我企图把它写成一篇小说，不是一篇流水账。"

他是写一段材料，一段生活，或是一个思想呢，他答应得很好："我要尽量做到真实，这真实到底是什么呢？就是我理解的真实，和我应该表现的真实。"从这里也可以看出生活与思想的关系。

对生活是有各种看法和各种感受的，举个例来说：热闹的大街上忽然出现了两个奇装的女子，很多人围拢去看，这是西南少数民族来北京参观的两个苗族妇女。围拢去看的人，有的人觉得好看，有的人觉得不好看；有的瞧不起她们，有的人觉得稀奇有趣；有的人羡慕她们来北京受招待，有人看到她们想到民族问题，想到毛主席；有的人就更去体味这两个妇女走在大街上的喜悦的感觉，和所有苗族今天自由平等的新生活，有人就更联想起她们美丽的歌："……跟着毛主席走，我们有吃有穿，变得白胖胖，像泉水一般清清爽爽，像珠子一样的圆亮。"这些说明各人怎样去看生活，与生活给了他们什么，当然这是一个最简单的例子。但这是可以创作的，假如把自己所有对苗族的了解，在这基础上加以想象，并且欣赏这个想象，那么就写几行吐出自己由苗族妇女而引起的情感。写得好，就能是一首好诗。但如果别的条件缺乏，只凭一点生活现象，那是写不好的。

这样又会有人问了："在生活中如何才能发现生活，发现真理，发现生活的诗？”我说这的确不是一天可以学到，也不是可以传授的。每个人的政治理论修养，社会知识，文学感情，人生态度以及个人的品质不同，看待生活的深度和广度不同。这样一说，好像是毫无办法了。不然，也还有起码的几点可以说一说。我想，第一，对生活的态度应该严肃诚恳老实，不是嬉皮笑脸，油腔滑调，投机取巧。我们到群众中去，就是同他们一起办一件事，我们就要诚心把事办好。第二，对办的事，日常发生的事，不只要有责任感，而且要从政治方面发生浓厚的情感，这样就会发现一些新的东西，爱这些新的生长着的东西，即使它还很幼稚。第三，要防止自满的感觉和狭隘观念，自己的胸怀越大，越能接受新鲜事物。第四，稍有感受，便需研究，穷根究底，坚持不懈。最后我想郑重提出的，就是马列主义的理论学习。这句话，不知道说了多少年，人人都说，人人都感觉自己政策思想水平低；有些人读一点，大家马马虎虎读，实际并不十分有兴趣。这已经是我们痛苦的经验，没有理论，没有政策思想，是不能理解生活，消化生活的，即使有一点理解，也是片面的，零碎的感想，真是一知半解，似通非通，东鳞西爪，赶时髦地瞎抓一气。我们也努力了，我们也吃苦了，我们也只是创作上的事务主义。忙的确忙，成绩也有成绩，但不能提高自己，也不能提高别人。我劝朋友们，也劝我自己，我们好好地重新再读读这些书，联系实际，联系生活，替我们打一点思想方法、观察生活、批评生活的基础吧。

现在我就想到这些。至于完全属于创作的一些技术问题，原就不打算在这里提到，现在也就不说了。最后，我感谢马加同志，因为他的文章，使我想到了这些问题。

一九五〇年十月

作为一种倾向来看
——给萧也牧同志的一封信*

也牧同志：

两个月以前吧，我曾收到你给我的一封信，希望我约你一个时间来谈谈你的“创作”问题。这事我一直放在心上；可是当时有些事，接着我又离开北京到南方去了。等我回来，就看到报刊上对于你的创作已经展开了批评，听说你还有些苦闷。那么，我就更觉得我应该再仔细读读你的作品，向你有些建议才好。趁着我这几天还没有动手做别的工作，我便又读了你的《我们夫妇之间》《海河边上》《爱情》和长篇小说《锻炼》。

从什么地方说起呢？我想把时间拉回去一年，从去年的夏天说起吧。那时《我们夫妇之间》才发表不久，有人向我说这篇小说很获得一些称赞，很多青年人都喜欢。我就曾经和康濯同志说，这篇小说很虚伪，不好，应该告诉你，纠正这种倾向，不要上当。当时我知道康濯同志把我的意见，以及他自己的意见，告诉过你，不过没有引起你的重视。那时我们（我这说的是《文艺报》的几个编辑同志）还并不打算对你有所批评。我个人更不想在报纸上公开来批评你的作品。理由很简单，我那时还以为你的作品影响并不大，在我们所接触的范围里，就更明显；而且觉得对于你也需要鼓励多于批评。可是后来，慢

* 本文原载《文艺报》第四卷第八期，1951 年 8 月 10 日出刊，署名丁玲。收入《丁玲全集》第 7 卷。

慢地觉得情形不同了。你的作品，不只[1]在青年读者中有影响，我们也从另外一些作品中，看出这种倾向来。最明显的例子，是重庆《新华日报》上登载的卢耀武同志的《界限》。卢耀武同志那篇小说，描写一对共产党员夫妇，也是为了一些极平凡的琐事，极无原则性的琐事，在夫妇之间闹了一场风波，但作者却把那吵嘴也安排成为思想斗争和自我批评了。那篇文章，当时在重庆就受到批评。依我看，《界限》比起《我们夫妇之间》来，却老实多了。它的毛病，它对于干部的歪曲，对于现实生活的歪曲，都还是用比较直爽的表现方法，是容易看得出毛病来的。那时重庆方面，对这篇小说进行了严格的批评，却没有把你的作品联系起来讨论。但据最近我们收到重庆的来信说，那个时候，也讨论到《我们夫妇之间》了的，不过因为是北京刊物登载的作品，他们不愿随便发表意见。再后，你的这篇不好的作品，却被许多“专家”们欣赏了。你的作品，在某些地方有了更大的市场，在上海被搬上银幕，一个又一个（听说《锻炼》也曾有人想改为电影）。你的作品，已经被一部分人当作旗帜，来拥护一些东西和反对一些东西了。他们反对什么呢？那就是去年曾经听到一阵子的，说解放区的文艺太枯燥、没有感情、没有趣味、没有艺术等呼声中所反对的那些东西。至于拥护什么呢？那就是属于你的小说中所表现的和还不能完全包括在你的这篇小说之内的，一切属于你的作品的趣味，和更多的原来留在小市民、留在小资产阶级中的一些不好的趣味。这些东西，在前年文代会[2]时曾被坚持毛泽东的工农兵方向的口号压下去了，这两年来，他们正想复活，正在嚷叫；你的作品给了他们以空隙，他们就借你的作品而大发议论，大作文章。因此，这就不能说只是你个人的创作问题，而是使人在文艺界嗅出一种坏味道来，应当看成是一种文艺倾向的问题了。为了保卫人民的文艺（现实主义的文艺）在一种正常

① 初刊本作“的确不只”。

② 指第一次全国文学艺术工作者代表大会。

的情况下前进[①]，因此陈涌同志有了对你的批评。这是非常好的。当然，陈涌同志很谨慎，他的确还没有击中你的要害，但跟着，许多读者也对你有起批评来了，不管这些批评有没有说透彻，但热情地关心这些问题，这对于你，对于文艺批评工作，都是有好处的。因此，我更觉得有责任来发表点意见。我也不会说得很透彻，但希望于你，于问题，都有一点好处。如有不妥的地方，也愿提出来大家讨论。因此，我把这封信公开发表。

现在让我们直接谈作品本身吧。你是看过旧戏的，旧戏里，常常看得到有两个丑角，在台上出洋相，一个大丑角尽量戏弄一个小丑角，并以此去博得观众哈哈大笑，一直把小丑角的洋相出尽了，两个人才互相笑笑，来完结这场小噱头戏。《我们夫妇之间》，实际就是这种情形。你先替李克同志在鼻子上擦了一些白。李克一出场，就不正派，是一个坏知识分子，而且作者还在那里敲着小锣，叫道："看呀，这小子真不像人呀，他一听到爵士音乐就发松了呀！你们看他那么得意呀！"这个李克，跳了一阵加官之后，在他后边出场的，却是工农出身的张同志，张同志从始至终，是被幕后的导演（作者）和大丑角李克奚落够了的。有些地方，好像是在说她好，说她坚定，说她倔强；但这种地方，实际又是在说她缺少文化，窄狭，无知，粗鲁。譬如写她在刚进城时，骂那些爱打扮的女人，后来却又说她并不是那样固执的，她已经在某些观点上和生活方式上有了改变。什么改变呢？"她在小市上也买了一双旧皮鞋，逢是集会、游行的时候就穿上了！回来，又赶忙脱了，很小心地藏到床底下的一个小木匣里……"作者这样形容她还不够，还必得让李克说一句风凉话："女同志到底是爱漂亮的呵！"再如这位女同志，一边正经地在说："同志！狭隘的保守观点要不得！"这好像也是在表扬她，可是那个鼻子擦了粉的大丑角李

① 初刊本作"为了保卫人民的文艺，现实主义的文艺，在一种正常的情况下前进"。

克，就在旁边说："哈哈！她又学了一套新理论啦！"这种手法，从作品开头，一直到末尾，到处都是，把这个工农出身的女干部形容一顿。陈涌同志所引过的那一段，也是一个很好的例子。凡是形容她的时候，都很具体、形象、生动，一写到她"好"的时候，作者也好，李克也好，总要在旁边插科打诨地嚷道："嘿，看呀，她居然会这样说了，她进步了呀，她呱呱叫呀。"一直到最后，当把这个女主角出够了洋相之后，还要让人哭笑不得地来这样一个镜头："她说完了，叹了口气，把头靠到我的胸前，半仰着脸问我……我为她那诚恳的深挚的态度感动了！我的心又突突地发跳了！我向四面一望，……微风拂着她那蓬松的额发，她闭着眼睛……我忽然发现她怎样变得那样美丽了啊！我不自觉地俯下脸去，吻着她的脸……"

一般的趣剧，我们是不反对的，丑角戏也不反对，旧戏里常有借丑角来说出许多旁人不敢说出的真理。所以如同相声之类，我们今天还是欢迎的；只要真正能严肃地对待它，就可以产生好的讽刺文学。但《我们夫妇之间》又不是这种形式，它俨然在那里指点人们应当如何改造思想，如何走上工农分子与知识分子结合的典型道路。它表面上好像是在说李克不好，需要反省，他的妻子——老干部，是坚定的，好的，但结果作者还是肯定了李克，而反省的，被李克所"改造"过来的，倒是工农出身的女干部张同志。所以，当我第一次读这篇小说，和最近再读的时候，最使我不愉快的，就是这种虚伪的地方（《锻炼》也使人同样有这种感觉）。

李克实际上是个很讨厌的知识分子。他最使人讨厌的地方，倒不是他有一些知识分子爱吃点好的，好抽烟，或喜欢听爵士音乐的坏习气，或是其他一般知识分子的缺点。最使人讨厌的是：他高高在上地欣赏他的老婆的优点哪，缺点哪，或者假装出来的什么诚恳地流泪了哪，感动了哪，或者硬着脖子，吊着嗓门向老婆歌颂几句在政治上我是远不如你哪，或者就又像一个高贵的人儿一样，在讽刺完了以后，又俯下头去，吻着她的脸哪……李克最使人讨厌的地方，就是他装出一个高明的样子，嬉皮笑脸来玩弄他的老婆——一个工农出身的革命干部。但假如你要责备他的时候，作者萧也牧又会跑出来说："我是说李克不行，他还需要很大的改造，我并不是当一个肯定的人物来写的。"也牧同志！在这里，也许你是真心地想对李克有所批评，但事实上，你却的确是巧妙[①]地玩了一个花头！你这篇穿着工农兵衣服，而实际是歪曲嘲弄工农兵的小说，却因为制服穿得很像样而骗过了一些年轻的单纯的知识分子，迎合了一群小市民的低级趣味。这种迎合，我觉得你个人也应负责，应该早就有所警惕的。

什么是小市民低级趣味？就是他们喜欢把一切严肃的问题，都给它趣味化，一切严肃的、政治的、思想的问题，都被他们在轻轻松松嬉皮笑脸中取消了。他们对一切新鲜事物感受倒是敏快的。不过不管是怎样新的事物，他们都一视同仁地化在他们那个旧趣味的炉子里了。

工农出身的革命女干部，我们也见过的，其中的典型人物是不少的。如李凤莲同志吧，她就是一个挨打受气的童养媳出身，参加革命后做女工，由于她的阶级觉悟，当了工作模范，劳动英雄。她从偏僻的山沟里，到了大城市哈尔滨、沈阳、北京；解放沈阳时，她在工厂里做军代表。城市给她的印象，一点也不是对于一些细小生活上的反感，而是在强烈的主人翁的感觉中，使她兴奋。她学习了党的城市政策，她的责任感促使她如饥似渴地去学习许多新鲜而复杂的事物。因此，她在同志之间，是彬彬有礼，诚恳谦虚。在工作方面，决不退却。我同她在东北时住在一块儿，出国时又在一道，哪里会是像你所描写的那么一个雌老虎似的泼妇样子呢？你怎么能把当作典型来写的一个工农出身的女干部，写成是偷了丈夫的稿费往家中寄钱的呢！所以说，你所描写的人物，在表面上你替她们打扮了一下，但这种打扮不过为的是出乖卖丑。因此说你是不喜欢这个工农出身的女干部的，并不过分。你如果真的爱这种人，你就应该去写李凤莲、李秀真、戎冠秀、

① 初刊本作"很能干"。

刘胡兰这一类的人，你就会写一些真真可爱的人。当然，你可以正面批评她们某些缺点，只要你是严肃的，真真从心里尊敬这些人。或者你的确看见过像你所描写的这种无修养的工农分子，你并不爱她，并不喜欢这种极不典型的个别分子，那么你为什么要写她呢？为什么又要把她装扮起来，给她插上正确的革命干部的旗子，出她的洋相呢？

再说你所欣赏的李克同志吧。李克也完全不是老解放区的知识分子的典型。他一点都不像是经过抗日战争、解放战争的知识分子出身的干部。如果解放区的知识分子出身的干部，至今还像李克同志那样有这种趣味和情调，那么就不能说明解放区的政府、共产党、毛主席对他们的苦心教育。解放区的知识分子，大部分都有过很好的改造，成了优秀的劳动人民的战士，小部分虽还残留着一些弱点，但基本上也不是李克同志那样的了。李克完全只像一个假装改造过，却又原形毕露的洋场少年。也牧同志，你为什么要欣赏这样一个人物，而且还拿他作为今天知识青年的指路标呢？你在晋察冀边区住过不少年，也做过群众工作，经过各种锻炼，为什么一到北京就又让李克这样的人物在你的作品中洋洋得意呢？仅仅为了这点，我也很替你难过。

因为你首先攫取的人物不对头，而又只是描写一些夫妇之间的生活细节，所以与你企图说明的主题——知识分子与工农干部结合的问题——就成为很不恰当的了。要写这样的主题，材料是很多的，你为什么偏要写这样一对夫妇呢？我想这是同你所熟悉的，作为你小说人物的模特儿的一对夫妇有关的。那我要问你，你对于你所采用的模特儿真的觉得是工农结合的典型吗？那不会是的。如果说你真对这模特儿感觉兴趣的话，那也只不过因为你是太同情、太喜欢那男主人公李克罢了。

原封不动的或动得非常少的小资产阶级的知识分子，他总是不甘寂寞的。他也革命，但如果他在广大的工农兵队伍里找不到群众时，他就又要回到小资产阶级的行伍里去找群众了。或者，他在工农兵队伍中做个不十分为人注意的战士感觉艰苦时，他也就容易驾轻就熟地回到小资产阶级中去出风头。也牧同志，你是有人民的读者的，你过去的一些短篇散文，就有过一些读者，我曾是你的一个读者，在阜平抬头湾时我曾把这个意见告诉过你。你应该不放弃这些读者，而要教育那些比较讲求趣味的读者，却不是迎合他们。他们向你唱的赞歌，虽说好听，可是你不应该就被蒙蔽呀。我记得，康濯同志在这点上，也曾向你进过忠言。

在我们的作家中，文艺写作者当中，的确还有人往往只看见生活中的缺点。他天天希望自己能写出伟大作品，然而却看不见伟大人物的伟大的生活变革。他只在繁琐的生活中找缺点，而且还喜欢将自己的色调涂上去。我们的读者中，目前也还有一些喜欢看缺点的人，他们也说喜欢工农兵，喜欢劳动模范、战斗英雄，喜欢革命干部。但是你写得好了，他们说不现实，不亲切，你一写缺点，其实是歪曲现实，他们就大加赞赏，说这个不公式化，有“人情味”。这些人好像也很关心文艺，却只是站在他们的旧观点旧趣味上来“欣赏”文艺。也许他们别的方面都很“革命”了，制服穿得挺好，然而就是这种“艺术的欣赏”，却还没有改变。如果这只是个人的欣赏，也就算了，他可以在故纸堆中去找安慰的；但事情不是这样简单，在这部分人中间，有的却要来争取群众，争取思想领导。因此他必定得宣传些什么，鼓吹些什么，宣传那些抽象的、没有阶级观点的所谓“艺术性”“技巧”“人情味”“文艺也可以为小资产阶级”；反对些什么呢，反对他们所认为的枯燥、单调、粗糙。他们绝不能说工农兵不好，只会说工农兵长相不好，没有文化，可笑，还有许多缺点，还应该有自我批评。他们也不能说他们自己就好，只说像他们那个样子，像《我们夫妇之间》那个样子，才是典型的工农兵。这些，正就是毛主席所说的：“小资产阶级出身的人们总是经过种种方法，也经过文学艺术的方法顽强地表现他们自己，宣传他们自己的主张，要求人们按照小资产阶级知识分子的面貌来改造党，改造世界。”我们老早读过这些话，也懂得，可是我们在这种倾向面前，却缺少警惕，讲究朋友关系，爱面子，怕得罪人，无原则的团结，大家不说。有些人自己也弄糊涂了，跟着喊“我们主要的问题是技巧”；更有些人回复到原来的地位上去了，看见自己还有那么几个穿是很漂亮的油头粉面的“群众”，倒很得意咧。

也牧同志，我一口气同你谈这许多，只在想帮助你思考你的作品的问题。你是有写作能力的，希望你老老实实地站在党的立场，站在人民的立场，思索你创作上的缺点，到底是在哪里。群众的眼睛是亮的，就是那些曾属于你的读者，也会有些变化的，尤其是知识青年，他们在很快地进步着，他们很快就会丢开你，而且很快就会知道来批判你的。只要你想通了你的错误，的确老老实实地努力改造自己，相信你可以写出好作品来。你过去的一段生活，并不白废，而且只要加以正确的利用，就还是可以产生利息的。我诚恳地希望你不要轻飘飘地来看待文艺界同志们对于你的批评。

敬礼！

一九五一年七月

谈新事物*

我想先讲两个故事给大家听听。这两个故事我也是听来的，不过又加上一点，大家听听看怎么样。①

有这么三个记者，听说有一个用降落伞着陆的女飞机师，说去看看，采访采访吧。三个记者同那个女飞机师谈了一会儿就出来了。第一个记者发表印象说："嘿，这个人好壮呀！"第二个记者也得了个印象，他说："这个人长得还漂亮。"第三个记者说："这个人看起来很像一个农村妇女，土包子嘛，她做飞机师，行吗？"三个人看了女飞机师出来，是三个样子，三种印象。他们后来看人家报纸上发表的文章，这个女飞机师是什么出身，怎么样学习，怎么样锻炼，怎么样成功了的，记载得很多。这三个记者奇怪得很，说为什么我们一点也不知道啊？这是一个故事。这个故事说明什么呢？这说明每一个人，碰见一件事情，看法是不一样的。所以有的人到生活里去能够拿到东西，有的人就拿不到。谁拿到了东西呢？是第四个记者，不是这三个人。这

---

* 本文为丁玲1952年8月19日在天津学生暑期文艺讲座上的讲话，初刊于《天津日报》1952年8月24日，署名丁玲。收入《丁玲全集》第7卷。

① 初刊本作"我们今天这个讲话很困难，虽说有扩音器，可是我们离得很远，我是高高在上。这高高在上就是使人难受啊！所以我就感觉得不舒服，我总觉得同你们站在一块儿比较自由多了！你们想听我讲演，当然也是想——我看还是想看的成分多一点（笑），这样远，又看不清楚。但是'既来之则安之'，已经来了，隔得这样远，又高高在上，我说我不讲咧，回去，不行啊？还得讲，那么我就讲什么东西哩？我想：先讲个故事给你们听一下，好不好？（鼓掌）"。

是一个故事。现在再讲第二个故事。

有这么两个学生，听先生讲《三国演义》，里面有个刘备，有个孔明。诸葛孔明是“赤胆忠心”，保汉室，保刘备。刘备死了以后，他的儿子怎样不行，孔明还是要保，要拥护他做皇帝。这个故事讲完了以后，两个学生发表意见，一个学生讲：“唉，还是当刘备好，当诸葛孔明没有味道。”再一想，又说：“诸葛孔明很怪，他为什么不把阿斗推翻自己做皇帝呢？”这是一个学生，这个学生是个官僚家庭的儿子，他是觉得世界上做皇帝最有味道，所以他说做刘备好。另外还有个学生，是买卖家的孩子，他听完故事怎么说呢？他说：“老师，老师，我请问你，刘备一个月拿多少钱给诸葛孔明啊，他那么给他卖劲？”他老师说：“这个我还不清楚咧。”这又是一个故事。从这两个故事看来，每一个人看一个问题听一个故事，有不同的想法，这个想法，这个看法从哪里来呢？就从他本人的思想意识来的。我们走到天津来，走到北京去，我们一到，都可以马上得个印象。这个印象谁同谁都不一样的。譬如有人描写北京，总是描写天坛怎么样伟大，北海怎样好，故宫怎样漂亮。这些东西是不是代表中国的文化呢？它是代表中国的文化。但是它代表什么时候的文化呢？代表我们过去的文化。这样一个文化是属于劳动人民的，因为没有劳动人民不能够修天坛，光有皇帝是不能够修的。可是[①]今天我们看见的北京，却是新的北京，除了这些古物之外，还有更重要的是我们人民的本质变了，提高了。

问题在哪里？就是要养成我们自己对很多事物的一个正确的看法。我们去看一个女航空员，为的是看她长得壮不壮，看她漂亮不漂亮，看她穿个红袜子还是白袜子吗？我们走过马路，马路上也有东西好看，马路上有百货商店，有什么铺子，也有人，也有……都有可看的。你看这样的东西时，你用一个什么看法去看它？得一个什么意见、印象、

① 初刊本作：“可是现在如果是真正了解北京的话，他是不写天坛的，因为这个东西已经是旧的，三十年前也有天坛，满清的时候就已经有了。”全集本删除。

概念在脑子里？先弄清这些，你才会有收获的。不只是看东西，看书也是这样子，看电影也是这样。我们有很多人，现在也很会看东西，意见也很多，也很会批评。昨天和一位同志谈起，说你们这里过去有不少学生很喜欢萧也牧的作品，他写了天津的海河边上，写了天津的女工。有很多年轻的知识分子一看就说，这本书很好，这本书有味道，里面有革命，有工人，有农民，又有生活，又有趣味。可是我那时候一看，就对萧也牧讲，你这个作品不好，要注意，如果发展下去，将来要犯错误的。为什么你要说好我要说不好呢？因为我们有两个观点、两个方法去看这本书。同时也就是说，我们有两个立场去看这本书。你为什么喜欢它呢？主要的并不是因为它里面写的有工人有农民，而是因为它有趣味。如果它没有趣味光是有工人有农民，你是不会喜欢它的。更因为它那个趣味，合乎你的趣味，所以你就喜欢它了，因此你那个立场是什么立场呢？是站在你个人的立场。

看一个东西，要站在什么样的立场呢？要站在人民的立场。看一个东西首先看它对人民有好处还是有坏处。这样看问题就不一样了，所以如果你首先不能改变你个人的立场，个人的兴趣，那么你看一切的东西，都是看不准确的。如果你的个人意识比较好一点，那就看得好一点，如果你的意识很顽固很旧，那就很坏了。所以首先要把自己的感情、趣味、思想完全符合于人民的要求，那么你看东西就很容易了。你看一个女航空员，不是首先看她的外貌是什么样子，而是看这一件事对新中国是很了不起的！我们妇女能同男子一样，什么事情都能够做，什么都是平等的，这是从来没有过的事情。因为她能够克服这样的困难，她将要鼓励我们千千万万年轻的人，这是对人民有好处的，你首先就要看这样的东西。要养成一种慢慢成为习惯的不脱离人民的立场，自己的趣味就是人民的要求，就是一个东西。那么我们看小说，看什么东西都不会错了。[①]

我们每天看书，看问题，碰见每件事情都要用自己脑子想一想的。我们脑子里怎么个想法呢？怎么能想得对呢？首先就是要想办法使自己的立场正确。每件事情拿来，就像猎狗一样的只要一闻，就知道这个味道对不对。不管它装饰得怎么好看、漂亮，如果里面的味道是腐蚀我们的，腐蚀我们思想的，这个东西就不好。我们就要养成这样一种政治上的敏感，一感觉不对，就排斥它。我们看一件东西，不是从形式上看，要看它里面的东西。先要看它对人民有益没益，然后再看这个东西完美不完美，究竟它对人民的益处有多么深，有多么大，然后我们再作进一步的研究。当进一步研究时，对这一件事情应该富有内行的知识，要没有知识，你就不能判定。为什么萧也牧的作品为很多人所喜欢，而又不能判定呢？有很多原因，一种原因是自己的趣味和他的趣味一样；另外一种是自己没有解放区的生活，没有对知识分子改造的理解，工农干部出身的人物的形象，自己没有看到过，以为大约就是这个样子，作者是老区来的嘛，他总不会写错的。这样子一来，就上他的当了。以为像书上写的这样就是我们今天所要求的改造后的知识分子，以为工农干部就是那个样子，还觉得他的文字很美，

① 初刊本此处作："就讲看《红楼梦》吧，过去我们很多人看它，并不想这本书写的什么东西，作家是什么思想，他不分析他怎么样写的好，他不分析。他主要的看，这里面有味道，姐姐妹妹的，林黛玉怎么样发脾气，他就老研究那些人的关系。这是因为他自己生活的圈子很狭小，很注意人的关系，人同人的那些家庭的、很琐碎的很小气的那些感情，所以他觉得这些东西，合他的味道。我接到一个读者的来信，因为我介绍一本书叫做《收获》，苏联的小说。他说：'我很不赞成你介绍这本书，这个书没有什么味道，完全写一个三角恋爱，你为什么喜欢呢？'他没看里面的问题，他没有看这样多的人物，在一个旧的落后的农场里，以什么样的方法，共产党在这里起什么样的作用，使这个农场从落后到前进。一个人要具有共产主义的思想、品格，才能够推动这样的农场，农民要丢弃狭隘的保守的思想，变成共产主义的思想。他不注意这一个本质的、基本的问题，他看到里面有一个恋爱的故事，他就说这是写三角恋爱的。这完全是一种"左"倾幼稚的看法。他自己实际了解的东西很少，他就喜欢注意这些个人的问题。"全集本删除。

描写得很好。究竟他所表现的，是现实的还是非现实的，真实的还是虚伪的，就不能够判定。

我们如果对苏联的生活一点了解也没有，人与人的关系一点也没有了解，那么我们也就没有能力批判苏联的东西。听说《幸福的生活》这样的电影，很多年轻的同志不喜欢看，说这里面胡闹，净写些男女恋爱，什么唱歌呀，不喜欢。因为我们对苏联的生活不了解。中国社会比较封建，人同人碰上了，一下不得熟，要慢慢地了解，要求他的思想对头，要求他的历史清楚，他过去没有什么反动的社会关系吧？现在没有什么问题吧？要求这样多的名堂，要很长时间才能了解一个人。在苏联就没有什么，都是苏维埃时代生长的青年，历史都是差不多的，没有什么很复杂的关系，他们一碰头就很好了，你是劳动者，我也是劳动者，你的知识和我的知识也差不多，在一块儿一碰，就很好嘛。而且这个电影主要是表现当时社会主义的建设，生活的幸福。这个生活不只是吃得好，穿得漂亮，这同我们中国情形就不一样了。现在我们如果有人穿得好一点，我们就会说:“咳，你看这个怪物啊！”你们同学中穿花洋布衣服的就很少，百货商店挂那么多的花衬衫你们就不穿，你们不敢穿，穿了怕人家批评你资产阶级思想，腐化。

生活不是为着贫穷，不是永远穿得不好，生活不是这个样子。革命就是为的要生活好，要打扮得漂亮，人人精神很愉快，都是那么干干净净的，走出来那么有精神，可爱得很；不只是这个样子，而且我们每个人要学文化，一个农民也要弹钢琴。听说现在因为要反对资产阶级思想，谁也不敢买钢琴了，钢琴生意不好得很。钢琴还是好听的，为什么我们不能弹呢？一弹钢琴就叫资产阶级思想吗？当然我们的情况有些不一样，一个人穿得特别好，我们也不赞成，为什么？都没有穿那么好，你一个人穿那么好干什么？我们的工人、农民，都还穿得不太好，我们这些为人民服务的人，就不能穿得太好，我们不这样做，这是对的。但我们不能按我们的生活情况要求苏联人。他们的生活好，钱多，为什么不能做一件漂亮一点的衣服穿？把钱放在那儿做个守财奴吗？他们的布匹多得很，丰衣足食，很好。你们看过《莫斯科性格》，就是专门讲究花洋布。现在很多花洋布是苏联来的，要使我们女同志都穿上漂亮花洋布，花洋布就要出得多。他们的生活提高了，并不稀奇。中国人民一向是艰苦斗争，革命环境，所以我们的生活一下子比人家太高是不好的。但是我们不能要求苏联人生活和我们一样。他们跳舞咧，唱歌咧，穿得真讲究，吃冰淇淋，看戏，为什么不可以呢？看戏也是文化娱乐呀！看电影，吃冰淇淋都很好嘛！因为不懂得苏联人民的生活，我们对苏联的一些电影作品就批评说：这个不好，那个不好，实际是我们并没有能力批判他们的东西。而我们还以为自己很高明，以为我们的立场很坚定，以为我们的思想很正确，以为我们的思想性很高，实际是很幼稚的。所以没有那种专门知识，就不能乱批评。

其次我讲，我们年轻的同志，有一些很好的东西，就是“年轻”，年轻和年老是不同的。我还不能算年老，但是和你们就不一样了，你们几个钟头晒在这里，我就觉得这个事情不行。我要和你们比赛，有很多东西是赛你们不赢的，要跑路我跑你们不赢，晒太阳也晒你们不赢，也容易疲倦。年轻一代是一定要赶到前面去的，一定要走到前一代的前面去的，如果年轻的不跑到前面去，那就是个错误了。我们就跑在我们上一代的前面了，你们还要跑过去。[①]青年人容易看见新鲜东西，他自己就富有新鲜东西，但是也不是所有青年人都能看见新鲜的东西，有很多人看不见东西，有很多的青年虽然看见了新鲜东西，但是看见了以后并没有发现新鲜的东西可爱，并不爱它，这种人也是很

① 初刊本作：“这个事情，我就明明知道，今天是我站在这儿讲给你们听，实际很快你们就要跑到我的前面去，要从我的头上跨过去的。不过我这个人也是有一点不大服老的人，我说你们跑吧，我总不掉队。有的人年纪大一点咧，就说算了吧跑不动了，掉在后面坐一下，休息一下吧！年轻人是不愿意休息的，他不愿意掉队的，他一直向前跑，只要前面还有人，他就一直跑去的，就跟你们赛跑一样，总想上前面得锦标，这就是年轻人的好处了。”全集本删除。

多的。

所以第二，我想讲一下，怎么样才能发现新鲜事物。发现新鲜的东西，真真的新鲜东西，是不容易的。现在有好多人都讲要写新鲜事物，要描写新英雄人物，可是我们很少看见有人写新的，而有的地方有了新的东西我们又看不见，所以我想讲一讲这个。

首先，应当把我们的感情放在新生的方面，不要放在死亡的方面。我们的感情同新生的东西的感情要是一致的，一道的；而不同情、不可怜将死亡的东西。也可以讲一两件事给你们听。北大是最好的学校吧？北大的学生反映一个情况给我听。他说有一个同学喜欢一本小说，喜欢那个故事。那小说我忘记是什么人写的了。大概是一篇翻译小说。写一个爵爷，一个很大的官僚地主，这个老头有一个女儿，他们是很封建的。他家里有个农奴的儿子，当差人的儿子，这当差人的儿子没有事的时候就被他的主人喊来，让念小说给他听。这个主人老得很厉害了，就坐在那儿等死了，他又不死，他还活着，日子又很长，又不得玩，不愿意打球，也不愿意运动，也不愿意看戏，什么都不愿意，就坐在家里，晚上让当差的儿子念小说混时间。念着念着这老头就睡着了。这老头的女儿平常也不能交际，不能出去，也陪着她父亲听小说，可是不能同念书的这个男孩子讲话，因为一个是小姐，一个是农奴的儿子，是两个阶级。可是老头睡着的时候，他们两人虽说不讲话，总是你看看我我看看你，因为封建的关系，这一看，就看出问题来了。有的时候，老头不知道的时候，半夜晚上，这个女儿就从楼上下来，走在楼梯边上，楼梯边有门，她不能出去；那当差的儿子就走上来，也走到这楼梯边，两个人就在乌黑乌黑的没有灯的楼梯上，一个人的手伸下来，一个人的手伸上去，表示他们是恋爱了。有一天，当差的儿子，就到女儿的房里去了，因为怕老头知道，不敢点灯，走路不方便，哐当一声，不知把桌子上什么东西摔到地下了。那老头睡在女儿的楼下，被声音惊醒了就问，女儿说了声有贼，老头上楼来了。当差的儿子怎么办呢？就拿出一把刀子来，这把刀子是很久以前，他送给这女儿的，他不准女儿看，准备万一有事就用的，这时候他拿刀子把自己刺死了。死的时候他告诉女儿："你呀，你告诉你父亲说：我是来强奸你的，因为被发觉了所以自杀了。"这个悲剧是封建社会造成的，这样的故事是已经过时了的，已经是死了好多年的故事了，这两个人也死了，这儿子死了，女儿也死了。现在新的婚姻法颁布以后，中国大概不会有这样的事了，这完全是过去了好多年的事情。可是，这样的小说，却被现代的青年看到了，也许是青年团员，也许是什么进步分子，也许不是进步分子，总而言之是个青年，穿的是一九五二年的衬衫。但是他呢，却喜欢这小说，喜欢地说："只有这样的生活和这样的爱情，才是永恒的爱情。永恒的！世界可以完了，我们地球不定哪一天和彗星一碰就毁灭了，也许我们这地球碰到别的星球，也完了，世界可以毁灭的，但这样的爱情是永恒的，是永远存在的。"你们想这事就很滑稽了，那天他们讲给我听，我就觉得滑稽得很！我说：这个人穿着一九五二年的衬衫，天天上课，学校给他上马克思列宁主义，学校开群众大会宣传反贪污、反浪费、反官僚主义，可是他的脑子呢，他那个感情呢，却是几百年以前的！我说，这最好请一个画家，画一幅画，不能画油画，也不能画水彩画。只能画漫画，滑稽画，在《人民日报》摆一摆。我这样讲你们也觉得很好笑，不只是北大的同学有这样的情形，我看到清华同学的笔记本，个别人也有这种情形。当然我讲的只是个别的，不是所有的，要是所有的青年都这样的话，那我们就糟糕了，我们的教育就糟糕了，我们的青年团也糟糕了。但个别的有时也不完全只是一个两个哩！常常是三个四个五个六个哩！有的多一点，有的少一点。他看不见新的，喜欢旧的。我们是新生的，我们喜欢健康的、为着大家都好的，我们并不想：唉呀，我只活六十岁吧？我已活了好多年了，我再活不了几年了，算了吧！享受一下吧！吃点、喝点、玩点吧！我们反对这样的消极思想。我们不是管我们自己活六十年或是七十年的问题，我们是要使这个世界更美丽起来，更好起来，使我们的后代更好起来，这样就是一个健康的、很好的情感、情绪。是不是我们中间有很多人本身是地主的女儿，是的，但不一定因为是地主的女儿，就一定要跟地主跑下去，你可以从地主阶级脱离开来，到新生的阶级，到无产阶级里面来，走到共产主义的思想方面来，你可以投过来，你知道它要死了，何必还陪着它到坟墓里面去，而自己不跳出来，另外的生活呢？所以我们首先要爱新的，不爱旧的。这和你们生活里面的“喜新厌旧”不一样。说这本书是新的，我看看，那本书旧了，不看了。这件衣服是新的，穿一穿，那件衣服旧了，不要了。这不一样，那是不好的。这是讲新鲜的、生长的东西，包括新的思想、人物、事业。如果我们不爱那个东西，就不能发现里面有什么是新的。譬如，你们看，你们对家里的小妹妹、小弟弟就不太注意。他今天会笑了，明天会讲话了，后天又会怎样了，就不太注意。因为你的注意不在他们身上，你注意在别的事情上面。可是你母亲最注意你的弟弟妹妹。母亲因为爱小孩爱极了，所以小孩子一笑，她就高兴极了，她告诉旁人说：他今天会笑了，怎么样笑的。明天她又告诉旁人说：他认识我啦，他又认识他爸爸啦，又是怎么样……每一天她都会从小孩子身上发现新鲜东西。可是我们对于普通小孩子说很可爱，摸一摸就过去了，至于他哪一天会笑的，我们就不大去管他。譬如北京有些老人，他们对北京很熟，他就晓得，这个时候应该是牡丹花开了，要看牡丹花，什么地方好。过了两天，他说现在是芍药花开了，他又看芍药花去了。可我们很多年轻人，从来也没有想到看什么牡丹花、芍药花，也不留心那个东西。譬如我在北京住了几年了，就不知道讲究吃，有的人就很懂得，哪条街上哪个馆子的羊肉好吃，哪个馆子的馅饼好吃，哪个里面的烤牛肉好吃，哪个什么……学问就多得很。他发现什么时候有什么新开的馆子，有什么好吃的。我们就不懂，不但不能发现，甚至吃起来也觉得差不多，没有什么好吃不好吃。因为你不爱，你就不去研究，一不研究，你就不能发现了。有很多人之所以能发现那样东西，是因为他爱那样东西。所以我们要爱新鲜东西——当然公园里的花也是新鲜东西，但我们不是指这些东西，我们是指今天这个社会里成长起来的新的事情，以前上学的学生老喜欢向家里要零用钱花，总想多要几个钱，买个夹头发的夹子吧，买个别针，看到别的同学买了什么袜子，也想买袜子，看到买了什么戒指，也想买个戒指。可是现在不一样了，很多人他家里父亲母亲给他钱说："给你钱，去改善一下生活吧，生活太苦了，讲究讲究营养吧，吃点维他命吧！"他说不要。他说那是浪费，不要。这看来是很小的事情，但实际上是个新鲜事情，人变了嘛。

有一天我到北京公园里，人家掉了一件衣服在那里，是谁掉的不晓得，就没有一个人把这件衣服拿走，谁也不拿。人的道德品质变了，这是什么？新鲜东西。新鲜东西人可以看不见的，譬如天津的马路比去年干净了，你可以看见，也可以看不见。昨天我来，走在马路上，我说今年马路比去年干净。这个干净不是很简单的。说消灭苍蝇，没有苍蝇咧，这不是个简单事情哩，你们没有到农村去过，没有到苍蝇多的地方去过，不大知道哩，我以前常下乡，每次下乡非带上磺胺片不可，是准备吃了苍蝇拉肚子时就赶快吃几片。苍蝇太多了，非这样不可。可是现在呢，也许我们的孩子，后年，大后年，竟不知道世界上还有苍蝇这种东西，这个事情了不起吧？人从同苍蝇做好朋友，到不看见苍蝇，你说这提高了多少？我们要看这样的东西，哪怕是很小的事情，要看事情的原因，它的本质是什么，你这么一看就晓得这是了不起的事情。没有现在的人民政府，什么事情都行不通。要看这样一些问题。怎么样能看得到呢？就是你要爱人民，爱人民的事业，这样你就可以看到人民的事业中，每一天都有新鲜东西。因为你看到新鲜东西，这些新鲜东西就帮助你，使你的感情、眼界扩大了。过去我们的感情范围很小，就在家庭里面，父母的感情，姊妹的感情。上学了有一点学校的感情了，爱学校，爱教员，爱同学，这是具体的。我们的生活圈子慢慢地扩大，也是具体的不是抽象的。我们现在在学校里爱学校是具体的，爱家庭是具体的，可是我们说爱祖国，爱人民，这个"人民"是抽象的。什么是人民呢？这个人民也可以表现在你的朋友关系上，也可以表现在你教员的身上。但是还有广大的人民呢，你就再也不能具体了，所以你的人民的观念是抽象的。新的感情，是抽象的；小的感情，旧的感情，是具体的。所以我们要把具体感情同抽象的感情沟通起来；把原来的小的关系同大的广阔的感情沟通起来。这样就要我们深入到具体的事物里面，扩大我们的感情面。这是我们能够发现新鲜事物的一个很重要的关键。

刚才我讲过，发现新鲜事物，一定要爱它。发现了，我们怎么样呢？发现了新鲜的事情，要钻进去，要研究，为什么这样的事情可以发生？这个发生对我们影响怎么样？我们要研究，研究的时候，才能肯定下来。因为我们有很多人平常也发现新鲜事物，发现了之后，就“唉呀，好极了，好极了，好得很”。可是“好极了”以后，就什么也不晓得了。好极了以后，就没东西了。慢慢地这个印象又过去了。你一发现新鲜东西，就要钻进去研究，研究好了，就要拿东西，拿了东西就稳定下来，就把它抓住，再也不放手。这样得来的东西，就会提高你，充实你，帮助你。所以我们要有这样一种心思：随时随地都准备吸收营养，吸收东西，像海绵一样碰上水就吸进去了。花朵吸收了太阳，花就好了。花果树木，一定要太阳、水分，要肥料，时时刻刻要吸收，所以我们应当随时都准备吸收东西，不是只发现一种新鲜东西，发现完了，就过去了。

我们要吸收，应该怎么样准备呢？第一个要有英雄的思想。现在我们很多地方开小组会，批评自我批评进行得很好，反对个人英雄主义。因此，有许多人就不敢有英雄思想。我说的这种英雄思想是什么英雄思想呢？是一种人民的集体的英雄思想。一个人要有英雄竞赛。没有竞赛哪来的英雄呢？哪来的劳动模范？哪来的斯达哈诺夫呢？一定要有。譬如同学学习的时候，一定要争取拿一百分，有很多年轻人很怪，因为批评个人英雄思想，就好像：我最好不要突出吧，我不要走在前面吧，我还是走在中间吧，我最好做个中等学生吧，不好也不坏。这是一种最坏的思想。这是一种不进步的思想，一种苟安的思想，这是一种个人主义的思想。我为什么要有英雄思想？就是为着把我造就得更好一些，更好地为人民服务。因为我有要把我造就得更好一些的思想，所以我就随时随地要学习，我就要吸收东西，让我成为一个很好的人物。

我们这里也有另外一种东西，就是一种平均主义思想。有一个北京的学生告诉我说："我在学校里为难得很，我多看一本书嘛，人家就说我：不喜欢集体生活，喜欢孤僻，一个人又看书去了。有时我实在想看书，人家午睡，睡两个钟头，我睡一个钟头，看了一本书，人家又说我不守纪律。我感觉为难得很。我把练习一抓紧啊，他们又批评我了，说我这个人不帮助旁人，老搞自己的。"我说："结果你怎么样？"他说："结果他们老批评我个人英雄主义。"我说："你是不是有个人英雄主义呢？"他说："我实在想不出我有什么个人英雄主义。"我说依照你说的情况，是不能叫作个人英雄主义的，你想多念一本书怎么叫个人英雄主义呢？那样说就是最好都不念书，你也不念书，我也不念书，大家没有英雄主义好了！因为我只能吃两碗饭，你吃了三碗饭，我说你不对，你为什么吃三碗？自己没有进取心，也不喜欢人家有进取心，而要求人家和自己是一样的，这样一种思想是很不好的。一个青年人对自己应该有一种理想，我应该做一个很好的人物，我要向那个最高的看齐。你们现在都读《卓娅和舒拉的故事》，就要学习卓娅，要做她那样子的人物。这就是有理想，往最好的地方看齐。可是这种英雄思想，要做一个英雄，不是简单的，不是我想做就做了，不是这个样子。而且，没有什么便宜好贪的，不能抄小路。

很多年轻的学生，包括十三岁十四岁十五岁的中学生给我写信："请你告诉我，你怎么做一个作家的，我很想做一个作家。"那何必我来告诉，老早高尔基、鲁迅就告诉了。那天我到清华学校，他们很多同学都不愿将来当教员，都愿当作家。我说：那欢迎得很嘛！现在作家太少了，写文章的人太少了！写文章很苦，写作出来嘛，也经常受批评，又要懂得生活，又要到生活里面去，又要写，又不能歪曲，又要写新英雄，英雄写得不对也不行，难得很。昨天我跟他们说过，你们干别的事情好哇，容易呀，做了一件衣服，你再做一件衣服，你一定可以做衣服了。既然你能做第一件衣服，你就可以做第二件衣服。而且你第二件衣服一定比第一件做得好，做得漂亮，针脚做得匀称。可是你要写文章呢，就不一定了。写头一篇文章呢，也许好，写第二篇呢，也许就写坏了。每一篇文章总得从头来。不能说第一篇好了，第二篇就一定好，第三篇就更好，那是不可能的。你看我们很多作家写了一篇文章，第二篇就没有了。一个作家一出来，我们大家欢迎啊，鼓掌啊，啊呀，这是工人出身的作家，这个是农民作家，这是个青年作家，这个是天才作家，啊，我们鼓掌欢迎啊，写文章啊，捧啊，结果呢，第二篇文章没有了，他第二篇写不出来了。写出来，没有头篇好，慢慢的人家就忘记了。所以作家很难长成器，很不容易长成器，有的长成器了，又很短命，活不长。还有的作家又很容易老，稍有成就便自以为是老作家，一摆老资格，那就完了。我们欢迎青年作家，欢迎可是欢迎，讲老实话，当作家那可不容易呀！想讨巧只希望有人告诉一个窍诀，把那诀窍一念，就写成一个作品，一下就行了。那是不可能的。我只能告诉你，要把思想搞好，你要到生活里面去，你要学习文学，你要一面写，一面读书，一面到生活里去，你要爱人民，改造思想，一连串的净是问题，净是麻烦的事情。你要不怕麻烦，长期的不怕麻烦，那就可以做。你要想找一个简单的，很方便的诀窍，那是没有的。就说是坐飞机吧，也是这么一步一步地飞呀，从北京飞到天津还是有个航线嘛，还是飞来的嘛，打算一想就到，那是不可能的。做一个作家像“坐飞机”那是不行的，没有飞机坐的，甚至连火车都没有，要用脚走的，是用笔一个个字写的。要今天生活，明天生活，后天读书，大后天又去怎么样，就是每天每天走。不是百米竞赛，也不是两百米竞赛，是一个非常长的，不晓得多长的一个长途竞赛。你要有“熬劲”，慢慢地熬，慢慢地跑。我方才讲的是作家。做别的事情呢？实际上也是一样，如果没有这样一种坚持的、长期的、刻苦的劳动，而且在劳动里面创作，不论干什么都不可能。所以我们要有英雄的思想，但是又不是主观的，摆一个英雄的架子，说我有英雄思想，吹吹牛。你光是吹牛说我怎样怎样，也是不行的。我们要有英雄的理想，不是想当了英雄多么神气，而是想把自己造就得更好一些，更能为人民服务一些，从这方面来想，这就要艰苦。要一种同英雄思想相反的谦虚的态度，我们要有雄心，还要虚心，虚心地学习。

我们现在的青年很好，进取心强，思想活跃，意见很多，但是虚心是不是够呢？我看可以考虑。我听到很多年轻人看书，没看完，看几行看不下去了，他就把书一丢，说这个书不好。你们检查一下，你们有没有这样的情形？请问你没有看完你怎能说它不好呢，因为你不能看下去所以它就不好是不是？那么你为什么不能看下去呢？是不是因为你的文化水平低，你看不懂？是不是你原来就不爱看书，你不过勉强拿一本书，当消遣好玩，想看里面的故事，因为这本书没有什么有趣味的故事，你就不喜欢看了？究竟是哪一种原因呢？我们既然拿到一本书，就要看下去，看完了再说是好是不好，为什么好，为什么不好。怎么样我可以学到东西；怎么样我就学不到东西。所以我们看书一定得看完。要看不完也可以，我没时间，我不看，那么我也不发表意见。我说这本书我没有看，是好是坏我不知道。但是我要看过了，我就应该有个意见。是好的，是坏的，但是我这个意见的好和坏，是作为我提出问题来研究的，而不是我来批评。因为我们现在还不是批评家，我们现在还是学习，我们应该有批判的能力，但是我们不是批评家。所以我们要虚心，虚心地看东西，虚心地读书。如果我们总是批评，那我们就成了“挑刺”了，多么新鲜的事情我们都看出不对来。那新鲜事情生长出来的时候，一定不是长得很好的。你去看吧，一棵小树它还没长出个样子来嘛，它是个萌芽状态嘛，我们的工人同志会写文章了，会写剧本了，那剧本当然没有专业作家写得好，于是我们就看出这里面有缺点，就说这个不好那个不好，那就不行了。所以新生的东西，我们要看出它主要的好的地方。譬如一棵树刚长出来，它的力量大的很，它可以长成一棵很大的树，我们要看出它的前途来。

我再讲讲怎么能看见新鲜东西，从新鲜东西里面来培养自己，提高自己，加深自己。

我想讲一讲，我们的同学常常喜欢些什么东西，不能分辨什么东西好什么东西不好。我主要想讲有关文学方面的。文学里面的东西，我们很多同志不能分辨两种东西，一种表面很好，实际上是资产阶级思想，小资产阶级思想。还有一种东西，我们也不能分辨，就是思想上没有问题，都是工农兵，但不是从生活出发，是一些比较简单的概念化的讲演。我们许多同学写文章，也喜欢写这种讲演词，这讲演词都是你抄我的，我抄你的，都是这么抄报纸，抄社论，抄来的东西。

我们现在很多文学作品，很多的歌，很多的唱词，实际上是讲演，可以叫做讲演文学，不，文学两个字还不对，叫做化装讲演。因为那里没有生活里面的东西。例如你们学联主席同我讲话，他说："我是学联主席，我们今天的学生是新中国的主人！"他会不会同我这样讲？不会吧！我也不会同他讲："我是人民的文艺工作者，我们是为人民服务的。"如果我们两人全这样讲起来，那你们会觉得可笑了。可是你们看戏的时候，你们看到那些人在那里讲演，你们并没有觉得好笑。看过的会说，那时已经不从现实生活要求它了，完全满足他的讲演词。你不看戏，这作品也知道，不是在报上登了吗？他们的话从哪里来的呢？是报上来的嘛。所以你已经看了。我们从文学上要求，就不能是从报上看的东西。报上看得再多也是简单的。我们是要看那个复杂的东西，我们要看他内心里想的东西，我们要看那样的东西。我们很多写文章的作家也是青年，因为读者要求讲演，他就更喜欢讲演。我说你们要求文学是要求讲演，大约你们还不大服气。可是的确是这样，有的还嫌讲演太少了，常常有读者给作家提意见说，你写的那个人，还应该说些什么什么，没有说。问题就在这里，因为他是讲演，我们就要求他讲得完全些。但是你们这种要求就把作家搞坏了，作家也受群众影响啊！有些演员有舞台经验。什么叫舞台经验？就是懂得在舞台上什么时候观众喜欢。我们现在群众喜欢讲演，那作家就老写讲演。讲的都是抽象的空话，实际生活是不讲那样的话的，实际生活中讲的话更有味道，更深刻。今天我们应该一方面要求作家到生活里面去，写真的人讲话，不写报纸上的文章，不抄；一方面我们的读者要求文学应该高一点，要求这里面写一些社会的、复杂的问题；写一点灵魂中的东西，写人同人的分别。你们去看《水浒传》吧，武松是武松，林冲是林冲，鲁智深是鲁智深，李逵是李逵。人家一提《水浒传》，我们脑子里想什么？我们脑子并没想《水浒传》包含什么思想什么政策，想的是豹子头林冲，拼命三郎石秀，黑旋风李逵，及时雨宋江，脑子里想的是一些具体的人。我们对李逵不认识，我们哪里认识李逵呢？可是我们在生活里一看说这个人是李逵，这个人是宋江，在脑子里，小说中的人物都活了，就像在面前一样的。《红楼梦》里全是一群女孩子，《水浒传》全是一群英雄，草莽英雄。《水浒传》里的英雄是不一样的。《红楼梦》写女孩子也是不一样的，林黛玉是林黛玉，薛宝钗是薛宝钗；那个人还没走进来，她的风却进来了，那个人的一股风来了。那写得多好呢！生活里面的东西嘛！我们现在写的英雄怎么样呢？我们赞成写新英雄，那很好。但是我们不到生活里去，老在这里开会研究英雄是怎么样的，英雄有很高的品质，不怕牺牲，英雄为人民服务，老讨论道理，就把这道理写在人身上。于是每一个英雄都像做报告一样的，“我是有为人民牺牲的品质的，我不怕死，我是怎么样，怎么样……”每个人跑来说一通。结果我们的英雄就成了一个样子，都动人得很，了不起得很，但就是一个样子。这个样子慢慢地忘记了，只有一个抽象的样子。不像《水浒传》里的武松啊、林冲啊那样具体地留在你脑子里面。如果你要看道理，那你看报纸的社论好了，你看小册子好了，你看书好了。看书还简单明了，一条一条的，因为它是理论嘛，它是一条一条地讲给你听，比较简单，比较容易记。而这种化装讲演又有点故事，又有点道理混在一起，反而使你不容易记。对文学要求更应该高一些。你们如果要到文学里学东西，就要找那些的确有人物、有生活的作品，你一看，你就懂得了，噢，是这个样子的，社会这样复杂，斗争这样残酷。你可以看出很多东西来，比报纸上的新闻更深刻一点的东西。报纸总是只能把事情的表面写出来，而文学是写事情里面的，阶级里面的本质的思想、活动、行为、具体的东西。同时，我们同学一定要用我们的文字表达我们的思想。现在我们看很多人写的东西，看不出写的是什么，怎样想的看不出来，因为它里面只有很简单的一点想法。我们学习写文章，也是锻炼思想，我们有了思想，再写文章。很多同学很想写，想写诗，又想写小说，又想写剧本，可是他没有话好写，没词，不会写。我想问题不是你有话没有话，为什么你没有话呢？那说明你没有思想。因为想得太简单了，没有思想，所以就写不出东西来。我们说，这花是很可爱的，很美的，我们只能简单地想出一个可爱和美，可爱和美是一个概念，是抽象的。什么东西都可以说美得很，什么东西都可以说可爱得很，我们要写出它为什么可爱，哪一点可爱，这就不是找一些漂亮的词来写就够了的，这要找什么呢？这要找思想。就是你要用脑子去想，不去想，你就没有东西好写。

加里宁的《论共产主义教育》上有一个讲演，讲得很有味。他说：你们一定要学。他说你给你女朋友写一封信，说我好久没有收到你的信，收到你的信，我简直是高兴极了！高兴得我没办法说了。也许一个年轻的没有经验的女孩子，她看了会高兴，“哎呀，我也高兴得没有办法说了！”可是碰到比较有经验的女孩子，她说你看这家伙真笨，他没法形容啊，他说一两句也好，可是他一句也没有说他怎么高兴法。我们现在很喜欢用这样的名词，这个是可爱的，伟大的，美的，一切的一切，什么叫一切的一切呢？我们懒啊，思想懒惰，懒于去想一些具体的东西。我们形容花美要用十件东西形容它，那这花就美了。就不是一个简单的概念了。主要是使它有生命，联想丰富，联想很多很多的东西。平常我们不用脑子，总拿几个简单的概念来搬弄，像小孩子一样，小孩子说话是最简单的，你问他好不好？好，不好，好，不好。就是那样子，我们比小孩子多不了两个字，可爱，美，好，没有了。我们要去想，想很多东西去说明一个东西，要学习，同时在写的过程中，要运用思想能力。所以写文章不是那样简单。你们要把写文章当做一个锻炼，在写的当中锻炼我们的思想，锻炼我们思想怎样有条理；我们要拿十件东西来形容这个花。因此，我们不只是写花，我们要去组织那十件东西，什么写在前面，什么写在后面，什么轻的放前面，重的放后面，放得对，还是不对，我们要考虑另外那十件东西和它的关系。这就是训练。我们简单地把写诗呀、写文章呀，当做一件随便的事情，把几句话一分行就叫诗，你们那墙报上诗也是很多的，“今天是八月十五呀，月亮很明亮呀，哎呀我的心啊！”这样就叫诗了！不要那样草率，马马虎虎的，要细致，要耐烦。要细，弄什么东西都是那个样子。你不细就不行嘛！学科学也是这样，修房子，你算差了一根头发，不行，结果慢慢就差多了，你歪了一丝一毫，上面就不晓得歪上一尺两尺了。所以要细，干什么都应该这样子。昨天圣功女中的校长和我谈，我说一定要同学写散文，不要那样着急地写小说，写剧本，听个故事乱编一气。先把素描的基础打好，练习思想的办法弄好，这样就叫老老实实。老老实实，一步一步地走。理想要远，做起来呢，要一步一步地走下去，如果幻想一下就到呢，这样的事情是不可能的。

我想我今天就讲这三方面的问题。一方面是我们怎样得到正确的看法，对东西、对书籍、对事物怎样的看法。一个是我们怎样发现新鲜事物。第三，是我们对写作、对文学，要抱怎样一个新的观点。讲得不好，隔得这样远，你们晒了几个钟头，得原谅我。

附记：感谢严川同志为我做了记录，其中虽略有删节，但还是很详细。

谈与创作有关诸问题*

你们这一次演出，给北京文艺界带来了许多新鲜东西，可以刺激北京文艺界。你们节目中特别突出的，特别能感动人的地方就是有浓厚的生活气息，有从群众中得来的健康的饱满的情绪，生动活泼。我是北京文艺界的一分子，尊敬与感谢你们。为什么你们的作品能受到很多人的欢迎呢？我想因为你们是从群众中来，你们接近许多英勇的斗争或者就生活在那里面。因此我就想首先谈谈生活的问题。

创作需要许多条件①，但生活却是最重要的。没有生活，就不会有创作。“生活是创作的源泉”，这是没有什么可以怀疑的，人人都会这样说，人人都在这样说；但很多人却不一定真的这样做。现在很多作品就不是从现实生活出发，而是从主观的教条、口号出发，从作家个人的幻想出发。所以这些作品就显得空洞、概念、不动人。我们一定还要强调生活的重要性，说明生活与创作的一些关系。我现在简单地说一点，是否能说清楚，请你们批评，因为你们都有群众生活的体验②。

譬如说创作的主题思想吧。主题思想就是通过创作，说明一个重要的问题，和你对这个问题的看法。这本身是一个理论问题，我们的

* 本文是对参加1952年“八一”运动大会的全体文艺工作者的讲话，初刊于《解放军文艺》9月号，1952年9月16日出刊，原题为《谈谈与创作有关的问题——对参加“八一”运动大会的全体文艺工作者的讲话》，署名丁玲。收入《丁玲全集》第7卷。

① 初刊本作“创作当然有许多复杂的条件，或思想性的主要的条件”。

② 初刊本作“因为你们大部分都有一些群众生活的体验”。

确要在作品中安置一个思想，来教育和鼓舞人民前进。主题就应该用积极的重大的如我们现在写抗美援朝、土地改革、生产建设、国防建设……这些问题，是今天建设中国人民民主政权的主要问题，不解决这些问题，我们的人民民主政权就不能巩固，我们的国家就不能走上更高的阶段。

这些大道理，笼统地知道的人、会说会讲的人很多，报纸登载的也很多；但会说的人，说得很好的人也不一定能创作，很多道理也懂得，也想写，就是写不出来，或写不好，这是为什么呢？这是因为虽然懂得不少道理，可是缺少实际的生活，不知道用些什么具体的故事、具体的人物来表现自己要说的道理。所以要创作就一定要有生活，没有生活，就感觉不到具体的东西。我们的主题思想不只从理论上决定，还必须要到生活中去重新获得。我们在机关里住，也有生活，为什么不强调写机关生活呢？因为机关生活比较刻板，比较单调，一般地不如群众斗争生活丰富，生动，尖锐。如果机关里也有突出的典型性的斗争，当然也可以写。但主要的还是要到群众中去，参加群众的斗争，群众的斗争比较更广泛，更复杂，更激烈，更突出。

我们到生活中去，也可能找不到主题，也可能只找到了消极的主题。有人到朝鲜前线去，为的是去找积极的主题，他主观的希望，想写新英雄主义、乐观主义的人物，可是他不一定能找到这些东西，也可能相反地获得了消极的结果。他可能只注意个别的落后现象，注意伤亡的痛苦，他经不起刺激，思想上有衰弱症，结果，他虽到了斗争最激烈、最有积极性的前线，可是他自己却消极了。除掉他自己品质上的原因以外，还由于他没有真正深入到生活的内部，没有了解也没有掌握到决定斗争发展的内部的基本东西，他只看到了表面的某些属于消极方面的现象。

不深入生活的内部，不掌握决定斗争发展的基本东西，就不可能找到正确的积极的主题。譬如有一些同志解放江南时初进上海，看见女工也烫着头发，穿着旗袍，吃饭两个菜，就反映开了："工人吃穿这样好，这是享福，哪里是受压迫？”对工人也怀疑起来。这因为他只从表面看到一点现象，只片面地在生活上拿工人和农民比较，而不了解工人内部的实情，更不了解工人骨子里的东西。所以我们到群众中去，到斗争中去，绝不能走马看花。走马看花只能看到表面的东西。表面的东西，有的是不能当作判断的根据的，是一般化的。譬如有的同志想起农村，便想起有地主，以为地主一定是长得很胖，吃得很好，撇着八字胡，成天在打算盘。对不对呢？实际上，地主确是在成天打算盘，但不一定就手里拿着算盘；地主也有瘦的，也不一定有八字胡，甚至也有对农民亲热得很的，当然这亲热是假的。可是这种假，不是一下就可以看出的。如果一个坏人一出来就让人看出是个坏人，那就不会坏得多么了不起了。怎样才能真正懂得地主有时对农民的假情假意呢？这就一定要深入到生活的内部去了解、观察、分析，不深入进去，便不能获得具体的认识。

不深入生活，我们就没有切实的思想。人们写文章，不管是写事，写人，都是通过文章宣传一种思想。发生了一件事，人们便有自己的意见，或是赞成，或是反对，便写文章宣传主张。天下没有人写文章是不为这也不为那的。高玉宝为什么要写小说呢？他最初的动机是要把过去受压迫、受剥削的痛苦生活记录下来，教育他的家庭。如果没有正确的思想，就一定写不出好作品来的。但如果高玉宝没有过去的痛苦生活，他也不可能有这个“写”的思想。

进行文学创作，不仅要求作品中具有正确的思想，而且还要求它比报纸上一般的说理文章写得更深刻，更具体，更生动。要写出这样的作品，单有文件书报的材料是不够的，非得要长期地到生活中亲自去深刻地观察、研究、体验，亲自去接受这种正确的思想不可。有了这种思想，就有了主题了。若不如此，那我也可以写炮兵生活或海军生活的作品了。把报纸上很多材料拿来拼一拼，凑一凑，也可以写出个作品来；但这绝不是办法。没有亲身经过见过的生活是想不到也说不出的。譬如你们这次文艺竞赛中，志愿军有个说唱节目叫《战士之

家》，那里面说到的事情，很早就不只一次有人告诉了我，可是如果我来写，就一定不能写得这样深刻动人，因为我自己首先就没有那么深刻的感受。所以我说创作的思想一方面是从理论获得，一方面要从生活中获得，只有实际与理论结合之后，才有了进行创作的思想准备。

其次说生活与语言的关系。创作中用来表现思想的，主要靠语言。一定的内容，需要有相称的语言。没有生活的人并非没有字，字是有的，而是没有那样相称的话，说出来的话没有那样相称的味道。再举《战士之家》做例子吧，它前边一段：

乙：英雄阵地像泰山，
鬼子看见打战战。
甲：英雄阵地铁石坚，
消灭鬼子万万千。

“像泰山”是现成话，“打战战”也是用得太多的，这两句不好，不到前方也写得出来。可是下面的一些句子，又有生活，又非常有力，不要看它好似轻松容易，一般人就写不出来。

乙：哪管腰酸手又疼，
棉袄一天透几遍，
别看咱们流点汗，
要叫鬼子用血还！

这真是战士的话，很自然，很亲切，很有情感，很有力量；是从生活中产生出来的，是战士的口吻。再看：

甲：不管石头有多厚，
也把它掏成大洋楼！

乙：说有楼，就有楼，
这楼可到那楼游，
走楼上，走楼下，
走来走去是一家。
甲：坑道就是大走廊，
两人碰头走两旁，
去寝室，去饭堂，
北京饭店一个样。

这样的语言，作家不去生活是没有法子设想的。

这样衬托得也好。“北京饭店”，人人都知道是最漂亮的地方，我们招待贵宾的。他把它来比自己的阵地，就把战士的自豪、喜爱，把阵地中的整齐、干净，……那些气概、味道都形容出来了，给人以深刻的印象。这样的语言，不在生活里是想不到的，你看多么自然，多么有气魄！字还是平常的字，调来调去变动两下，就生动有力多了。你有了正确的思想，偏偏没有生动的语言来自然地表现它，你的作品就没有味道。

语言与群众的关系是非常密切的。语言不好，即使作品本身的思想内容不错，也往往流传不开，只有少数人能够体会而大家不懂。如“昆曲”，它的词、曲、舞都很美，但群众却不能都懂，不懂的人只能赞美演员的舞跳得很好①，而唱词却听来无味。把它念出来，新中国的青年听了也还是不能懂，为什么呢？因为“昆曲”里用的文言，是过去时代的语言，而且是封建时代人们的感情，已经过时了，不大能为新时代青年理解了。

当然，怎样运用语言，也可以从我们古典作品里学习，《水浒传》上武松因他哥哥武大死得不明不白，去找验尸的何九叔调查，两人一

① 初刊本作“不懂的人只能赞美梅兰芳先生的舞舞得很好”。

起到酒楼上去吃酒，有如下的一段：

> ……酒已数杯，只见武松揭起衣裳，飕地掣出把尖刀来插在桌子上。量酒的惊得呆了，哪里肯近前？看何九叔面色青黄，不敢吐气。武松捋起双袖，握着尖刀，对何九叔道："小子粗疏，还晓得'冤各有头，债各有主'！你休惊怕，只要实说，对我一一说知哥哥死的缘故，便不干涉你！我若伤了你，不是好汉！倘若有半句儿差错，我这口刀立定教你身上添三四百个透明的窟窿！……"

这一段写得非常有气势，婉转而有力。正因为有停顿处，就更显出力量来。这最后一句，若叫我们缺乏生活的知识分子，便不知该用什么话说下去了。没有别法，只能做打点点儿的符号，表示还有无穷的深意，或者就加些空泛的形容词，或至多只能写上现成的两句："老子对你不起，教你白刀子进，红刀子出，……"可是我们看《水浒传》，他一句也不写这般没力气的句子。他写的是："我这口刀立定教你身上添三四百个透明的窟窿！"他不说是"我教你"，却说是那口刀，不说是"杀死你"，却说是："立定教你身上添三四百个透明的窟窿！"这样的语言何等惊人！何等有力！这些生动的语言在《水浒传》里多得很，都是很有感情，很有气派，有血有肉的。又如写杨志卖刀，也是这样。文章太长，就不念了。

这一段凭着这一来一往的口气，就把两个人如闻其声地画了出来，实在写得太好，叫人佩服。但这些语言，我们现在照抄就不好，一抄人家就知是《水浒传》上的话，所以我们不能照抄，而要学它运用语言的方法，我们的话必须像它这般写得既具体，又有力量。我们也要懂得它上面的语言也是从生活中来的，不是文人的文章。

生活谈完了，再谈谈人物。文学创作，主要是要写人。思想是依靠写出活生生的人来表达的。人物写不活，读者也不会感动。如《水浒传》，是一部有思想性的作品，过去曾经是禁书，社会上流传一句话：“少不看《水浒》”，因为看了《水浒传》可能引起“造反”的思想，可能引得人民起来反对贪官污吏甚至皇帝。读《水浒传》的人获得的是这个思想，但使人记在心里、津津乐道的，却是其中的人物。如行者武松，豹子头林冲，花和尚鲁智深等等。如果作者不是在生活中看得多，懂得多，了解得深刻，人物是拿不到的。作家笔下的人物，是在作家脑子里慢慢形成的。这是在复杂的生活中，作家观察了很多实际的人物，积累在脑子里，脑子里有好多种人，经常地思索、回想、研究，然后分门别类地把张三和李四的为人进行比较，把许多类似张三的人的性格、事迹，补充进张三的性格、事迹中去，这样积累研究得深了，张三这个人物就渐渐在脑子里完整突出地形成了。一个作家，胸中应该有好多如此形成起来的人物，随时要拿就拿得出来。

有的人要写英雄，就专门去向英雄访问，想依靠与英雄的谈话来搜集材料进行创作。我总觉得这样是走不通的，不容易谈出人物来的。因为英雄一被选出来作报告，他的话都是经过很多思考衡量然后组织起来的，是理论化了的。思想性提高，形象性减低。有许多复杂的、细致的情节、语言、动作、思想活动，都不会在谈话中详细叙述出来。同时，他既与你讲，也与别的人讲，根据这样的谈话来写作，那人人都能写。你把它写了出来，当然也有劳绩，但不一定把英雄写出来了。你若决心要创造英雄，那你应该去与他一起生活，深刻地理解他的性格特点，在什么情况下，他一定会怎样做。光了解一个人还不够，我们需要理解很多人在各种情况下的各种不同的表现。对他们要非常熟悉，熟悉到像知道自己的脾气一样。

今天我们还不会写人物，只会写事情。中国历来很多好的小说，都是善于写人物的。现在我们在生活中看见了一些人，脑子里还常常拿他和古人相比，这人是“奸曹操”，那人是“猛张飞”，用今人来比今人的还少。这就是我们创作的今人形象不多。只有阿Q是常拿来比活人的，因为阿Q写得太好了。为什么我们不能很好地写人呢？就因为我们的生活太少，在生活中经过观察、研究、比较而积累在胸中的人物太少，我们只是见一点写一点，与人谈到一点，回来就写到一点，最多不过是说明介绍一番，介绍他什么出身，怎样参军、入党、立功……一般历史经过的叙述，至于他的内心思想和性格特点等等，就描写得很少，不明显，不突出。我们写了很多事情：仗是怎么打的，这儿阻击，那儿突击等等的情况是写出来了，人物却不明显，让人很快就忘了。我们一定要学习写人物才行。

很多人读过中国古典小说，却读得很马虎。我们应该仔细地读，学它怎样写人物。

譬如《水浒传》上写“武松打虎”，人人都知道写得好，但这是不容易写的。也许当初是猎户写出来的东西，也许是猎户参加了意见。他写武松要过景阳冈之前，就埋伏了很多不能过山冈去的道理。早了不能过冈，晚了不能过冈，人少不能过冈，酒吃三碗又不能过冈；又写那虎不是平常的虎，是吃了多少人的虎，是吊睛白额虎，把气氛渲染出来。同时又写武松有一根哨棒，作者把这根哨棒提了十六次；又写武松喝酒，酒家写明三碗不过冈，他却一喝十八碗。武松上山以前就使人感觉到一定要碰见老虎了，看他碰见怎么办。接着又写他上了山冈，看见知县的告示，方知真的有虎，这时想要转回去，却又怕酒家见笑。……这样一长段的埋伏，就把气势鼓足了，然后一只吊睛白额大虎乘风跳了出来。老虎一出来，事情更加难办，如果三拳两脚把老虎打死，便不显老虎的厉害了。作者在老虎的三扑三剪之后，写武松一哨棒打去，却打在树上，把棒折断了，令读者为武松吃惊，其后才写武松拼命地死打，直至把虎打死了还不知道，这样就有声有色地把武松和老虎都写了出来。我们很多人看书，只看个热闹，简单地就看下去了，不加研究，不想我如何写，这样就学不到东西。

中国的古典小说写人物实在写得非常漂亮。例子太多，不能尽举，都是只在重要地方很形象地画两笔，就恰好地把一个人物勾画出来了。现在很多小说写人物不是作者在讲一套，就是作者借英雄的嘴演说一番：我为祖国、为人民……然后再喊一声“冲呀”。在实际生活中，在冲锋之前，英雄要自己讲一套，“我现在一把炒面一把雪”，“我立功为祖国”，自己给自己描写一番，那不成为滑稽了吗？这样一点味道都没有了。战士和战士在一起，要做的事情彼此都知道，行动的时候，互相把眼睛做个记号就心照不宣，不这么说一套的。

随便再举一个例子，如曹操和刘备煮酒论英雄。在《三国演义》上，只几百个字，只几句话就把两个人的个性、处境、心事、样子、声音全托了出来。那时曹操正挟天子以令诸侯，十分得意。刘备虽有野心，刚好不得志，寄居在曹操那里，怕曹操把他杀了，所以极力装作是个平庸的人。一天曹操约刘备喝酒，曹操高兴，话多，故意扯开了。下面是这两个人的问答：

> ……操曰：“……玄德久历四方，必知当世英雄。请试指言之。”玄德曰：“备肉眼安识英雄？”操曰：“休得过谦。”玄德曰：“备叨恩庇，得仕于朝，天下英雄，实有未知。”操曰：“既不识其面，亦闻其名。”玄德曰：“淮南袁术，兵粮足备，可谓英雄。”操笑曰：“冢中枯骨，吾早晚必擒之！”玄德曰：“河北袁绍，四世三公，门多故吏；今虎踞冀州之地，部下能事者极多，可谓英雄。”操笑曰：“袁绍色厉胆薄，好谋无断；干大事而惜身，见小利而忘命，非英雄也。”玄德曰：“有一人名称八俊，威镇九州，——刘景升可为英雄。”操曰：“刘表虚名无实，非英雄也。”玄德曰：“有一人血气方刚，江东领袖——孙伯符乃英雄也。”操曰：“孙策藉父之名，非英雄也。”玄德曰：“益州刘季玉，可为英雄乎？”操曰：“刘璋虽系宗室，乃守户之犬耳，何足为英雄！”玄德曰：“如张绣、张鲁、韩遂等辈皆何如？”操鼓掌大笑曰：“此等碌碌小人，何足挂齿！”玄德曰：“舍此之外，备实不知。”操曰：“夫英雄者，胸怀大志，腹有良谋；有包藏宇宙之机，吞吐天地之志者也。”玄德曰：“谁能当之？”操以手指玄德，后自指曰：“今天下英雄，惟

使君与操耳。”玄德闻言，吃了一惊，手中所执匙箸，不觉落于地下。时正值天雨将至，雷声大作。玄德乃从容俯首拾箸曰：“一震之威，乃至于此。”操笑曰：“丈夫亦畏雷乎？”玄德曰：“圣人云：‘迅雷风烈必变’，安得不畏？”将闻言失箸缘故，轻轻掩饰过了。操遂不疑玄德。

这里可以看出刘备没法，故意地说是袁绍，是袁术，是刘表，是孙策……而曹操却一直逼到最后，不但想要“摸底”，也说出自己的得意和雄心，一手指刘备，一手又自指说：“今天下英雄，只有你我两个啊！”刘备却吃了一惊，慌得把筷子跌落到地下去了，又机巧地说是被雷声吓怕了的缘故。这短短的一段，事情很小，却把两个人全突出来了。一个是得意忘形，一个是极有心眼。这个故事，中国人大多都知道。非常生动地借一件小事写出了人物。

还可再举个例，《红楼梦》写人物也是非常好的。我们看《红楼梦》，人还没有进门，门外一片声音，读者就知道是凤姐来了，或贾母来了。《红楼梦》写人物有样子，有声音，叫你像见到听到一般，它不像现代人写的小说，光是噜噜嗦嗦地叙述一套，它能让读者一看就心里知道。比如写凤姐的架子，也只用很少的字。念一段刘姥姥第一次由周瑞家的领着去见她时的一段，一进门，这样写：

……凤姐……端端正正坐在那里，手内拿着小铜火箸儿拨手炉内的灰。平儿站在炕沿边，捧着小小的一个填漆茶盘，盘内一个小盖钟儿。凤姐也不接茶，也不抬头，只管拨那灰，慢慢的道：“怎么还不请进来”？一面说，一面抬身要茶时，只见周瑞家的已带了两个人立在面前了，这才忙欲起身。犹未起身，满面春风的问好，又嗔着周瑞家的：“怎么不早说！”刘姥姥已在地下拜了几拜，问姑奶奶安。凤姐忙说：“周姐姐，搀着不拜罢。我年轻，不大认得，可也不知是什么辈数儿，不敢称呼。”周瑞家的忙回道：

“这就是我才回的那个姥姥了。”凤姐点头。

凤姐也不接茶，也不抬头，只管拨那灰，还慢慢地说：“怎么还不请进来？”然后才写凤姐抬头看见了刘姥姥，可见她们进来声音之小，和不敢打扰她的样子。下面用了几个非常有力的句子，说凤姐“这才忙欲起身”，这“欲起身”三字，表明仅仅是想要起身，“忙”是做出来的样子。把凤姐的假殷勤，拿势派的神情，刻骨地写进字行里了。接着又写：“刘姥姥已在地下拜了几拜，问姑奶奶安。凤姐忙说：‘周姐姐，搀着不拜罢……’”那么，一直到底凤姐还是没有起身。《红楼梦》便是这般地写得仔细。

巧妙就在这里，要是换上现在我们很多人写作，总是怕读者不懂似的一定要加很多解释，一根肠子通到底，一个劲地老说。实际不是读者不懂，是作者太无办法了。

我们很多人写英雄，只抓着一件事情孤立地写，我们的古典小说，却通过很多的生活细节来写人物，都很精练。武松为什么在人们头脑里这般深刻呢？因为《水浒传》从他打虎写起，一直到上梁山，写了很多事情，都是一种性格，一个形象。林黛玉的个性[①]，也是通过很多很多的生活细节给人造成深刻的印象。我们很多人的写法，常常既孤立，又噜嗦，不知道精简。武松在景阳冈下酒店里吃酒，是否还说旁的话呢？当然还有，但《水浒传》的作者就不写，只把有关打虎的写上。我们写的时候，不是孤立地写，便是把什么不相干的杂事都写上，结果主要的东西没有突出来。花开得虽然好，但是草太多了，把花“捂”住了。如果能省掉好多不重要的东西，作品自然就能有力量了。

昨天我听叶圣陶先生讲了一段话，很好，我重复一下：《中国人民志愿军战歌》，它一开始便是：“雄赳赳，气昂昂，跨过鸭绿江。……”这是省掉了很多字句的。不省的话，那可能是：“我们从某某地方出

① 初刊本作“小心眼”。

发，经过某某地方，怎样怎样到了鸭绿江边上的某地，又怎样在鸭绿江的某座桥上列队走过去，……”而在歌词里，便把这些不重要的东西都省去了。因为这些都是可以让人思索得出来的。歌词里写“跨过鸭绿江”，有谁能一脚跨过鸭绿江呢？“跨过”是把走过两字夸大而成的，可是谁也不感觉夸大得别扭，而只觉得很紧凑，很有力，很有气魄。学习这些写作的方法，是很重要的问题。

读外国作品，也要注意这样地学。

再谈谈形式。形式方面的问题，好似与生活没有多大的关系，其实关系很大！如现在部队搞舞蹈，过去我们很少这玩意儿。中国的舞蹈，过去北方农村有一些扭秧歌，耍枪耍刀的武把子，现在部队搞跳舞，开始令人奇怪，怎么搞跳舞呢？扭秧歌吗？秧歌这种形式对部队总觉得有些别扭，部队是“雄赳赳，气昂昂”，秧歌怎么“雄”得起来呢？这次你们的节目，去掉了许多扭扭捏捏的动作。接受了一些西洋的健康的动作。中央戏剧学院搞的荷花灯舞，人穿着长袖子的衣服站在一朵荷花里，点起灯火，脚步小小地移动，只能用两只长袖轻轻地舞。这样的形式，在你们部队中我看是不会产生的。战士怎么受得了那个不能动弹的小圈子呢？部队的舞蹈，应该矫健有力才能表现你们的生活，生活也会使你们的形式符合他们的要求。

“快板”在部队里很有发展，不是没有道理的。“快板”其实就是中国式的朗诵诗的一种。它很方便，一边走，一边念，可随时随地编起来，所以部队里特别流传。这是在生活中发展起来的形式。还有炕头诗、枪杆诗、墙头诗等等，随时随地都可以编写宣传，在农村里也很流行，这都与生活的条件环境有密切的关系。北京虽有专门演唱的地方，但墙头上就不好写了。北京可以开展“橱窗诗”，但这些现在还没有和生活结合起来[①]。

---

① 初刊本尚有以下内容：“，现在只看见有关消灭苍蝇的口号，还没有写成诗。”

这次表演的节目中，有一个“拉洋片”，我想这个形式，也许今后慢慢地会减少下去。因为今后有更进步的电影，可以慢慢地普及，就代替了它。拉洋片只有几幅不动的画，画得又不太好，唱起来又长。但现在在部队里很受欢迎，原因是很多部队现在不能常常看到电影，甚至看不到电影，所以觉得看看画也是好的，而且有说有唱，形式短小精悍，适合于战斗化的环境。

再说“快板”为什么这样发达？因为“快板”在部队中，是被提高了一步的。原来，地方上也有“快板”，但现在看起来，提高还不及部队。北京的《说说唱唱》上登载了不少“快板”，受到群众欢迎，但未经过群众演唱的就不易提高。“快板”最好要在群众面前当场就唱，一唱，群众就有意见，不好的就不能再唱第二回，好的，群众也经常要修改，充实新的生活，演唱的次数越多，就越能进步。高元钧同志说书，为什么那么动人，因为他过去是在场子上练习过的，说得不好，看客就走了，当场同你不客气。他被逼得要说得时时刻刻都能抓住观众的心理，不让观众走掉，这样他就得经常研究把啰嗦松散的字句去掉，整理得非常精悍、紧凑、具体、生动。现在的“快板”，也是这样在群众的督促下发展。所以群众的督促是文学发展的重要条件。写小说也是这样，如果读者不来信，批评家又不批评，谁也不发表意见，作家就会觉得难过，不知怎样克服自己的缺点。

关于生活、语言、人物、形式，我说了这样多，其中生活仍是最重要的。但创作，还必得有文学的修养。高玉宝同志以一个识字不多的人能写小说，这件事对人民有很多好处，给人民一个生动的例子：只要努力就能成功；这件事能起很大的教育鼓舞的作用。但高玉宝同志所以能写小说，本身还是有条件的。除他亲身经历过艰难困苦的劳动生活和具有深刻的觉悟以外，他小的时候，喜欢听人说书讲故事，天天都去听。说书是文学的一种形式，这段生活就给了他文学的修养。后来他识了一些字，又自己看了一些书，把过去受的文学影响温习了一遍，他摸着一些方法，试着按他熟悉的形式去写，这就是他的修养

替他打了一点底。

要写作，必须先读过一些好的作品，向好作品学习。什么作品都可能有一些好的东西可以让我们学。一千篇来稿，也许九百九十九篇都不能发表，但其中最少一半的稿子有东西可以学习。有一句话写得好的，有一点事写得好的，只要有一点是写好了的，就值得学习这一点。我没有写过部队，但常常看部队的作品，看新的人物、新的思想、新的形象是怎样地生长起来，我就可以多少学到部队的开朗的气概。

有的同志，看书很马虎。随手一看，就说：这书没意思，就丢了。一个作家，要抱着学习的态度去看别人的作品才行。有一点好处就要学过来。有人不喜欢看中国现代的作品，喜欢看苏联的作品；苏联的作品确实是好，是我们要学习的，但到底还应该多从中国自己的作品学习[①]。我们的作品中完全都好的作品是不多的，我们应欣赏它的即使是一点好处。我们要创造中国自己的好作品，就不能不先零零碎碎地从中国自己的作品里学。新的人物，新的事情，在哪儿能看到呢？还是要在中国今天的这些作品中才能看到。这些作品，当然还不能代表新中国；但看看它多少总有一点好处。很多搞创作的人很多作品都不看。甚至有一些老作家也是这样。有一次，一个编辑部请一个作家对某部作品发表意见，他来了一个条子说，这本书没有看过！其实，那本书在《文艺报》上已经评论过好几回了，可是他还没有看过！这是很可怕的现象。

一个文艺工作者如不看作品，再加生活不够，马克思列宁主义讲得再好也是空的。[②]古典作品是必须看的，新作品更要看，因为不论怎样，不能把今天的新英雄主义人物写成武松或李逵。我们看翻译的苏联小说，小说里是翻译家的语言，看《水浒传》是古人的语言。我们现代的作品虽然还不够好，但今天群众里新的人物，新的感情，新的

---

① 初刊本作“但到底还只是苏联的作品”。

② 初刊本中，这句话前还有一段话：“我自己，一般的作品都看，近来忙一些，看的少了些，就感到很恐慌。”全集本删除。

性格，新的语言，必然会出现在新的作品里。要改变文字的作风，也要看现在的作品。有的人要求今天的作品立刻要像《水浒传》《红楼梦》《普通一兵》一般好，那是不切实际的，那是要求太高了。

前面我说过创作必须要有文学的修养，为了进行创作，平时经常地读书研究，在生活中留心观察，这些都是必要的、应该的，但并非一定要具备了高深的修养之后才能进行创作。只有一种情形是很坏的，就是作者对生活对人民都没有热情，唯一只是为创作而创作，那他一定不会有什么好的结果。

创作既然是一种劳动，就应该经常不断地进行写作和练习。有的人说："现在不敢写，待酝酿成熟再创作。"这类思想，想一出手就发表成熟的作品，想一鸣惊人，是不可能做到的，创作的进步，也像其他的劳动一样，是一步一步走的，不可能一下子跳过去。飞机，有一定的航线，创作的发展也有它一定的过程。你不经常地写作、练习，你的语言不会丰富，脑子不会灵活，方法不会熟练，只有常常写才可能掌握住新的语言和方法。写什么呢？先多写短篇。可是刚刚相反，我们很多人偏欢喜写长篇，以为写长篇才像个作家。可是不知道，作品写不好，就是因为写得长、写得噜嗦、不集中、不动人的缘故。

短篇的特点，是在于问题集中。作品怎样算好呢？就在于写得集中。契诃夫写了一千多个短篇，大部分都是写得好的，就因为写得很集中。[①]我们现在有很多东西，不能说是小说，是流水账式的记载。写土改，写抗美援朝这样的大主题，当然不可能全部写出来，只能抓住一点带代表性的问题写出来；可是我们呢，总是什么都写上去，有关系没关系全写上去，有聊无聊全写上去。为什么这样不分主次轻重地全写上去呢？我想主要原因就在于作者生活太少。一到农村，一到连队，注意一看，觉得什么都新鲜，什么都舍不得丢开，什么都与政策有关，都得写上。同时，又因为我们去生活时，在土改工作团里工作或在连队里辅助工作，都只做了些表面的工作，与群众表面的接触，没有真正深入到群众的内心里去。群众对我们说话，是对干部说话；我们见的是一般的生活；我们是按照上级的布置做一件工作再一件工作；结果写出来的小说，只是工作的纪录，只加上几个张三李四的名字，插上一些对话，还给他们规定谁是好人，谁是坏人，谁是积极分子，谁是落后分子，我们自己的头脑里对这些人只有一些概念，写出来的作品和人物，当然也只能是刻板的概念化的了。

我说要有修养，是指要向很高的艺术修养去努力。简单一句话，

---

① 初刊本此处还有如下内容："如《可爱的人》这个短篇，写得多么精炼！他写一个女人结婚了，嫁了一个露天戏院的经理，她爱她的丈夫，丈夫的思想就成了她的思想。她到市场上去，看见熟人就与他们谈，现在戏院的工作怎么怎么不好做呀，又是天气哪，演员哪，观众哪……都有很多问题等等；后来戏院经理死了，她嫁给了一个木材商；于是她见人就谈木材如何如何；后来木材商又死了，过了一个时期，她爱上了她的一个房客，他是个兽医，于是她逢人又谈要如何如何注意牲口的病；以后兽医带了自己的妻子和小孩来住在她的家里，这时她年纪也大了，一颗心就完全寄在这个孩子的身上。孩子每天到学校里去，她就天天的接和送，逢人便说现在学校里课程如何如何的难呀……契诃夫在一个短篇里写了一个女人的一辈子；难道这个女人一辈子没有别的事吗？契诃夫把别的事都不写，就只写了其中的几件，就把这个女人突出出来了：她自己没有一定的思想，只是把所爱的人的思想当作了自己的思想（把自己丈夫的思想作为自己的思想，这样的妇女在旧中国有的是，新中国也还不是没有）。通过这个短篇，契诃夫概括的写出了那个时代中一部分妇女的生活和思想的特点。契诃夫也有些讽刺，但对于她们也给予了很多同情。像这样的东西才叫做小说，因为它集中。"全集本删除。

我们要学习。今天许多人写东西却并不重视这一点，只凑成一件事，凑成一篇东西，就满意了。人家都觉得没有味道，自己还硬说这是小说，是诗，不肯学习呢。

时间没有了，我不能说得太详细，但要指出根本问题即是为什么要创作，有没有对创作的热情，对生活、人民的热情。

作家不能是个为拿工资的匠人，创作者自己首先要有创作的感情，热爱生活的感情，要爱新的人物，爱新鲜的东西。一个创作者要懂得爱和恨，要有最深的恨，更要有最深的爱，深深地恨人民敌人，深深地爱人民群众，只有这种思想情感，才可能有革命的宽大的胸怀，才能有满腔革命战士的热情，感觉到一肚皮的话非写不可，非宣传不可，而从事创作。创作者非具备这样的创作热情和革命的热情不可。这些东西从哪里来呢？是从各方面来的。但也要创作者在生活中改造了自己之后，才可以丰富起来的。人是可以改变的，怎么才能变呢？就要到群众中去。不到群众中去生活，而说爱群众，那是抽象的。只有到群众中去爱他们，帮助他们，他们也就会反过来爱你。群众的感情是真诚的，自己就会觉得群众更加可爱了。这时候，爱群众、爱生活、爱一切新鲜事物的感情就培养起来了，自己的情绪也会更加健康乐观起来。我们曾见到一些自暴自弃的人，常是既不爱别人，又觉得很少有人爱他，这就不可能写出好作品的。

当然，开始去爱群众的时候，不会爱得很深，因为并不真正了解群众；但继续生活下去，了解得就多了，就能够产生真正的感情。而且在和群众生活之中还可以得到许多群众给我们的感情，当我们得到这种宝贵的感情之后，就会觉得自己不更好地做好工作就对不起他们。

这样，和群众息息相关，就会发现许多新的东西。[①]

大家说创作是要灵感的，可是灵感从哪里来呢？灵感只有人民才能给我们！只有爱人民才能有真真的文学的灵感。我们要创作，先要使得我们有正确的、丰富的、热烈的情感。这种情感的养成，需要长期的改造，真真具有无产阶级共产主义思想，为人民服务的思想才能获得。同志们都很年轻，都在我们有很好的政治教育的部队中工作，又有机会与战士接近，希望更加努力。祝同志们胜利！

① 初刊本在这之后还有如下内容："我们一个普通人，看一个小孩，感觉不到小孩每天有什么新鲜的事情发生。可是一个母亲就能每天都看见有新的东西在小孩身上出现，又是出了一颗牙，又是会叫妈妈了，又是能跑两步路了，又是比前天胖了一些，母亲一发现，心里就喜欢，不仅自己喜欢，还要憋不住地向别人宣传，叫别人也来看见她的小孩在慢慢的长。我们作一个革命的创作者，就要像母亲爱她的孩子这样的去爱群众，去发现群众的新东西，觉得群众了不起，觉得非宣传不可，这才可能产生比较有出息一点的作品。有些很伟大的事情摆在面前看不见，就是因为没有无限的对人民的爱。"这段之后，下一段开头，也有一段内容，强调"能爱，就能在很小的事情里发现很大的意义；不爱，便什么也不能发现"，过渡到谈灵感问题。全集本删除。

到群众中去落户*

文学创作是一种复杂的劳动，能写出好作品，一定要具备很多条件，从好多方面去努力。我不能在这里把各种问题都谈得很仔细，我只想讲一个问题，是我认为在目前的创作情况中最主要的问题。

关于“生活”，我们平常谈得很多。但我感到现在似乎有些人在过分强调对生活的分析和研究，并且把分析、研究和生活机械地分开。这种看法影响了一些青年作者。最近我听到好几个同志同我说，说他的问题主要是对生活认识和分析的能力问题，并非生活不够的问题。他们还说：别人到生活中只去了三五个月，就写出了一部好作品，我去了一两年，还是得不到东西，我看主要还是自己认识生活和分析生活的能力太低。

老实说，我不同意这种看法。对生活当然必须有分析和研究，可是以为我们生活已经够了，而问题只在于马克思列宁主义、政策思想的问题，我觉得不是这样。我甚至以为这种看法现在在传染着很多人。这样就会使许多人对于深入生活这一最主要的原则发生动摇。

关于这一点，我可以举最近讨论得很热烈的《三千里江山》作例子来说明。《三千里江山》一发表，很受到读者欢迎。为什么呢？因为它写了我们所最关心的人们的生活。杨朔同志有意识地要向人民歌颂这些抗美援朝中的奋不顾身的具有英雄品质的人们，这些人们的行为

* 本文是在中国文学艺术工作者第二次代表大会上的讲话，初刊于《文艺报》第20号（总第97期），1953年10月30日出刊，署名丁玲。收入《丁玲全集》第7卷。

对读者起着鼓舞的作用，因此它受到欢迎是应该的。杨朔同志在朝鲜一年多看到、听到动人的故事是太多了，这些人感动了他，他要求表现他们。杨朔对于书中的生活，还是有些了解的。这是它成功的原因。但为什么又为许多读者（开始较少，慢慢地多了起来）感到不满足呢？那是因为看完了回头去一想，就觉得还是不够味，总觉得只是些生活表面现象，而这些又是与人物思想、事件发展关系不多的一些无足轻重的琐碎事件。于是我们就会一连串地发出很多问题，正如文协创作座谈会上所提出的许多问题一样。于是许多人就说《三千里江山》从题材上来看是好的，但它的主要缺点是结构问题。我是不同意这种看法的。杨朔同志是有写作经验的，从他过去的作品来看，杨朔同志对事件的发展过程，一般地说，还是有组织才能的，我以为《三千里江山》的缺点，还是由于生活不够。生活少，一定就理解不够，能就手的材料、能运用自如的材料就少，写起来就只好跟着自己的想法走，写起来就不敢去触到较深的问题。当然这里也包括生活态度的问题，如果生活方式是正确的话，在比较短的时间里也可以接触到较深的问题；如果只是看生活，听生活，记录生活，他所理解的东西，总是表面的。所谓结构，总得有东西才能结构，《三千里江山》里面所表现的生活，不是臃肿，而是使人感到很多是表面的东西。

我并不打算批评《三千里江山》，只是因为要说明我不同意很多同志对《三千里江山》的看法，和我认为今天创作的问题主要还是生活这一点联系起来，作为一个例子来谈的。

为了再说明我的看法，另外有几个人同我说到的一些话，很好的意见，我觉得也不妨公开出来。他们同我说：托尔斯泰、契诃夫、曹雪芹之所以写得那样好，固然由于他们有伟大的天才，有学问，有修养，但他们有一个方便，他们是写他们生活周围的人，他们所写的人，都是有模特儿的，他们的模特儿不是堂兄，就是堂弟，不是表姐，就是姨妹，自幼就和他们生活在一起，他把这些人都摸透了，自然写来顺手，写得那样亲切。我们现在写的是什么人呢？写的是工农兵，写的是英雄，这些人在生活中是离我们很远的人。我们要“下去”才能看到，才能听到；临时要写了，临时才去找典型，我们同他们一起时可以把面孔搞熟，却不太熟。而我们身边的人，大部分是小资产阶级出身的知识分子、机关干部，也许这些人是可以写的，不过，我们现在还不想写他们，觉得没有写头，也不怎么爱他们。我们是没有亲戚的，一般同志关系的同志、朋友也少，老亲戚、老朋友是旧人物，也不是我们书中的主人公。我们在这样一种环境里，却要写作，要写新人物，要创造英雄典型，的确是很难的。

这些话我很懂得。这就是说，我们今天的作家，不敢说大多数，就说少数吧，是这样一种情形：世界虽然广阔，可是我们活动的范围却非常狭窄；生活虽然是蓬蓬勃勃，丰富而绚烂，可是我们日常的生活却非常贫乏。我们既然生活不多，就主观地在屋子里谈天说地，纸上谈兵，以弥补我们的空虚。譬如这样的人吧，我想是有的，谈典型的时候，脑子里是连一个人物也没有的，至少人物不多，影子很模糊；我们谈主要矛盾，谈事物本质，而我们是连很少的群众斗争生活都不知道的。这好有一比，就像瞎子摸象，这个说象是一个柱子，那个说象是一堵墙，都自以为摸着了，摸对了，看准了，大家洋洋得意，可是旁边的人是明白的。这也好比一个大闺女，她连对象也没有找到，却自以为很会生孩子，老说怀孩子是什么味道，应该怎样生，怎样养，而且就凭空要生孩子了。在很狭隘的环境里，过着单薄的、没有光彩的生活，而要创造人物，创造典型，这是不可能的事。我以为这不只是我这几个朋友所感到的痛苦，而是很多作家（把我自己包括在内）今天的实际情况。因此，我觉得这是一个非常重要的问题，所以我今天只谈这一个问题。

对于我们来说，生活是最重要的。这句话我们听得很多了，但为什么问题却还是严重地存在着呢？这是一个思想问题，一下也不见得就能弄清楚，也许还有人并不想弄清楚。不过我们总得慢慢说通它。在这里我不妨再举一个例子来说明，就是徐光耀的《平原烈火》，这是一本很好的书，当徐光耀写《平原烈火》时，他的文学水平不如现在，但他在冀中平原上跟着打游击十多年，那些生活惊心动魄，那些人生龙活虎，都时时激动他，在他的脑子里挤来挤去，都要他写，他就凭着他的感受去写了。他只觉得要写的太多，他对人物和事件是不犯愁的，他努力的只是一点，如何克制着自己的感情，割爱一些，多剪去一些，使其精炼。徐光耀能写出《平原烈火》，主要他是从生活中来的（这里当然不否认他的文学才能）。但徐光耀这几年来文学修养、理论水平都提高了，他也到朝鲜去了一年，也写了几个短篇，却都不及《平原烈火》，原因就是他对新的生活不如他对抗日战争那段生活熟悉。所以我劝他不要着急写，他应该再回到生活中去，这几年的学习会帮助他在生活中有所收获，但仅仅只有学习，不下去，是不能创作的。

这也许还不足以说明问题，那么我再从几个我们都很熟悉的概念来谈谈。

第一，我们可以谈谈常常说到的“体验生活”。“体验生活”这个名词不知道是什么人创造出来的，开始创造这个名词的时候，它的含义也许同现在所讲的不同吧。但它现在不但成为一个时髦的名词，而且也成为一种生活方式了。我们常常遇见一些人，问他到哪里去，他就会答道：到工厂体验生活去，到部队体验生活去。或者问他从哪里来，他也回答体验了生活回来。我们的确经常碰到一些体验去、体验来、体验了一次又一次的人。但是，当我们问他到底体验了一些什么回来的时候，他就答不出所以然来了。他会罗列一些生产中、工作中的琐碎事迹，或者就感叹地笼统地称赞一阵子劳动人民的伟大。这些也是平日在报纸上就可以常见的。这些还没有去生活就抱住“体验”观念的人，他们的生活方式是：站在生活边缘上看着，在生活的表面上晃荡着，听着一些极为概括了的、简单化了的、不知重复了多少次的报告、发言和谈话，他就更为简单地记录了下来，这些小本本就是所谓材料，就是满载而归的财富。自然，这种“体验生活”比坐在北京的房子里要好，要好得多，可是，作为一个作家，这种方式要不得。

什么是体验呢？我的理解是：一个人生活过来了，他参加了群众的生活，忘我地和他们一块儿前进，和他们一块儿与旧的势力、和阻拦着新势力的发展的一切旧制度、旧思想、旧人作了斗争。他不是一个旁观者。他的生活中不是一个游手好闲的人，不是一个说轻松话的人，不是要把群众生活用来装饰自己的人，不是一个吹嘘的人。他踏踏实实地工作着，战斗着，思想着。他在生活中碰过钉子，为难过，痛苦过。他也要和自己战斗，他流过泪，他也欢笑，也感到幸福。他深刻地经历了各种感情，他为了继续战斗，就必得随时总结，而且继续在自己的思想有了提高的情况下再生活。当他这一段生活告一个段落的时候，而他又是一个文学工作者的时候，他就必须来反刍一下，消化一下这生活。在消化这一段生活时，他就感到涌起了更新鲜的感觉，更深刻的认识，他就感到的确体验出一点什么东西来了。所以说，体验生活应该是先去生活，参加战斗，然后才有可以体验的，才谈得上体验；不是用体验两个字去生活的，也不是跑跑逛逛，走马看花可以体验到什么的。

第二，“下去生活”也是一句常用的话。为什么要下去呢？那就是因为我们的日常生活是在上边，是脱离群众的，而我们又要写下边的这些人，因此要下去。于是，写作之前就先下去生活几个月。这说明一个问题，就是我们还是要牢牢地、长期地坐在上边，而真正到群众生活里去，只是短期的、暂时的，有所需才去取的。有时是去工厂，有时是去农村，好像样样都知道一点。过着这样的生活，而又不想有所改变。他基本的想法，还是人应该长期地、安逸地在没有生活的地方藏着，像鸽子一样和平地过着，而只在需要写作时，才去赚点生活本钱，把一些只能看到的表面的生活，拿来作为资本，作为创作原料。我想曹雪芹、施耐庵、托尔斯泰、高尔基都不是这样的。他们是把所有的时间，所有的生命都贡献在生活里，他们是写他生活里、毕生的生活中所最感到有意义的人和事，这些人和事都被借用来表现自己几十年的感情和生活的总结。他们从生活中证明了，也发现了一些真理，要为这些真理去宣传，为了宣传得好，才采取了文学形式；不是为成作家才写作，也不是要写作才去找主题，有了主题才去找材料的。这都恰恰与我们相反，我们走的是同这些伟大作家相反的路。现在我们是又要写伟大作品，写英雄人物，创造典型，我们却又舍不得长期地与我们要写的人生活在一起。我们明明知道我们要写的人对我们是生疏的，却又不愿熟悉他们。我们明明不愿写我们周围的小资产阶级知识分子出身的生活比较单调的人，而我们却安于这种环境，安于互相空谈。我说，如果真的要创作，想写出几个人物或一本好书出来，就必须要长期在一定的地方生活，要落户，把户口落在群众当中，在那里面要有一种安身立命的想法，不是五日京兆，而是要长期打算，要在那里建立自己的天地，要在那里找到堂兄、堂弟、表姐、姨妹、亲戚朋友、知心知己的人，同甘苦，共患难。我们要成为他们的支持者，最可亲信的人。他们愿意向我们坦白他们最先想到的东西。当他们最快乐的时候，会想到我们；当他们最为难的时候，也首先想到我们。我们在那里是一个负责任的人，严肃的人，热情的人，理解人的人，而且最重要的是没有私心的人，我们慷慨地、勇敢地把力量拿出来，我们也将会得到最多的、丰富的、各种各样的情感。到那个时候，我们就不贫乏了，我们就富有了一切生活中多彩多样的人的心灵的、生动的生命的跃动，我们就会觉得写不胜写，而且写得那样顺手，那样亲切了。

我们不要太容易自满，我看见有些人刚刚同工人见了几次面，或者通了一两封信，就常常夸耀，说自己如何了解工人，说变成了工人朋友。同工人交朋友，这自然是好的，可是还只能说是开始。我们投身到群众生活中去，第一要老实，要踏踏实实。

第三，关于“我有生活”。我们常常听到一些农村中或部队中的青年同志说：“我有生活，就是不会写。”他们的确在农村中、在部队中住过一阵子，他们也的确懂得一些、熟悉一些农村中和部队中的生活情况和事迹，他们也比较容易接近群众。我们要接近人，首先要熟悉他的一些生活，才能谈话，才谈得起来，如果你什么都不知道，你是提不出问题，开不开口的；就是你提了些问题，一听就知道你是外行，引不起别人谈话的兴趣，谈话不投机，就根本不想多说了。会接近群众，这确是我们很多青年同志的长处。我刚到华北来的时候，晋察冀的文艺工作者给我一个很好的印象，我觉得他们比延安的文艺工作者更会接近群众些，比我就强些。这一点本领也是要花许多时间才学得来的。[①] 可是我们这些年轻同志，虽说很会接近群众，但生活方式还是比较简单和不深入的，他们只了解农村极小的一个角落，一个村里的几个村干部，一些工作和运动的进行概况，对这些工作和运动没有及时总结，只是得到一些自然状态的或刻板式的经验。有些村干部们也许正从这里向我们学习一些八股，一些公式化，有些人却又原样照搬过来。应该说，由于我们经验不多，人生的经历极少，政治理论水平也不高，我们不能很好地加以分析，加以总结。我们提不高，于是我们在生活中只看见一般的现象，顶多只看见别人都看得见的东西，甚至因为我们的思想水平低，还会把一些比较低级的东西，当成美好的去歌颂。我以为这些同志并不十分理解全面的、丰富的、变化着的生活，而只具有一些生活知识，这样是不能说有生活的。虽说常和各种人在一起，却是环境狭窄，经验狭窄。在这种情况下如果以为自己有了生活，只是写作的技巧问题，其实是一个错觉。

怎样才能提高自己的分析能力呢？这只有在生活中才能提高，把理论与实际结合起来才能提高。我们在生活中经历各种事情，要在生

① 初刊本此处有如下内容：“譬如巴金同志的《黄文元同志》这篇文章最近也有许多人说好，我也觉得巴金的散文是好的，而且他写出了他对于我们志愿军的热情，从巴金来看，能够在朝鲜生活那样久，努力歌颂我们的志愿军英雄，实在可以鼓励很多人。不过从《黄文元同志》这篇文章里看巴金同战士的生活，还是很有趣的。我觉得可能巴金的办法还不多，他还不很会和黄文元谈话呢。我们知道黄文元对巴金很好，但每次只见巴金感动得说不出话来，或者巴金正要和他说话时，他就走了。巴金现在还在朝鲜，他再住一个时期，他就更可能写出比较有生活的作品来。这只是一段插话，无非想证明一点，要熟悉一些生活，要会接近人也不是容易的。”全集本删除。

活中当家做主，因此就不得不研究政策，总结经验，决定办法。分析生活，批判生活实际与生活是同时进行的。当然也可以回到屋子中再总结，不过总没有不去生活而总结的。当然，有许多负责同志当他总结时，也不一定是生活过来的，但，他曾生活过，而且他不断地设法下去接触一些实际，更重要的是他本来只在思想上求得结论，并不需要再用形象，再用生活本身去表现。

既然这样，就不应该再继续下去，就要主动地、积极地跳出狭小的圈子。环境是可以改造的，是可以自由选择的；生活方式，去生活的办法是可以自己决定的，是可以为自己打开生活局面的；主要的问题在自己是否有决心和积极性。而且应该争取主动。所谓争取主动，并不是不守纪律，自由散漫，而是说明我们有决心，有计划，有步骤。并且这里包含了一种坚持的毅力，与惰性斗争。我们知道打仗是要主动的，被动一定要挨打；那么我们去从事一个艰巨的创作事业，怎么能够被动，或懒于动弹呢？我想强调一下主动，强调一种积极性，对我们生活散漫的人会有好处的。

我们曾经有过这样的经验，当我们下去之后，就觉得天地一新，就觉得有那么多形形色色的，可爱的、吸引我们的人，就使我们有继续跟着生活追踪下去的欲望，就使我们乐而忘返，就使我们想动手动脚，要发言。我们对生活是有热情的，那么为什么不任我们的感情奔放下去呢？为什么不让我们把现实抓得更紧呢？我们不要做一个随风飘荡的小船，在这个码头上停一天，在那个港口上弯一夜；我们要在那里发现新大陆，要开辟，要建设，要在那里把根子扎下去。每一个人要为自己创造一个环境，一个比较长期的生活圈子，这个生活圈子是和我们要写的生活相一致的。现在我们没有，因此就更需要我们自己来创造。也就是说，我们要钻到我们所写的生活里去，钻得深些，沉得长久些，同时要跟着那个圈子逐步扩大。譬如我们写合作社，深入一个合作社，同时还得多了解些合作社，还得和各种各样与合作社有关的人联系，凡我们生活里所积累的都能联系起来，我们脑子里所装的东西都是有用之物，很少废料，那就好了。一个作家不可能只写一种人，一篇作品里，也不只一种人，所以要有圈子，又要不把圈子弄得很小。生活越多，了解人越深，看东西越敏锐，这里面极有乐趣，而且会提高自已，并且保险是没有妨碍的。这几天有人向我说工作太多了，忙得连创作的情绪也没有了。我想是不会的。生活，并不等于事务，并不要你事务主义。生活本身就是创作，而且作家是在任何时候也在进行创作的。一个普通人在生活和工作中，常常有所感，有种诗意，也想写点什么，有创作的冲动。我们常常碰到这些人，他们向我们倾诉，常常惋惜他们不熟悉文学形式，无法把他们所感受的写出来。他们向我们求教，想知道一些表现的方法。可见生活并不会消灭人的诗情诗意，生活只有给人以灵感，给人以创作的欲望和材料。生活既然是创作的源泉，怎么会妨碍创作呢？不过工作过多、工作时间较长，使人无法进行比较细致的创作的组织工作，没有时间写，那是有妨碍的。这就不是生活妨碍创作情绪的问题，只是想一个具体办法，使得你有时间来写的问题了。

现在我们有着极好的条件和宽广的道路，你走到哪里，你都会被欢迎，没有一个地方是例外的。各地的负责同志都懂得文艺工作的重要性，都乐于帮助你，尽可能地帮助你理解生活，理解政策，给你最好的条件；群众也都希望你能写出他们来，为他们写出好书来；他们以最迫切的心情等着你，期待着你，他们愿意告诉你一切，希望你留下来，不愿你走开。我们写得不好，他们也原谅，我们写得有一点点可取，他们就会给你报酬和鼓励。在历史上文学家曾经有过这样的幸福吗？曾经被这样重视过吗①？人民是这样的可爱，周围是这样的可爱，时代是这样的伟大，我们如果不写出一本好书，如果毫无贡献，还只是上来下去的，我们是如何愧对人民、愧对国家、愧对党啊！

在这样英雄的时代里，我们也应该具备着理想，也就是具备着英

① 初刊本作“被看成这样重要过吗”。

雄的心，我们应该有一个奋斗的目标，写出一本好书，不是马马虎虎的书，是要有高度的思想性、艺术性的；不是只被自己欣赏，或几个朋友赞美，而是为千千万万的读者爱不释手，反复推敲，永远印在人心上，为人所乐于引用的书；不只是风行一时，还要能留之后代的。它是既能教育今天的人民，也能启示后代的书。我们要从《红楼梦》《水浒传》《儒林外史》中学习，并且还要向着这些伟大名著的水平前进，向着鲁迅的水平前进。让我们把我们所有的写作都当习作，从今天开始，为着将来的、最好的一本书而积蓄力量做好准备吧！不管结果如何，但一个理想是应该有的。如果是有这样理想的，我就还重复一句：改造自己的环境，让自己在广阔的世界里行进，为自己创造新的生活。我们离开了旧有的狭小的生活环境，是失去不了什么的；一切理论、政策、技巧、创作方法、文学作品，凡可以提高我们的东西，都是公开的，在什么地方都可以得到，只要我们决心去获得它，它既不秘密地藏在什么地方，也不在某一个人的口袋里，也不拒绝我们去获得它的。所以我向大家，特别是年轻的作家们，我的亲爱的弟弟妹妹们发出这样的号召。

我并不反对我们现有的创作组这一类组织。但我认为一个创作者时刻也离不开领导是不对的。作家并不像孩子那样离不开保姆，而要独立生长。因为创作无论怎样领导，作品是通过个人来创作的。集体主义并不意味着永远要集体创作。创作组有很重要的作用，它究竟应该采取什么工作方式，我不能在这里多谈。但绝不应该是紧紧抓住几个人。要采取多种多样的社会方式，而不是采取家长制度。作家并不是某一个人可以培养出来的，作家要在群众中生长。

我自己看我自己，作为一个作家，要达到我的理想，也有许多缺陷，我还必须做很大的努力，但我却愿意和你们在一起，努力改变我的环境，找我的道路去。我更悄悄地告诉你们：我还有一点雄心，我还想写出一本好书，请你们也给我以鞭策。

一九五三年九月

创作要有雄厚的生活资本*

我和这一班的同志接触比较少，只能就接触到的一些问题来谈。

先讲读书问题。我觉得我们在读书方法上有点小问题。有的人读书总是先看主题，我不是这样。我现在看书有时还哭鼻子，保持着小时候读书的感情，我夜晚看《红楼梦》，到早上眼睛就哭得像个胡桃似的，见不得人。有的人看《静静的顿河》，说作品思想不好，有问题；有的人认为不应以富农格里高里为主角；又有人说，这就是作者肖洛霍夫本人的思想。但我看这本书时就没有想到这些，我想作者就是要写富农；他写时也不见得就是要把格里高里写成这样结局。我钻到书里面去了，我以为作者就是写了这样一个人，这个人夹在生活里拔不出来，和生活一起在滚，滚来滚去，慢慢地不知不觉地人就跟着滚老了。一个时代，大的历史事件把人裹到里面去了。我们看书时，应看到整个的生活，整个的时代，要投身到生活中，对书中的人物才会发生兴趣，否则我们读书就没有味道，感觉不到什么东西。我也许太缺少理论了，但我觉得读书应把自己卷入书中的生活，跟它滚，和书中的人物同喜怒哀乐，为主人公而哭，而笑……，这种感性上的激动在记忆中留下了很深的痕迹，看完以后，书中有些事也许忘记了，但情感却留在感觉中了。情节什么都可以忘，但曾经激动过的情感，讲到那一件事时，我的感觉就会重新引起。所以，我觉得读书时太清楚，

---

* 本文为丁玲1954年6月29日在中央文学讲习所的一次讲话（未刊稿）。收入《丁玲全集》第7卷。

太冷静，太理智是乏味的。我和一个写小说的朋友说："是不是我们读书时有一个缺点，就是头脑太清楚，太理论化了，因此我们看书，任何感人的东西都变成不感人的了。只是找主题是什么，积极性够不够，人物安排得好不好，这样是否不好？"他说："事实上有不少人是这样看书的。"有些人读书总是想从书中学习写作，想从书中得到东西，因此读时就太冷静了。这种人有一个主观愿望，一定要从书中得到几条。这是不对的。我想：如果一篇小说，读者一看就看出主题是什么，若看不出就觉得不好，因此作家就得把它的主题明明白白写在作品中，让读者一看就清楚。其实这样的写作是失败的。我们对作品要求过急，而没有自己深入到书中的生活里去。有的同志读书只是为了从书中抓住几条，结果是把书中的教条抓住了，而把书中的宝贵的东西却忽略了。我们读书一定要钻进书里去，和书中人物同感情，体会作者的感情才行。这样新得到的东西不只是几条，也不是一次就都能得到的。如《红楼梦》，我们多看一遍，就可以多得一些东西，自己的胃口慢慢地大了，从书中得到的东西也就慢慢地多了。

再谈谈写作。有的搞写作的同志，有一个毛病，就是老想用两个本钱做四个本钱的买卖，这不老实，不行。有人有八个钱的本钱，本钱虽然多，但他买卖做得不那么大，看来只像四个钱。但较多的人还是以两个钱的本钱做四个钱的买卖，很不老实。只有一点点生活就那么花花草草，闹得漂亮，好像他很懂得生活，生活很丰富，其实这只能欺骗外行，内行是骗不了的。因为这只是空架子，其中东西不多。外行们看来觉得他满懂生活，工人，农民什么都有，其实不是这样一回事。我想，如果我们作家都老老实实地到生活中去，老老实实地写一点东西，不一定赶上世界第一流的作品，够上二三流作品是满有把握的。但像这样花花草草的东西，现在还在流行，我们经常可以看到这类作品。当我们提出反对小资产阶级倾向的作品时，大部分的东西却显得公式化、概念化。而当我们提出反对公式化，概念化，要求作品有生活的时候，花花草草的东西就来了，这样不行；一定要走老老实实的路。有人问我:《粮秣主任》是怎样写的?我说我就是老老实实写的。我看见那位局长，我说:“我看你是个人物，但现在我不能写，也许在别处能写。”我了解他是一个正面人物，如把他写得太好，水库里的人可能说我了解得不全面;写他不好也不成，因为不合事实。要写英雄就要到生活中去，这要花费时间，我这次在水库的建设工地上，见了英雄，他们的材料都写在纸上。他们以前干什么?以后干什么?我不知道。就这样今天见这个英雄，明天见那个英雄，听他们的谈话是缺少血肉的，只是一些事情，而且成了老一套，从这里是得不到你需要的东西的。老实说，他们介绍给我听的这些东西，我只听了三分之一，没有比在报上看到的更多。如果了解他们过去的生活，从前的一些东西，以及今天怎样成了英雄，这样写出来才有意思。若只写一件英雄事迹，那是不够的。水库那里有局长、工程师、美国留学生，也可以写新旧思想斗争，但那样的作品早就有了。后来我碰见一个老头，这就好了，因为我脑子里原来就有这样的人物，是一个熟人，不过以前他不看水库。他是不是有那个老头的这种思想感情呢?可以有的。《文艺报》杨犁同志说这作品中五分之一是真的，五分之四是虚构的。水库的同志们都说是真的，他们希望我今后多写点。当然作品中人物说的话，不一定都是看水库老头说的话，他不会说得那样深，那么漂亮，但他可能有那种思想，我们就应该把他的话加以组织。若是只把别人的话记下来，那作家就太便宜了。我在水库待了几天，并不了解全部工程，工程建设我不懂，我不能写我不懂的东西，因此我不能写工人。至于农村，当然，我懂农村不如邢野、谷峪[①]、赵树理，但多少懂一些，我就是这样老实地写我懂得的东西。我不懂的，我就不写，从农村看中国的变化，从我能够懂的角度来表现，写我脑子里所能体会的问题，我只能这样。

要到群众中去落户，现在对我可不容易，要很大的努力。上次我

① 邢野、谷峪都是老解放区培养出来的青年作家。

讲，我是住在个四合院里，虽然不是“贫居闹市无人问”，那样同社会脱离，问当然是有人问，天天有读者问，但问的大都是一个问题：“你怎么当作家的？”我苦恼的是怎样使我的生活彻底改变一下，不要老是和一种人来往。我最好是不和搞文学的人来往，天天谈的总是那件老事，像郭沫若讲的那个精神病患者那样，老讲着一句话。我们现在有些人虽然没有精神病，但他所讲的却老是那一套话，和精神病患者差不多，实在可怕得很。这说明我们有些同志没接受新鲜东西，有的还是原来的东西。我很怕讲课，也是怕老说那几句话。我很怕今天讲这套话，明天还讲这套话，我实在想改变一下我的生活，找些工、农或做别的工作的人来，把屋里的客人换一换。但有时他们来了一次，下次你不找他们就不来了，还是生活无联系，他不能把他的欢乐与痛苦向你说，他不需要你。我想到乡下买两间房子，安个家，要写文章看书时就回家；但这个也不容易。你说你回家，那里人并不把你当作回家。谷峪回乡下去就是回家了；但我不行，我下去还得回来。在延安时，农民生活比一般机关好，饭食时常变变花样。但现在不同，农民们三顿小米。不用说我，就说文讲所的生活水平吧，也和乡下大大不同。在那里不但吃得不同，房子不一样，另一方面也还要浪费时间，要说废话，得到的东西不一定多，简直是沙里淘金，你的全部时间都泡进去，看书都没有时间，甚至连思索都没有充足时间。这样怎么能在下面待得长呢？所以到群众中去落户不是那么容易的，但一去就想回来，那怎么能行呢？急是搞不成的。我认为应该强调主动性，这是很艰苦的。你要做到别人有牢骚来找你发，和你谈心、交心，这是很不简单的。我在作协工作，需要搞清作协同志们的情况，要深入地具体地说明这里面的人有些什么东西，这要花上五年的时间还不够，这还是成天见面的几个人呢！要清楚了解工人和农民，当然更不容易。农村中的生活，社会关系是很细微的，到农村去，怎么能在短短的时间内就弄得清楚呢？比如在一个合作社里，有这家杀了那家的人；汉奸要入社；同是党员，但整党时有矛盾，过去你搞得我好苦，现在我不愿和你一起成立合作社；这样的问题多得很，我们一下子是不易摸清的。如我们要到农村落户，对每一家的底都摸清楚。我现在可以摸清几个作协的人，但现在还不能写。《红楼梦》《静静的顿河》都是百看不厌的，它们写的那些日常事，很有味道。我看过一篇稿子，正想看下去的地方他却不写了，如抗日战争、减租减息，他说人家都知道这些事情，所以他不写。我认为文章就是要写人人都知道的事情，他们知道了，但往往还不清楚，写东西就是要写最明显的东西。我们常看到有猎奇，抢材料的情形，一听说某某地方有一个很好的材料，于是大家就去了。我想这当然很好，就是太快了。要写是可以的，但应该从容一点。他要写的对象的许多情况，他还摸不透呢！哪能那么容易一下子就写出来？这是一生的事！有些人，条件好，如谷峪，将来还是回到老地方去，不要留恋北京。到北京来学习是好的，有很多课别处不能听到，像郑振铎、冯至的课；看看首都的风光、人物也是很好的，但是以后还是要到群众中去，到农村去，写东西。《静静的顿河》有人批评说没有正面人物，但斯大林认为没关系，在二十世纪上半世纪《静静的顿河》仍是最好的一部书。在《被开垦的处女地》中写达维多夫就不如村长写得好，因为作家想要写正面人物。《静静的顿河》就是因为作者心里有那些人物，当时他也做这个工作，等工作完了，他就放下别的事情写了这部书。我们不要为题目而写文章，先有题目再找生活，这是违反创作规律的，应当在生活中认识了，熟悉了许多人，许多事，必须写出来，像曹雪芹那样。有人也许是想自我安慰，说我不一定要下去就可以写。每个人有每个人的写作方式。但就是我在北京，我也一定要主动地搞一个生活圈子，这中间的人是我将来要写的。我们一定要有刻苦的精神。

我二十几岁时，为生活所迫，没事干就写文章发牢骚，写下来了，现在看来很危险。很多人也有同样的危险。我们只有赶快到生活中去补课。有的人想法和我不一样，觉得自己了不起，盖世英雄，作品可以流传万世，名字当然要写到文学史上去。想得那么多，我感到很危险。我今天写完了一篇，就不晓得明天能不能再创作。有人对我不理解，觉得我有天才，实际满不是那么一回事。有人觉得你没念几年书，没有什么生活，可是写了几本书，你一定很聪明。我一听这些就烦，我一定要老老实实到生活中去。有人问我没有念几年书，没有丰实的农村生活，怎么能够写这些书呢？我说我有一点生活，有着同志们都有的一点生活，但还有另外一些生活。有的同志说丁玲很顺利。但你翻开我的历史看看，不是这样的。我快五十岁了，经过一些艰苦，有一点经历，从自己生活中掏出一点东西，用生命换来一点东西，就这么一点东西；是吃过亏，倒过霉，赔过生命，才得到那么一点东西。书读得不多，但把自己的感情放到书里去了，书骗了我的感情，骗了我许多的眼泪，晚上不能睡觉，骗了我的兴奋，这些代价也换回了一些东西。我就根据这么一点点东西来创作，不想创作什么大的。就这么一点成绩，但这仍有危险。人都是要继续生活下去，一天一天提高，不前进就后退。我感到很多地方不够，心有余而力不足，这个力是各方面的力，没有积攒，老做作家，收入很少，老是支出，净发空头支票，结果赤字太多，这是很危险的！搞创作的人要有雄厚的生活资本，玛拉沁夫很危险，本钱少，招牌大，人家老要货，这样就亏空了。有些青年作家，有一点成绩，不要太在意，不要一说好，就好得了不起了，有点骄傲；年青人总免不了有点骄傲，就怕因为骄傲就不往前进了，而是要使自己更加强信心。我最近听说他虚心了，我更担心，怕他太世故了。要虚心，但不要世故，如世故就糟了。高玉宝一出名，我便替他担心，他叫人捧得太高，怎样下台？他还应该多读些书，我看见高玉宝时，问他："现在读什么书呢？"他说，他正在写书。这怎么行！作家不能老写自己的历史，年青人要成为专业作家还不行，东西太少，生活不够。鲁迅说过："社会能把人捧死的。"稍微有一点东西，记者就跑来了，这个那个都来，要你写创作经验。我曾告诉过陈登科，不要写创作经验，因为你没有什么创作经验。这一类文章，我就不写，就是写了，别人也得不到什么有用的东西。如果你真正觉得

《桑干河上》好，你就要从书中得到东西，不是从创作经验中去学习，根据别人的经验来进行自己的创作是不行的。《跨到新的时代来》要印，但我觉得没有什么新东西，那是我编《文艺报》时，没法子，便硬写了一些，现在看起来，我写得不好。我们作家有时不太脆弱了？写一篇文章，有人一批评不好就站不起来了，甚至痛哭流涕。若有一个人说好就飘飘然忘记一切了。真正搞创作的人就是一万个人叫好，也要考虑考虑自己的东西是否好。读者来信也不见得那么可靠。有些人被读者来信搞糊涂了，给你写信的人一般不会说坏话，真正喜欢你作品的人却不一定给你写信。你爱毛主席你是不是每天都给毛主席写信？有的人写信夸我们，也许是为了想收到你的回信，这实际上是害我们的。骄傲是不好的，气馁也不好，要有信心。老实说，我们都很危险，只要稍微懒一点，马上就要掉队。什么都如此，一满就不能再装东西；已有的也会旧起来，不可能再成长了。所以一定不能满足，不自满就可以装一点新鲜东西。

我有一个感觉，从李涌及有些人身上觉出来的，就是现在有些搞文学的年青人，看法很简单，接受问题太快，解决问题也太快，往往你还没讲完，他就明白了，而且也真的讲得很对；可是完了就完了，完了就把它放下了，以后就不再去想这件事了。他不注意问题的本质，只注意解决问题的方法。在生活中（方才邓友梅说他活了二十岁尚无一个人物），你和人物接触，他的眼光、手势，一握手就有各种情绪，生活中的一个动作就表示一个人的一定的情绪。我们到生活中去就是要注意这些东西，我们不能很快地一下就知道这是什么人？他要怎么样？而要细细地从旁边去观察。我们平常要养成注意这些的习惯，看人，看问题，研究人，研究事都要快，感觉快也是一个天才。对事物反应快，但不能一快就把它归纳于教条中。就是说感觉快，不一定马上就用教条道理来说明这件事，而应该先把它放在那里，这也是一个习惯。在生活中不是很细致、很形象地看一切东西，只是抽象地把问题都解决得很快，这样的人搞创作也很成问题。有些人讲话很具体很形象，使听话的人感觉到当时的味道，这就是有文学的气味。有些同志太简单了，李涌本身很可爱，性格明朗，但是不是太简单了？一下问题就解决了，不是经过反复的思考，从当中得到一些东西。这个问题看起来很简单，但在创作上是很重要的。人物没有很好地在脑子里酝酿成熟就觉得好了，只是写得快、多，腹稿打得不够，马上就写是不能把人写好的。这个问题也不只是哪一个人才有。现在的年青人的确比我们过去聪明能干，理论水平高，但因为太精明，有时要吃亏，智者千虑必有一失，一切都计算到了，却忘了最重要的东西。这不是一下子能够解决的，也不是一堂课一席话就能解决的，“与君一席话，胜读十年书”，但这只能是启发，实际作还要靠自己。人物是慢慢形成的，是平常看得多积累起来的。邓友梅是聪明人，我担心他会不会吃点聪明的亏。不过没关系，人总是要翻几个筋斗，不翻筋斗长不大。翻也要踏踏实实地翻，摔了要感到痛，不然还得摔。有些作家虽年青，但不一定就没有人物，只是人物可能还没有完全形成或还没有组织起来。要创作人物要花时间，创作典型更是要概括很多人的。典型不是把许多人身上的东西都加到一起来写，不是把这个人的这点，那个人的那点凑起来而创作典型的。如果我了解玛拉沁夫，那我就尽量地写他，把他身上可能发生的种种事情都写出来，这样写，才能更突出更完整。

记生活手册，各人有各人的办法。我是既无手册，也无日记，很少拿笔，若拿起笔，就是写文章。有人讲他一记就记了几十万，记笔记很有好处，如刘白羽同志，他晚上睡觉以前一定要记，这有好处，可以帮助记忆。我鼓励大家记，至少可以帮助大家练习文字，你们喜欢多记就多记，觉得没用就少记。关于语言问题，也是这样的，记老百姓的语言也是如此，有人把老百姓的话记在本上，用时就翻翻。但我们写人时，要看这个人应该怎样说，就让他怎样说，而不能根据笔记本中记下来的写。我不大主张用方言土语。有些土话在对话中还可以懂。但行文时就不易看懂，最好不用或少用。《太阳照在桑干河上》

虽然土话不多，但有些字眼还可以去掉。

很对不起，耽误大家一个上午的时间，只讲了些小问题。有些问题还是到将来大家自己来解决。我有一个建议，听说大家对“文艺学”有意见，我过去还没听过这个名词，到北京以后才知道，我的意见是：不管哪个同志讲，我们知道一些东西就算了，学习《水浒传》也是如此。聂绀弩也是花了很多考据工夫的，我们知道一点就行了。我们读书不要读得很死，现在有些人总想一下子把所有的书全啃清楚，对“文艺学”也是这样。我们听一听，了解一些道理就行了。有些东西，我们不要成天钻到里面死抠，抠来抠去解决不了问题，反而抠出了新问题，越抠越多。“文艺学”并不能完全解决你的创作问题，陈登科没听文艺学，他也写出了《杜大嫂》，到了这里，听了萧殷讲了以后，才知道还有一个“典型”，但他听了典型以后，也不一定就能创造出新的典型。有些事情，我们是了解了解就行，不能把圈子兜得太多了，搞创作就是要注意我们生活中有味道的东西，看作品也是要看看里面的生活。

生活、思想与人物*

电影局负责同志要我来谈一些有关创作的问题，我想：如果要来谈，是应该整理自己的经验、心得，同时也应该从当前很多人的创作里面发现问题。我过去因为工作关系，经常接触一些搞创作的年轻的同志，好像感到了一些问题，写了一些文章，其中是否有错误，还需要检查。近年来因为自己要创作，注意别人的创作问题就比较少，谈得也比较少。这次叫我来给大家讲点什么时，脑子里事先没有什么准备，实在有点踌躇，怕讲的不在“点”上。

我还是从同志们提出的问题中，选两个我比较容易答复的来讲。我讲的只是根据我个人的体会和经验，也许是狭窄的，因此只能供参考。

我们的世界观是一样的，我们可以同是马克思主义者，我们所主张的创作方法，即社会主义现实主义的创作方法也是一样的，但我们每个人都有他自己的创作道路，每个人的表现手法都不一样，各人有自己的风格和个性，每个人的生活也都有个人的生活方式和方法。如果你是那样生活的，我也仿照你那样生活，那是不可能的，也不必要。两个人的性格不一样，对具体事件的着眼点不一样，对事物理解的深度、轻重也不可能一样。所以即使我们两个人同时在一个地方生活，我看见的东西和你看见的东西，我们所感受和能被启发的东西就不会

* 本文为在电影剧作讲习会上的讲话，初刊于《人民文学》1955年3月号，1955年3月8日出刊，署名丁玲。收入《丁玲全集》第7卷。

相同。同样我们在写作上，也是各用各的语言，完全模仿谁，也不必要。但可以吸收别人的经验（当然向古典文学，向苏联文学学习都不在话下）。因此我所讲的，只能帮助你们联想起你自己的东西，巩固它，或者批判它。

首先，我还是讲到群众中去落户的问题，这是你们提出的第一个问题。生活的点和面怎样结合？是否生活面可以宽一点？是否除了到群众中去落户以外还有什么体验生活的办法？这些问题都是从我那篇《到群众中去落户》的文章引起的，我想那篇文章可能说得还不够清楚，现在再补充些意见吧。我提出来要“落户”，主要是针对着像我这样的人，还包括长期生活在文艺界小圈子里、长期在上层活动的人，或者是一些在创作组里靠下去采访回来写作、平时很少深入群众斗争的人来说的。我自己认为：所谓真正去“落户”，是从精神上来讲，要我们的精神、情感和群众能密切联系，同群众息息相关；并不是指我们搞创作的要永生永世住在一个村子里，把我们的户口放到一个村子里去住一辈子就算落户了。户口放到什么地方是不关紧要的。我现在住在一条巷子里，我的选民区是我住的那一区，那里有我的户口。可是我是不是真正同我住的那条巷子发生了关系呢？没有。我住在那条巷里很久了，同那条街的群众实在没有发生什么关系。所以要说住在哪里就算在哪里“落户”，那完全是从形式上看。我所说的“落户”，主要是指：我同我所住的地方的群众或者是我去工作的地方（这里当然不是指机关或创作组里），特别是我们要描写的工农兵群众的生活和感情是息息相关的。不是一个人要老住在一个村子里面。现在要我们老住在一个村子里面，是办不到的，而且也不一定就好。

我们要是长时期[①]住在一个村子里，虽然能帮助做很多事，我们能得到很多愉快，但同时我们也会[②]感觉到不满足。并不是我们不满足

① 初刊本作“太长时期”。
② 初刊本作“一定会”。

那里没有新房子、没有暖气、没有电影看。重要的是我们对自己要写的东西还会觉得理解不够深广。而且我们长期只看到一个村子里的事，那我们的经验也会是很狭隘的。因为我们接触面缩小，接受新事物新问题少，我们对一个村子里的问题一方面会更熟悉，但对它的批判也会一天天地固定，不易提高。因为我们同更广大的群众、广大的社会、更集中了的问题疏远了。但，相反的情况，也是不好的，我们只是和抽象的所谓广大群众有联系，我们跑到哪里都是很肤浅的关系，东跑跑，西看看，到处都知道一点，什么问题也摸着一些，可是哪里也不深，也没有亲密一点的关系。我们到鞍钢去参观一个月，同鞍钢负责同志谈话，可以了解一些目前我们工业方面的问题。我们到生产合作社住几天，我们会懂得一些今天农村里互助合作方面的问题。这些对我们都有好处，但尽依靠这种办法去进行艺术创作，是不行的。创作，根本的问题是要写出人来，要写行动里面的人，要从很多行动里去塑造人物。要这样，我们就必得有一批我们非常了解、非常熟悉的人物。如果我们深入生活在一个地方，对张三、李四这样几个朋友很熟悉了，那我们将来到另一个地方，见到另一个人，马上会觉得，啊！这个人像张三，再见到另一个人，啊！这个人像李四。因为张三、李四原来和你就很熟，对你理解新认识的人有帮助，而这新认识的人也同时丰富了你所熟悉的张三或李四。这时你若是写东西，写别的人写不出来，要写张三、李四这样的人，你就一定可以写出来；并且比原来的张三李四更集中更典型。如果你脑子里原没有张三、李四这两个人的底子，那么见到相像的人，你也是不容易理解的，也是不容易写出来的。所以我们必须有这样一批非常熟悉的人，作我们的底子。我在那篇文章中说："我们熟悉自己的对象，要像我们小时熟悉自己家里的叔叔、伯伯、哥哥、弟弟那样。"要这样就必须到群众中去落户。有些人当然可以不一样，他没有脱离过生活，他在农村中长大，或在工厂中长大，或在部队中长大，他们脑子里早有一批出色的模特，那就不在我说的范围，我是指那些脑子里还没有——或者脑子里有一批人物，但是影子很浅的人。这样的人，他一定要到一些地方去，要同那里的人把关系搞得像自己的亲人一样。不单是你对他好，要他对你也像亲人一样才行。假如我到农村去，有一个老太婆，我对她非常好，非常熟悉，我对她的确像对自己母亲一样，但她并不把我当闺女看待，那也还是不能了解她。非要做到你把她当母亲，她把你当闺女，互相有这样的感情才行。要这样，你就得长期地给她什么，给她感情，将心换心，你要找她，管她的事，给她出主意，帮她的忙，诚心诚意地对待她，直到有一天，她觉得和你是平等的，她完全信服你了，这样，你这个朋友才算交定了。交定了这一个朋友还是不行，你以为你为她花了很多工夫，她就有一篇小说给你，哪里有那么便宜的事？或者以为她就有个人物给你，你将来可以写她，也完全不是那么回事。也许她并不是一个人物，她什么也不是，但你还是要花很多工夫对她，而且不只对她一个人，还要对这个、那个……我们小时候在家一二十年，也只熟悉那么几个人，如果你同你写的对象，不是有[①]长期的生活关系，结下了“不解之缘”，那么他对你是很容易断掉关系的。你的那些朋友，应该是真真的朋友，不管你以后碰到什么事情，你会联想到他们，你同他们的关系才能稳定下来，他们才能成为你书中的真真的人。

现在我们一说到写人，就会想到典型性。所谓典型，决不是东取一个人，西取一个人，把张三、李四、王五“加”起来，或者“乘”起来。也不是我们先从理论上来一个典型，再用生活中的这个那个去拼凑。我以为我们是写我们熟悉的人，写脑子里面原有的人，写我们自己喜欢的，或者不喜欢的人；也就是说写自己发生过感情的人，以这样的人作为创作的模特。如果你对自己所写的人物，脑子里没有[②]一个模特，只是从理论上一条条拼凑起来的、综合起来的人的话，那一定不可能写好的。那么，你所写的是不是完完全全就是你那个模特

① 初刊本作“比较有”。

② 初刊本作“完全没有”。

呢？不是的。你是从那个模特得到启发，得到理论的认识，又联系到很多具体事件、具体人物来补充这个人物[①]，不，不是补充，而是给以创造（有时候也会从思想中决定一种典型，才去创作，但不是凭空从理论的演绎上说明人物，而是一个思想勾起你的许多生活经历、联系起你的人物）。这个创作不是空想，不是纸上教条，不是脑子中的书本，而是活生生的现实，是活的人，并且是作家的世界观里早已有了定评的人物。

因此，我说“落户”，不只是住在一个村子里。因为我们要熟悉很多人，要有一个地方是比较熟的，另外还要从很多地方很多人物的接触中丰富自己的人物和社会景象。这是我们不能只住在一个村子里的第一个原因。

其次，我们要写生活的变化，要写在生活变化中的人物，他们绝不是孤立的，他们和周围的事物都有联系。比方你写一个生产合作社，这个社里面的问题，就同我们国家的整个生产互助的政策有关系，和其他方面也有关系。因此作者必定也要熟悉与他所写的对象有联系的东西，也就是说你必须了解得更广泛才行。这是第二个原因。

还有，今天我们所要写的人物最本质的东西，不是恰巧就从某一个人里面或几个人里面完全体会到的。如果要在你所写的人物身上，有一种坚强的战斗力，一种生活力，一种克服一切困难向前的力量，而这种内在的、昂扬的东西，决不可以凭主观去臆造，或仅仅从一个小圈子里的人物身上去体会，或者只凭自己的经验去写；也许自己的经验就不够；也许这个小圈子里就缺少这样的人；也许你所了解的人里面，有这种精神，但是他的这种精神还不十分饱满；所以你必定要熟悉比他更高的人，特别要熟悉人如何在生活中，在复杂变化的生活中受锻炼受影响而提高的品质。我们在一个村子里，熟悉了几个先进分子，但我们如果更能体会到志愿军里面的英雄人物的品质、情感，

① 初刊本作“又由于理论，联系到很多具体事件、具体人物来补充这个人物”。

不也可以用到这地方来吗？因为这种英雄的新的品质与他的阶级品质是相同的。只是在不同地方的具体表现不一样而已。因此我们要体会很多这样同类型人物的内心，要不体会得更多，你要写的人物的内心精神世界就会写得不够宽广。

其次谈谈我们的写作对象，我以为要稍稍有些固定。比方我是写农村的，我就要用长一点的时间放在农村生活上，我也要去工厂，去部队，但到工厂、到部队，也是为了丰富我写农民而去的。你原来熟悉部队，那你最好还是写部队，你去农村，也还是为了你写部队。因为部队里面的很多人，是从农村来的。如果不懂得农村的变化，也就不懂得战士是怎么来的，他为什么要当兵，不在家生产；同时你也要到工厂去，去了解无产阶级的思想感情，这是很重要的。我不同意把作家分为农村作家、部队作家，作家主要的是表现社会，但在我们作家生活非常不深入这一点上说来，有必要有个重点，不要一会儿跑这个地方，一会儿又跑那个地方。我看见我们有些好心的人，听说合作社很重要，赶忙去，一会儿又去工厂，一会儿又上部队，什么都重要，什么都写，什么也没写好，飘得太多了些。当然我不是说绝对只写一种生活，而是说不要见异思迁，不要赶浪头，东赶西赶，什么都落空。

跟这个问题有联系的，也是你们要知道的一个小题目，讲讲我自己的经验。讲老实话，我是哪一“行”都不行。农村不熟悉，城市也不熟悉，所以我经常讲，在创作上，别人是虚心，我是心虚。最近几年来，为什么我老不动笔呢？虽然我脑子里，也有一些人物、有一些题材，但是一想到把它写成作品，总觉得不够，总想不出那么多的事，那么多的大事小事来把我所想的人物写出来。

在延安时，我有一个计划：想写一个长篇——写陕北的革命，陕北怎样红起来的。想写那些原很落后的农民，在革命发展中，怎样成为新的人。我跑到过去闹革命的地方，那里真是些三家村，三家一个村，五家一个村。一个村在山上，一个村在山下，上下起码五里路。我就那样上下跑，大雪天相当冷，我还是跑到这，跑到那。我下去了很长时间，回来后只写了两章，写不下去了。为什么写不下去了呢？那是因为在写这篇东西时，我有一个想法：想用《三国演义》那样的办法来写。但要那样，就要有很多的事，一件事，又一件事地写下去。而且那些事使人看到都很有趣味。通过一件一件的这些事，慢慢地把人物突出来，而不是靠作家出来替人物说一大通。我们都记得《三国演义》有多少事啊！他写一个孔明写了多少事！写一个刘备写了多少事！每一件事只写三五行，但是在那件事中，人物是什么样子你都会记得。我想用这种形式写，可是我实在没有那么多事。因此，写了两章，写不下去，搁下来了。这说明我对农村了解还不够深。

对城市我也只是过去的一些印象和知识，并不深入了解很多生活。后来到张家口时，要离开老解放区了，要离开老区的群众了，这时突然感到我对不住他们，我还没有写出他们，我忽然觉得同他们有分不开的感情。我不愿到新的地方去。而这时那些张三、李四都出来了，都要求我写他们，我才发现我究竟对延安的农民也有点熟悉了，和他们有了感情。在老区住了八九年，到底没有白住，不知不觉地有了些熟人，有些人在脑子中生了根，于是我决心再回到农村去。正好这时党中央的“五四”指示下来了，我便去参加土改工作。三年中认真搞了两个村子[①]，就是这两个村子，对我创作上，感情上起了很大作用。特别是在石家庄市郊的村子里，我感到收获比什么时候都多，更舍不得离开这个地方，真想在这里工作一辈子。后来我只要看到报纸，讲到别的农村事情的时候，我就想到那个村子，想到这个政策到了那个村子，张三会怎样，李四会怎样。我经常想去看看，看看那些熟人，想到很多人都一定更好了，就禁不住欢喜；有时又有些怕到那里去，我怕有些人，那些我曾经用心培养起来的人，万一有了变化，万一他现在落后了呢？

就是这两个村子，使我到北京这么多年不想改“行”，我也想过改

① 初刊本作“三年中只认真的搞了两个村子”。

“行”，领导上号召写工业建设，而且我觉得写工业建设也很重要。要讲熟悉农村，那很多人比我强。写工业，我虽不太熟悉，但对城市总算住过许多年。很早以前也到过工厂。但是我终于没有改“行”。

今年春天我到桑干河去，村子里很多人都还认得我。八年了，我变了很多，但是他们还认识：“你不是那个谁么？”他们不会忘记你，他们记得你比你记得他们还要深。虽然你感到自己没有做什么，可是在他们生活里却起了多大变化！我有这么多朋友，你让我丢下他们再去找新朋友，我感情上有些不愿。

虽然我的生活不够深，那里的朋友不算多，可是，就这些人已经使我舍不得离开他们了，因为我和他们一块儿战斗过，我满意那里，因为在那里我发现了力量。那为什么我不更深入下去呢？这是我现在的情形。我以为我们如果没有发自内心的热爱，只是为了找些材料，是不可能进行艺术创作的。

下面讲另一个问题：

有些去体验生活的同志，认为他们所体验的生活本身就是公式化、概念化的，因此无法写不是公式化、概念化的作品。形成这个现象的原因，一些同志认为有两个：一个是生活不够深入；另一个是体验生活办法有问题。大家不满意这样解答，希望我发表一点意见。

现在我发表一点意见。

生活里边有没有公式的地方？我想生活本身是生动的、复杂的、充满了战斗精神，而变化很快，是没有公式化的。但是，现在生活里边的确也有公式化的地方。前两天我听到有人说农村公式化可以，工厂公式化可以，军队公式化可以，只有我们搞创作的，公式化就不行。其实一切生活里公式化都不行。打仗如果公式化还能打胜仗吗？当然，也许每次战斗之前，都要动员，讲话、开大会，但这哪里是公式化，这只能说是工作的程序。你知道就在这些会上，每个人的思想活动都是千变万化的，每个人不一样，每一次不一样。但是生活里边也出现公式化，比如在下边的工作干部，有的人由于水平低，不知道深入群众，浮在表面，只知道行政命令老一套工作方法，又简单，这就难免工作停在表面，遇到我们下去体验生活的人，他本身也是浮在上面，只做一般表面的了解，当然就只能看见一些公式化的工作，而他以为下面的生活就是这样。他根据这些来创作，怎么能不概念化？真这样倒好像只属于个人创作的事。但这里常常也会有些可以担忧的情形。我看过我们的影片，有些影片就使我有些担心。比如我们的影片也讲恋爱，而那些恋爱表现得实在不高明，一写到两个人遇见了，简直无话可谈，他们和社会生活可以全然无关，社会上一切的事都不能成为他们谈话的资料，只能说："咱们竞赛吧！"或者送一个笔记本。当他们工作的时候，他们便想起了恋爱，可是爱什么呢？这都是千篇一律的模型。生活里本来有恋爱，有很好的情致，有崇高的理想，有各种各式离不开生活变化的表现形式，可是我们不知道，看不见，把它写得那样单调、平凡、枯燥。我要提醒大家一句，文学艺术的任务，是教育人民怎样去生活，怎样过有意义的生活，怎样工作，为什么去工作，怎样战斗，在战斗中怎样提高自己，提高一个人的品质，提高他的精神生活。现在我们的人民是在新的生活中，生活变得很快，他们常常需要有范例可模仿，需要军师，需要帮助。于是他们找小人书、连环画、电影、文学书籍，可是在这里我们表现得很公式，只有一些概念。也许有的群众能批判，就不要我们这些东西；可是也有不能批判的群众，他们就照着办，就依照着我们书里面、电影里面所提倡的公式化的生活去生活。这些生活转过头来又供给我们去"体验"生活的人作为材料。也许这种担心是不合事实的，希望是不合事实，但我们拿来警惕自己，也会有些好处，的确[①]，我也看到我们生活中有公式化的东西。这些公式化都是我们做工作的人搞的，我们还很满意这些。有，并不可怕，怕的就是我们自己喜欢这些东西。我们不想多了解人，多知道社会。我们爱面子，不敢真的深入生活，却又装得很懂，就只

① 初刊本作"我的确以为"。

好用简单的、怎样也打不倒的条文去套一切，像念咒语似的老念着。

另外，我们体验生活的方法也有问题。这个我在《到群众中去落户》那篇文章中也讲过了。我不同意这种传统的说法——什么下去体验生活。好像我们和生活有距离，要到生活里去体验一下。这样实际上等于把我们同生活隔离开来。事实上应该是我在这里生活、工作，就在这里战斗，在那里工作、生活，就在那里战斗。我们不是到那里去“体验生活”，而是到那里去生活，去战斗！在那里就是那里的一员，不是旁观者。我在这里生活，就在这里战斗，这里就有我的心得；然后写我最感动的东西，写我思想中的东西。但是中国的知识分子，大都是小资产阶级出身，沾染的资产阶级意识很浓厚，因此更需要到工农兵的斗争生活中去，去理解工农兵的思想感情，又去改造自己，所以我们应该主动争取下去生活，而不是觉得随处都有生活，浮在上面。不管我们在哪里过日子，我们都要发表自己的意见，成为那儿的积极分子。不是讲教条，讲空话，而是参加到里边去，提供意见。不是居高临下地教训人，指手画脚地申斥人，这样不是负责精神。你吹一通、讲一通容易，但是人家不一定能照你这样做。

不要使人家非尊敬你不可，大干部下来了，叫人可怕。比如我，我常常想到这个问题。我到县上去，这个县的干部如果不理解我时，那他对我会有些顾虑，要谨慎些，他想：这些作家们，会不会抓住几个缺点，回到上边随便汇报一下，或者写一点讽刺文章，这些事的确使他们头疼咧！他们有顾虑，就会有戒备。我们不管到哪里去，要有警惕，不要让人家怕你，要让人家感到你是可以亲近的人，可以交朋友，可以帮助他的工作，可以出主意的人。我们如果见到不对的地方，也要批评他们，但这个批评是经过仔细研究和考虑过的，不是随便乱说；我们要把人家看做平等的、完全平等的。当然有些地方也许我们知道得比他们多，看得比他们深一点，那就好好地告诉他们，而不是教训他们。帮助他们也是平等的同志的帮助。这样对我们也是学习，学习到很多新的问题和新的东西。我常觉得一个知识分子，主要是向群众学习，学习他们老老实实、朴朴素素，长期的、艰苦的工作精神。何况我们还有很多缺点。样子不同，说话不同，我们再没有负责的精神，他们就会看不惯，认为你是来做客的，跑一趟就走了。我们要让人家看到：我们还有缺点，并且在改变这些缺点。我们不要以为自己永远都是正确的，一个人永远正确是[①]不可能的。我们要让人家知道：我是有缺点的，并且在改变着，这才是一个真正的人，老老实实的人，可亲近的人。

我们要体会人家的进步[②]，进步的艰难，我们要颂扬这个进步，而我们也在进步，这样才叫真正打成一片。

最要不得的是：我们跑下去，专找现成的材料，像商人那样跑到小市，看哪个可以赚两个钱，哪个现在时兴，群众要买，挑肥拣瘦。我们决不要有这样的恶劣作风。

我们也不要像官僚一样，像慈善家一样，向人们施舍什么。我们也不要像浮浪子弟，到处炫耀自己，下去时炫耀：我是知识分子，什么都懂，你们是农民，什么都不懂。回来又炫耀：我去了一趟农村，农村现在的问题我知道，你们没有去，你们什么也不懂。来回夸夸其谈，好像他什么问题都懂。

这些做法都是骗人的，吓唬人的。

不要骗人！最好是老老实实，坦坦白白，诚诚恳恳，谦虚谨慎，热情地（一定要有热情）拿出自己的劳动来。在哪个地方工作，就把那个地方工作搞好。不要在这里还有什么个人打算，好像干好了，个人还可以拿到什么。创作不是个人的，创作的结果就是大家的。你做了一个茶壶，这个茶壶就是社会的，不归自己了。

我想，我们的态度应当如此，这样我们的公式化，概念化会少一些。

---

① 初刊本作“简直是”。

② 初刊本作“变化”，下同。

另外我想讲一点——我很少讲这些，觉得没有什么可谈，可是你们问我，要我讲一点，那么稍稍讲一点吧！讲我作品中的人物是怎样来的。

我想一个作家的脑子里总会有几个人物，他并不是看见一个人物就写一个人物，他脑子里早就有些人物，这些人物是他长期生活经验中产生的，也是从他的思想中产生的。每一个作家，他至少有几个他最喜爱的人，最爱去表现的人物，这些人物是他多少年生活的积累。而且作家总有他自己的理想，他是要把理想放进他所喜欢的人物里面去的。

在我开始写小说的时候，最喜欢写一种人。什么人呢？下边再说。现在先叙说一点材料：我父亲的家，曾经是一个很大的封建官僚地主家庭。可是等到我出世不久，我父亲就死了，我们家穷了，我跟着我母亲在社会中奋斗，找出路。我母亲是一个开明的、有新思想的战斗的女性，她在那样年代，需要非常大的毅力。她是一个在封建社会中受压抑的女子。我小时的命运同她一样，我常常寄住在一些亲戚家里，这些亲戚也是官僚地主家庭。我在懂事的时候，就先懂得了社会制度的恶劣，后来就懂得一定要推翻这社会才有出路。可是只能自己挣扎，自己找出路，自己斗争。这时“五四”来了，我虽然没有赶上五四运动，但“五四”给了我很大影响，我看见很多和我同时代的人，还有稍微早一点的人，他们都是一些坚忍奋斗，比较深刻，比较懂得痛苦，珍惜幸福而又有些理想的人物。这些人也比较容易理解。我喜欢和他们一样具有时代特征的人，我碰到很多这样的人，很自然在我脑中形成了一些人物。这些人物都好像是在沉重的压抑下，在没有援助的情况下，在很孤独的心情中，也要想办法生活下去，这样一些倔强的人物。所以我开始写小说时，就是写的这样的人物。别人说“这是写你自己”，我说不是。我从来都既不像梦珂，也不像莎菲那样多愁善感，我倒是很能快活的人。我写的并不是我自己。我并没有那些事，那些事都是编的。而人物则是我的环境和思想所形成的。在那样的时代，

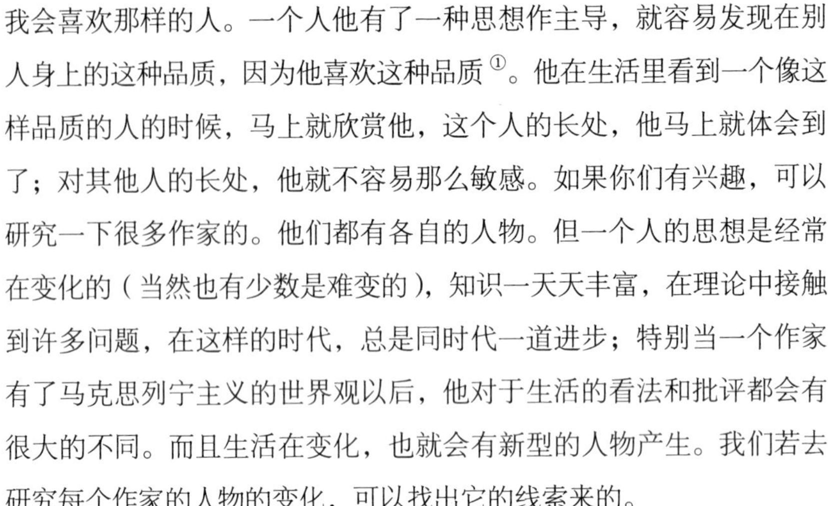

我会喜欢那样的人。一个人他有了一种思想作主导，就容易发现在别人身上的这种品质，因为他喜欢这种品质[①]。他在生活里看到一个像这样品质的人的时候，马上就欣赏他，这个人的长处，他马上就体会到了；对其他人的长处，他就不容易那么敏感。如果你们有兴趣，可以研究一下很多作家的。他们都有各自的人物。但一个人的思想是经常在变化的（当然也有少数是难变的），知识一天天丰富，在理论中接触到许多问题，在这样的时代，总是同时代一道进步；特别当一个作家有了马克思列宁主义的世界观以后，他对于生活的看法和批评都会有很大的不同。而且生活在变化，也就会有新型的人物产生。我们若去研究每个作家的人物的变化，可以找出它的线索来的。

我的作品中的人物，是渐渐在改变的。像莎菲这样的人物，看得出慢慢在被淘汰。因为社会在改变，我的思想有改变。我渐渐看到比较更可爱的人了，因此我笔下的人物也就慢慢改变了性格。我说这些，就是说明生活对于一个作家特别是世界观对于一个作家是多么的重要。我虽说变了，但这种类型的人物，从我后来的作品中，还是找得到他们的痕迹。像《我在霞村的时候》里的女主角，她是农村的女孩子，不是知识分子，她的成分变了，她比莎菲乐观，开朗[②]，但是精神里的东西，还是有和莎菲相同的地方。我很明白这种人物已经过时了。社会制度根本改变了性质，人物的精神世界也根本改变了内容。我极力探求新的人，新人的内心生活。我要写完全是新的人，像《太阳照在桑干河上》里面完全是新的人，这是从我的作品来说，这些人物在我过去的书里是少有的。但是还是写了一个黑妮。虽然这个人物在作品中不占重要地位，可是读者很喜欢她，因为这里面有东西。我收到读者的信，最多的是询问黑妮。尽管作者不注意她，没有发展她，但因为是作者曾经熟悉过的人物，喜欢过的感情，所以一下就被读者所注

① 初刊本作“因为他喜欢的就是这种品质”。

② 初刊本作“光明”。

意了。

我在土改的时候，有一天我看到从地主家的门里走出一个女孩子来，长得很漂亮，她是地主的亲戚，她回头看了我一眼，我觉得那眼光表现出很复杂的感情。只这么一闪，我脑子忽然就有了一个人物。后来我在另一个地方和一个同志聊天，谈到对地主家子女如何处理，一谈到这马上就想起我看到的那个女孩子。我想这个女孩子在地主家里，不知受了多少折磨，她受的折磨别人是无法知道的。马上我的情感就赋予了这个人物，觉得这个人物是应当有别于地主的。但是在写的时候，我又想这样的人物是不容易处理的。于是把为她想好了的好多场面去掉了。这说明一个人物在作家脑子里形成后，是如何的根深蒂固，不容易改变。从这里我们可以明白一件事，就是我们脑子里一定要有许多新人物，而且把他们在脑子里稳定起来经常去注意他，培养他，人物都不是现赶出来的。你说一到某个村子里看到一个人，回来就写他，那是不行的。你要写的这个人物，应该是老早在脑子里面就有了的。

我刚才的例子只说了一种人物，但还有另一种人物。在《梦珂》里的人物，后来出现在《入伍》里；在《太阳照在桑干河上》中就又有了文采。只要是你脑子里的人物，只要有机会，你就会写上他几句。所以说人物都是多年在作家的思想上，作家的性格上，作家的感情中，作家的社会经历中慢慢积累形成的。你到生活中去，看到一个人，得到了启发，就把你旧有的人物都勾引出来了。很自然就把旧有的人物和新认识的人物溶化在一起了。当然，你今天写他的时候，你会用今天的思想来校正他一下的。我在写文采时，曾努力克制自己，把他压缩，总想笔下留情。我不愿让他的形象压倒其他的人，我不喜欢他成为一个主角。

写《粮秣主任》也是这样。我参加了桑干河的土改斗争，敌人到了那里以后，我对那里人的感情更深了。我想到他们经过那样残酷的斗争，死了好些人，我想到这许多人，这许多人的影子在我脑子里早就有了。这些人又是新的战斗者，这些新的战斗者同我脑子里那些旧的战斗者结合起来了。我对这些人的同情更多。因此近年来我的小说里，就不能不写这些人。为什么我到官厅水库去，别的我没有写，就写了个“粮秣主任”呢？这是因为我同这样的人原来就熟，就有感情，我一下去就注意他。对那些才成长起来的新人，我喜欢他们，却不像同粮秣主任这样的人容易熟悉。现在我自己正在努力，要在旧朋友之外，多结交些新朋友。所以我很想到新的地方去，结交新的朋友。注意那些情绪饱满、思想比较单纯一些的、新的人物。《粮秣主任》发表以后，我听到有人说：生活并不重要，重要的是理解生活。丁玲到官厅水库只去了几天，就写了《粮秣主任》，有人下去一两年，还是写不出东西来。我听了以后，当然很感激他对我的鼓励，但是并不同意。我并不是不要生活就可以写文章，更不是我比别人聪明，比别人了不起，下去两天就写出文章来。那是因为官厅水库[①]有我的熟人，有老朋友，有点桑干河的生活，有粮秣主任那样一个人物。我写的并不真正就是水文站的那个人，他没有那么“文”，那些话不是他讲的，也不是我讲的，是我脑子里的那些老朋友讲的。不要以为不深入到生活中去，就可以写出作品来。理解生活当然很重要；但没有生活，没有深入的生活，怎么理解呢？只了解生活的一般规律，不熟悉具体生活，还是无法创作的。

我们不要孤立地去看生活，也不要以为只要有分析生活的能力就可以了。我认为深入生活和分析生活是一件事，在生活里面随时都在观察，都有批判，都有分析，才能更懂得生活。不是说我先下去生活，然后再去分析生活。

附带答复一点有关主题的话。对这个问题有两种说法，一种是：写什么我并不晓得，我要到生活中去看了，才晓得写什么；另一种说法是：我有主题了，才下去，下去了再按我这个主题的框子找材

---

① 初刊本作“官厅水库那里”。

料，找完了材料再来写。对这个问题我这样看：要写一个什么，开始要有一个主题思想，要没有一个主题作为创作的指导和范围的话，那么宽广的生活，你到底要写什么呢？什么都可以写。所以要先有一个题目，不管这个题目是别人给你出的，或是作家自己脑子里产生的都行。一个作家脑子里要经常有很多题目。要经常地看到一件事发生了，就很敏感地接触你自己的题目，使你觉得这件事情重要、有趣、非常好，引起你非要写他不可。主题可以由别人出，可是文章得作家自己原来就有才行，不是拿别人的题目，按概念去找生活找人物。再说我写《太阳照在桑干河上》是不是先有了一个思想，才下去的呢？有的。前面讲过我到了张家口后，就愿回到农村去，我觉得我跟陕北的农民发生了感情。同时我想写一部关于中国变化的小说，要写中国的变化，写农民的变化与农村的变化，是很重要的方面。当时我有这样一个明确的思想：如果很好地反映了农村的变化、农民的变化，那是很有意义的一件事情。我有这样一个主观意图。当时如果没有这个主观意图，就下去生活，那是没有目的的。有了这个思想我就下去了，下去先到几个村子里，浮面地跑一跑，然后比较深入地搞了一个村子，虽然只十几天，但是比较深入地卷进了斗争里去了。当时是在那样的情况下。战争马上要来到这个地区，全国解放战争马上要燃烧起来的时候，如何使农民站起来跟我们走，这是一个最大的问题。

所以我在写作的时候，围绕着一个中心思想——农民的变天思想。就是由这一个思想，才决定了材料，决定了人物的。

顾涌的问题也是这样。当时任弼时同志的关于农村划成分的报告还没有出来。我们开始搞土改时根本没什么富裕中农这一说，就是雇农、贫农、富农、地主。我们的确是把顾涌这一类人划成富农，甚至划成地主的。拿地的时候也是拿他的好地，有些作法很“左”，表面上说是献地，实际上就是拿地，常常把好的都拿走了，明明知道留下的坏地不足以维持那一大家子人的吃用，但还是拿了；并且认为这就是阶级立场稳。在这样做的当中，我开始怀疑，有一天，我到一个村子去，看见他们把一个实际上是富裕中农（兼做点生意）的地拿出来了，还让他上台讲话（当时有些工作是一会儿“左”，一会儿右，拿了他的地又让他在群众中说话，要群众感谢他，真是很右的做法），那富裕中农没讲什么话，他一上台就把一条腰带解下来，这哪里还是什么带子，只是一些烂布条[①]，脚上穿着两只两样的鞋。他劳动了一辈子，腰已经直不起来了。他往台上这一站，不必讲什么话，很多农民都会同情他，嫌我们做得太过了。我感觉出我们的工作有问题，不过当时不敢确定、一直闷在脑子里很苦闷。当我提起笔来写的时候，很自然就先从顾涌写起了，而且写他的历史比谁的都清楚。我没敢给他定成分，只写他十四岁就给人家放羊，全家劳动，写出他对土地的渴望。写出来让读者去评论：我们对这种人应当怎么办？

书没写完，在一次会议上，听到了批评：说有些作家有“地富”思想，他就看到农民家里怎么脏，地主家里女孩子很漂亮，就会同情地主、富农。这话可能是对一般作家讲的[②]，但我觉得每句话都冲着我。我想：是呀！我写的农民家里是很脏，地主家里的女孩子像黑妮就很漂亮，而顾涌又是个“富农”，我写他还不是同情“地富”？所以很苦恼。于是，不写了，放下笔再去参加土改。

顾涌这个人物怎么来的呢？也许是从那个人站在讲台上，拿出那一条破腰带，这样一个形象一闪而产生的吧！但是根本上从哪儿来的呢？还是从我工作中来的。在工作中因为这一个问题我不能解决而来的。从富裕中农这个问题中，就设计了顾涌这一个人物。他是从思想上来的。是在收集材料之前，先有个意图，然后把意图结合生活素材，才产生了人物。

在选择地主形象上，我也费了很多考虑，有各种各样的地主：一种是恶霸地主像陈武一样强奸妇女，杀人；一种像钱文贵这样的地主。

① 初刊本作“只是一些烂布条结成的”。
② 初刊本作“虽然这话是对一般作家讲的”。

究竟要什么样的地主呢？那时候我手头有好多材料，从这些材料来看，恶霸地主最多。写一个恶霸地主吧！我考虑来考虑去，我想，地主里有很多恶霸，但是在封建制度下，即使他不是恶霸，只那种封建势力，他做的事就不是好事，他就会把农民压下去，叫人抬不起头来。尽管不是一个很突出的地主，一跳脚几条河几座山都发抖的人，就能镇压住一个村子。我认为：在某种意义上，他比恶霸地主还更能突出表现封建制度下地主阶级的罪恶。所以说这个形象（指钱文贵）还是从我思想中来的。思想先定了，然后选择了他。我常常选择人物都是从思想里来的。

因此，端正我们自己的思想，理解马克思列宁主义，掌握唯物辩证法的观点是我们创作中最重要最基本的问题。时间关系不能再详谈了。道理很明白，作家要真真解决问题，需要从理论到实践，更需要长期的刻苦努力。我祝同志们学习胜利，并希望给我的意见以指正。

第三辑

迷到新的社会生活里去

生活·创作·时代灵魂*

我这个人不会讲课，不会谈理论，我喜欢聊天，你们让我讲，我就讲吧。首先表明态度，我到这个地方来，不是当老师，而是要同老朋友、新同行大家聊一聊。文学讲习所恢复以后，我一直是愿意来看看你们的！

对你们我是这样认识的，你们写文章的起点比我那时要高。你们一开始就着眼现今社会的时弊，敢于大胆批评指责，这是好的。只是写完一篇，再写第二篇应该是又一个新的起点。写作同赛跑不一样，不一定就越写越好，越写越容易。我们也许第一篇起点很高，第二篇就差一点，第三篇更差一点，反倒越写越不如前了。也可能第一篇差一点，写第二篇好一点，写第三篇又写不上来了。所以我们搞写作的老是在起点上参加赛跑。我觉得我自己现在也还是在新的起点上跑。虽然我写作的时间比你们长久些，但我并不比你们强，也许你们有些条件比我还好。我脱离文艺界二十几年，长时期没有时间读作品，也不接触文艺创作的问题。十年动乱中，一个时期我连看报纸的权利都没有了。二十年来我不是文艺圈子里的人，只是一个农工，一个被专政的对象。前几天我收到一封信，说《在严寒的日子里》我把农民写得太好了，问我是不是受了“四人帮”的影响，是不是受了一九五七年、五八年对我的那些批评的影响。我说很遗憾，这些文章我都没有

* 本文是1980年在中国作家协会文学讲习所对青年作家的讲话，初刊于《文艺研究》1981年第1期，副题为“与青年作家谈创作”，正题系该刊编者所加，署名丁玲。收入《丁玲全集》第8卷。

看，现在也懒得看。粉碎“四人帮”以后，特别是党的十一届三中全会以来，我回到北京，耳目一新，文艺方面也开始有了喜人的变化。涌现了一批人，出现了很多好作品。我当作学习看了一些好作品，但是我坦白地说，我看得不是太多。有人告诉我这个作品写得好，我看看；有的人告诉我那个作品挨批评了，我也看看。有时刊物拿在手上，觉得这个题目很有趣味，我也看看。总之我看了一些，但不是太多，也不算很仔细。所以我现在谈的可能还只是笼统的，甚至是表面的。

你们有人提到创作里面的问题。我想，现在书店里有不少专谈写作的书，有些人专门写这些文章，怎样从事创作，怎么搜集材料，怎么选择主题，怎么刻画人物。这样的书，可能比较好，是真正的经验之谈。可是，也有不少的只是东抄西引，讲些空道理。我从来对这些书没有兴趣，以为不看也罢。我觉得那些空洞的、泛泛的谈论没什么必要一定要听。至于分析作品，我们一定要听。因为这样的具体分析，可以给作者以启发。但是一个作家是不是可以在课堂上培养出来呢？在中国历史上（外国的我不晓得）没有。有几个作家是文科大学毕业出来的？似乎很少！我想：当教员、当编辑、搞理论，是需要上大学的，但搞创作最好是到社会大学去，搞创作没有什么合适的大学好上，你们没上大学呀，你们不都是作家吗？你们有的是高中毕业，有的初中毕业，有的跟我一样，初中也没有毕业。很多人（包括很多爱好文学的青年）总是希望有一把钥匙，能把创作的大门打开，从里面找出一点什么东西来；拿着这个东西，就可以一帆风顺地创作，我想这个很难。这把钥匙掌握在谁手里呢？这要靠你们自己去找。每一篇作品，特别是好的作品，都教给我们经验，我们都可以从那里得到东西。你们不是要我谈谈自己的创作道路么？这些我想在我死后让后人去作客观的评述吧，我不能用这个脑子了。但我觉得可以简单地讲一点，最重要的就是：我们要读书，要看作品，要从别人的作品中吸取好的东西，看出不足的东西，从那里去找窍门。你们现在有较好的条件，你们是幸福的一代，比我们那时的条件好得多。你们自然也会有你们的困难的地方。现在中国究竟走哪条路？究竟自己信仰什么？自己在国家里站什么位置？现在我们国家里，社会上各种思潮泛滥，封建主义的、资本主义的，形形色色，充斥城乡。社会主义的道理，被“四人帮”和极左思潮歪曲得不像样子，党和党员的形象受到很大损害。许多人，特别是缺少革命经历的年轻一代，对国家的前途，感到失望，对人生的意义，感到空虚迷茫。我以为，这对你们就是困难，很大的困难。但是，不管怎么说，怎么比较，你们所处的时代比我们当年的要优越得多。自从粉碎“四人帮”以后，特别是党的十一届三中全会以来，我们饱经忧患的党，恢复了马克思列宁主义的革命路线，实行民主，加强法治，并且号召人民解放思想，实事求是，除旧布新。和过去相比，这是基本的，最大的不同，最优越的条件。我希望你们继续加强马克思列宁主义的修养，坚持党的文艺方向，在复杂多变的万花筒般的文艺现象和社会现象面前，保持清醒的头脑，提高明辨是非的能力，保持和发挥既有的优势，像鲁迅那样，战斗下去。我们那时没有很多老师，现在你们找老师还是容易的。我指的老师不仅指的人，我们有的是书么！我们那时能找到一本胡适之编的《新潮》就了不起了。我们那时投稿也不容易，谁要你的稿子啊。一篇稿子写完了送去，退回来的是常事呀！像我算是幸运儿，碰上了叶圣陶先生。有些朋友，我知道他写了一二十年，没有发表过三五篇，发表了没哪个说好，也没哪个说不好。后来他就不写了，搞翻译去了。而现在你们是有了名气的作家哩！你们的作品受到文坛的赞许，得到群众的欢迎。还有你们大部分已经是专业作家，有了专事写作条件。我在长治住的时候，文化馆的一个青年作家来找我，他没读过我的书，要我送他一本，他给我看他写的稿子，是用打字机打的。这相当现代化了。我到现在还是和陈明两个老人手抄哩！我们那时在半封建半殖民地的上海，关在亭子间里写点东西，除去几个一块儿写文章的人，就没别人来往了。鲁迅、瞿秋白，先后都提出来到工农大众中去，我想到工厂去当女工，但就不行，上海纱厂只招农村来的不识字的小姑娘，还得要有工头担保。因为那样的工人保险，不会闹革命。如果老板知道我是一个学生，我的思想还有点不稳，他是绝不要的，所以我们想到工厂去是去不得的。到延安后，一个个窑洞住起来了，文艺协会，一二十个写文章的住到一起，又和普通老百姓离开了，所以那时毛主席说："要到工农兵里面去。"而现在呢？你们是从工农兵中来的，你们大部分都有一定的社会生活基础了。你们的这一条件的确比我们好。所以你们的作品能够反映社会生活的很多方面，能够塑造出各行各业的一些典型人物。我说新的创作、新的作家的起点比过去的高，就是指这个。你们的文章虽然反映了社会的广度，能够切中时弊，但还不能说是很深。这意思是说，我们的作品在批判社会黑暗、揭露丑恶人性时，不是只让读者感到痛苦、失望，灰心丧气，或悲观厌世，还要能使读者得到力量，得到勇气，得到信心，得到鼓舞，去和一切黑暗势力、旧影响作斗争。这就要求我们作者继续深入生活，永远不脱离生活。正因为作家只能写自己最熟悉的生活，作家便应该继续深入生活，始终深入生活，努力熟悉日新月异的人民群众的新的生活。如果把写自己熟悉的和深入生活对立起来，因而远离人民的生活，结果只能使作家的耳目失聪，堵塞创作的源泉，使作品枯竭苍白。你想当人民的吹鼓手的愿望，想做人民代言人的好心，就不能不落空了。

你们是年轻的，你们创作的力量也是年轻的，希望在你们里面产生几个大作家。我们中国不仅需要很多作家，而且要有大作家。要有第一流的作品。现在可以说还有一点不满足，还不够味儿。我不怕以后搞运动又说我宣传个人主义，白专道路。我过去对一些年轻的同行讲过："要写一部好作品。一个人既是搞创作，不写出一本好书来算什么呀，要写。"说这是一本书主义也好，别的什么也好，我是讲过这个话。五十年代初，爱伦堡有句话在我脑子里印象很深，他讲："我们宁愿只要一本好的书，不要一百本不好的书。"这个道理很简单，一百本不好的书有什么价值呢？没有价值！你们有人写的短篇小说不少了，写得有一定的水平了，但是还不够，论质量还不够，应该写得更好些。

你们现在是作家，而且是名作家，你们的作品刊物欢迎，出版社欢迎，领导欢迎，大家都议论纷纷。这对作家是最幸福的。作家最怕的是人家不说话，像一颗石子丢下河去没有反应。有人跟我谈，他写了好几本书了，一点没有反应，好坏都没有。发出这种埋怨的是老作家。现在对老作家的作品，不都是很公正的。我曾写过一篇谈《东方》的短文，在《文艺报》上发表的。《东方》写得那么好，但是文坛上对它很冷淡，对那么好的作品不重视，不正常呀！我忍不住写了那篇短文。有人问我你写那个干什么呀？”我说：“这么好的作品都不看，不介绍，不识货嘛！”你们的作品的命运，比较起来就好得多了，你们要抓住有利的条件，好好的苦干一番，不断地深入，不断地探索，不断地突破，写好作品。当作家不容易，当大作家更不容易。写出了好作品，人家欢迎，捧场。但我们自己要有自知之明，不要头昏眼花，更要警惕今天有人捧你，明天也可能就不捧你了。甚至在一定的时候一样可以打棍子的。经过十年动乱，你们比我了解这个社会。过去对我们这个社会，特别是对于我们党受到的社会的旧影响，认识是不深刻的。我挨了打还说好，说应该。检讨写了那么厚。检讨的时候我脑子里只想：“什么时候我才可以不写检讨？千万不要再写这样的检讨了。”

是不是多写几篇作品，多发表几篇文章就成大作家了，不是。好作品不是一下就能有的，要下苦功的。也许这话还是老生常谈。斯大林说“作家是人类灵魂的工程师”。我们就要懂得人的灵魂。不懂人的灵魂你怎么去做工程师呢？可是人的灵魂好像是各种各样多得很，有健康的，有丑恶的，有虽健康而有缺陷的，该抓哪一种呢？现在有些青年人，满眼漆黑，家人父子，亲戚朋友，同学同事，同志领导，在他眼中没有一个好人，有的对自己也厌弃，看不见什么好东西。我想：我们这个国家究竟该怎么办哪？我们作家究竟怎样去帮助年轻一代中失掉了信仰的人啊？我们有时苦口婆心，可是人家不喜欢听啊！有时看电影，一来又诉苦了，过去怎么穷啊，怎么苦啊，地主怎么压迫我们啊。这些好像对他们没有用啦，没有人爱听啦！那么究竟该怎样才能讲到人家心里去呀？我们必须得找，找我们这个时代的、能代表这个时代的人的灵魂——时代的灵魂。找到了，才能对症下药，做名副其实的灵魂工程师。

去年我住医院，发现有乳腺瘤，医生要给我开刀，我没有同意，想拖五年，五年之后八十岁了，爱怎么样就怎么样吧！可是今年非动手术不可了，因为发现了癌细胞。那就下决心动手术吧，结果很好。这里我体会到了，有病不能讳疾忌医。拖只有让病更厉害，不是长久办法，该动手术就得动手术。现在我们这个国家有病，我们很多人有病。有人说非动手术不可；有人说可以慢慢地"好起来"，开刀总是不好受的。朋友来看我，我开头总是说，能不开刀还是不开刀的好，动手术并不舒服。可是我知道了一些病情的变化，我还是同意做了手术，我们一定要有这样的勇气。我看到一些作品，揭发了很多现实中不好的现象，还是有深度的。好像是王蒙同志写的吧，讲一个干部，"文化大革命"以前喜欢他的秘书，这个秘书是个女的，对他巴结得很好，能言善道。"文化大革命"中带头打他的就是这个秘书。粉碎"四人帮"以后，落实党的政策，纠正冤、假、错案，这位干部官复原职了，打过他的这个秘书又凑上来了，又时兴了。另一个他原来不喜欢的秘书，"文化大革命"中给他送过饭吃，到了他官复原职以后，这个秘书还是吃不开。我们就有这样的干部，落实政策以后，官复原职，他忘了原来受苦受罪的那个时候，又同以前一样，老毛病，喜欢人捧的老毛病又出来了。

我们的作品给人看了以后，要吸引人家同情书里面的某些人。如果不能这样，那这作品可能就是缺少感染力，不能感动人。我们看《红楼梦》，曹雪芹就是写得好。我们现在再去读，还是同情林黛玉，讨厌薛宝钗。现在，我们的小说一大部分还停留在讲故事，讲事、讲人，这个人怎样，那人怎样。这些人物不是通过自己的行动显现出来的，所以看后，对人物的印象不深，甚至很快就忘记了。我国的很多古典小说的好处就在这里。作者常常用一件小事几句话把一个人物烘托出来了。我们要借鉴古典作品的长处，创作时想办法找那么一点具体的、形象的东西把人物烘托出来，这个作品读起来就有味了。如果你不能把那些人物写得像活的一样，不能使读者和那些人物生活在一起，不能把自己放进去，这个作品是不会动人的。如果老是在那里讲，那个人是个坏人，这个人怎么不好，那有什么趣味？即使讲解得清楚，也只是教科书。

总结几十年来的革命经验，特别是十年动乱的教训，使我们痛定思痛，大家越来越看得清楚，在我们国家里，甚至在我们党内，封建主义的残余影响还非常严重。为了扫除四化进程上的这一障碍，党正领导人民从思想上，体制上，制度上，作风上等各个方面进行彻底的革新。我们的国家曾是一个几千年的封建古国。清朝打倒了是民国，实际还是老一套。民国以后，换来了蒋介石，变本加厉，封建加法西斯。蒋介石被打倒了，建立起新民主主义、社会主义，至今已有三十一年了。但是，直到今天，我们的社会生活，人民的思想，还不能不遭受着封建残余的毒害。新中国成立以来，我们吃的封建主义的苦头还少吗？一言堂、终身制、家长制，这种玩意儿不少呢。要发表一篇文章，如果稍稍不合某些领导人的口味，或者与某位领导同志的意见相左，就不准发表，发表了的刊物就会有停止发行的危险。经过十年动乱，人人都看透了那种风派人物，讨厌那些风派人物。看风的是些什么人？吹牛拍马是些什么人？戏曲舞台上的白鼻子小花脸很多就是这样的人。可惜的是这种人不只是在舞台上出现，而且有的还在生活中指指点点，我们真是太惨了。我们不只是要竭尽全力，从体制上，作风上，领导上，清除封建主义在生活中的残余影响，也不要忘记用我们的笔，在我们的作品里，塑造反封建斗争的战士和不朽的英雄，这是我们创作的一个重要方面。

我们需要批评家。我们应该感谢批评家，应该欢迎他们。现在我们还是缺少批评家。你们比较幸运，你们的作品发表以后，还引人注意，还有人叫好，有评论。现在大部分的老作家，四十年代、五十年代从事创作的，他们的作品问世，就几乎没人理了。有的人想找个创作组都不可能。有个人跟我说："我实在想有个搞创作的地方，人家不要，我只好找个地方做点事务工作。"有的人说："我实在不会做那些事务工作，我找出版社，拿点稿子给我看看吧，大部分来稿乱七八糟，眼睛都不行了，还拼命地看。"这些同志还在不断地写。出版社也出了不少他们的书。但是评论界，不知是什么原因，只是冷淡。如骆宾基，他的短篇写得好，他的《夜走黄泥岗》，现在我的印象还很深。看的时候我觉得非常舒服，他写那个大车队，大车店，那种生活，那个气氛，那个北方的院子，那个房子，那个桥头，我至今还有印象，但你们好像并不重视他，这个不怪你们，因为你们不了解他，你们没有读他很多作品。评论界没有宣传过他，没有人说他哪个写得好，哪个写得不好，所以你们不知道他。听说你们只有两个人请骆宾基做辅导员，你们可以多找他谈谈创作上的具体问题，是可以有所得的。前年我看过李准同志写的一篇，谈他自己的创作经验，写得非常好，是真正的作家写的创作经验。我们实在需要真正的批评家，不看风使舵的批评家。

由于多年来我们缺乏民主，有的人习惯于把评论当成打人的棍棒，当作法庭的终审判决，所以至今有的同志谈虎色变，一听到批评就紧张，把一切批评当成棍子，那怎么办呢？就只好不批评了。这对文学创作也是不利的。如果文章有了问题，还照过去的旧办法，开个会讨论，一开会就把作家打倒了。由领导或几个人来商量，来决定，来判决，作者本人还不知道呢，可是上下左右，却已经风风雨雨，传说纷纭了。这种事过去是有过的。这自然是很可怕的。某篇作品真的有什么错误，我如果以个人名义写文章，我与作者是平等的，我是评论家，你是作家，我批评你，我把话讲在当面，文章写在纸上，不在背后叽叽喳喳，制造影响，那没有什么嘛！那很光明正大嘛！我们就欢迎这样的批评家。读者也需要这样的批评家。你们有谁不希望人家给你们的作品提意见呢？我的作品出来了，有人给我提意见这不是很好吗？这不是说明有人关心我了吗？最怕的就是寂寞，冷淡。

有些人不喜欢批评家，我觉得是不对的。我们欢迎批评家，欢迎真正的批评家，公平待人的批评家。如没有别林斯基，没有车尔尼雪夫斯基，没有杜勃罗留波夫，没有那些人，俄国十九世纪的作品怎么能写得那么好，怎么能那么繁荣？冯雪峰死了，现在要出他的文集，因为他做了一些具体的批评工作，他评论了一些作品。评得对也罢，评得错也罢，我冯雪峰负责，我爱这些作品，我尊重这些作家的劳动。冯雪峰这个批评家和作家是平等的，他不是指挥，不是下命令，不是作结论，不是写判决书，不是高人一等，这样的批评家，作者和读者就都欢迎。

在我们这样一个社会主义的大国里，应该有很多著名的大作家，我希望你们当中能出现很多的为人民，为全世界欢迎的大作家。在我们社会主义国家里这应该不是什么太难的事，我碰到几个外国朋友，他们谈起，现在世界上文学水平不是太高，总的讲不如过去了。文学上的创新永远是需要的。但我们千万不要被那些浅薄的，作者自己也看不懂的，不扎实的，时髦的东西弄得眼花缭乱。我们得相信人类的未来，得相信将来的世界。有些东西变是要变的，但回到原来的位置上是不可能的，回到契诃夫，回到托尔斯泰的时代是不可能的，一定会有更新的，更好的东西出来的。我们要相信这一点。我们要超过契诃夫、托尔斯泰，要反映现代生活，但绝不要赶时髦。

去年文代会期间，我遇见一位美国朋友，他从美国探亲回来。他曾经在中国坐了两次牢。比我坐牢的时间要长十来年，但他还是要回中国来。在美国时有人笑他，说："要是我非烧他几幢房子不可，中国真是岂有此理，还回去干什么？"但他还是回来了。他对我说："中国最有希望。"我问他希望在什么地方，他说："中国最有希望，因为中国人目前对自己的政治、经济、文学、艺术都不满，而不满是一个好的现象，因为不满就要提高，就要改进，就要变革，就有个目标，就有个方向，就要努力去达到目的！"他说美国不一样，美国生活很好了，但是精神生活空虚，因此很多人吸大麻，还有集体自杀的。报纸上登过的跑到拉丁美洲去集体自杀的事件我们都知道了，是古今少有的世界奇闻。他们很文明了么，还要去信上帝信天国，因为心里空虚得很。前两天有一个搞农垦的同志，从美国考察回来。他在美国的报纸上看到聂华苓欢迎我到美国去，问我去不去。他说，你去吧，你去了解了解做做调查工作吧。他说美国只有一样好，就是工人的生活的确提高了。他说，有人说美国没有黄色东西，你去吧，街上的电影院只要是打三个 x 的，你就进去看吧，全是黄色的，美国没什么好看的。我说音乐不是很好吗？他说，古典的东西好，现代音乐没什么好东西。他到美国考察好几个月了。我想他也许有些保守，他是个老党员。陈明有个亲戚在美国，他是“文化大革命”期间申请出国的。现在一个月大约有几千元的收入，生活还可以，有汽车，住在较好的住宅区，不敢住普通的住宅区，普通住宅区就容易有强盗敲门抢劫。所以他们要拿很多的钱，租很贵的房子。业余的文化生活有什么呀？没有。为什么不去听音乐呢，美国音乐不是很好吗？不能去听，入场券贵得很。最困难的还不是票价，最困难的是听音乐会汽车没地方存，存车可不像我们存自行车那样方便。我说那个地方我不能久住，我们的文化生活固然也很贫乏，但我们还可以看一些传统剧目，还可以坐到一起聊聊国家大事。最近《收获》杂志上发表了美籍华人李黎写的小说《天凉好个秋》，你们也可以看看那里的生活。这篇小说写得很好，我和李黎在北京见过面，作家很年轻。她回国后写的，她笔下的挨了整的人生活得很充实有朝气，而在外国置了房产有了儿女的那位老朋友，却生活得很空虚。这篇小说很值得一看。我就希望我们在小说里着重抒写有朝气的，健康的，充实的人。我们的作品不能给读者带来灰心、失望、颓丧或绝望，这个不是我的思想僵化，我只是希望让我们的人，让我们的后代生活得更有意义，更加美好，更加幸福。我们要有些幻想，实际上不是幻想，就是有点浪漫主义，作品完全写实，只起照相机的作用是不行的。

最后，我再讲一点。一九三二年我在上海参加的党。入党时关于党员标准这一类的读物都没看到过，支部生活也不太懂。我感到惭愧，这些知识是到了延安才逐渐知道的。我在马列学院学习时，听陈云同志讲党的建设最有兴趣。读书只对《社会主义从空想到科学的发展》比较有兴趣，至于马克思主义的其他经典著作，我觉得太难懂了，便不想读。我想懂得一点就够了，懂得那么多干什么。好，到了一九五八年，我成了右派反革命了，帽子很大。“四人帮”时代，又把我投进了监牢，关了五年。就在监牢里头，我通读了当时出版的《马克思恩格斯全集》，我简直以为我坐这个牢是幸运的。到了一九七五年，我知道我隔壁牢房的人都放出去了，我心里只有一个思想，唉，让我读完这部全集再放我出去吧。难道你出了监狱不能读吗！脑子里当时就是这样想的。世界上什么是最好的书哇？我看就是这本书。什么人是最好的人哪？你们不是要写好人吗？写英雄人物吗？写可爱的人吗？写最高尚的感情吗？那就是马克思和恩格斯。现在听到有些人说马克思、恩格斯不时兴了，共产主义也不时兴了。可是我读书的时候就想，过去没有读这本书实在太可惜了。马克思最爱的一个儿子死了，全家都是痛不欲生。马克思写信给恩格斯说，我的精神本来是垮了，但我想到我还要和你一道工作很多年，我们还要在一起研究很多问题，我就又有力量了。他们的感情就是这样深刻。恩格斯为了帮助马克思写完《资本论》，他干了几十年买卖，每天应付各种各样的人和生意，挣钱养活马克思一家，自己也写了很多文章。马克思应《百科全书》编辑部的约请，答应写一些条目，但是自己没时间，又是恩格斯帮助写。写完了用马克思的名义发表。马克思那时还不能用英文写作，他的英文程度只能看，马克思写的还交给恩格斯修改，改完了寄给马克思，马克思再寄出去。这是什么样的感情啊！现在我们处在这个什么都要物质交换的时代，你想想这种感情是何等高尚、可贵吧。多少年了，一直到马克思《资本论》一卷出版了，恩格斯才回到写作上来。他自己计划要写好几本书，材料都有了，什么都准备好了，如《德国的农民问题》《爱尔兰的历史》等，但都没有写，为什么？因为马克思的《资本论》还没有完成，他要整理、续写。马克思的底稿，别人不能辨认，字迹潦草得很，只有恩格斯能认得，很多很多的小笔记本呵，这里记一条，那里录一段，恩格斯得先把所有的文稿都收集在一起，自己念，他的秘书帮他抄，抄完他再整理。很多朋友劝他说，不要搞这个了，太麻烦了，你也能写么，你不如自己写，这样整理他的东西太费时间。恩格斯说不行，他说：像马克思这样的人，一定要用他原来的句子才能表达他的思想。第二卷写了十来年啊！他那时年龄大了，眼睛也不好了。恩格斯老了，他逝世前一年才回到德国去，离开自己的祖国几十年了，原来德国统治阶级把他赶出来，他没有国籍了。他回国后德国工人阶级开大会欢迎他，他很谦虚地说这个欢迎并不是给我的，而是给另外一个人的。这个人就是马克思！讲起来现在的人恐怕都不相信，世界上还会有这样的人！可恩格斯就是这个样子的呀！所以我说，我读了全集，自己的思想、感情都提高很多。可惜在牢里没有条件作笔记。可是你们呢，不要像我等坐监牢才读，你们现在可以偷一点时间，挤一点时间，一年读不完两年，两年读不完三年，一年读他三本四本，这个书很好读。当然有些问题我们不能一下子读懂，像《资本论》是比较难懂呵，这个我们不管它。我们是作家，不一定系统研究经济学。这部书里面什么东西都有，真是百科全书，最好的书。我提这么一点希望，你们里面有一个人愿意看的也好。看的时候，看他们的文章。同时参看他们的通信，通信的内容和文章内容是有联系的，对照来看，更容易懂。我看你们要是真的看了是舍不得丢下的。我保险你们有收获。

一九八〇年六月二十一日

如何能获得创作的自由*

今天我来这里是向得奖的作家同志们道喜。你们中有很多同志从事写作很久了，也有刚开始写作的。一个作家写出了作品，有读者爱看，有人说好，又给奖，这是使人高兴的。最可怕的是文章拿出去，如石沉大海，一片沉默。所以我为你们的得奖感到高兴。要向你们道喜。

要我来讲话我是惭愧的，我没有资格来讲话。坦白地说，这些得奖的作品，我没有全看，只看了一部分。我是一个不称职的评奖委员，只参加了一次会议。虽然我看过几篇，但我不敢说这便是从几百篇、几千篇作品中挑选出来的比较好的作品。因为其余的那些作品我看得很少。因此我只能相信《人民文学》编辑部的同志们；去年评奖时我就有这样的感觉。在评奖工作中他们是真正的无名英雄，我们应该感谢他们。所以我说我没有资格来讲话，一定要我讲，我只能说我心中有愧。

近年来我读过一些比较出名的作品，认为有一些青年作者的起点是高的。自然，起点高，只是说的起点，是不是能够保持到最后，始终都像起点那么高呢？这还需要不断地努力。文学这个事业，像跑长跑，路程很长，要能继续跑，跑到最前边去。我已经跑了几十年了，现在仍在跑，我还没有跑到最前面，而是在队伍中，或者是跟在队伍

---

* 本文是在 1981 年全国优秀短篇小说发奖大会上的讲话，初刊于《人民文学》1982 年第 5 期，署名丁玲。收入《丁玲全集》第 8 卷。

后边跑。你们有许多好条件能跑过我们，跑到最前边去，这是我所希望的，应该后来居上。我希望我们这个队伍越来越大，越来越有成就。我们这个队伍应该量多质优[①]，出更好的作品，出更了不起的人才。因此我要讲出我对你们的希望，提一点建议，讲一讲我们如何坚持跑下去，跑得更好。

年初我从美国回来，听到文艺界有两种意见：有人说写文章更难了，写作不自由；另一种意见说，写文章就是不能绝对自由。这似乎是指创作，但搞理论、评论的同志也叹说："难呵！文章不好写呵！"我想了一想，认为作家的思想还是要解放，创作要自由，要从各种桎梏中解放出来，不能"怕"字当头，一定要从不自由中获得自由。作家总会从社会生活中得到感应，总会有意见要发表。作家在创作的时候，只能写自己的感受，不能有这样那样的框框。这几年有许多同志写文章表示要说真话，提倡说真话，这是对的。怎么能说假话呢？那成了骗子。而且假话总是经不起考验的，经不住对证的。我赞成作家应该说自己的话，应该说真话。但这里有一个问题。你自己的话，你的真话，说出来会不会受到旁人的反对呢？自然，旁人的反对也有不正确的时候，但如果是受到很多很多人的反对，受到广大人民的反对，那你就应该考虑，不一定是旁人不对，而你自己的话，你的真话可能是不对的了。正因为每个人各自说自己的话、真话，不一定全都是对的，很可能其中有不对的地方，这样自然就将受到干涉，你就会感到不自由了。这种干涉，有的时候像过去那样，不问青红皂白，横加干涉，动不动就扣帽子，那是不对的。但一般的干涉，就是我们所谓的批评，那应该是许可的，是正常的，那是民主。怎么做到既能自由抒写，又能不受干涉，起码不受到严重的干涉，在民主生活中，在发展批评与自我批评的气氛中取得写作的自由，愉快地写自己的真话呢？这是每个作家都应该努力去求得解决的。

---

① 初刊本作"在我们这个队伍中应该从量变质"。

说不应该太自由，我以为也有道理。现在我们很多人，在社会生活中常常不顾人家，只顾自己。比如我们到医院看病，有的护士笑脸相迎，轻手轻脚。可是有的护士就只顾自己，一群人大声说笑，发牢骚，议论人，甚至吵架，一点也不为病人着想。有些人横冲直撞，到别人家，不管熟不熟，也不先打招呼闯进去，像到自己家里一样。这都是目中无人，心中只有我才会这样的。写文章也是这样，心目中如果只有我的自由，而没有旁人的存在，只顾自己说真话，而不想想这个真话究竟于人是否有益，那是不行的，是行不通的。

因此我们一定要在不自由中求得自由。我认为只有两个办法。一个是读书，要读马列主义的书，要真读，读得多一点。过去我以为不必读得太多，懂一点就行了；正如毛主席《在延安文艺座谈会上的讲话》中所批评的那样。我听到时，心想，我就是这样想的。我曾经在马列学院学习一年。自然，那种教条主义的学习方法是很难使人发生兴趣的。那时上课，我只喜欢听陈云同志讲党的建设。因为他的讲授是紧紧联系实际的。另外有几个马列主义大师，尽管能背书，引经据典，却引不起大家的兴趣。直到“四人帮”时，在秦城监狱里，我才对马列主义的书发生兴趣，对《马克思恩格斯全集》爱不释手，白天黑夜，觉得这些书不够我读的。读这部书，我是不是把政治、经济都弄懂了、弄通了呢？没有。我把《资本论》反复读了两三遍，还是不懂，或者是似懂非懂，或者当时好像懂一点，过后又忘了。如果现在要我按照马列主义原理讲讲现代的政治经济，我是很不行的。但我是在那里读“人”，接触两个极伟大的人。我读他们的哲学，是读“人”，读政治经济学，还是读“人”，读军事学，也仍是读“人”。我就爱这两个人。我读他们的著作，领会他们的思想，看他们的活动，都是在了解两个最可爱的伟大的人。我从他们两个人去接触当时的社会、社会问题，于是我认为自己慢慢地更懂得他们，懂得他们的灵魂，懂得他们所说的话。那时我虽然关在一间小牢房里，但我的精神却是成天与他们相处，我愉快地生活在他们当中。我感到自己的眼界宽了，思想境界高了，我不再为个人的事情、问题而烦心，我能超然了。我也学会看人、看事，懂得什么事可为，什么事不可为，什么事能为而不为，什么事不能为而必须为。于是我可以主动，我感到自由了。我现在写文章、说话都无所顾虑，什么也不在乎。我说这些，丝毫没有自我吹嘘的意思，以为自己读懂了马列主义，掌握了马列主义，什么都正确了。这不过是我读马列著作的一点点体会，我无非是讲点自己的经验供大家参考。

但读书毕竟还是限于书本本。作家单靠书本是不能创作的。作家要吃透消化这些书本本，必定要到群众生活中去，把生活同理论结合，融合，让自己感受的东西，心中所产生的东西，都能同群众一致，让自己的思想感情符合党和人民的利益，合乎群众的要求，代表群众的意愿。但到群众中去不是很容易的。三十年代在上海，左联号召过一些同志到劳苦大众里去，我就到工厂去过。说老实话，我去的时候，总是有点担心，政治上的压迫，特务的监视，只是一方面的原因。工人宿舍区住的全是工人。我一进去，是陌生人，大家都盯着看，一个年轻女人，找男工干什么？尽管我穿一身布旗袍，和一般女工的穿着差不多，但总是不像他们的人，总脱不掉一股知识分子味道。我同那个男工在小阁楼里谈话，街上就站着好些人等我出来。我去过两三次，就不想再去了。到了延安，在文艺座谈会以前，我到川口乡下住过。但时间不长。一个时期以来，作家下农村，总认为是去找人谈话、搜集材料，或者是参加指导工作，很少想到是去交朋友，找知己，找“韩荆州”去的。作家总会认为自己懂的东西很多，感情细致，思想丰富，而工农群众文化水平较低，头脑简单，他们是无法懂得作家，懂得写作的。因此下去一般都有“五日京兆”的思想。何况有一些作家摆架子，官儿不大，架子不小。群众是怕官架子的，讨厌官架子的。这就是说，人即使下去了，工作了，但没有同群众贴心。现在许多年轻作家，从他们的作品看，的确都有或多或少的群众生活。他们中有的下乡插队，有的入伍当兵，有的在工厂当工人，有的在基层单位作群众文化工作。但究竟是不是很深入，和群众是不是心贴心，同群众是否能完全一致，这是我们应该进一步要求自己的。我以为作家要下去，到生活中去，到任何地方去，都不是为着去拿材料的，而是以一个普通人的身份去为人民服务的，是人民中间的一个，不是上边下来的，不是外来户。要让人家感到你去了是他们家来了一个亲戚，是一家人。我在底下许多年，是慢慢才懂得这一点的。幸运的是后来给了我一个机会，使我下定决心，不存幻想，丢掉个人打算，一辈子在下面，安身立命，在陌生的、在鄙视我的人群中从头做人，从零做起，从负数做起。这倒也好，经过一段时间，慢慢地周围的人对我的看法变了，从敌视到不敌视，从不敌视到平等友好。这样自然就产生了感情。我感觉到在群众斗争中生活的愉快舒畅，彼此了解，彼此信任，我完全可以自由地工作，不必谨小慎微，提心吊胆，处处设防。我逐渐把他们的问题当成自己的问题来考虑，我们互相帮助，彼此没有什么保留。自然，这虽是我的幸运，但最好还是不要采取我那种形式下去。最好最正常的是自己下去，长期下去，长期学习，学习社会，学习做人。这样就一定会有所得，就能得到创作的自由。现在的青年作家中，我相信就有与我有同样感受的人。

批评，我认为应该真正做到百家争鸣。理论批评家应该经常、密切注视创作，注意作家在作品中表现的思潮，关心它的健康发展，应该写批评文章，和作家平等地交换意见，讨论商量，打破那种只作结论、作指示的衙门作风。批评时不要怕丑，不要只想说正确的话，一句顶一百句，那样就会没有批评文章，没有理论了。认为批评文章难写，可能一是由于自己心中无主，遇着问题要看风，看领导；二是想等别人讨论，自己只做结论，谁说在最后，便说得最好；三是怕得罪人，怕伤了自家人的和气；四是一时思想不通，说自己的话，说真话，担心不合潮流；说假话不好，又怕说不全。这些都是怕字当头，怎能做到百家争鸣？！我以为，写评论文章，要敢说，即使说错了，说得不充分，不完全，有什么要紧呢？谁都可以由错误到正确，由不完全

到完全嘛。须知这是为了整个社会主义文学事业，不是为了打击某些人或装点某些人嘛。

一篇作品出来，常常会遇到两种相反的意见。这个时候我们要考虑，反对的有什么理由，叫好的又是些什么人。去年冬天我在美国，免不了有人要问这问那，开座谈会，讲话，解答问题。反映就不一样。有人写信回来说：“听了丁玲讲话有些人很失望，但我走出会场时却因为自己是一个中国人而感到自豪。”有个台湾人，思想是反对共产主义的，在他写的《丁玲印象记》中说：

> 不少人在与丁玲见面谈话后，表示失望。既说失望，可见本来有些期望；期望什么呢？期望她大骂共产党混账，好使这批小资产阶级脆弱的反共认同少摇摆些；期望她透露些竹幕低垂下的悲惨片断，供他们作为轻音乐声、咖啡香中撇嘴啧舌的素材。失望后，他们替丁玲冠上“心有余悸，噤若寒蝉”的帽子……

自然这里那里都会有坚定反共认同的人。我们从这里可以明白隐藏在一些热情鼓掌后边的东西。世界是复杂的。我们要教育一些人，要争取更多的人。但千万不要为别人的鼓掌而冲昏了头脑。我们中国的作家，一定要坚持为人民服务，为社会主义服务，热爱祖国，向社会主义前进，我们就能取得创作的自由。社会主义文艺的健康发展、繁荣，是靠我们、靠青年作家在正确的道路上不断地努力前进。祝愿同志们百尺竿头，更进一步，在创作上取得新的更大的成就！

一九八二年三月二十二日

到群众中去！*

近年来，虽然文艺工作有了极大的繁荣和发展，但文艺界遗留的或新发生的问题还是不少，需要把问题摊开，坦率、诚恳地交换意见，通过讨论研究加以解决。这样的会有过几次了，领导同志也参加并且发了言，产生了积极的效果。但是，存在于文艺工作者的思想中的问题还是不少。在新形势下，某些文艺部门，某些个人对待某些事物的认识或情绪还不很正常，还不能完全做到一个共产党员、一个有正义感的作家所应该有的无私无畏、言行一致、表里一致地对待问题。一个党员作家，对此不能不有所考虑，特别是在思想战线问题座谈会以后，更不应该无动于衷。三年来，对有些问题，我写过一些文章，讲过几句话，发表了意见，表示了态度。今年是毛泽东同志《在延安文艺座谈会上的讲话》发表四十周年，我想来想去，能够奉劝同行和用以自勉的仍是几个字：继续到群众中去。这不只是意味着到群众中去“体验生活，从事创作”，而且是说，要把许多问题都拿到群众中去，才能很好地解决。特别是一个作家，不管写什么题材，写历史、写山水、写人物、写斗争、写爱情等等，都是在表现自己的思想，表现自己对人生、对社会、对情理的看法。作家不可能描写不使自己发生爱憎、发生感情的事物；勉强写来，也不可能深刻、生动、感人。因此，作家在创作之前，必须有丰富的生活素材，有一定的技巧锻炼，更重要的是必须有分析社会、从生活中抓取什么的思想水平。这三个方面

* 本文初刊于《红旗》1982年第9期。收入《丁玲全集》第8卷。

的修养，不是彼此孤立的、对立的，也不能分阶段获取。这三个方面的修养，必须联系在一起，相辅相成，同时进行，逐渐提高，逐渐深化，逐渐纯净，以至汇于一体，才能达到真正的思想上的解放和创作上的自由，写出来的作品才能达到深湛有致，适合广大群众的需要，成为提高人民道德品质、发展社会精神文明的艺术珍品，而不必担心于犯错误或受批评。

我们的文艺理论和文艺政策，和其他的理论、政策一样，都是从群众的社会生活和斗争中总结提炼出来的。如果我们脱离群众，缺乏对人民生活的实际体会，我们就不能深刻理解为什么需要这样的理论和政策。同时，也只有在群众的社会实践中才能检验理论、政策是否正确。理论和政策如果只是在书房里、在讲坛上翻来覆去地论证，有实践经验的历史学家、哲学家也许可以有所发现，有所创造。但是，作家是创作文学作品，是写活的历史，是要写出能令读者感到的具有实感的人物、情节、故事、人的心灵活动、人与人的关系、人们生活中的善恶美丑等等，如果不亲自到群众生活中去经历、体验，是写不出来的。即使我们在口头上、文字上能滔滔不绝地复述、背诵出许多条文、术语，显得博学深奥，但实际只等于是留声机、复印机。你要说的道理是人所尽知的，人云亦云的，没有你作为作家的独创。作家不能只重复这些书本上的道理，而是要在群众生活的基础上创作。文艺理论家也应如此。我们不能照抄报纸的社论，不能老抄领导同志的讲话或别人的发言，我们应该对现实生活中的具体问题有所发现，有所发展。否则，读者看报纸读文件就够了，何须重读一些空洞的、乏味的、零碎的文章呢！

对于理论、政策，要了解、贯通、吃透，才能化为己有，才能使自己具有一对明慧的眼睛，才能在万花筒般的生活中随时随地发现问题，才敢于独立思考，不窥测方向，不躲躲闪闪，不模棱两可，才能有所建树，有所贡献，尽到自己的一份责任。但如何能吃透呢？只有把从书本上看到的，讲话中听来的，带到群众生活中去，同人民一道战斗，一道建设，一同经历种种矛盾，而又一同求得矛盾的解决，推动社会的前进。有了群众实践的经验，然后再回过来经历一个反刍，消化理论。一个有经验的人同没有经验的人同时学习理论，收获是很悬殊的。前者可以一点就懂，后者总是格格不入。反之，有正确理论的人，和没有理论的人同时到生活中去，收获也是大不一样。前者可以在生活中发现无数宝藏，五彩缤纷，美不胜收，可以采撷其中的这点、那点写出好作品。后者则淹没在生活的海洋里，却一无所见，无所感兴，谈不上创作；即使看见了生活中的一鳞半爪，也抓不住主要问题，只能罗列事件，对生活没有浓郁的热情，糟蹋了素材。有的人把这种现象看成是有无天才的区别。我认为其实就是缺少政治的理论的修养。创作者的头脑里没有政治这把钥匙（请不要把政治庸俗化为政客的手腕，或者是棍子的代名词），没有思想性，就是没有灵魂，就会心中无主，或者不敢写，或者无限制的自由，凭着个人没有澄清过的思想感情，信笔所之，洋洋洒洒，多半会出一点差错的（至于那一味盲目崇拜洋化，欢喜低级趣味，要脱离社会主义政治轨道的人则另当别论）。自然，出点差错也并不要紧。只要我们吸取教训，重新深入生活，再加以思索，继续锤炼自己，仍是可以写出好作品的。

我的这些意思，还是在说明：一个作家要勤于练笔，但更要刻苦炼人。要把自己放到广大群众中去，接触各色人等；要通过人与人之间的情感交流，把先进的政治思想与自己融于一体。作家是一个创作家，要描绘形象、抒写感情；但同时也是一个政治家，他有高度的政治热情，把政治融入他所描写的形象、感情中，使读者觉得这只是文学，但这些吸引人的优美的文学却起到政治上的作用。

作家要做到这一点是不容易的。作家要写出充满激情、感人至深而又反映了时代精神的作品是不容易的，但是可以做到的。有许多作家就做到了，或者差不多做到了。作家要经常勉励自己去掉私字。不为名，不为利，不为地位，不为权势，没有成见，没有派性，为人正派，不为个人感情所左右，有宽广的胸怀。要忠诚地对待人民的事业，勤勤恳恳，孜孜不倦，毫不自满，从这里稳步前进，从这里得到乐趣。这样，自然就需要到群众中去，与人民同呼吸，共苦乐，一同战斗，一同前进。

我的意思不多，也不新。在纪念延安文艺座谈会召开四十周年的时候，我以此奉献给我的同行和年轻的朋友们。同行中有比我有见解的人，有比我写得好的人，有比我有成就的人，我要向他们学习。我在一九五〇年出版的《陕北风光》的校后记中写过：

> 在陕北我曾经经历过很多的自我战斗的痛苦，我在这里开始来认识自己，正视自己，纠正自己，改造自己。这种经历不是用简单的几句话可以说清楚的。我在这里又曾获得最大的愉快。我觉得我完全是从无知到有些明白，从一些感性到稍稍有了些理论，从不稳到安定，从脆弱到刚强，从沉重到轻松……走过来的这一条路，不是容易的，我以为凡走过同样道路的人是懂得这条路的崎岖的，但每个人却还是有他自己的心得。
>
> 有些人是天生的革命家，有些人是飞跃的革命家，一下就从落后到先进了，有些人从不犯错误，这些幸运儿常常是被人羡慕着的。但我总还是愿意用两条腿一步一步地走过来，走到真真能有点用处，真真是没有自己，也真真有些获得，获得些知识与真理。……

现在我还是不嫌我自己的老朽、愚钝，愿意跟随大队一步一步继续向前走。不过由五十年代到八十年代又已跋涉了三十年，我已不那么感觉痛苦，而只是愉快了。我将愉快地在年轻人后边一步一步向前，永不懈怠。

一九八二年四月于北京

谈 写 作*

我不习惯讲话，也没准备讲话，原来只以为是与少数同志见见面，大家座谈，现在看样子（会议室人较多）是要我讲话了，而且熟面孔不多，生面孔多；我不了解你们，你们可能了解我一点，但是你们又不讲话，你了解的不讲话，叫我这个不了解的讲话，这都将是无的放矢哟！所以我会讲得大家都不愿意听。

深入生活

我这个人，喜欢交朋友。但是交朋友我不喜欢拉拉扯扯。交朋友就是平等相待，以诚相处。我正在写一篇关于毛主席的文章。毛主席有一个特点，就是使你感觉到你坐在他面前是平等的。我想，到过延安的人，和毛主席接触过的人都会有这样的感觉，他没有一点领导的架子。你在毛主席的面前敢讲话，敢讲不同的意见，敢讲自己的毛病，不怕他揪辫子。我在延安的时候，毛主席就跟我讲，你不要只到我这里来（过去我只上他那里去），你还要到康生那里去一下。我说我同康生有什么关系呀？我要到他那里去干什么？现在我了解他跟我讲话的那个道理啦！康生在背后整我。我想我和康生两个人风马牛不相及，我去看他干什么？我也不喜欢看他那个半洋鬼子，穿上高统马靴，戴

* 本文是 1982 年 6 月在天津文艺界座谈会上的讲话，原载《天津日报》1982 年 6 月 17 日、24 日，“文艺周刊”第 957、958 期，署名丁玲。收入《丁玲全集》第 8 卷。

上猎人帽子，拿一根马鞭的样子。我想我不去，也从未去过。我喜欢不摆架子的人，我自己也不会摆架子。我最喜欢我是许多人里面的一个，作为群众里的一个，我就自由啦。现在似乎有点不自由了。最自由的是自己是那个里面不被注意的那么一个。过去我不大讲话，在人多的地方我坐在边上，少说话，我就可以多观察人。因为我是要看人的，要了解人的，要写人的。所以我不大喜欢表现自己，而自己坐在边上，听人家的，看人家的，揣摸[①]人家的。

我是以什么东西为交朋友呢？我觉得有两个东西：一是文章，以文会友。我喜欢你的文章，你喜欢我的文章，我们不要多说，说一两句就互相了解啦！你读过我的书，你对我的文章的好处、坏处理解到点子上，你说得对头，我高兴！我也喜欢你的文章，但是我也能够看出你的缺点来，你也能听我的。这样我觉得我们不一定要成天守在一块儿，我们不一定要信来信往，我们是心有灵犀一点通，我们是通的。我喜欢交这样的朋友。二是以情会友。我喜欢有真性情的人，不虚伪、不耍两面派，不搞阴谋，是个光明磊落的人。这种人对我的心思，我们可以好的；我不一定喜欢你的文章，你也不一定喜欢我的文章，但是我喜欢你这个人。在朋友中，我觉得柯仲平这个人是有真性情的，他心里怎么想，嘴里就怎么说，他也敢说。他已经故去了，我常常想起他，虽然我并不完全喜欢他的诗，但我喜欢这个人。我觉得他不怕得罪人，他要喜欢一个人，他也不怕人家说，就真心说他好！他以前的诗是写得好的，后来有点标语、口号，他有热情，但是他没有琢磨如何把那个热情变成诗。在一起，我们俩是什么都谈的，我们彼此都放心，当中没有隔膜，彼此都可以畅所欲言。

这回我到天津来，说老实话，我不想讲话，老讲有什么好讲的呢？但是可以认识几个人那是很好的。看几个老熟人，是很不错的。孙犁，天津的老作家，老天津了，老冀中的，这个人，是一个清醒的

① 初刊本作“猜摸”。

人，文章写得好，能甘于寂寞，身体不好，还坚持写作。但我对他的文章、对他的人，都有不十分满足的地方。我喜欢淡雅，但我更喜欢火热火热的，我是冷静不下来的，要我冷静，就很不容易啦。因此我到现在还不够成熟。那么他对我的东西呢？我也不知道怎么样，他也没写文章捧过我，也没有到处讲过我，但我总觉得他会喜欢我的文章，跟我也喜欢他的文章一样。他会不会喜欢我这个样子的人呢？他也许觉得我这个人不错，但是，性格，我们两个不一样。

我觉得我了解人是应该的，因为我是写文章的人，写文章就是写人嘛！如果你不了解人，你怎么能写人呢？我同农村的老太太睡到炕头上，讲它一天半夜的，我们可以交朋友的。我不认为那个时间是白费了，我觉得她给我很多东西，我从她那里学到很多东西，我很愉快。现在有个困难，就是我没时间哪！我哪有那么多时间跑到这里去，跑到那里去，以文会友，以情会友哪？我也很愿意会一会我原来不太熟悉的人，彼此建立一个最初的，最早的印象。你们对我有印象，我对你们也有个印象。我们这个印象也许是永存的，可以永远留在那里的，但是也可以像流水，一下就过去了的，但是，流水我是无所谓，永存的我很珍贵。

后天就是毛主席《在延安文艺座谈会上的讲话》发表四十周年，最近我写了两篇文章，关于文艺座谈会前后的一段历史，从我这个侧面，讲了一些历史事实。这一篇在《新文学史料》发表,《文学报》转载；另外一篇《到群众中去》，发表在《红旗》杂志上。

写工农兵的问题，毛主席在一九四四年写给我和欧阳山的一封信说我写《田保霖》是我写工农兵的开始，毛主席曾为我们在作风上的这个转变庆祝，他写道：“我替中国人民庆祝，替你们两位的新写作作风庆祝！”毛主席写这封信是鼓励我，其实写工农兵我不是从写《田保霖》开始，在上海参加左联以后，我主要的、大部分的作品都是写工人、农民嘛！但是这封信对我确实有鼓励，当时毛主席不只是写信给我，而且还两次在高级干部会上讲过，陈赓同志见了我就说，今天毛主席又讲了，说你的《田保霖》写得好！说你是写工人的，写农民的，是写工农兵的。我心里明白：不是我的文章写得好，我也不是从这时候开始写工农兵的，毛主席说的话是替我开路的。到过延安的人都可以理解。那时审干以后的知识分子、文化人在延安的日子也有点不太好过。康生搞的那一套，对大部分的知识分子都认为有点什么嫌疑。但那时挨整只是开开会。所以毛主席替我开开路，毛主席的鼓励，实际是替这些知识分子恢复名誉！让他重新走步。他要上部队去，部队会欢迎他，不会怀疑他；他要上地方去，地方也会欢迎他。《田保霖》那篇文章有什么好呢？就是个开会记录嘛，不是深入生活写的东西嘛！但是毛主席的鼓励有一个好处，就是从此以后，我特别坚定地深入到工农兵里边去。过去你写工农兵，不一定像工农兵，这就是毛主席在座谈会上讲的，你自己的感情没有来一个彻底的变化。在这里毛主席讲到自己思想转变的过程，他是湖南人，穿长袍的，过去穿长袍的人是不挑担子的，他自己过去认为劳动、挑担子都是不好的，觉得农民总还是落后的，后来转变了。毛主席讲这个话的时候，我当时并不十分理解。我说，我从来也没看不起农民嘛，我还要什么来个转变呢？事实上我们同农民在思想感情上是有很大距离的。我不是说你能够在农民那里吃他的饭，你可以同他“三同”，睡一个炕，不是指这个。一个短时期和农民“三同”是比较容易做到的，但是必须长期地深入下去，不是打一转、走马看花能够了解的。我自己觉得我在这个里面得到很多好处。毛主席后来也对我谈到，他看了我的《三日杂记》，很高兴。他说，唉！丁玲，你能够和柳拐子婆姨睡在一块儿聊天呀。我在那篇文章里写我同一个柳拐子婆姨聊天，但是从来没有想过我在那里有知己，我的知己还是作家，还是我们文协山头上的一些人，没有事几个人坐在一块儿聊天。聊天的范围现在想起来实际是很小的，就是谈知识分子的苦闷吧！对现实的不满吧！要不就讽刺这个，讽刺那个。我抒发我的感情，你抒发你的感情，从这里边得到乐趣。经过了文艺座谈会，经过毛主席的鼓励，后来自己认识到，老是在一个小地方，没有什么好处，所以我从那个时候就下决心：到老百姓那里去。“生不用封万户侯，但愿一识韩荆州”，我那时赞成这个意见。我不想当官，我也不想当主席，只希望有个主席，有个领导来了解我。那个韩荆州是指的上面。后来朱德同志指出：应该到工农兵中去找“韩荆州”。从那个时候我自己想到，找“韩荆州”要到下面去，要到人民那里去。即使领导上了解我，但也不能事事都了解，谁最了解我，是老百姓！老百姓不是一个，很多人嘛，他们的眼睛是雪亮的，从下面看上面清楚得很，从上面看下面有时不清楚，朦胧得很。后来事实证明也是这样子的。我在北京的时候，一九五五年以后就没有人来看我了，谁敢来呀！你是反党集团。只有一个人来看过我，我把他轰走了，我说，你不要来，你走吧！这就是李涌，李涌哇！他是河北邯郸的，愣小子，他当兵出身，打过好些仗，身上有窟窿。他说：我怕什么，我从小就参军、打仗，我在部队里也是三起三落，我怕什么。人家说丁玲反党，文学研究所是独立王国，我在那里念过书，我就没看出是独立王国。我要去看看她。其实他同我并不很熟，他愣，他平时不穿军服，那天穿上军服来的。我说：傻瓜，你走吧！你不要到这里来了，你到我这里来后果你知道不知道？当时他说：我不怕，我不在乎。别人把照片撕啦，我还把你的照片压在玻璃板底下。他的这个精神，我很感谢他！他果真也吃了亏。

其实不来看我又有什么呢，在运动中，一个党员，一个基层领导干部，党怎么说，他怎么听；党怎么讲，他就怎么干；他是一个农民出身，他是一个普通工人出身，他也没有那个见识。现在全国都说你是右派，而他敢说你不是。他有那个胆量吗？没有哇！同时，他也没那个学识，他也不能辨别。

一九五八年我刚到北大荒时，我们那个党委书记也是满厉害的，好党员哪！有一次，他在会上说：我们这里有个右派分子，叫陈明，他告我们状啦！过两天他又说我，我们这里的人就是没有划清界线，给那个丁玲去打开水。其实他错了，人家没给我打过开水。我说，这个党员是个好党员，但是他水平低，水平低不怪他嘛！有比他水平高的，比他还厉害啦，那又怎么说呢？那不是个水平问题呀！所以我仍是对他很好的，我觉得这个人我应该帮助他。我的支部书记也是那个样子，我对他讲，现在你领导我，如果我哪里不对，你就说话，你监督我，群众监督我，你们就监督我好了，我哪里不对要说。可是我也告诉你，我入党时间比你长，我年纪比你大，我现在在底下，你现在是领导，我看到有什么问题，一定要告诉你，我一定要干预，要讲话的。以后他常常靠着我，什么事都找我，他有时要跟工人谈话，做思想工作，他说，老丁，你去谈谈好不好？我说这个事该你做！你该怎么谈怎么谈。他说：唉呀！还是你去吧！还是你去吧！所以我觉得，只要你襟怀坦白，为人着想，与人为善，你到哪个地方都有朋友，都有了解你的人，都有“韩荆州”。

我在北大荒十二年交上了一些朋友，我觉得这些好朋友是过去我们在作家里面不容易找着的。我不是说作家里没有这么好的人，因为在基层工作的同志，他们都有一个特点，他没有乌纱帽，他也没有什么名誉地位，他敢给你说话。去年我们回北大荒去，一个家属给我一张照片看，是我和他们的合影。一九六五年我做家属工作，领导家属学习毛主席著作，这一个区家属学习出了名，他们要评标兵，我说不要评，还不够，就没有评。后来他们到黑龙江去参加妇联召集的学毛著的会，省妇联树他们当标兵，他们非要跟我照张相不可。我说，不照，现在不跟你们照相，将来再跟你们照。他们再三拉我照相，只好照了。可是不到两个月，就“文化大革命”啦，那张相就成了问题啦，挂在墙上的，都拿下来。后来抄家啦。大部分都毁啦，但是其中有一个家属一直坚持把我们的合影挂在墙上。人家说你取下来吧！她丈夫也说取下来吧！她说，取它干什么？有人说你这样做是要倒霉的，她说，我倒什么霉呀，我连个工人都不是，我是个家属，我有什么可怕的！谁要来批，我也不怕。她就这么顶着的！后来他们知道我的问题改正之后，就把这张相翻印了。我去了，送了我一张，那些人每人有一张，同时，那些人都还在，我们大家又照了张相。

我这个人已经七十多岁了，跑到外边闯天下也六十多年啦，我觉得这些感情得来很不容易。这种感情倒不是使我想报答谁，倒不是我就可以躺着什么都不干了。不是。这些感情促使我不要躺下来：你不能躺下来，还有那么多人了解你，支持你，你怎么就躺下来啦！我觉得这些东西都是在文艺座谈会以前我没有想到的，也是没有做到的。

一九七九年我在文代会上吹了牛，说，我现在是满腹文章，就是没有时间。我觉得我的文章现在还写得不够哇！两年多来，报刊编辑拉稿，我写了杂文不像杂文，论文不像论文这样一些文章。而我自己要写的人，到现在还没写出来，这些人还在我的脑子里老是在推动我：你得干哪，你得做事呀！你不能休息呀！好像有这样一种力量在我身上起作用，尽管我讲的、我吹牛的没写出来，但是我认为只要有时间我还是可以写出来。

关于文艺批评

另外再讲一点，关于批评。我在延安文艺座谈会前写过一篇有名的文章，叫《“三八”节有感》。后来有的搞文学史的人认为延安文艺座谈会之所以召开，就是因为《“三八”节有感》这个火花引起的。事实我最近在《新文学史料》上发表的那篇文章里已经说了，那是不可能的。毛主席那么一个伟人，就因为那么一篇文章，或者甚至说这篇文章是讽刺了他，写了他老人家啦？一点也不是。我写这篇文章，说老实话，就根本没有想到他老人家，我写的是当时当地的事。我那时候也很年轻，还不到四十啦，即是现在我也不会想到，我脑子没有那么复杂，会想到我这篇文章可以得罪毛主席。文章是九号上午登的，下午开三八节会，我做为一个群众坐在底下听讲演，底下的群众一直在嚷：叫丁玲讲话，因为节目里没有我讲话。我说我不讲话。底下就喊，一定要丁玲上去，一定要丁玲上去！上面主席团的同志就说，丁玲你上来吧！丁玲你上来吧！结果我就上来了。我前面有两个人讲话发了牢骚，我上去是第三个啦。我第一句话就说，我不想讲话。你们两个讲话，等着吧，你们一定要倒霉的。果然她俩倒霉了，当然我也倒霉了。我不想说，我还是说了嘛！当时延安那个地方很小，这个山沟连着那个山沟，走一走就走到了，自然会有人背地在嘀嘀咕咕说我的《“三八”节有感》怎么不好，怎么不好！毛主席把我找去谈了一次话。毛主席讲，共产党是喜欢、愿意听批评的，如果我们不听批评的话，我们这个党就完啦！你批评了是好的。我也在批评。什么“墙上芦苇，头重脚轻根底浅；山间竹笋，嘴尖皮厚腹中空”。他骂教条主义骂得也够厉害的啦！毛主席讲，我也批评嘛，你批评没有什么不好的，可以批评的，但是要看对什么人。我们批评共产党人是自我批评，是我们自己人的批评，一定要先充分说人家的好处。他说：你看我的文章先说他们做了很多工作，主要还是有成绩的，是好的，然后我再批评缺点。你这篇文章就没一点肯定人家，好像是人家一直就不好，这就不对了。应该与人为善嘛，与人为善就应该充分估计人家好的地方。这次谈话，一直装在我的脑子里，我在后来批评人或发牢骚时就特别注意。我现在没什么牢骚发了，过去经常有一点牢骚，也有时替别人发一点牢骚，喜欢打抱不平。《“三八”节有感》也是替人发牢骚。我后来在批评别人的时候倒没犯什么很大的错误。一九七九年《北京文艺》有篇文章不指名地批评我，说我过去也是一条棍子，批评过萧也牧的小说《我们夫妇之间》。它虽没有点我的名字，但用了个女字旁的“她”，我心里明白，指的是我。因为一九五三年我在《文艺报》发表过一篇《作为一种倾向来看——给萧也牧同志的一封信》。一九七八年在山西乡下，曾重看过一遍，当时我跟老陈讲：我现在恐怕写不出这样的文章来了，我觉得这封信是很有感情的，对萧也牧是爱护的。我是说他那篇小说的倾向很不好。他写的那个工农兵——他那个农民老婆，他是说她好吗？他是讽刺她，他是在那里打趣她。他自己觉得他老婆好，他不好，是假话。实际上是说他高明，他了不起。我觉得这种文风不好。《人民文学》把这个作品当做好作品发表，当时我虽认为不太好，但没有吭声，没有写文章。后来我离开北京到了南方，陈企霞找冯雪峰写了篇文章，这篇文章立场是好的，态度是严肃的，但过分了一点，引起了一些人的反感。《人民日报》编辑部开会，一位文艺领导人就在那里说:《文艺报》的路线错了。陈企霞要组织《文艺报》的通讯员们座谈，来证明冯雪峰的批评是对的。刚好这时我回来了，我说：不行，你这样组织一部分人写文章座谈，不能解决问题，反而使不同意你的意见的人更加反感。这样不就成了“派”了！我说，这不好，我来写文章吧！

促使我写这封公开信还有个原因：当时上海有人要把它拍成电影，大家把这篇小说捧得很高，我觉得这个倾向不好，不说不行了，才写了这封公开信的。

萧也牧和我们很熟，关系也很好。在抬头湾的时候他还帮我抄过稿子，《太阳照在桑干河上》有些是他和另外一位同志帮我抄的。文章中我肯定了萧也牧确实是一个有才华的作家，过去写过一些短篇，写得还是很好的。所以我说：那不是棍子！如果这样的文章说是棍子的话，那就说明以后不要批评！即爱护人家的文章也不能发表了，那只有捧场了。你也好，他也好，大家都好啦！那文艺工作怎么做呀？作家还要不要帮助呀？因为一个作家垮台没什么稀奇，我们这么大个国家，一个作家垮台有什么稀奇，但是也不应该用这个态度让他去垮台，我们希望谁都不垮台，谁都能够往前走。因此，毛主席跟我谈话以后，四十多年来我对于批评还是比较谨慎的。

文学的语言

另外再讲讲语言。现在有些作品不大讲究语言。我再说一说《红楼梦》。我说《红楼梦》的语言最好，但是它的语言也最平常，它没有奇怪的话，没有歇后语，也没有讲杯子连着壶，壶又连着什么一连一大串。它就是普通话，但是你总觉得每一个人物的腔调、每一个人物的个性，都从语言里面出来了。你听：帘子还没有打开，一听讲话就知道，啊，是凤姐来了！林黛玉就是林黛玉的话；薛宝钗就是薛宝钗的话。他们的讲话都是个性化。作家的行文也是普通话。前些日子我读陈建功的《丹凤眼》，我觉得那里面的语言还是不错的。这部小说是写矿工生活的，用了一些矿工的语言，我觉得很有味道。一听就知道是矿工的话，不是知识分子的，不是作家的。我想，要让我写，我就写不出这个语言来。但是我们不能把一些普通老百姓的任何讲话都运用到行文里面。我们要写一个流氓，这个流氓的腔调要像一个流氓，但是我们不要把流氓的语言，用作我们作家的语言。不能把群众的语言都拿来不加选择地用到我们作品的行文里。人物说话也是那个样子，从头到尾一种语言，所写人物就缺乏个性。如果一个作家都用一个腔调说话，而且油腔滑调，那么你这个作家好像是一个蹩脚的相声演员，我就不觉得你是个文学作家了。说得好也没有什么味道。所以，我们现在要考究运用语言。这算我对年轻作家的一点希望吧！

我对老作家也提一点意见，我们有的老作家，对当前作品读得太少，我就是一个。"知己知彼，百战百胜"嘛。我没有看人家的作品，不了解人家到底有多少本领，他的本领表现在什么地方，你怎么能向人家学习？我读了张洁的《沉重的翅膀》以后，觉得她的联想快得很，丰富得很，她写这个茶杯就马上拿那个东西形容这个茶杯，这个人的脑子非常灵。我们在这个地方要学习，要向新的学习，老守着旧的一套，容易故步自封。但张洁在她的创作道路上，也仍然存在问题的。我了解兵我就写兵，然而兵现在也变了，过去的兵是农民的兵，现在的兵是学生兵了，兵已经换了。所以，我们要像一块海绵一样，放在什么地方都吸收东西，我们要多学人家的东西才好。说老作家僵化，我觉得我们应该警惕，这个东西不去掉是不能进步的。

另外还有一个问题，现在好像老作家都想写书，都在埋头写作，不问世事。这恐怕不行。这不是脱离群众嘛？你虽说了解过去的群众，可你不了解现在的群众也不行呀。你尽管不写现在，你也得了解现在的“行市”怎么样呀！问题在哪个地方呀？这些你都不去了解，那当然人家就觉得你是僵化了嘛！事实上假如一个作品没艺术性，光政治性，第一是做到了，第二就没有了，那还算什么文学作品呢？起码要有艺术性，要迷住读者，什么人都想读你的，老少咸宜，有广泛的读者。假如你的作品只有一小部分人喜欢，广大的读者不喜欢，你得想办法。没有艺术性能打动读者吗？但是不能否定与政治有关。哪个作品不是有高度的政治性它才更富有艺术生命？作品的艺术生命是跟着政治思想来的。我们就是这样辩证地来看问题。《红楼梦》比《金瓶梅》好，《金瓶梅》里边写人情的东西还是写得好的，写了些拍马吹牛的人，现在还有现实意义。《金瓶梅》写的是社会，《红楼梦》只写一个大观园，范围还没它大。为什么《红楼梦》影响比较大呢？就是因为《红楼梦》里有比较高的政治思想，它是反对那个社会的。贾宝玉和林黛玉是那个封建社会的叛逆者。思想性就是政治意义。现在有些人把政治曲解为用政治打棍子，用它来打人来整人。过去是有人用政治整过人的。“四人帮”是用政治整人的。但政治的真实意义是社会生活、人民的斗争等等总和起来的。政治可以为好人所用，也可以为坏人所用；可以有好作用，也可以有坏作用，没有政治，就是没有思想性的艺术品，固然可以当装饰品用，也可以供人欣赏，但都没有更大的价值。①

有的作品批评我们的老干部，我是赞成批评的。但是如果把所有的老干部都看做是坏蛋，那就错了；这里边大多数还是好人嘛！你怎么就没有看到呢？有个北大的学生，写了几个坏干部，他到我家里来，我说你别来我这里啦，我也是个老干部，你写老干部不把我也放进去啦！老干部大部分是好的。当然也有一些退坡了的、腐化了的、丧失革命意志的、虚伪的，不是说不可以写，问题是看你怎样写。

---

① 初刊本作：“没有政治，艺术品是站不住的，是立不起来的，无法生存的。”

另外，我们有的老干部也有一点心胸狭窄，不喜欢人家说自己，阿Q一样，自己头秃连说电灯也不愿意听。我们要虚心听嘛！不但不听，还一意孤行，继续搞下去，就会越来越脱离群众。如果我们的文学不当作一个武器，不揭露不好的，尽歌功颂德，尽包庇坏人，那还算什么文学呢？文学当然应该发挥战斗作用，揭露不良倾向嘛！在这个过程中我一直牢记毛主席给我讲过的话，首先应该肯定那些老干部的优点，人家革命一辈子，不怕流血牺牲，干了很多好事，你得给他说几句嘛！你一句也舍不得说，尽说人家的坏处，那人家当然不服嘛！

关于民族形式

这个问题是开军事题材创作会议的时候想到的。听说军事题材的作品，现在我们的读者一般不大爱看。我回到北京来的第一篇文章是《我读〈东方〉》。《我读〈东方〉》发表以后，一个老熟人对我说：你写这样的文章干什么？谁读它？他没有到延安参加过文艺座谈会，但他学习过《讲话》。我想奇怪啦，为什么这样的文章不能写呢？我说：我们还没有一篇写军事题材像《东方》那么好的，它又是写抗美援朝的。过去有些短篇和中篇，像《铁道游击队》呀，写井冈山斗争的呀，等等，我都看过了，我觉得《东方》比较完整，它里面不仅写了我们部队的干部，也写了我们很多老百姓，部队是和人民离不开的，我觉得它是一部史诗。在战争年代我没打过仗，但是我还是很喜欢看军事题材的作品的。读《东方》有时读得很苦，七十多万字，一个多月，几乎天天都拿着看，当中有些好的章节看起来非常舒服，但也有个别地方，比较沉闷，这次讨论军事题材的时候，我就想到我们中国人是喜欢看打仗题材的。我那个小外孙只六岁，他对什么都不如对《三国演义》有兴趣，因为《三国演义》里面尽是打仗，打这个仗，打那个仗。什么“眉头一皱计上心来”，什么“三十六计走为上计”，他就喜欢这一套东西。但是为什么又不喜欢看现代打仗题材的小说呢？为什么喜欢看《三国演义》而不喜欢看《东方》呢？《东方》是比较好的啦！还有一些写得不如《东方》的，为什么人家不喜欢看呢？我想到一个问题：可能我们现在作品的形式太欧化了。我倒不是说什么“意识流”把中国形式、中国传统中的优秀的东西完全割断了。中国的传统形式里最吸引人的东西就是它每讲一件事、一个故事，它里面有很多小的故事，或者叫小事，拿那个小事把你要写的大事衬托出来了。入情入理，非常充分。现在老是讲事，事太多了让人记不牢了。所谓典型，是形式化的，总是那个样子，像小孩看电影，总是先问这是好人，是坏人？又像京戏里边的人物，观众一看脸谱就知道这是个好人，那是个坏人，就不容易吸引你。《三国演义》很吸引人，描写的时候它用很多小事，比如要讲诸葛亮，他先从整体上分析了刘备如果要打胜天下，必定要有一个根据地，根据地在哪里为好？逐步地进行分析：开封是好的，洛阳是好的，但是这是个中心地点，皇帝在这个地方，曹操在这个地方，董卓在这个地方。刘备虽是汉朝的后代，但他的官太小，他的力量太薄弱，尽管他是皇叔，也挤不上来的。江南也很好，物产丰富，可人家已经占住那里了，想分人家的是不行的。荆州，在湖北，中原地方也是好的，但是不稳，站不住脚。这样一分析，让读者的脑子也跟着转，怎么办？只有上四川去最好，四川比较稳。可是四川情况怎么样？他首先去调查四川的情况，那里能去不能去？要是不能去，我们就不去；要是能去，我们要想尽办法打进去。他把情、理都摆出来，说得清清楚楚，所以你觉得诸葛亮了不起得很。他搞张松也很吸引读者。张松有一张王牌就是有个地图，他想拿这地图当官，这个地图也许给东吴、也许献给曹操。要先把这个地图拿下，于是要去搞张松。搞张松就得研究张松是个怎么样的人：他的政治思想，他的背景，他的本领，他的缺点、弱点在哪里？攻其弱点。张松正想在那里搞投机，诸葛亮就对他讲：你是个多么了不起的人物，我们怎么……这样一来，张松就上当了，把地图拿出来。这样写就很吸引人。如果你写的人物不能吸引人，不能把读者控制住，那你这部书就没有力量。

我是比较喜欢讲传统的。战争题材有超过《三国演义》、写爱情的有超过《红楼梦》的吗？还没有。《红楼梦》为什么写得这么好，我们需要研究研究。当然恋爱都一样嘛。现在恋爱可以直接说我爱你，我爱你；过去恋爱就不能这样说的，他得试探一下：把终身许配给你，你是不是可靠呀，所以表达爱情比较婉转。现在当然是比较简单了，写两人相爱可以一见钟情，一下子就拥抱起来了，但是“一见钟情”“拥抱”，也要合乎情理。如果你写的人物，同我的想法，同我的感情没有共同的地方，你的故事写得再好我也不入迷，看完了就算了。中国小说的艺术就是迷人。比如看京戏，有许多京戏就能迷人，你就喜欢看，你看一次还要看第二次、第三次。我在电视里看了吉剧《燕青卖线》《包公赔情》，我看了好多次。它不要你了解故事的前前后后、琐琐碎碎，它用感情引动你的感情。从“五四”以来，我们就跟着外国跑，他自然主义我们也是自然主义，他现实主义我们也是现实主义，他抽象主义我们也搞抽象主义，把我们中国的传统的东西割断了。我们三十年代把鸳鸯蝴蝶派的小说赶出文坛，因为他里面是低级趣味，讲艳情，讲色情，是低级趣味，什么小姐和包车夫啦，什么姨太太和什么……那么一些无聊的事。但他们采用的是民族形式，章回小说。尽管内容不好，但形式还是吸引人的。有一天王蒙坐在我旁边，我们说笑，我说我们两人走的是两条路，你是向外探索，我是继承我们的传统。王蒙笑着说：我们没有矛盾。我说：好！我希望没有矛盾，两者合一更好，我们既继承传统，也向外探索。我没有全部看过王蒙的小说，我相信他里面有些东西会写得很好的，不然就不会有读者。我对于所谓“意识流”的理解可能不全面，这个东西可以叫作“意识流”，我不反对，但是你一定要深刻地告诉读者：你到底要说一件什么事情。写作时可以写我们两个人的谈话，在写现代某个问题时，当中也可以插一段我的意识，我的心理活动，我过去想的一件事，或者是幻想的一件事。这样就加重了他要讲的这件事情的分量，使讲的事情更透彻一些，但是不要引着读者绕圈子。文学作品是教育人、感动人，把读者拉着跟你走，这才是文学作品的目的。这是我对“意识流”小说一般的理解，不是就某个人的小说而言。我们看一篇东西，我们是花了时间，花了心血，花了感情的，读完了一定要从中得到一点东西的。

谦虚·勤奋

最后再谈一点关于作家要谦虚防止骄傲的问题。

现在我们中国的作家，很多人大约都写了四五百万字吧！年轻人写得多的可能有二三百万字。老舍、茅盾、郭沫若可能都写了上千万字啦，一般的恐怕也就是几百万字。我写得最少，到现在没有二百万字，我不只比老作家少，比年轻作家也少。按量说我是写得非常少的；按质说我也没有几篇能传至后世，流传万代的。我们中国出一个鲁迅不是偶然的，多少年才出一个鲁迅。鲁迅有个了不起的地方，就是没什么败笔，他是能出全集的。我们有些作家写得很多，但不能出全集，因为有败笔。叶圣陶是了不起的，他没有写过像《子夜》《女神》那样轰动的作品，但是他没有败笔。我就不敢说我没有败笔。质也要有量的，质是从量里来的嘛。我自己觉得我没有什么东西，一百多万字也就有两三篇还能留几十年，不会留一百年的！所以没有什么了不起。（陈明同志插话：还要一百年？二十多年人家不是就把你忘了吗？）是呵，二十年一过有些年轻人就不知我是什么人！（陈明同志插话：知道的就是“一本书主义”。）一九七九年我到医院看病，一拿病历给护士看，她们说丁玲是谁呀？几个人在那里研究了一会儿，噢！想起来了，就是那个“一本书主义”的丁玲吧！所以我说作家没有什么了不起，作家不要骄傲。你这本书写得好，你下一本书不一定比这一本好。因为你所有的精力，所有的生活都放在这一本书里啦，你下一本也许就掉下来了，你已经到了自己的顶点啦。有人跟我讲，现在有些作家有些狂，批评不得。一批评就说压制他，就给人家戴帽子：说人家是保守派。老作家不能骄傲，老不是个可以骄傲的东西，你得拿出自己的文章来！就是说文章，也不应该当做骄傲的资本。李白写了多少诗呀，留下来的只是一部分。唐代的诗人不知道有多少呢，也就留下李白、杜甫、白居易等少数人嘛！他们的诗有答某某人的，那某某人本来也是当时的诗人，可那些人的诗也许附在里面，也许没有附上，后人就根本不知道了。正如长江后浪推前浪，老作家必然要慢慢淘汰，这是自然规律。青年人成长起来啦，我们老的就让路嘛！我现在赞成我们老作家在位的都应当响应党的号召，主动让位，工作让青年人做。我二十几岁就编《北斗》杂志，当左联党团书记！那个时候我连简单的支部规矩都不懂，还不是干下去了嘛！我赞成作协再开代表会就搞选举，老同志就声明：别选我了，你们选年轻人吧！你选我我也不能做，我身体不行了，何必占着这个位子请病假呢？选上谁，就给他开介绍信，介绍到北京作家协会来，他就当主席、当理事、当书记。说老实话，有的同志走起路来八字步一摆，讲话时头那么一绕，作家摆什么架子呢！我们的文章写得好，刊物愿意发表就发表，你觉得不好，就放在那里也不要紧嘛。真是写得好，放它几十年也一样是好的；写得不好，今天发表了，过两年就失去作用啦！那就算了嘛，放到纸篓里拉倒嘛！作家不是官，作家是平等的，没有什么官不官。我早一点，我是老作家，你年轻一点，你是中年作家，他更年轻，他是青年作家，不一定我写的作品就比你的好，你就比他的好。他可能比我写得好，他写得好就是大作家，我就是小作家，有什么老哇！老哇！我们完全可以把这个包袱丢掉。作家一定不要想排位子当官。当官的人现在都要不当官嘛！都要反对官僚主义嘛！[①] 一个作家你要当什么官呀，一定要当个什么，如果没有你，就要有情绪，这不对嘛！所以我是赞成选举的，选到谁，谁就当。哪怕选错了，也没关系，当两年，下台，再

---

① 初刊本作“都要反对那个东西嘛！”。

选，再当两年，下台。我们的文学是整个文艺界领导嘛！是靠党领导嘛！靠一个人两个人领导那一定领导不好。要靠“百花齐放，百家争鸣”，靠把大家的意见集中起来领导。能够把这个衙门取消，真的做到“百家争鸣”，那我觉得还有希望。要不然，老是把自己陷到小圈子里，陷到你呀，我呀；你们哪，我们哪；老哇，少哇；左哇，右哇；解放呀，保守呀；……老陷在这里面，花费好多精力，不会有成绩，这不好。

今天我又是信口开河，错误难免，欢迎批评。

一九八二年五月廿一日

和北京语言学院留学生的一次谈话*

问：丁玲先生近来的写作情况怎样？您的长篇小说《在严寒的日子里》何时可以完成？

答：我常常被别的事情干扰，总是写一点又放下了。现在改行几乎不写小说了，尽写些别的文章。我也真有点想改行。改到写杂文去。好多熟人也鼓励我。我觉得写杂文更好。你们读过鲁迅先生的杂文吧？杂文来得快，它像匕首，一击可以中的。写小说太慢了，要绕很多圈子，所以我了解鲁迅先生后来不写小说而写杂文的原因。因为文学不只是要表现生活，而且同时是战斗的武器①。过去我写过一篇文章，题目是《我们需要杂文》（载一九四一年十月二十三日延安《解放日报》文艺副刊第二十六期）。这篇文章一个时期是被批判的。现在我还要在这里说：我们需要杂文。也许到明年我才能有时间继续写长篇《在严寒的日子里》，今年已经没有时间了，还要写一点散文。

问：您开始写回忆录了没有？

答：开始写了一点，今年将在东北的《北大荒》杂志上发表一节，征求读者的意见。

问：丁玲先生，您对当代西方文学有什么看法？因为它和中国文学很不一样。我们的文学常常没有一个重要人物，没有一个中心的故

---

* 本文初刊于《延河》1982年第11期，原题为《丁玲答问——和北京语言学院留学生的一次谈话》，收入《丁玲文集》时改为现题。收入《丁玲全集》第8卷。

① 初刊本此处作“杂文来得快”，全集本删去。

事，也没有什么英雄。中国文学就不是这样。

答：每个国家的文学都要吸收和借鉴外来的经验，中国也是这样。但是它也有自己民族的历史的传统。在中国，还是对自己民族的传统感兴趣的人多，我个人也是这样。对那些跳动得太快、太远的文艺作品，似乎不容易明了它要表现什么思想。我们的文学作品表现思想，实际外国的文学作品也表现了作者的思想。西方有许多人喜欢追求比较时髦的东西，爱好的变化很快。在他们的一些博物馆里，现在有很多人已经对抽象派的画不太感兴趣了，这些人的兴趣又要回到油画上来。有一个时期，在我们的生活里简直没有油画，也没有雕塑。现在的情况又开始有了变化。外国朋友对我们中国画的欣赏也是这样。前几年中国画在国外很受欢迎，它似乎也有那么一点抽象派的味道。但去年我在国外访问的时候，发现国画大师齐白石的画掉价了。全世界好像都在追求时髦的东西，今年时兴这个，明年时兴那个，变化很快。我们中国也受到这种影响，但接受得不算太快，等到在我们这里盛行的时候，在人家那里却已变得不受欢迎了。我个人认为，凡是艺术，总得让人们了解，如果人们不能了解，要它有什么用？我甚至认为有些东西是不是在欺侮人①。譬如我到国外一个博物馆参观，在一处墙上看到一块黑板，上面什么也没有。他们却硬说那是艺术。我说，请告诉我，这个“艺术”究竟要表现什么？他们说不出来。我如果能从它里面感受到很好的东西，我会承认那是艺术；但是如果我完全不了解它表现了什么，只是一块黑色的木板，而你一定说那是艺术，那我宁愿当傻子，也不能接受你的说法。我要服从我自己的认识。自然我们了解得毕竟不多。有些是好的，如毕加索的许多画我看就很好，但其中有一些我也看不懂。我们的古代壁画和雕塑，有很多也是抽象的，但是容易懂；后来又慢慢地发展到工笔画那样细致的现实主义的表现手法中来了。

① 初刊本作“而且我甚至认为有些东西是在欺侮人”。

问：您对王蒙近几年发表的所谓“意识流”的作品有什么看法？

答：他是在追求和探索。读者开始对此有些好奇，虽不易懂，但王蒙还不是真正的抽象派，还没有走到那么远，他只在一些作品中插几段心理描写而已。他是有意要突破中国传统的艺术手法，追求和探索一条新的道路，这当然是可以的。我只是劝他，你不要老讲意识流不意识流，你得拿作品出来。我是个作家，我不说我是现实主义，也不讲我是抽象派，理想派，什么什么派，我只用自己的作品来表明我的思想、主张。

中国的很多传统的艺术形式，在我们看来，是最好的东西。可惜现在的作家接受得不多。我们很多年轻的作家，还有像我这样的人，都是接受外国的影响较多。“五四”以来的新小说，大部分是学的外国小说的形式。如果从《红楼梦》《三国演义》等中国古典文学中学习，可能会好得多。我们没有很好地继承我们优秀的民族传统。自然学习继承这些东西也不是那么容易的。《红楼梦》《三国演义》可以让你看一百遍也不觉得厌烦。《三国演义》里面讲了那么多的历史，好像不好懂，但是我们五岁六岁的小孩子都喜欢听；你把我们现在的作品讲给他们听，他们的兴趣就不那么浓厚[①]。《红楼梦》《三国演义》这些书，我现在也记得，因为我看过几十遍了。你再讲它、看它的时候，还是觉得津津有味，人物故事总在你脑子里回旋。我们的传统文学有强大的艺术魅力[②]，不是看一遍两遍就可以扔开的，它吸引你看过一遍还要再看，看熟了也还要看；而且不一定从头看，从中间无论哪个地方看下去都有味道。

问：丁玲先生，您是位女作家，您的作品里的主人公也常常是女人。现在西方正在开展一个重要的女作家运动，要为争取女性在社会上的地位而斗争。您觉得中国也有这样的情况吗？

① 初刊本作“他们却毫无兴趣。这些书里面浸透了那么多的人情世故”。

② 初刊本作“我觉得现在要特别强调我们的传统文学，它有一种强大的艺术魅力”。

答：我们现在没有西方那样的女权运动，我们不需要这样的运动。我们有妇女工作方面的问题，但是没有女权运动。我在国外听到人们谈女权运动，也有兴趣。我想，你们的政府能不能首先把城市里那么多的妓女，那么多的脱衣舞，那么多酒吧间的裸体侍女统统取消呢？妇女们光有选举权，选上议员，也不能为人民办事；想给妇女办事，也行不通。在我们国家里，男女都一样，参加劳动，参加工作，参加学习，不存在什么女权问题。但是，人们的思想里还有没有封建残余呢？有的，也许还比较普遍，男同志的思想里有，女同志也有。但是在宪法上，法律上，一些制度上，我们男女基本上是平等的。

问：丁玲先生，我想问您三个问题：一、在您的一生当中最觉得高兴的是什么时候？二、您最觉得悲哀的是什么时候？三、给您带来最大的影响的是什么书？

答：也许有的人会认为，得到一位最好的爱人是一生当中最高兴的事情。我认为这是值得高兴的。但爱情只是人们生活里面的一部分。我最高兴的时候，是能为别人的事业尽了力，而且是成功了。这样的高兴不只是一次，也不一定最大[①]。最难受的是脱离了人民，脱离了群众。一九五八年把我的党籍开除了，那是我最难受的时候。我原来是共产党员，被开除了，成了人人都不喜欢的人了。这种时候，你和人民中间横着一堵墙，这是最使我难过的。好在事情已成过去了。

很多人问我：哪一本书对我影响最大？小时候我读的书比较杂，什么书都看。中国的文学书我喜欢读，但不一定就对我影响最大。我自己喜欢读的书，也经常向别人宣传的书，是马克思和恩格斯的书。我过去没有很好地读这些书。在延安读过这些书，未引起大的兴趣。我那时的兴趣主要在文学写作上。在十年动乱的时代，我在监牢里读马恩全集，全集的内容是那么丰富，真是一部百科全书，它讲哲学，讲军事学，甚至还讲化学、生物学……里面的东西太多了。读的时候

① 初刊本作“很大”。

我不一定都懂，也很难拿它来解决当前社会的问题。但我从书里理解了马克思和恩格斯这两个人。我觉得他们是最可爱的人，我在监牢里就成天和他们生活在一起。在牢里我自然会想到很多问题，想哪天能够出去，“问题”何时能够解决。但是当我读他们的书的时候，这些问题都没有了。管他哪天出去呢！我和这两个人成天坐在一块儿谈天不是很好吗？我从他们的著作里学哲学，学社会学，也学经济学。读了这两个人的书，我更了解这两个人；了解他们当时所处的社会。这本书对我的影响将是最大。

问：您的小说《我在霞村的时候》里的贞贞有没有具体的模特儿？

答：有这样一个人物，但我不认识她，没有见过她，那时她正在医院治病。听人说过发生在她身上的一些不幸，我心里很难过。我觉得在反对日本帝国主义的侵略战争中，我们中国人民、中国妇女的牺牲太大了。许多人死去了，不只是肉体的死亡，在精神上、心灵上也遭受严重的损伤。于是我写了这篇小说。小说里的霞村是虚构的[①]。

问：那么，小说中的“我”是不是就是丁玲先生？

答：不是，那也是虚构的。

问：小说《在医院中》的中心思想是什么？

答：就是小说中最后的那一句话：“人是在艰苦中成长。”一般说来，由于历史的原因，西方国家的农村生活水平比较高，农民的文化程度也比较高。在中国，由于帝国主义、封建主义、官僚资本主义的压迫、剥削，我们的农村比较落后。中国革命主要是武装斗争，革命的根据地在农村，革命战士的大部分是农民出身，如放牛娃啦，给地主干活的长工啦……在这么一个革命队伍里[②]，一个城市小资产阶级的知识分子到他们中间发挥作用是需要一个过程的。初到这里，他不了

① 初刊本作“我也没有去过霞村，那都是虚构的”。

② 初刊本作“在这么一个带有农村的、封建思想的革命队伍里”。

解这里的人，又不被这里的人所了解，想做点事情，也不知从哪里做起，一定会经历一段艰难的过程。这一过程可长可短，那就看具体情况了。有的在短时间内就可以互相了解；有的要较长时间才能解决问题；甚至，有的可能会分手，走开。我这小说写一个知识分子初到革命队伍里来了，这个队伍环境一下子不完全合她的理想，它里面还有这样那样的缺点；也不可能没有缺点，就像现在我们这样一个社会主义国家也不十分完善，还有很多缺点一样。但我们有我们的根本上的优越性。这优越性里面也还包含着某些缺点；不能一看到缺点就全部否定。天堂不是天生的，是要人艰苦建造的，需要我们正确地认识，并且长期坚持奋斗。小说里面陆萍那样一个女孩子，什么经验也没有，跑到革命队伍里，从她眼里看到很多不合理的东西，落后的东西，就有了意见，在那个时候，在那个环境里，就必然产生矛盾。这篇小说有些人有意见，这不奇怪。

问：丁玲先生写过很多小说，您自己最满意的小说是什么？

答：直到现在我还没有写出一本我自己最满意的小说。过去批判我“一本书主义”。其实我的意思是：不是说写一本书就够了，而是要写一本最好的书，这就不容易了。写完一本，还要写，要不断地写。

问：是不是《十月》上得奖的《“牛棚”小品》您比较满意？

答：年轻人给我奖，我很高兴。但是我自己今后走的道路不是《“牛棚”小品》，我只是偶一为之。粉碎“四人帮”之后，我看了一些抒写生死离别、哭哭啼啼的作品，我不十分满足，我便也写了一篇。我的经历可以使人哭哭啼啼，但我不哭哭啼啼。这样的作品可以偶然写一篇，但不想多写。我还是要努力写《杜晚香》式的作品，尽管有些人不喜欢。《杜晚香》发表在《人民文学》后，法国翻译了，日本也翻译了，国内外都有读者赏识，很使我高兴。

问：丁玲先生，对于您来说，文学是写什么的？文学是为了什么而存在的？

答：这是一个大问题。简单地说，我写我最感动，最喜欢的东西。

我最爱什么，对什么最感动，我就写什么。至于它将起什么作用，拿到社会上去检验吧，我并不以为这个是教育人们去干什么。生活里有我最喜爱的人，不能忘记的人，我就写他们。文学，一定要能鼓舞人顽强地生活下去，而且生活得更好一些。生活不总是一帆风顺，总有斗争，有胜利，有挫折，文学要鼓励人们勇敢地到生活里面去，到广阔的世界去，到人民群众里面去。文学要使人们的精神生活更提高一些，更丰富一些，不要太庸俗了。[①] 但是鼓励不能只讲道理，只讲道理不能算文学。文学是让人家看了以后，从心里自然萌发出对美好高尚事物的向往。这样的作品不是想写就写得出来的，作家必须要有生活，必须到生活中去发现和观察最好的东西，最好的人，最好的事，不到生活里面去是看不见的。

问：想再问您两个问题：一、您对女作家萧红印象如何？二、您对故事影片《苦恋》有什么看法？

答：我和萧红接触不多，只是一九三八年西北战地服务团在西安的时候，她在我这里住了一个多月。她对生活很敏感。一个人如果对生活感觉迟钝，是搞不了文学的。这不是有无天才的问题，而是从小的生活对一个人的影响。有人搞了一辈子文学还是搞不通，他拿作品给你看，你对他讲，给他提意见，他还是不通。有的人你一点就通。有的人在生活里泡了几十年，看不见生活里面有什么好东西；有的人看见了，但没有写好，把材料糟蹋了；有的人稍微一接触，马上就抓住东西了。萧红就属于后面这一种。她很有才气，非常敏感。她逝世后，我曾写过一篇纪念她的文章:《风雨中忆萧红》。我为她可惜，当时她没有到延安去。她这个人政治性太少，和革命老离得远远的。革命是什么？革命就是走在时代最前面的一股力量，是代表时代的东西。你跟它离得远远的，就脱离了时代，脱离了群众。萧红一辈子都是在

---

① 初刊本此处还有如下内容:“这一方面，也要向我们的古人学习。我们的古人也有崇高的理想和情操，要用这种精神去鼓励人们。”全集本删除。

艰难坎坷中跋涉，在爱情生活上也不是一个很幸福的人，这对她的情绪很有影响。她如果不早死，她最后也会走到这股力量里面来的。可惜她死得太早，她的天才没有得到最好的发挥。我们有一位过去可以说比萧红距革命更远的著名女作家，后来和革命结合了，还写东西，文艺生命就继续存在。当年萧红参加过“左联”，比另一位表现得进步一些。但是另一位后来回到中国，和这块土地上的人民相结合，她就又有新的东西可以写了。国外有些人，国内也有少数人认为：作家一接触政治就完了；没有政治，才可以获得创作自由。实际上不是这么回事。特别是在中国，我们很清楚，正是在政治里面，在近代史的每个政治的大变动里面成长出一批一批的文学新人。“五四”以后出了一批人，三十年代出了一批人，抗战时期出了一批人……“四人帮”垮台以后，又涌现出一批新人。所以说文学和政治是不可分离的，这不是理论，这是中国的历史事实。少数人想脱离政治轨道去追求什么创作自由，是行不通的，文学和政治绝缘是不可能的。作家本身也是政治家，脱离了政治，作家的生命就要完了。

前几天我遇到白桦，他是到北京来开会的。一个作品不合乎我们的时代和人民的要求的时候，就得碰一点钉子。大家都看得出，我们没有在白桦的问题上搞什么运动，只是正常地批评一下。最近放映了一部新影片《牧马人》。《牧马人》和《苦恋》，我看同样都是苦恋，但一个健康，一个不健康；一个起积极作用，一个没有产生积极的效果。

问：我们昨天晚上刚看过《牧马人》，它的确是表现爱国主义的最好的作品。不知这个电影还存在什么缺点？

答：这部电影确实好。原作小说就写得很好，得了奖。电影比原作更吸引人，有些地方有提高。但电影还有不足的地方，这些我在《文艺报》发表的《漫谈〈牧马人〉》一文中谈过了，大家有兴趣可以看看。

问：作为一个作家，您在作品中又要写爱国，又要写爱党，对这两者的关系怎样处理？

答：我看这两个东西没有太多的区别，没有根本的矛盾。我们这个国家，只能走社会主义道路；能够领导这个事业的只有中国共产党。没有别的党派能够来领导。没有共产党就没有新中国，中国革命的历史证明这是一条真理。在我们国家，共产党好，国家一定能搞好；如果共产党不行，那国家就没有希望了。由于“四人帮”的大破坏，现在我们党在一些群众中的形象不像五十年代那样好了。我们现在是接受经验，总结教训，重新教育党员，端正党风，密切和人民的联系。我们党的任务更重了。我们充满了胜利的信心。

至于作家，各人的情况不同。有的人不是共产党员，可是他爱国，也希望共产党好。《牧马人》中的许灵均，他可能不是共产党员，但是他那样爱国，对祖国充满了希望，和共产党员具有同样的感情。最近我写了一篇文章评论女作家韦君宜的小说《洗礼》。她写一个共产党员怎样从“文化大革命”的灾难里面，从自己受了伤的泥坑里面觉醒过来，对自己过去的一些缺点错误有了认识，思想提高了，终于成为一名好党员。小说也写了那种马马虎虎，苟且偷安过日子的老干部。这部小说我认为是写“伤痕”、写“文化大革命”的作品中比较好的一部。我觉得作为文学作品不管其中有多么高的理论，什么党呀国呀，如果没有艺术性是不行的；一定要有引人的情节，动人的语言，生动的人物。当然，一件真正的艺术品，一定要有很高的政治作用，二者不能分开；但它必须是艺术。

（武柏索整理）

从创作要有情谈起*

前面任光椿同志讲了创作要有情、有胆、有识、有文，我很赞成。一个作家，要有情，没有情，你写什么？

我出生于安福县的蒋家，我那个家庭属于官宦人家，世代书香。我的外祖父也是个大儒。但正是这两个家，在我心中燃起了一盆火，我走向革命，就是从这一盆火出发的。

我小的时候，我记事的时候，住在我舅舅家里。我的外祖父教了几十年书，他的学生都是当官的。有的官还做得很大。可是他自己连个举人都不是，因为他反对八股。那个时候，清朝考试就要八股，所以他没有被取，到了五十二岁的时候，得了一次拔贡。拔贡就是特科取士，这时他才当官，当了太守。太守相当于我们地区的专员，可是比现在的专员要神气一些（众笑）。他是很有名的。我从小就听到，说他好，有学问，有道德，是个清官，怎么好，怎么好。我那时就有点奇怪，因为我自小读了很多小说，爱思索，在那个家庭里，我又很寂寞，就想到一些问题。外祖父没有当官以前，当然是比较穷的，是穷儒啰。但他当了官以后，他在常德住的是大印子屋，三四进，后面有后花园，有藏书楼，喂过孔雀，喂过鹦鹉。家里佣人很多，丫环，奶妈，老妈子，看门的，跟班的二爷，做饭的厨师，用了那么多人。那个云南的大理石，我刚才在文化馆文物室看到大理石啰！那时他家里

* 本文是1982年10月27日下午在湖南省临澧县创作座谈会上的发言，初刊于《临澧文艺》1983年第一期，收入《丁玲同志回故乡的讲话》（中共湖南省临澧县委宣传部编）。收入《丁玲全集》第8卷。

可多呢！大理石的屏风，大屏风，小屏风，大理石桌子，有小桌子，还有弹古琴的大桌子，大理石凳子，大理石椅子，大理石茶几，一套一套。那时，我脑子里就奇怪啰，这些东西从云南搬回湖南来，在湖南修那么的房子还是清官（众笑），要是一个贪官，那又是怎样呢？他的官还只是一个太守，不是什么八府巡按啦，什么宰相啦。我问过我母亲："他是清官吗？"母亲说："是清官。"因为那时她看到的贪官多啰，比我外祖父有钱的多啰，比他有势力的多啰，所以她说他是清官。这就开始激起了我心里一盆火。生活在这样一个家庭里，既不是家里的主人，也不是仆人。我是父亲死后跟着寡母寄人篱下的客人。因此我小的时候不爱讲话，这个环境，这个地位，没有我讲话的权利呀。我只能观察：这个人是个什么人，这个人是好人，这个人是坏人。这个像小说里面的什么人，这个像王熙凤，这个像薛宝钗，脑子里成天琢磨。在这里生活的时间越久，我心头的火就越厉害。十冬腊月，舅舅他们打丫头，把丫头捆在床前的踏板上打，打人的脑袋像敲木鱼一样。快过年了，客堂里有蒲团、有红毡子，桌上挂了桌帘子。他们把丫头打了赶到堂屋里过夜，把衣服脱了，只让穿一件单衣，一条单裤。看到这情景，我没有办法睡着，半夜里，我把自己盖的一床小被子悄悄地送到堂屋，看见三个丫头抱着膀子坐在那桌子围帘底下，我把烘篮拿给她们，她们哭了，我也哭了。像我这样出身的人，后来能够参加革命，在革命中能够经受住一些考验，原因之一是这两个家给了我一团火，我恨死了他们。我脑子里想，这一些人哪，将来是要淘汰掉的，不淘汰是不行的。我脑子里的恶霸的形象就是我的三舅。我发表的第一篇文章，就是同我三舅吵架以后写的，在常德《民国日报》上发表的。开始他们怕得罪我三舅，不敢登。我和好朋友王剑虹跑到《民国日报》社，那时候我们年纪很轻，什么也不在乎。我说你们报纸要不登，我现在就到上海去了，上海有《民国日报》，我就在上海《民国日报》上登这篇文章，而且要说你们常德的《民国日报》不敢登，你们是土豪劣绅的报纸。其实我也是说气话，吹大话，我哪有那么大的权力呀！我这个火，就是这么放起来的，这第一炮就是对着我舅舅的。这是讲我舅舅家，再讲安福县我自己的蒋家。我四岁的时候，父亲死了。我母亲向来不当家，家里的事什么都不知道。她喜欢划拳，喝酒，作诗，吹笛子，吹箫，画画。因为我外祖父是儒生，她就从他那里学的这一套，别的她什么都不知道。家里的情况一天天紧，她感觉到了，但是到底有多少家当，她不知道。那时家里每天至少有一桌客，经常是一桌多；鸦片烟枪好几杆，客人来了都抽大烟，大烟那个时候还是贵的。我父亲死了以后呢？家里来了很多人，不是来吊孝的，是来要账的。全是债主，伯伯叔叔都是债主。我母亲没有办法，把家当全部卖了。母亲说："有账的都来吧，我尽量还！我一定还清账了才走！"我母亲把账都还了，走了，走到了离县城不远的地方，还来了两个拦路的人。我母亲这时候已经成了一个光人了，一顶轿子，带着我和抱着还在吃奶的弟弟，一担挑子，一口箱子，一个网篮，一个铺盖卷儿。一个寡妇，离开了这么大的、有钱人家的时候，还遇见拦着轿子要账的人。我母亲说："我的账都还清了，你们一定还要，走，到县上去！"这样，才把两个人打发走。在这些事实的教育下，我从小对姓蒋的人就没有感情，普通的人与人的感情都不可能有。你们是有钱的，我是穷的，我们没有共同语言，我们没有共同利害，你欢乐，我就痛苦；我要欢乐，你就不高兴，就是这么一回事。"世界上没有无缘无故的爱"，这个话是对的。十八岁的那年，我回临澧一次，回来干什么呢？因为我想去上海念书，母亲没有钱，带我回来，找我的伯父要两百吊钱的账。那是父亲死后，我母亲卖房子和卖田的钱，是伯父经手帮我们卖的。卖了以后，伯父扣了两百吊钱，说是这两百吊钱暂时用一用，以后还你，一直就拖到我十八岁。我母亲卖田地还账的时候，我大概是五岁，一直拖到我十八岁。这两百吊钱，那个时候大约可以折合七八十块钱，还要加上利息。我们蒋家有祠堂，每年都收很多谷子，收很多钱。凡是蒋家的子弟，到省城长沙去念书的，每年可以补助十石谷子。凡是出省的，像我要去上海念书，祠堂可以补我二十石谷子，大概值四十元钱。我回来了，向祠堂管事的伯父提出来，请求补助。我们住过好几个爷爷的家里，他们对我们母女都待得很好，说我是蒋家的姑娘，大了有出息啊，请上座。把我的伯母、姑母都请了来，亲热得很哪！面子上做得很好哪！但是，祠堂不补助女的；账呢，没有，两百吊钱就是要不来。我母亲一生气，把借据撕了，说："这钱本是姓蒋的，我就不要你们蒋家的钱，看我们会不会饿死。"从此我们就走了，再也没有回过临澧，我对临澧没有感情。一九五四年我回湖南一趟，到了常德，到了吉首，但没有到临澧。这次我又回到湖南，不到临澧，好似无情。但我想了想，对这个地方还是有感情的，因为我对乡亲们的生活，还是很挂念的。在短短的三天里，我看到这里各方面的变化都很大，我心里非常高兴。近六十年来，我们的革命走过漫长曲折的道路，我们现在虽然不如一些工业发达的国家那样的富有，但是以我们过去的那样的起点，这六十年来我们还是大有成绩的，我们还是花了力气的。就是对老家的一些人，也不能无情，他们经受了六十年的变迁，如今也属于劳动人民。我应该关心他们，特别是他们的后代，我必须要对他们做些工作，尽到责任。

其次讲作家要有胆。用现在的话说，就是要思想解放。我十七岁多一点，十八岁我就闯上海去了，在上海我没有一个亲戚，我们五六个朋友，都是女孩子，约着闯上海去了。我们六个人过的还是共产主义生活咧。我们不分家，六个人的钱，集中起来一块儿用，大概我够有胆的了。这一辈子，胆是有了，可是说老实话，也够受的了，自己应该总结教训。但我从来不叫苦，一个人如不经过苦，怎么能理解我们这个社会呀！在糖罐子里面生活怎么能理解我们这个社会呀！如果你不理解，你就不可能有高尚的感情。这就是说，有胆还必须有"识"，你得理解。从哪里理解呀？首先从书本上。什么书呀？马克思主义。一九七〇年到一九七五年，"四人帮"把我关在牢里的时候，我通读了马恩全集。出牢以后，我向很多搞文学的人推荐。我说，时间不多，宁可少看几本小说，一定要看马恩全集。马恩全集也是最好的小说，那里面有比所有小说里面更可爱的人物，有比小说里面更有趣味的故事。那里面不只有小说，还有政治，有经济，有军事，有哲学。里面充满了人情，怎样对待朋友，怎么对付敌人。我说，这部书，我们搞创作的人不能不看。如果我们没有掌握正确的认识方法，没有正确的认识，光有胆，那样乱来能行吗？你必定得站得稳，才是真正有“胆”。像打架那样，练武功。你必定得站稳了脚，你这拳打出去才有劲嘛！自己站都站不稳，拳一出去，人家一下就把你打倒。所以你必定得站稳脚跟。怎样能站稳脚跟？要有马列主义。马列主义是从社会斗争，从阶级斗争里面总结出来的经验理论。你看这些书，你就更懂得，噢，原来是这么一回事啊，你就更懂得社会了。但是，你如果没有社会知识，你看那些书就会一点趣味也没有了，因此，还必须到社会上去，到广大的人民中去，提高丰富自己的认识。譬如，作家写文章，又怕违反政策，犯政治错误，老在那里琢磨，现在呀，中央提的什么问题，开了个什么会，讲了什么话呀？你老那样琢磨，琢磨来，琢磨去，就是不敢动笔；或是动了笔也不敢解放思想，别别扭扭，还觉得创作不自由。你应该懂得，中央的政策是从群众里面来的，是总结群众斗争的经验提出来的。现在为什么在农村要推广责任制呢？那是因为过去吃大锅饭不好，农村生产上不去，群众不满意嘛。责任制是总结群众的经验才提出来的。所以，我们要有马列主义，我们也要有生活。我们要用马列主义去观察社会生活，我们就比较能体会，懂得中央的政策。即使中央一时还没有谈，我们自己心里也应有点底。即使中央没有提反“偏向”，我们心里已经经常在注意了。如果自己心里有马列主义，有社会的实际经验，你就能更好地学习体会中央的政策，就能够更加容易和党中央取得一致。

刚才任光椿同志谈话中还说要有“文”。我想“文”就是艺术性。艺术性是一种能迷人的东西。再好的作品，但不能迷人，不能使读者、观众、听众喜欢，着迷，便不能算是真正的艺术。真正的艺术品一定有迷人的东西，叫人看起来很有味道，爱不释手。怎么才能有“文”

呢？这不是纯技巧问题。我们常常讲，不以词害意，词是次要的，意是主要的，我觉得是不是这样：不是写诗的，但要有诗情；不是画画的，也要有画意。那你写的文章，人家一看可能就迷住啦！就着迷了。这种诗情画意，并不是从别人那里学来的，那是学不来的。这完全是作家自己心里有所感受，对事物能够感应，在平常的事物面前一看，啊，这里面是什么。我并不相信什么天才，但是对有些人，我劝他最好别搞创作，你捅他几下，他都不通！另外一些人，旁人一点，他就明白了，旁人的话还没有说完，他就懂了。他看见什么事情，他都能够有个印象，都有反映。这个印象都放在脑子里了。日久天长，这种印象在脑子里积累得多了，有些变得淡薄了，有些变得浓厚了，逐渐就形成了自己的一种感受，如果他非常敏感，他的联想丰富，那么这就是他从事创作的一个有利的条件。要有这一套东西，而不是那种雕虫小技。有了这种东西，语言就来了，自自然然就来了。如果你要找词典，你到哪里去找那些形象生动的文字呵。再一条就是，你从事创作，无论如何不要模仿。不是说一定要标新立异，但无论如何不要模仿人家。我写我的，你写得再好我不管，我不学你那个样子，我不模仿你，我写我的。模仿是没有出息的。再讲一点，要正确对待批评。正确对待对自己作品的批评、评论。一九五八年反右扩大化期间，曾有过的一种批评，那不是批评，那是棍子。我不去说它，但愿你们今后不会再遇到这样的棍子。我只讲对待正常的批评，说坏也罢，好也罢，作者自己要冷静，要虚心，要思考，不冲动，不头脑发热，自己有主见，不跟风，不左右摇摆，不随意让人牵着鼻子跑。作家的责任是文章，写好作品。至于对这篇文章怎么评价，那是社会的事。历史将来会作公正的评价。作家自己不要去计较这些。自己没有主见，轻信别人的批评忽左忽右，随风转向，这样的作品还谈什么风格呢，流派呢，思想性呢？这都谈不上了。这是我听了前面几位同志的发言，联系我自己的一些实际讲这么一点，讲得不全，不透，请你们批评、原谅。

和湖南青年作者谈创作*

从写作上讲，我有一个体会，我很后悔我没有坚持三十年代我在创作中曾经偶然发现的问题，就是在我国自己的民族形式，民族传统的基础上继承、发展和创新。我是受“五四”的影响而从事写作的。因此，我开始写的作品是很欧化的，有很多欧化的句子。当时我们读了一些翻译小说，许多翻译作品的文字很别扭，原作的文字、语言，真正美的东西传达不出来，只把表面的一些形式介绍过来了。那时我们写文章多半都是从中间起，什么“电灯点得很堂皇，会议正在开始”之类，弄上这末一个片断，来表示一个思想。我虽然学了这种形式，但毕竟我更喜欢中国小说。我觉得外国小说，再好，我只能看两遍。托尔斯泰的《安娜·卡列尼娜》我读了两遍，读第二遍时，当中有很多页，那些说教的，我就翻过去了，我得跳着读。我并不是说外国小说不好，或是我瞧不起外国作家，他们有值得我们学习的长处。可是我读一些中国古典小说，真是百读不厌。我想，这不只是我个人有这样的感觉，相信你们也会有这样的感觉。我读《红楼梦》，随时抽一本，后面的、前面的都行。我不是要读那个故事，那个故事我老早清楚了。我随便翻一页看下去，都非常有兴趣。讲恋爱的，讲人情的，讲世故的，我觉得都有味道，可以百读不厌。《三国演义》也是这样。这些书年轻的想看，年老的也喜欢看；男孩子喜欢看，姑娘们也喜欢

* 本文是1982年11月4日在湖南的一次讲话，初刊于《芙蓉》1983年第3期，署名丁玲。收入《丁玲全集》第8卷。

看；它有吸引人的东西。三十年代我就发现自己的文章特别啰嗦。怎样才能够不啰嗦，把人物写出来，而又能吸引人呢？在写《母亲》的时候，我想最好只写事，不要写话。老是作家在那里说，这个人是什么人，大眼睛，双眼皮，鼻子端正，等等，人家不喜欢听。你就写一件事嘛！好多人现在都强调：文学即人学。文学本来就要有人嘛！可是要写人，怎么才能写出来呢？不是靠作者在那里絮絮叨叨地说他就能出来的，作者说得越多，读者反而越烦。中国古典小说好就好在这里，它完全用具体的事来描写人，不要作家讲话。写风景也是如此。大段大段的月亮怎么样的，风又怎么样的，柳枝又怎么样啊……它不写这么多。这个问题，在我刚开始有点觉悟的时候，《母亲》还未写完我便被捕了。后来呢，我又走老路了。因为走老路容易。到陕北的时候，我又想用中国的民族形式来写陕北革命的发展，我在那里准备材料。可是抗日战争一结束，我又到华北，搞别的去了。这是我很后悔的一桩事情：我没有在原有一点认识的基础上，坚持实践，再认识，再实践。现在讲一讲，看看对同志们有没有借鉴的价值。这两年我又特别地感觉到这个问题。今年开军事题材创作会议，我心里想，我们写了好多军事题材的小说，而在我们的印象中究竟有几篇是能够留下来的？可能有一些，但是不多。读者津津乐道的还是《三国演义》，甚至是《杨家将》《说岳传》。为什么会这样？我想，除了我前面讲过的那一些以外，第一就是它们的作者会抓。我们现在不是也在讲要抓大题材吗？抓主题吗？我觉得我们的古人就很会抓这些，他们抓住了一些很了不起的伟大的题材。没有赤壁大战就没有《三国演义》。赤壁大战就是那时候一个最大的战争题材。这个故事到处传，小说、连环画、戏剧，但是读者还是喜欢看，喜欢听，喜欢讲，曹操怎么样八十万人马下江南，孔明怎么样舌战群儒。在这一个题材里面，作家把好几个军事人物都写出来了，这是很了不起的。这就是抓题材的问题。还有一个就是中国的小说，一定要讲情、讲理，也就是寓情于理。而且他们都是从社会来想问题，从人来想问题，从人与人的关系来想问题。

不像我们现在的一些小说，就想“我”的问题，宣泄的大都是个人一时的感触。最近，我在电视里看了京剧“收姜维”。这个故事我过去也看过，用现在的话来说，它就是写解决接班人的问题，后继无人了嘛。如果仅仅是写收一个降将，那就没有很多味道了。诸葛亮当时所处的形势是，蜀中无大将，廖化作先锋，老将一个个都死了，他自己也将不能久在人间了，一定要找一个接班人，所以他想到要收这个姜维。于是诸葛亮做了许多调查、许多工作，用感情，用私人关系去“动”这个姜维，使他在曹营不能安心；又把他的母亲接出来，使他在曹营失去归宿。姜维是个孝子，最后终于归顺了诸葛亮。因此，你看这个作品的时候，就感到有情有理，非这样不可，你就佩服诸葛亮了。《三国演义》里有很多小故事，写得很简洁，看上去不显眼，但它们却把人物推出来了。有的只用几十个字就把一个人物写出来了。再举一个例子：蜀完了，东吴也完了，魏国的司马昭把后主阿斗请到洛阳来，把孔皓也请了来，开欢迎会，唱歌跳舞，饮酒，把他们当上宾对待，也是想“争取”啰。席间，司马昭问刘禅，你对这里印象如何呀？刘说：“此间乐，不思蜀也”。说完了，刘禅出去更衣，碰到郤正，他对刘说，司马昭如再问，你就不要这么说了，你就说，“先人坟墓，远在蜀地，乃心西悲，无日不思。”意思还想回四川，想复辟嘛。后来刘禅进来，司马昭果然又问他。刘挤着眼睛，好像要哭的样子，把这几句话说了一遍。司马昭就说：这个话怎么不像你说的，像郤正说的？刘禅一听，眼睛就睁开了，眼泪也没有了。说，是的，就是他，是他要我这么讲的。这一节在小说里前后不到一百个字，就把刘禅画活了，写透了。这里有很多的问题可以引起你去思索。这真是高明。

写景致也是这样。现在我们一篇文章常常有一半在那里写景致。比如你在洞庭湖上，就是一个湖嘛，何必定要说那个湖是很大的，很宽的，又是怎么有波浪的，把一些常识都要写到里面，不给读者有丝毫的想象余地，读者看了也就没味了。因为读者是要在他读的作品里面去创造他自己的意境的。你写尽了，这个就没有了。我们的传统小说就不是这样。《水浒》里有这么一节，宋江在揭阳镇惹恼了“没遮拦”穆弘以后，待不住了，于是就坐上船想逃走。船主张横不知道他是宋江，想谋财。宋江吓坏了。正在这时候，混江龙李俊赶来了，他和张横是好朋友，便告诉他，这便是及时雨宋江！张一听，高兴死了。啊，原来我是有眼不识泰山，马上作揖打拱，向宋江赔不是。这时候，宋江从舱里走出来，只见“皓月当空”，就这样四个字，把宋江当时从死里得生的这种心情，把江上夜色，全都写出来了。写得多么简洁，多么有声有色呀！写风景写得长一些的也有。如写林教头风雪山神庙，火烧草料场，这个风景实在重要哇！使我们感到林冲上梁山实在是不得已了。本来，林冲是朝廷的八十万禁军教头，是个有身份的人，要他造反，那是不容易的。所以，这一段景色描写着重渲染了他命途多舛，已经到了穷途末路，写得很细致。他去草料场的时候本来是阴天，这时却大雪飞扬。他走到一个小屋里，天晚了，屋子里冷清清的，什么也没有，连个火种都没有。他一个人坐在那里，凄凉得很哪！好吧，喝点酒去吧，于是他就踏雪挑着一个葫芦买酒去。喝了酒回不来了，睡在庙里，人家就把草料场烧了。这样大段的风景描写在旧小说里是很少见的。但是作者为什么要这样写呢？他不是为景而写景，而是要写人，写林冲上梁山的必然性。

写人物的外貌也是这样，写情也是这样，有矛盾，有小心眼，有各种各样的情，这些在《红楼梦》里是写得非常好的，在整部《红楼梦》里，我们没有看见曹雪芹正面去写林黛玉长得怎么漂亮，怎么爱贾宝玉。只有一次，也是作家从贾宝玉的眼睛里写的，不是作家自己说的，而且就那么一句。还有一次是从佣人的眼里说了一句，说那两个姑娘，一个吹气怕吹倒了，一个怕吹化了。说怕吹倒的是指林黛玉，弱不禁风；说怕吹化了的是指薛宝钗，意思就是糖人儿一样的人吧。作者总是写一些小事，从这些小事情里让读者去体味这个人。还有写心理的。有一次，贾宝玉和林黛玉到薛宝钗那里玩，吃点心，喝酒。

贾宝玉正端起酒杯，薛宝钗说你不要喝冷酒，喝了冷酒将来写字手要打颤的，给你烫一烫来喝吧。宝玉说，好好好，喝热酒。这是平常的事，可是林黛玉就记在心里。这时候，正好黛玉的丫环雪雁给她送来一个手炉，给她烤火。林黛玉一看，就说，这么远，你送个手炉来干吗？难道姨妈家还没有吗？雪雁说，不是我要送的，是紫姐姐叫我送来的。林黛玉就说，平常我给你讲的话，你都当了耳边风，今天紫鹃一讲，你就听啦？她的话是命令啦？不敢违抗啦？……这几句话显然是为刚才那一杯冷酒说的嘛！这就把当时黛玉的心理，那种复杂的人与人之间的关系都写出来了。作家不讲话，让读者去想。我们现在的问题就是老怕读者不懂，把读者当小孩，把什么都告诉他。其实，读者不是小孩，读者也有自己的创作，要自己从作品里去悟出一点什么来，味道就在这里。有的读者能悟出三五分，就说这本书还好；有的人能悟出十分来，就说这本书实在好。

《红楼梦》为什么好看？不完全是因为它写了恋爱，而是写了世故、人情，写了社会里人和人的复杂关系。贾宝玉在学校里喜欢秦钟，给别的一个孩子看见了不服气，就讽刺他们，而且打了一架。这孩子回去告诉他妈。他妈挺气，就说：秦钟什么东西！他还不就是贾家的亲戚吗？我们也是贾家的亲戚嘛！为什么对他家那么好，对我们孩子这么不好？太势利眼了，不行！我非得跟他们讲理去不可！她马上就跑到宁国府去找尤氏。可她一到尤氏的面前，就觉得自己矮了，不是她出门时所想象的可以那么自由讲话了。人家是大家，有派头呀！她先问到秦氏的身体怎么样？尤氏便讲了一通：哎呀，她身体本来就不好。她弟弟又在学校里和人家打架，她怄了气，更难受了，病得更重了。告状的人一听，心里又冷了一截，人家正为这个事生气，她来告状，不一定告得赢。尤氏又讲，我家这个媳妇怎么好，人家怎么疼她，怎么爱她，可现在就有那么一些小人，一些坏人欺侮她。听到这些，这个告状的就什么话也不敢讲了，完了！回去！这么一件小事，把封建社会里这种人与人的关系，那种有钱有势的人的派头，那种没有钱只得靠亲戚过日子的人的心理都写出来了，活生生地摆在那里。

我们古典小说的这样一些写人、写景、写情的方法，看起来就叫你舒服。文学不是教科书，看起来要使人舒服。所以，我特别劝你们，因为你们年轻，如果来得及，要好好地从我们这些传统的名著里面去学些东西。

我再讲一点，我们写作绝对不要去追求离奇和低级趣味。生活中哪有那么多奇怪的东西可写？所以你必定得编，又往往编得不合情理，因为你不是从生活实际出发的嘛。我刚才讲了，我们传统的东西好就好在入情入理。要做到入情入理，就一定要从生活出发，熟悉生活。听人家讲了一个故事，脑子一热：这个好呃，写吧！保险你写的时候就会觉得没有东西可写，就得靠编了。但凭想象去编总是不行的，一定要从生活出发。再一个就是不要单纯从趣味，更不要从低级趣味上去看生活。如果你戴了这副“趣味”的眼镜去看人，看社会，那么，这些人，这个社会在你的眼睛里就会变色，甚至变形。单纯追求趣味的作品，也可能在一个短时期里讨好读者，但迟早要慢慢地被淘汰的。即使能保留，能做一件装饰品，也不是最好的装饰品，因为最好的装饰品必定是健康的、有价值的。

还讲一点，千万别搞什么派，别上当。搞什么派呢？作家不需要名誉、地位、权势。我们只有一条，为人民写作。我们写出来的东西，为老百姓尽了一点力，这本身就是对我们的报酬，无上的荣誉也就在这里。我们要有入世的雄心，什么地方都敢去闯。不去闯，你就不了解。蒋子龙的那个《赤橙黄绿青蓝紫》，我就写不出来。我哪里理解那个司机班、运输队里的那些人呢？作家要敢闯，什么地方都敢去，大人物我也不胆怯，我也敢见，我要来了解你啰！老百姓那里我也要去。我要懂得你，就得同你打交道。同你打交道，我也许会吃亏，那我也不管。我们要有这个勇气。另一方面，我们也要有个“出世”的思想境界，一切个人的名利、地位、权势，我全都不在乎，我都不要，我是“出世”了。但是我要有“入世”的勇气，就是要革命，要到“人”里面去，和恶势力、坏风气斗争，辩论。我们要在交锋中改正自己不够的地方，坚持正确的地方。我们只有一个目的，就是让我们的人民，我们这个国家更上一层楼，更好一些就行。

一九八二年十一月四日

迷到新的社会生活里去
——在文讲所同青年作家谈创作*

我对当前创作方面的一些问题，有些想法，可能有不当之处，请大家批评。

首先，我讲讲读马列主义著作的问题。我们都是搞创作的人，我们当中有些人对什么主义都不感兴趣，也不想花工夫搞清楚。像我自己，我信仰马列主义，向往共产主义社会，但我过去却对马列主义知之甚少，不求甚解，以为懂一点就够了。没有系统地学习过，也没有尝到过这个甜头。

“四人帮”把我投进监牢后，我在牢房里看《资本论》，读唯物辩证法，读政治经济学，读马恩全集……仔细琢磨，好像懂得了一些，慢慢也很有兴趣了。所以我后来一有机会便鼓励大家读马列著作。

学习马列主义和搞文学创作是两回事，但又是一回事。我们的作品，既要有高的艺术性，还要有深刻的思想性和鲜明的倾向性。马列主义是指导我们怎样正确认识世界、改造世界的科学理论，不是框框。有的作者把这看成框框，说有了框框就写不出好作品，这是不对的。怎样运用马列主义的科学理论，改造自己的人生观和世界观，怎样运用马列主义指导自己的创作而使其不成为框框，这要舍得花工夫，舍

---

* 本文初刊于《文艺研究》1984 年第 4 期，题为《迷到新的社会生活里去——同青年作家谈创作》，署名丁玲。文末编者附注称“本文是作者一九八四年三月在文讲所的一次讲话，本刊发表时作者作了一些删改”。收入《丁玲全集》第 8 卷，改为现题。

得用力气。

我认为，历史证明中国共产党把马列主义的原理和中国革命的实际相结合，取得了新民主主义革命和社会主义革命的伟大胜利。现在，我们党仍旧坚持马列主义的原理，适应新的形势，制定了一套完整的新路线，指导十亿人民开创社会主义建设的新局面。我们是革命作家，应该代表人民的意志，反映人民的希望，表现人民的感情。我们要使自己的作品，成为改造社会、推动历史前进的武器，我们就应该学习马列主义，用马列主义指导自己的思想和创作，这样，便能够有最大的创作自由。我们提倡的自由，不是无边无际的绝对自由。这种自由在世界上任何一个国家都不存在。

除了学习马列主义，作家还要什么呢？要有生活，作家没有生活是写不出作品的。邓刚，便有他自己的生活。假如有人觉得他写得不够，那么你来写一篇吧，你就没有办法再写一篇那个海，这是邓刚自己的东西。我们每一个人都应该有自己的东西。

《我的遥远的清平湾》，史铁生如果没有到过陕北，便写不出来。我到过陕北，对他写的高原我能感觉到，他写的破老汉我也很熟悉，我看这篇作品可能比没有到过陕北的人更感到亲切一些。但是，我写不出史铁生那样的生活来。因为他在陕北插队，和老乡相处的时间长，起码有两年吧，和老百姓一起过日子。我在陕北是住在机关的窑洞里，是干部，是作家。我也下去过，脑子里有人物、有地点、有情景，但是不如他深入和熟悉。看了《我的遥远的清平湾》，我想起了自己写的《陕北风光》，那本薄薄的陕北散记，比起他的情绪来就淡得多了，不如他的浓厚，他那个破老汉比我那些窑洞里的婆姨娃娃写得更好。因为史铁生在那个地方有他个人独到的东西。如果没有，没有他拿手的东西，只是一般地走马看花，是不容易写好的。

蒋子龙也靠他比较熟悉工人生活，他的《赤橙黄绿青蓝紫》里面的人物、事情我懂得，可我怎么也写不出来。现在要我和他们一块儿生活，恐怕我会有点胆怯，心想还是远一点好。拿不准他们，就无法交朋友，我同他们接触太少，怎么去写那样的生活呢？这是很重要的一条。

你们不是要我讲点过去吗？你们现在的写作条件实在好。三十年代我们没有条件接触外界，最多只有两三个穷朋友，能够互相借钱过日子，有那么个小圈子就不错了。那时党处在地下，帝国主义者和他们的走狗像鹰犬一样，时刻围在你的身边，白色恐怖严重，革命同志间没有条件交往。同志不能引到自己家里来，自己也不能常到人家家里去，有几个知心朋友也不能在一起高谈阔论，只是一个人住在亭子间。你如果是在工厂搞工运的，可以接触几个工人，但不会多。那时要维持生活很难，不像现在端的是铁饭碗，反正有饭吃，实在有困难单位还想办法救济、补助。你们问那时候想什么？首先想怎样活下来，生存。住房要钱，吃饭要钱，穿衣要钱，哪里来钱？写稿子首先考虑能不能用，往哪里寄。那时候哪有现在这么多刊物！只有两家刊物。一个《小说月报》是文学研究会的，还有一个是创造社的《创造月刊》。《小说月报》是文学研究会的人们主编，主张为人生而艺术，对当时社会，提点问题，暴露点黑暗；写作方法是按事实写。创造社最初主张为艺术而艺术，后来也主张无产阶级革命文学。

那个时候的作家，谁的生活丰富？鲁迅还是比许多人更了解中国社会。鲁迅写的《故乡》就是他幼年时候的生活。《狂人日记》不就是那时候一些知识分子反对旧礼教的反映？《孔乙己》不就是他家乡小镇里那种落魄秀才？要他再写什么呢？写革命，写工人，他能写吗？他也不能写，我是佩服鲁迅的，但你不能要求他超越时代，什么都写；他也没有那么多的生活。

那时候他跟陈望道先生两人说笑话。鲁迅说他写恋爱不行，因为他年轻时没有恋爱过。他家里有个旧式婚姻的妻子，彼此没有感情。他需要一个朋友，后来认识了许广平同志，是志同道合的学生。这在那个时代是了不起的事，是大胆突破；但鲁迅从不写自己，更不会写自己的恋爱。他写《伤逝》里的子君，在那个时候也不是很进步的，但那时两个人敢于同居就了不起了，就算恋爱了。“五四”以后的二十年代、三十年代都是这样，知识分子反对封建的革命还算大胆，在婚姻问题上自由恋爱，不听父母之命，媒妁之言，不要钱，不请客，不搞买卖，不像今天结婚要那么多“腿”。他写闰土写得好，写阿Q也好。现在你们搞创作，自己一定要有第一手的东西。如果没有家当，箱子里没有货色，而是到处现找材料，听故事，生编硬造，那哪行？不行!

你们现在的创作条件实在是好，你们到哪里去，哪里都欢迎；一听说是作家，不管你是年轻的年老的，都欢迎。这种情况外国少有。我到美国去，想找找辛克莱，我读过他的作品，听说他没有死，想找他。可是找不着了。我问了好些人，他住在哪个州？在哪个大学任教，还是在养老？可是谁也不知道。他的年纪可能和我差不多，最多比我大几岁。他没有死，可是从文坛消失了。可以想见那个国家对那些老作家是不重视的。中国对老作家是很重视的，对青年作家也很重视。这几年许多省市都培养了一批作家，出现了很多新秀，他们的作品，受到读者的欢迎，得到文艺部门的奖励，这样好的条件，在世界上是少有的。

现在有些青年作家写出新的东西，一炮就打响了，这对人是很大的鼓舞，也证明我们创作条件的优越。

过去我认识几个人，他们先搞创作，懂得外文，后来又去搞翻译。他们写文章，人家也承认他；可是反响不大，缺乏色彩。他花了很多时间和精力，但是没有打响。不是不努力，不是不聪明，不是没有学问，这是为什么？就是没有突出的东西，没有独到的东西。你一定要有突出的东西，独到的东西，高于一般的东西，才能打响，才能动人。

作品要振聋发聩，一炮打响，还有一个时代因素。萧军《八月的乡村》从艺术上、文学上讲并不是最好的，人物不能突出，斗争也没有充分表现。但是，他抓住了一点，就是那个时候反映时代面貌的作品不多，而《八月的乡村》正好写了东北的抗日游击队，弥补了那时的不足。他有政治的敏感。这一点是应该肯定的。一九三〇年左联成立，到一九三四年《八月的乡村》出来的时候，其间左联有五烈士之死，有的被捕坐牢，有的暂时躲避到国外，还有的留在上海干地下工作，但不容易见面。那时的文坛经过霜冻严寒，枝叶凋零，刊物被封闭，作者被摧残；还有人说我们这些左翼作家不写文章，左而不作。有些人写文章，只敢写一点身边琐事。在这样的情况下，《八月的乡村》出来了，鲁迅怎能不推荐这本书？鲁迅全力支持、帮助出书，给作者写序。这么一来，《八月的乡村》自然就叫座了。那时候舒群的《没有祖国的孩子》，反映在日本帝国主义铁蹄下东北人民的生活，也是很好的。

我觉得前一段有力的批评文章似乎少了一些，或者是还不够有力。过去我在上海编《北斗》的时候，每期刊物一定有评论文章，不是评论别的刊物的文章，就是评论《北斗》上发表的文章。现在我们的大刊物上很少登评论文章，有些编辑说评论文章没人看，所以只登小说创作，短篇、中篇、长篇，而且越来越往长篇发展。现在虽然评论文章慢慢多起来了，我看过的几篇，都有点千篇一律，什么“新秀”“高峰”，什么“新的探索”一套时髦词儿，缺少具体的政治上、艺术上的分析。

我不喜欢随便批评我不认识的人，但是我喜欢批评我熟悉的人。因为我们能互相理解，我敢批评；批评错了，也不担心。萧殷是我在《文艺报》时的老同事，人很好，一辈子不打人，不出风头，不搞风派，老实正派，勤勤恳恳地帮助青年，终于积劳成疾，前不久逝世在工作岗位上。他一辈子从事文学评论，出了好多本这方面的书。很多青年作者，从他那里得到指点，受到教益，我对他这个人和他的劳动是很尊重的。但我仍然对他说，希望他就某些题目作专门研究；找比较典型的作品，作深入的研究，或者说好，或者说不好。这样，从具体作品出发又有极高的概括性的理论文章，对青年作者可能帮助更大些。

现在的文艺评论和创作比起来不算十分活跃，有点批评，也是一边倒，温温吞吞的多，这种气氛对我们的作家是很不利的。听说邓刚同志想看到一篇批评自己作品的文章，但他现在能看到的批评文章，全是捧的，说他写得怎么了不起，一致叫好。如果真是这样，我为邓刚感到寂寞！在热闹中感到寂寞。没有争论，没有不同意见，光鼓掌叫好，锣鼓声很高，这是锣鼓声中的寂寞，比没有人打锣鼓还要寂寞，我是有这个感觉的。自然，我们的文坛，对某个作家、某些作品表示冷漠的现象更多些。

我希望评论文章能说到创作上的关键问题，这使作家真正会感到舒服、愉快。塞克同志是搞戏的，我是写小说的，我们俩在一块儿搞过戏。我常常批评他，有时批评得很重。我每回批评他，他都说痛快，舒服。为什么？因为我知道他的长处，也了解他的弱点，我能讲到他的根子上。但是他笑着说没法改。我也知道他没法改。不过，觉得应该把刀子下去得重一点，分析得尖锐一点，有时过分一点，也没有什么。有人对我也是这样，我喜欢这样。应该尽情讲话，要是不能尽情讲话，吞吞吐吐，看人家的脸色，那有什么意思？

有的同志问我这次准备讲些什么？我说也许会讲到作品。他说，你最好不要讲作品；你讲作品的长处还可以，千万不要讲不好。因为你讲那篇作品不好，就会得罪那个作家，得罪刊物的编辑，可能还会得罪那个作家周围的一群人。我说文坛如果是这个样子，那我们还有什么希望呢？

我到一个老同志家里，看到他的墙上贴了个横幅，“难得糊涂”四个大字，我就奇怪了。我想一个共产党员还应该糊涂？我们党领导人民干革命难道是糊里糊涂的？而且还“难得糊涂”，要往糊涂里钻？我很难理解。有人过去说我是右派，后来说错了；现在有人说我是左派，还有人说我是正统派。正统派有什么不好？有的人说正统派是讽刺人的。所谓正统是党的正统嘛。如果党的正统也成了讽刺对象，这个国家就不要共产党了。我看，我们要聪明些，要有智慧，什么都要看得通，看得透，看得彻底。干吗要糊里糊涂？

早些时候，孙犁同志写过一篇短文，题目叫《忘》，大意是说“文革”中受了罪，遇见过不好的人，不好的事，现在不要斤斤计较，纠缠不休，把这些忘记算了。意思好，文字也好，我是赞成的。但我想，能够“忘”还不够，还不彻底。我们还应该进一步做到“无”。个人什么都没有，从那个世俗世界里跳出来，跳出五行之外，喜怒哀乐无动于我，金钱美女、权势地位都无动于我；然后再入世，再到这个尘世里面去，就像佛家说的普度众生，观音菩萨到处管人间的闲事。革命者如果不管“闲事”，不是真正做到无私无我，而只是独善其身，与人无争，那还是不够的。我现在还有那么一点点不忘情，这一点点情是什么呢？就是人民、我们的国家、我们中华民族，就是我们从事的文学！我是不忘情才来这里的。如果我们搞文学的人没有这种情，那搞什么文学？所以，不但要到生活里面去，要自己有生活的一手，还真正要有感情。

你如果没有这种感情的话，你就不会发现生活中你最喜爱的、能牢牢吸引你的东西。有私心的人，对人没有感情的人，只是为着从人家那里捞取资本的人，不能搞文学，不能搞创作，写不出好东西。总是想方设法去捞取东西，首先自己就不干净。这样的人一生也写不出好东西。也有这样的作者，他经常下去，工那里去过，农那里去过，兵那里也去过，“三同”“四同”，受过苦，可写不出东西来，他也焦急。我对他讲，主要问题在哪里呢？就是你是去做买卖，搞交易。你从那里拿一些东西回来，然后再卖出去，说得不好听，你成了一个贩子。你应该到那些地方去，去喜欢它，崇拜它，歌颂它，为它服务。你把一切都真正交给人民，你就有可能写出好东西来。所以，这一点情是应该有的，而且不能没有。你写的就是他们嘛，你要到生活里面去，要看到人家的好处，对人有情、多情，这样才行。

现在的小说创作还有什么迹象值得我们大家注意，并进而引起警惕呢？我没有仔细研究，但从我看过的部分作品来说，我以为有两种情况：一种是有些作品的语言比较粗糙，不像文章。作者没有或很少仔细地去推敲用哪一句话比较适当，哪一个词比较适当，怎么样能更精炼一点，而是顺笔一挥，就不免流于粗俗。这一点，我在作协一次创作汇报会议上，对两三位作家的一部分作品，谈了我的看法。这几位作家看起来很熟悉生活，文字也很流利、俏皮。这些作品，有的很长，但能吸引人，吸引你一口气看下去，而且会得到享受，这是非常难能可贵的。但是我又觉得其中的大白话太多，有些是描写人物所必需的；有些却是可有可无的；有些就像旧社会里北京的一些无聊的相声，在耍贫嘴，消磨光阴。如果把耍贫嘴的东西都写到文学作品里来，捧给读者，就会影响部分年轻人向你学习。有些作者又把这当成生活中的人民的语言，借用到作品中来。这样辗转为害，我们的文学作品怎能提高呢？不可能提高。

再一种情况就是生编。因为生活有限，过去就那么一点点生活，已经写干了，再写，怎么办？就要编。邓刚同志对海太熟悉了，他是海边生的，自己潜过海，海碰子见过不少，所以他能写出海底，写出和海打交道的汉子，写得那样丰富多彩。但是，你能老写海吗？你的题材只能老在那个圈圈里吗？你还得写同海有关的东西，把你的题材一点点扩大，再扩大。海底的生活，你还能多写几篇，写海碰子，再写一个其他的什么，但总是会有限度的。所以一定要想办法扩展和深化自己的生活面，还是要到生活里面去，还是要跳到海里去，再从海里捞，捞不到海参，也可以捞别的，海里的东西多着呢，只能这样子。没有东西可写了就编，编的东西总是不像的，经不起推敲的，更谈不上感动读者。这样的例子，在我们的作品里、舞台上都可以看到。

自然，我并不是一般地反对编造，我只是反对生编硬造。一般说来，文学创作允许虚构，因为现实生活里不一定有那么一个完整的现成的故事，即使有，也还需要作家去加工，从思想上加工，艺术上加工。但编要编得像真有其事，真有其人。我们读一些古代神话，其中或把人拟为动物，或把鬼神拟为人，但都是从真正的人出发，反映了真实的社会生活，因此人们从不怀疑它们的真实性。而拙劣的编造者，他们脱离现实生活，脑子空虚，不懂得社会，不理解人情，他们编不出一个合情合理、合乎生活发展逻辑的故事；即使偶然有一点真实的影子，也弄得异想天开，荒唐可笑。

两种迹象，一个是编，一个是大白话。此外还有一个是写真实的问题。真有那么件事，真有那么一个人，这就是说真话，把“真”字强调得很高，好像只要“真”的，就是好的。你写真实，果真有那么件事，可那件事没有意义，你写它干什么？我认为我们现在所处的社会是一个发展中的社会，进步中的社会。我们的社会有非常先进的东西，但同时也有很多急待改进提高的东西。比如，有些家庭里为些意想不到的小事闹矛盾，为五块、十块钱。恋爱嘛，是要讲条件的，当然不能不讲条件。但着重的是物质条件，多少条腿，多少套料子衣服，而思想、理想却很少考虑。这是很庸俗的。去年，川剧院在北京演出《绣襦记》，是根据唐朝话本改的。一个公子上京赶考，半路爱上一个妓女，把钱花光了，流落他乡，到处卖唱。妓女很爱他，到处找他，把他引回家。妓院老鸨因为这女儿是棵摇钱树，勉强允许把公子留在家里。他就整天看着那个妓女，不肯用心念书，他说你的眼睛太美了，我舍不得离开你。妓女觉得他这样没有前途，没有别的办法，为了激励他读书赶考，就自己把眼睛刺瞎了。他从此发奋攻读，果然考试得中，当了大官，回来找那个妓女，但妓女避开不见，说他现在当官了，我是妓女，我们门第不相当，原来我要他读书，不是自己想当夫人，只是为了他。后来，他还是找到了妓女，并且妓女的眼睛也治好了，团圆结局。当然，这个戏是反映封建时代的生活，但是描写的感情细腻。这个戏流传到现在，四川戏、京戏、福建戏都有这个剧目，为什么这个戏能改下来、留下来呢？我想人们并不是欣赏妓女把眼睛刺瞎了，而是称赞戏中那种爱情的纯洁，很感动人，它没有计较什么物质条件。

我赞成有人去写一篇“文化大革命”的作品，像张志新烈士这样的人，实在值得写。一定要写得气壮山河，不要把我们的国家、我们的民族、我们的人民写得毫无出息，毫无生气。如果能很好地把彭德怀、贺龙他们在“文化大革命”中的特殊感受写出来，那真会有了不起的教育意义。

最后，我再谈谈邓刚的《迷人的海》，我说说我看了这篇小说的心情。

邓刚同志笔下的海是写得好的，恐怕一时还难有人能超过他。他的那两个人物，老海碰子、小海碰子也都很有个性，结局也很好，但是，我觉得他还没有写出老海碰子真正的感情来。像我们这样的老海碰子，不怕有人超越自己，却喜欢有人超过自己。如果没有年轻的作家出来，我们这几个老作家有什么意思呢？我们就是希望有新的作家、好的作品出来。如果没有小海碰子，老海碰子一个人在海边有什么意思呢？小说的结局是很好的，两个海碰子好了，一同出海了。

我还有个想法，是不是可以把这两个人物写得更丰富一些，更好一些呢？这两个人物都写得孤单了，好像他们只和海有关系，要知道他们也是社会的人。如果把这两个人物写得更丰富、更复杂，这不会减轻海的味道，只会加浓小说的味道。我总觉得小说里面还差点东西，差什么？作者自己不妨去想想吧。老海碰子有他自己的生活、个性，但如果能把另外的人的思想感情揉进去，这个人物就会更丰富、更高大了。小说写这两个人物征服海，还过于单纯一点。

你们都年轻，都很有前途，我们是没有好多办法了，这是自然规律。但是，你们要能吃苦，要改变自己非无产阶级的、非人民大众的、不切实际的东西，要不断地提高，真的迷进去，迷到新的社会生活里去！

现在如果对年轻人一味吹捧，也会捧伤人的。这样他就不懂得人生的海洋是怎样翻腾的，怎样才能抗住风浪，翻越过去。有的捧也是一阵风，风是会过去的。我们千万不要迷于眼前的、这种没有意义的东西，还是始终不渝地扑到那迷人的生活的海里去，勤勤恳恳地拿着你的笔去写吧！

一九八四年三月六日